RETALHO MENTAL

Catalogação na Fonte
Elaborado por: Dayanne Leal Souza
Bibliotecária CRB 9/2162

S729r
2025

Souza, Paulo
Retalho mental / Paulo Souza. – 1. ed. – Curitiba: Appris, 2025.
314 p. ; 23 cm.

ISBN 978-65-250-8520-3

1. Professor. 2. Aluno. 3. Transtorno mental. 4. Perda de memória.
I. Souza, Paulo. II. Título.

CDD – 800

Appris editorial

Editora e Livraria Appris Ltda.
Av. Manoel Ribas, 2265 – Mercês
Curitiba/PR – CEP: 80810-002
Tel. (41) 3156 - 4731
www.editoraappris.com.br

Printed in Brazil
Impresso no Brasil

Paulo Souza

RETALHO MENTAL

artêra
editorial
Curitiba, PR
2025

À Tália, meu maior exemplo de superação.
A todos os meus professores, que me forjaram quase do nada ao que sou hoje.

SUMÁRIO

PRÓLOGO

O professor organizou as várias páginas de notas sobre a tábua do púlpito com total perfeição. À sua esquerda, a enorme tela de projeção, amedrontadora, exibia sua imagem atual nos seus últimos preparativos para o discurso. À sua frente, ainda mais ameaçadora, estendia-se a imensa plateia, formada por professores universitários e amantes amadores da ciência, graduandos e graduados, doutores e jornalistas. Todos estavam ali presentes para ouvirem sobre o que seu artigo falava e qual era sua especulação científica acerca de um campo hipotético, ainda desconhecido, atrelado ao campo gravitacional.

Após se certificar de que estava tudo pronto, o docente acenou para o operador de mídia, indicando que já podia começar. Então, com um só clique, sua imagem no telão mudou para uma página de slide contento um título:

Sobre a Analogia entre o Campo Gravitacional e o Campo Elétrico

Mais embaixo, o seu nome ocupava o campo reservado ao autor. Um título que começara como provisório, acabou por permanecer no artigo final que fora à análise do conselho editorial. A revista que o publicara demorara um bom tempo até aceitá-lo, tanto era o nível especulativo do texto escrito por um professor de ensino médio e somente com graduação em Física e mestrado em Ensino de Ciências. O conselho editorial exigira muitas correções e eliminações de equívocos. No final, embora aceito para publicação, o artigo ficou restrito à seção de especulação filosófica.

Ainda assim, alguém, provavelmente tão louco quanto ele, teve o trabalho de lê-lo. Leu e ainda o espalhou pela universidade, mais precisamente pelo curso de Física. Sempre existe um doido para espalhar o pensamento de outro. Por isso, ele estava ali, postado atrás da tribuna, a pedido da sua antiga universidade, com a missão de esclarecer tudo sobre sua possível descoberta. Se é que aquilo realmente poderia ser considerada uma descoberta científica.

Então, sob seu comando, o operador de mídia foi passando os slides, cada um contendo um tópico, imagem ou equação retirada do artigo original. E a cada slide, a plateia ficava cada vez mais perplexa, tanto pela originalidade e coerência da pesquisa, quanto pela simplicidade da análise conceitual e matemática do trabalho. Todas as explicações e previsões feitas pelo artigo eram plausíveis e consistentes.

Por último, o professor mostrou uma notícia acerca de um corpo celeste, talvez um satélite capturado do espaço, que acompanhava um exoplaneta, não atraído pela força gravitacional, mas por algum outro campo ainda não descoberto. E pelas características, ele ressaltou, poderia ser o dito campo hipotético sugerido por suas equações.

O professor finalizou sua apresentação com um habitual e cortês muito obrigado a todos *e recebeu os aplausos da plateia. Agora era preciso enfrentar a parte mais difícil, as perguntas dos especialistas.*

No entanto, para quem já vivenciara momentos de terror mental, responder a questionamentos de doutores em Física era batalha pequena. Quando o primeiro braço se levantou no meio do majestoso auditório, ele o encarou com calma e tranquilidade.

Há muito que sua mente saíra do caos e se transmutara num poço de serenidade.

LIÇÃO I

"Se você não tem zelo por uma tarefa escolar, muito provavelmente também não o terá por sua própria vida. E uma vida bagunçada não costuma florescer. Nem durar."

Ninguém sabe como se aprende.

Ainda pior: ninguém sabe como se ensinar para se atingir a aprendizagem almejada.

Todo ensino é cego. E todo aprender é inesperado. Tolo é aquele que enxerga o ensino como uma peça intrínseca ao aprender. Somente quem já chegou ao estágio supremo da aprendizagem plena é capaz de entender que ensino e aprendizagem são duas peças independentes do processo de construção do conhecimento. Ligadas sim, mas não interdependentes. Se só houvesse ensino com aprendizagem, não teria como haver aprendizagem sem ensino. O mundo, para quem o sabe observar com cuidado, está sempre mostrando tudo isso de forma clara. Muitos são sábios sem nunca terem sido ensinados. Outros tantos, por outro lado, são ensinados, mas nunca puderam aprender nada de substancial.

Enquanto as mais altas hierarquias educacionais estiverem afogadas nesse pensamento equivocado, sem vontade de enxergarem o óbvio, e embriagados por toda uma diarreia de baboseira inventada pelos discursos demagogos, não haverá possibilidade de se avançar para um sistema educacional mais eficaz e transformador. E o pessimismo aumenta quando se percebe que os dirigentes superiores do processo todo são os que menos entendem de ensino e, menos ainda, de aprendizagem.

Por outro lado, embora o ensino seja cego, ele é necessário ao extremo. Pois, há de se compreender, enquanto ele estiver agindo, uma hora ou outra acabará por atingir em cheio a mente de alguém. E quando isso acontece, de repente um indivíduo aprende algo, mesmo que não tenha como saber de que modo tudo aconteceu ou de onde partiu o seu mais recente saber.

O ensino deve sempre existir e ser rigoroso. A aprendizagem, entretanto, não se sabe quando virá nem como virá. Só precisa ser paciente.

SANIDADE

O Professor

Ele não escolhia turma. Nunca o fizera. Isso era algo que não estava dentro de sua vontade nem de suas possibilidades. Precisava de uma lotação com uma carga horária determinada e, por trabalhar numa escola pequena do interior, não havia muitas turmas para ele lecionar. Portanto, não poderia se dar ao luxo de sair dizendo em qual turma deveria ensinar ou não. Embora, é claro, um ou outro colega tivesse a ousadia de pedir, ou exigir, não ficar responsável por determinado grupo de alunos.

E também não era um empecilho para quem sempre, no decorrer de sua carreira educacional, teve o hábito de mudar o desenrolar das aulas conforme o tipo de estudante que tinha pela frente. Se lecionava em duas turmas de mesma série, e ainda que fosse o mesmo conteúdo a ensinar, nunca que a aula saía da mesma forma nas duas salas. Algo sempre mudava de uma para outra. Para aqueles com um nível intelectual mais elevado, ele citava exemplos mais complexos e explicava conceitos com maior profundidade.

Se a turma fosse composta por estudantes mais agitados ou com uma base mais fraca, a aula ficava um pouco mais leve, mais gradual no seu desdobramento e com exemplos mais palpáveis, menos abstratos. Embora estivesse indo em desencontro ao pensador educacional sobre o qual mais havia estudado e o qual mais admirava, o bielo-russo Lev Vygotsky. O teórico da Zona de Desenvolvimento Imediata (ZDI) entendia que pessoas com limitações na forma de apreender a abstração, deviam ser apresentadas aos conceitos abstratos ainda mais do que outras. Isso as faria subir o nível de seu desenvolvimento intelectual, minimizando as suas limitações cognitivas.

Mesmo a aula se tornando mais leve, ainda assim, jamais o professor deixava que se perdesse o rigor científico do que estava sendo ensinado. As aulas tinham conduções distintas, mas o conteúdo era o mesmo. Pois as leis científicas são universais, ao contrário daquelas criadas pelo homem. Por esse motivo, sempre as leis físicas e biológicas se sobrepõem às sociais. Não importa quantas vezes se proíba matar uma pessoa ou se diga que isso é um crime gravíssimo. Mais cedo ou mais tarde, a selvageria que ainda existe no cérebro humano o conduz a uma tragédia.

Por essa razão, os planos de aula que ele preparou, desde quando iniciou sua carreira, sempre foram só isso mesmo: um plano.

E era isso que mais o irritava e lhe deixava de mal com qualquer dirigente educacional que implicava em exigir um plano de aula absurdamente detalhado. Como se uma aula fosse um bolo ou um remédio, que precisava somente de uma receita e nada mais. Não, ele contrariava, um plano só serve mesmo para preencher o tempo de planejamento do professor e elevar o ego de coordenadores e burocratas. Um plano de verdade não precisa estar escrito. O importante mesmo é estar na memória imediata de quem o aplica. Para que se possa alterá-lo conforme a reação variável de cada sala de aula.

Como argumento mais forte, ele dizia que nunca tinha ensinado numa sala que fosse homogênea em um ou dois aspectos. Se fosse para detalhar um plano de aula, deveria se fazer um para cada estudante, pois cada indivíduo tem um ritmo diferente de aprender. E cada aluno tem seus próprios objetivos e desejos ou estão imersos em realidades totalmente distintas uma da outra. E, muitas vezes, tais anseios e aspirações não encontram nenhum paralelo com os propósitos explicitados em um plano de aula. Os dirigentes educacionais só podem viver afogados num mundo de cristal, ele presumia. São irrealistas e costumam cobrar metas impossíveis de serem alcançadas.

Todo plano de ensino precisa ser flexível. Por isso mesmo, não pode ser tão detalhado, bastando apenas ser geral e compor um molde com início, meio e fim. Em algumas turmas é possível aplicá-lo até o final ou, em alguns casos, ir além dele. Em outras, no entanto, dificilmente se consegue chegar ao meio do plano, sendo que na maioria, ele fica mesmo só no início. E ainda tem os casos, muito comuns, em que um plano de aula não pode ser nem mesmo iniciado, sendo uma inutilidade completa. Nessas situações, para o professor é o momento de partir para o plano B, o qual deve ser feito e estar prontinho na cabeça dele antes mesmo de construir ou escrever o plano A.

Para um dirigente educacional, no entanto, não tem importância se tudo funcionou como deveria funcionar ou não. O importante é ter recebido o plano de aula escrito. Estão mais preocupados em transformarem o professor num escritor do que em um educador. Para eles, o plano é obrigatório, o ensino deve ocorrer e a aprendizagem... Bem, se for possível, que se tenha alguma aprendizagem. Para o sistema educacional, isso não tem importância, contanto que o estudante represente uma subida na curva estatística, a qual mede qualquer coisa, menos o nível de aprendizagem.

E por não lhe ser possível escolher turma, o professor não se preocupou com a que lhe apareceria pela frente. Não. Provavelmente seria igual a tantas outras que já havia tido anteriormente, ele pensou. Mal sabia o docente que estaria diante de um grupo que mudaria para sempre o seu ponto de vista sobre o modo de ensinar e se relacionar com seus alunos. Portanto, se não haveria novidades, era chegado o momento de se obter algo novo, ele desejou. E o que pretendia de imediato era mudar a visão sobre sua maneira de lecionar, sobre sua imagem e como os estudantes o enxergavam. Tentaria reformular, mesmo que não conseguisse, a alcunha que havia adquirido ao longo do tempo na boca de alguns de seus alunos de anos passados.

Precisava, com urgência, mostrar para a nova turma que nunca fora realmente quem diziam que ele era, que era muito diferente daquilo que haviam pintado: um professor exigente, rigoroso, frio e rígido. O *Rígido*, como muitos alunos que já haviam terminado o ensino médio, e outros que ainda estavam na escola, gostavam de chamar. Não era esse tipo de professor, ele garantia para si mesmo. Mas como a nova turma já devia ter ouvido falar dele, talvez até mais do que o necessário, ele tinha que correr contra o tempo para desfazer a alcunha que os novos estudantes, provavelmente, já sabiam.

Por isso, na primeira aula, diferentemente de anos anteriores, o professor tentou logo se manter na defensiva.

Diferentemente do que o preceptor se deixou pensar, a nova turma não era realmente o que ele esperava. Talvez também nem saberia muita coisa sobre ele, como havia colocado na mente precipitadamente. Composta quase toda por alunos de fora da localidade da escola, a turma tinha como membros estudantes tão comuns quanto em qualquer outra sala. Apesar de serem bastante diversificados, como é costume acontecer em todo colégio. Também, como em qualquer outra turma de alunos, o nível de intelectualidade apresentava alto índice de desvio padrão. Haviam alguns muito calados e introvertidos. Outros não gostavam de se manifestarem através de palavras, por vergonha ou medo de estarem errados e serem censurados por alguém, um colega ou o próprio professor. Outros tantos faltavam bastante, por diversos motivos, entre eles, não gostar de estudar ou não tolerar o ambiente escolar. Tinham uns que estavam ali só mesmo pela frequência, pois recebiam um sermão da mãe todos os dias antes de sair para a escola.

A nova turma também comportava variados objetivos. A maioria objetivava apenas vencer os três anos letivos, empurrando com a barriga, como diz o ditado, decidido a abandonar qualquer estudo posteriormente. Poucos estavam realmente conscientes de que queriam seguir em frente com suas formações. Entre estes, uma parte queria conquistar um concurso público e só. Outra parcela tinha em mente conseguir um certificado de ensino médio para, quando fosse ao mercado de trabalho, pudesse entrar numa vaga de emprego mais vantajosa. Ou, pelo menos, que não sobrasse para si somente trabalho braçal. E ainda tinha aqueles que não sabiam nem mesmo o que queriam.

E a turma tinha, é óbvio, alguns alunos que almejavam seguir com os estudos depois do ensino médio. Passar num vestibular, cursar uma faculdade, construir uma profissão no meio acadêmico ou, ainda melhor, voltar como profissional para o meio da sociedade de onde saiu, como médico, professor, advogado, engenheiro. Eram poucos tais casos dentro daquela turma, mas eram suficientes para que as aulas se desenrolassem como deveriam acontecer. Além disso, a escola já aprovara muitos vestibulandos e alguns já estavam de volta ao mercado de trabalho da localidade onde nasceram, até mesmo professores na própria escola. Eram estudantes bem-sucedidos e que poderiam ser referência e inspiração para os demais que agora iniciavam a última parte da educação básica.

— Quero muito que nossas aulas se tornem momentos bons e não instantes de tortura, nem para mim e, muito menos, para vocês.

O professor disse, logo no início da primeira aula, após o "bom dia" de praxe ao entrar na sala. Era uma terça-feira, numa aula de Física depois do intervalo, 9:50. Era o primeiro contato que tinha com eles. Ele havia entrado em silêncio e também recebera um silêncio profundo da turma. Fosse por estarem ainda tímidos, fosse por não conhecerem o dito educador, ninguém teve interesse em falar qualquer coisa sem que alguém estivesse pedindo. Nenhum aluno se manifestou com palavras. O máximo que se conseguiu foi um ou dois cochichos bem discretos aqui e ali. Provavelmente, nem mesmo estariam relacionados àquele momento.

O professor colocara a mochila sobre o birô, tomara do smartphone e abrira o aplicativo do Professor Online, o diário online da secretaria de educação. Com calma, fizera a chamada, olhando por toda a sala para verificar se determinado aluno da lista se encontrava presente. Quando terminou, fechou o aplicativo, guardou o celular e encarou a turma. Depois fez uma apresentação muito breve de quem ele era, somente mais uma exigência da rotina de primeiro contato:

— Para quem ainda não me conhece, sou o professor...

A verdade era que quase todos naquela turma tinham algum conhecimento de quem ele era. Fosse por morarem na mesma localidade, fosse por terem já participado de alguma atividade no ensino fundamental desenvolvida por ele, fosse por já terem ouvido falar de sua pessoa pela boca de ex-alunos. Se conhece muito de alguém pela boca dos outros. Às vezes, até mais do que pelos lábios da própria pessoa. Pena que, muitas vezes, quando ocorre dessa forma, o conhecimento que se passa adiante seja enviesado, difamatório e vago. Portanto, mesmo que houvesse a possibilidade de ser totalmente desconhecido para eles, não o era, afinal de contas.

Depois que se apresentou brevemente, dizendo seu nome e que lecionaria para eles as disciplinas de Física e Matemática, o preceptor deu uma pausa, esperando que algum aluno comentasse ou perguntasse algo. Sempre se apresentava para uma nova turma somente declarando seu nome. Não costumava divulgar sua formação acadêmica, nem que fazia parte do corpo docente efetivo da instituição. Diversos estudantes seus terminavam o ensino médio sem saberem que ele era um profissional concursado. Que assim continuasse, o docente desejou.

Até porque, ultimamente, o professor estava mais preocupado com outros assuntos educacionais e pessoais do que espalhar para todo mundo que tinha certa estabilidade de trabalho. Se a disciplina que lecionava era Física, todos deveriam estar cientes de que sua graduação fosse uma licenciatura em Física. Embora, é claro, por questões de carência no corpo docente da escola e sua lotação de concursado, ele também, de vez em quando, tinha que se encarregar da disciplina de Química em algumas turmas de primeira série.

Portanto, o nome era mais do que suficiente para uma primeira apresentação. Além do mais, os estudantes também deveriam estar mais interessados em saberem se ele lhes daria boas aulas do que com sua vida particular ou a de graduado. Uma vez ou outra, quando era questionado sobre como e em que se formara, ele se deixava explicar como chegara à licenciatura em Física e a realizar um curso de especialização em Ensino de Matemática e um mestrado em Ensino de Ciências.

— Professor, como você foi capaz de se formar numa matéria tão difícil, como a Física?

Algum aluno chegava a indagar, desejando realmente saber o motivo, uma vez que se sentia muito aquém da capacidade de compreender tal disciplina. Às vezes, tratava-se de uma pergunta retórica, uma oportunidade que o estudante tinha de dizer, com outras palavras, que não gostava dessa ciência tão ininteligível, chegando mesmo a parecer até com uma ordem repleta de obscurantismo. Entretanto, outros chegavam a fazer a mesma pergunta por realmente terem curiosidade sobre a vida particular do educador. E ele sabia quando se tratava de uma fala externada retoricamente ou quando era, certamente, uma dúvida. No primeiro caso, o professor simplesmente sorria e passava para frente. No segundo, no entanto, ele se permitia expressar sua verdadeira história, embora de modo muito resumido.

— Na época em que eu estudava o ensino médio, e até muito tempo depois, não existia professor formado em Física aqui na localidade — era a resposta, verdadeira e sem rodeios, que ele contava de imediato. — Comecei um curso na área de Ciências Humanas, mas passei para a Física com o objetivo de sanar essa carência. Então, logo que concluí a graduação, fui aprovado num concurso público para ser professor de Física no ensino médio. E aqui estou. Com essa disciplina "difícil".

Além dessa informação, seca e breve, ele narrava mais alguma coisa muito superficialmente e tocava o conteúdo adiante, não necessitando esclarecer nada mais com maior profundidade. Resumia tudo em poucas palavras, os quatro anos de faculdade, dois anos de especialização e dois de mestrado. Eram oito anos comprimidos em poucos segundos. Nesse quesito, o professor fazia o processo inverso da relatividade em relação aos corpos céleres.

Apesar de tudo, isso era bom para os estudantes, os quais não precisavam ouvir com mais delonga uma história de superação de um professor. Talvez nem fosse verdade, muitos se pegavam dizendo e pensando. E, ao mesmo tempo, era ótimo para ele mesmo, pois não era do seu feitio estar discorrendo sobre a história de sua vida pessoal. Na verdade, ele até agradecia quando se encontrava perante uma turma totalmente apática à sua vida privada. Mente oculta, nome sem calúnia. Talvez isso poderia até virá um lema. Se ele fosse famoso, é óbvio.

Portanto, se ninguém manifestava nenhum interesse em saber de todos esses assuntos, o professor também não se preocupava em contar os detalhes. Uma característica de sua própria personalidade, guardar tudo para si mesmo. Isso, algumas vezes era benéfico para si, mas em outras ocasiões se tornava uma verdadeira tortura mental. Quando se acumulavam muitas situações de estresse emocional, e ele não tinha o hábito de externar sua mente para ninguém, tudo parecia querer se extravasar sem controle, deixando-o em apuros numa tentativa louca para segurar firme. Ainda bem que nunca o comando principal saíra do seu domínio e o docente sempre conseguia equilibrar tudo, mesmo que fosse, algumas vezes, de forma muito instável.

— Se for para discorrer sobre momentos depressivos, prefiro ficar calado — ele dizia, às vezes. Talvez um dia pudesse mudar o modo de pensar.

Como ninguém, apesar de tudo, manifestou-se a respeito de sua formação acadêmica, ou em relação a nada, ele se manteve de pé e tratou de falar sobre como seriam suas aulas. Antes, porém, o professor percorreu todas as cadeiras com um olhar investigativo. Procurava vislumbrar o pensamento de cada um dos estudantes. Não foi possível. Nenhum aluno se permitiu, no momento, deixar-se conhecer pelo professor. Não seria tão fácil, numa única aula, ele pensou consigo mesmo, distinguir e pressentir a personalidade daquelas criaturas. Não havia problema, o docente concluiu, dando-se por vencido naquele primeiro encontro.

— Para começo de conversa, primeiro quero externar alguns comentários sobre algumas regras da escola e sobre algumas normas que queremos seguir em nossas aulas — o professor falou com paciência e clareza. Ao mesmo tempo em que falava, espalhava o contato visual por cada espaço da sala, tentando achar cada rosto ali à sua frente. Ao darem de cara com seus olhos perscrutadores, alguns discentes desenhavam um semblante sério, outros escondiam o rosto, olhando de lado ou para a própria mesa de estudo. Alguns, porém, conseguiam lhe encarar de frente, delineando um sorriso amistoso, tentando absorver cada palavra que ele emitia. Nada de novo. Simplesmente o que acontecera em tantas outras primeiras aulas que teve, e ainda teria, ao longo do tempo em que fora professor. Entretanto, para ter certeza de que todos os estudantes estavam entendendo o que ele lhes dizia, o preceptor continuou: — Se alguém tiver alguma dúvida ou comentário, fique à vontade para perguntar ou falar. Vocês estão me entendendo? Estou sendo claro? Se não, digam-me também.

Ninguém na sala abriu a boca. Nem para dizer que estava entendendo, nem para tecer qualquer comentário ou construir alguma indagação. Também isso estava dentro da normalidade mais trivial. Era o primeiro dia de aula com ele e, portanto, ninguém queria dar uma má impressão falando alguma bobagem. Pelo jeito, ele imaginou, realmente estava diante de uma turma como qualquer outra. Não deveria se preocupar com algo comum ou estranho que pudesse acontecer.

— Não gosto de muitas regras, mas queria esclarecer algumas que acho extremamente necessárias para o nosso convívio diário nos próximos três anos aqui — o educador voltou a falar, lembrando, ironicamente, como já fora um rebelde em relação a leis e normas, quando ainda era muito jovem. Nenhum aluno, no entanto, permitiu-se quebrar o silêncio. Talvez nunca haviam recebido uma lista de regras para seguirem durante uma aula. Ou até mesmo estivessem interessados em ouvir as normas que seriam anunciadas. Então, o preceptor deu continuidade à sua fala: — São regras muito simples e bem fáceis de serem seguidas e tenho certeza de que todos aqui têm condições de atendê-las sem nenhum problema.

O professor deu uma pausa para, novamente, observar a reação dos jovens aprendizes. O resultado não foi diferente do anterior. Os que gostavam do canto mais afastado da sala, simplesmente baixaram ainda mais a cabeça. Os das filas do meio não falaram nada, mas também não deixaram o pescoço amolecer para baixo. Continuaram encarando o docente, ainda que parecendo tímidos demais para manifestarem alguma opinião ou ponto de vista sobre aquilo que escutavam com atenção. Os da frente, ocupando a primeira fila, pareciam mais preocupados com as próprias normas, pois permaneciam em silêncio e atentos ao que lhes era dito.

Não recebendo nenhum sinal de fala por parte dos estudantes, o professor deu continuidade ao que estava a explanar. Não receber nenhuma pergunta ou ouvir uma opinião dos alunos novatos era normal. Mas a normalidade já parecia estar sendo testada com a tal turma, aquela que ele não hesitara em nenhum momento ficar responsável pelas aulas de Física e de Matemática. O melhor mesmo agora seria ir em frente com o que ele precisava esclarecer.

Então, seguindo um caminhar vagaroso pela frente das mesas, ele se deixou tecer as ditas normas e regras a serem seguidas. Realmente eram normas comuns a todos e muito fáceis de serem seguidas. A chegada na sala deveria ser até no máximo o sinal tocar, quando a campainha indicava o início da aula. Quem perdesse o trem, ficaria fora, passaporte direto para a coordenação. Em vez de fazer as atividades com a orientação do professor, teria que realizá-las na sala dos coordenadores ou na biblioteca, sozinho. Nesse momento, alguns estudantes levantaram a cabeça e outros se entreolharam, talvez surpresos com algo ou não acreditando que isso fosse possível. Quem já estava acostumado a seguir normas e horários em casa, não se abalou com a dita notícia.

A próxima regra dizia respeito à saída da sala. Pelo que a escola mantinha como permitido, só poderia sair um de cada vez ou, no máximo, um homem e uma mulher juntos. Além disso, quando alguém fosse sair, que voltasse logo, pois tinha um batalhão inteiro de alunos dentro da sala para ir ao banheiro e ao bebedouro. Alguns daquela turma, em momento algum, durante os seguintes três longos anos, jamais usufruiria dessa permissão para sair durante suas aulas. E quem já tocava a vida de maneira protocolada, provavelmente, não tinha nenhum interesse em tal preceito. Aquilo era simplesmente contar piada para palhaço. Não poderia influenciar o costume de quem já vivia sob conduta pessoal rígida.

Outros tantos, pelo contrário, beneficiar-se-iam daquela autorização para sair durante a explicação de um conceito mais chato ou quando o professor estivesse a resolver arduamente qualquer outro problema no quadro. O maior obstáculo em tal norma era não poder ficar tanto tempo fora de sala. Uma saída significava uma boa oportunidade para uma breve conversa com algum colega de outra sala. Os oportunistas aprendem sempre mais rápido do que os outros.

Mesmo assim, ninguém quis contestar aquele ponto, preferindo deixar o docente continuar com suas colocações.

O professor não se intimidou e trouxe em seguida o protocolo em detalhes de como seriam as suas avaliações, a sua maneira de atribuir uma nota para todos eles. Uma nota parcial em forma de atividade do livro, talvez uma pequena lista de exercícios; nota por comportamento, frequência e participação em eventos diversos, como olimpíadas educacionais ou atividades corriqueiras em sala de aula. Por fim, uma avaliação de nota bimestral realizada pela própria escola. Eram muitas avaliações, as quais poderiam gerar uma nota acima da média escolar mínima. Isso facilitaria o processo para uma aprovação certa. E o professor frisou isso com muito mais ênfase do que havia feito até então.

Após discorrer acerca das diversas regras e normas, o professor parou para descansar um pouco a voz. Destampou a garrafa sobre a mesa e tomou dois goles de água gelada. Fez isso com uma certa demora, tanto para transparecer que estava calmo, como para ver se os estudantes continuariam calados e sem perguntas. Por fim, ele resolveu por averiguar se a turma estava realmente atenta a tudo que estava sendo esclarecido. Sem encarar ou se dirigir especificamente a nenhum discente em especial, o docente indagou sobre sua fala e seus avisos:

— Alguém tem uma pergunta ou dúvida acerca do que acabei de explicar?

Um jovem alegre, talvez o mais esperto da sala ou alguém que já estivesse entediado com tantas leis e princípios, sentado no canto da sala, levantou o braço e perguntou:

— Por que tantas regras, professor?

— Porque somos humanos — o preceptor respondeu, encarando mais o chão do que os próprios estudantes. Não se dirigiu nem mesmo ao aluno que fizera a pergunta. — Somente os humanos podem conviver com o fardo das leis sociais e regras de convívio por eles mesmos inventadas. A civilização, e isso é válido para qualquer outra civilização aqui na Terra ou que um dia venha a existir em qualquer outro planeta, somente conseguiu evoluir porque se permitiu seguir as normas que foram criadas. E elas foram criadas para conterem o lado animal, selvagem, inconsequente, que ainda existe dentro de nós. Antes de se firmar normas, os grupos humanos não tinham estabelecimento fixo nem o que se conhece como família. Enquanto se viver num mundo de caos, uma espécie se torna incapaz de continuar em um grande grupo coeso de seres vivendo em sociedade. Quando se vive com a flexibilidade de vontade, alguém sempre fazendo as coisas que deseja, a humanidade deixa de existir ou não se aprimora. Então se torna apenas uma quantidade de pessoas reunidas e com objetivos diferentes, mas sem uma ligação mais afetuosa entre si.

O mesmo braço se levantou outra vez e mais uma pergunta foi formulada. Talvez o jovem houvesse se empolgado ou estaria querendo testar o professor, fazê-lo cair sob uma bendita incoerência. Ou maldita, do ponto de vista do preceptor. Como uma criança teimosa, alguns estudantes gostam realmente de testarem o limite de um docente, ver até que ponto ele consegue chegar sem cair em contradição. Muitos conseguem. Outros, a maioria, simplesmente empreendem uma jornada em vão. Pois, para se tornar um educador, primeiro é necessário se aderir à coerência entre o que se fala e o que se faz. Se não estiver disposto a priorizar isso, esteja em qualquer outro lugar, menos dentro de uma sala de aula.

— Mas, professor, não estamos tão distantes da sociedade, para vivermos sob um regime muito regrado? — o aluno indagou, parecendo procurar alguma falha nos argumentos apresentados por aquele homem que se dizia ser formado, em quê? Em Física? — Isso é só uma escola. Não precisamos nos preocuparmos com o que vamos fazer lá fora, no mundo maior do que estas paredes. Estamos muito distantes da vida social, tanto no espaço como no tempo. Muitos de nós, só estão aqui por obrigação, esperando o momento propício para ir trabalhar em outro lugar ou em um setor que não precisa de conhecimento escolar.

— Talvez você tenha razão — o docente disse, ainda calmo e encarando fixamente o chão à frente de seus pés. — Essas paredes parecem realmente nos isolarem do mundo maior, a sociedade lá fora, como você disse. Um dia, há bastante tempo, já pensei assim também. Um grande professor me disse quase as mesmas palavras que estou lhes dizendo agora. Eu, ingênuo como uma criança, simplesmente respondi que tudo não passava de bobagem e que quando chegássemos a convivermos realmente na sociedade, nos acostumaríamos com o que viesse pela frente. Eu estava errado, obviamente, como estive na maior parte de minha vida.

Era verdade, ele não encontrara nada do que esperava depois da escola. Tudo lhe pareceu muito estranho, como se nunca houvesse vivido nada parecido. E, por isso, sofreu bastante e foi obrigado, inconformado, a mudar seu ponto de vista sobre as pessoas e a maneira de lidar com situações novas. Se tivesse escutado aquele professor, talvez tivesse penado menos, conquistado mais e aprendido o suficiente para não deslizar tanto nas vias escorregadias da vida adulta. Se bem que, quando saíra do ensino médio, por ter idade um pouco avançada em relação à sua turma, já era alguém adulto. Mesmo assim, o fato de ser maior de idade não ajudou muito. A maturidade se instala no cérebro, não na estatura.

Mas não, ele preferira ignorar o que haviam lhe orientado, o que haviam lhe dito sem lhe cobrar nada como pagamento. E, portanto, como numa vontade louca de evitar que ocorresse o mesmo com outros jovens imaturos, como ele também fora um dia, estava disposto a passar essa mensagem adiante. Sem dúvida, alguns o ouviriam. Poucos, talvez. Outros, no entanto, a grande maioria, seriam o que ele fora naquela época, com a mente fechada demais para poder aprender com a fala de um docente. O professor é para ser ouvido, não imitado. Mesmo assim, ele estava mais preocupado com aquela minoria que poderia ter ouvido aguçado o bastante para lhe escutar com atenção. E não seria impossível ter um ou dois naquela turma que ele agora encarava.

— Estamos tão acostumados ao nosso mundo privado, egocêntrico, onde tudo parece girar ao nosso redor, onde vivemos eternamente enganados por nossa particular presunção egoísta de nos acharmos o centro de tudo que estar nas redondezas, que esquecemos de olhar ao nosso lado e perceber que o mundo, na verdade, é muito pequeno — o professor voltou a falar, buscando o olhar da maioria dos alunos, tentando identificar vistas mais alertas do que as dele foram tempos atrás. — E o mundo se tornou ainda menor, principalmente depois que se aperfeiçoaram os meios de transporte e universalizaram as telecomunicações. Muito do que acontece longe de nossa porta, na verdade pode estar mais perto do que pensamos. Uma catástrofe que ocorre em um país distante nos abala momentaneamente, quando a vemos no noticiário. Mas a esquecemos logo que passamos para a próxima manchete. No entanto, dias ou semanas depois, somos afetados por preços de produtos encarecidos. Produtos importados justamente daquele país onde havia ocorrido aquela tragédia que a ignoramos no mesmo instante em que a ouvimos. Não foi diferente com a pandemia cruel e avassaladora da covid-19, da qual cada um de nós saiu com alguma perda, um amigo, um familiar, e que muitas pessoas estavam convictas de que seria somente uma infecção sem muitas consequências. Muitos pensavam que ela nunca viria lhes bater à porta, uma vez que era algo muito distante, pois o mundo era bastante grande. Não era.

O professor deu uma interrupção no seu discurso e encarou o estudante que lhe fizera a pergunta. Queria saber se sua fala já surtira algum efeito na mente do jovem. Este, parecendo mais atento ao que ouvia do homem à frente do quadro, já não se mostrou tão confiante em continuar indagando. O docente, voltando a passear os olhos pelo resto da turma, voltou a falar:

— Quando estreitamos nossas vistas, nossa vida realmente parece ser composta somente daquilo que nos estar ao nosso entorno, nosso universo particular. Aqui, no entanto, estamos dentro de uma maquete do mundo mais extenso. O que fazemos aqui é simplesmente um ensaio para a vida que levaremos quando estivermos em meio à sociedade. Se você se acostuma a transgredir regras aqui dentro, não conseguirá segui-las lá na sua casa, na sua rua, no seu bairro ou na sua cidade. Se não se habituar às normas de uma escola, será muito difícil de se acostumar às leis sociais usadas fora destes portões. E se não for punido enquanto estiver sob o teto desta instituição, quando for viver no mundo lá fora, terá dificuldades enormes ao receber as punições que lhe serão dadas quando deixar de respeitar alguma norma no meio da sociedade. Aqui dentro, você se transforma no esboço do que será lá fora. Por que, então, não se fazer logo um verdadeiro projeto? Para que saia daqui sabendo o que quer e lutando para se tornar o sonho de sua família? Seja compromissado dentro destas salas e corredores e não será diferente na sua vida futura. Aprenda a ser visionário aqui, dando o seu melhor em tudo que realizar, numa aula, atividade, prova, apresentação, e não terá dificuldade em conviver no mundo no qual se inserir lá fora. Na escola, você tem a primeira oportunidade de construir você mesmo. Presenteie-se a si mesmo com sua melhor obra de arte, a sua escultura entalhada por você mesmo.

O professor parou novamente de falar e esperou a próxima pergunta que o dito estudante lhe mandaria em seguida. Para falar a verdade, a turma estava sendo mais difícil de encarar do que outras que tivera em anos passados, ou mais do que a outra que já enfrentara no dia anterior. A outra turma era composta de alunos mais agitados, porém, não haviam lhe questionado nada, parecendo que nem haviam se preocupado com as regras pontuadas. Ele ficara quase sem material para a aula, pois suas normas não ocuparam o espaço de tempo que esperara gastar.

Essa, no entanto, era diferente.

Alguns alunos perguntadores costumam querer fazer o tempo passar exigindo respostas para perguntas retóricas. Outras vezes, interrogam sobre algo, já sabendo a resposta. São perguntas feitas que não levam simplesmente a nada, nem para quem perguntou, nem para os demais colegas. Têm somente uma razão: fazer o tempo do professor correr mais rápido, para que venha o próximo e seja interrogado da mesma forma.

Isso não ocorre com estudantes realmente questionadores. Estes são diferentes. Eles indagam porque não estão entendendo algo com suficiente clareza. Ou porque têm algum ponto de vista que pode ser contrário ou distinto do das demais pessoas, inclusive do professor ou dos colegas de sala. E isso, às vezes, os tornam inconformados com o que ouvem. Por isso, seus questionamentos são sempre construtivos, possibilitando a um docente estender até mais longe uma discussão mais proveitosa.

Entretanto, mesmo que o estudante fosse do tipo questionador, não veio outra interrogação. Pelo menos, não por enquanto. Ou o aluno estava realmente convencido das respostas do professor, ou não tinha ficado satisfeito e, portanto, não queria levar o diálogo adiante. Atitude típica dos sensatos. Não era possível saber o real motivo de imediato. Nem era preciso. Não havia pressa em se conhecer todos os estudantes na primeira aula. Com o tempo, tudo se esclareceria. Agora, era passar a conversa para frente e continuar com a aula inaugural.

Como a próxima pergunta não chegou, era preciso incentivar o pessoal para que manifestassem suas dúvidas e descontentamentos. As regras já estavam acabando e, portanto, se não houvesse um diálogo mais prolongado com os alunos, o educador teria que iniciar com os conteúdos propriamente ditos. Por isso, ele não perdeu tempo e se decidiu por incitar cada mente outra vez:

— Uma outra pessoa tem mais alguma pergunta?

— O que acontece se alguém chegar atrasado na sala, professor? — um outro estudante, sentado no canto oposto ao primeiro, questionou, sem levantar o braço. Parecia o tipo de aluno calado, mas que de vez em quando solta uma fala, talvez até de forma inconsciente. O silêncio é um selo inviolável que blinda um poço profundo e abarrotado de saberes reprimidos.

— Não chega — o educador respondeu de imediato, esperando somente a pergunta ser finalizada. Ele não queria realmente ter falado tão rapidamente. Mas foi tomado por um impulso inevitável.

A turma ensaiou uma gargalhada geral, mesmo que ainda tímida. Ainda não estavam tão à vontade. Era a primeira risada que ouvia daquela gente, o professor registrou na mente. Embora não soubesse qual era exatamente o comportamento coletivo daqueles alunos, estava contente por saber que eles não lhe deixariam no tédio de uma turma calada como pedra. Portanto, não continuou a falar, pois sabia que a dúvida chegaria, mais cedo ou mais tarde. A dúvida sempre bate à porta. E realmente não tardou para que fosse questionado sobre sua resposta.

— Como assim, professor, *não chega*? — o mesmo estudante perguntou, quase desconsertado pela risada dos colegas, porém parecendo realmente estar querendo sanar sua dúvida.

— O que eu quero realmente dizer é que não há necessidade em se chegar atrasado na sala de aula — o professor falou, tentando ser claro sobre aquilo que explanava. — E, gente, para falar a verdade, não há motivo para se atrasar em lugar nenhum, independentemente do que se tem para fazer, seja uma atividade mais importante ou uma simples tarefa de casa. Se tem que chegar na sala em determinada hora, simplesmente saia de casa cedo o suficiente para estar na escola antes de começar a aula. Ou fique atento ao que esteja fazendo dentro destes corredores para não se perder no horário.

O professor tinha consciência de que os portões de sua escola não regravam com o necessário rigor a chegada dos alunos. Ele sempre defendera que os estudantes não deveriam ficar esperando o relógio marcar sete horas, ou treze, para entrarem. Não havia nenhum problema, segundo seu ponto de vista, que os discentes entrassem na escola logo quando chegassem, pois muitos já estavam no ponto ainda cedo. E nunca havia entendido porque isso não poderia ser colocado em prática. No entanto, os portões eram rígidos demais em não permitirem a entrada antes do tempo, embora, por outro lado, eram flexíveis em demasia com o atraso de alguns alunos. Ele sempre foi de ficar indignado com tamanha incoerência.

— E falo isso, não só por mim, mas por todos os outros professores e também pela própria escola — o educador continuou com sua explicação e esclarecimento. — Mas respondendo sua pergunta de forma mais direta, o que eu quero dizer é que se chegar atrasado nesta sala durante o meu turno, não poderei deixar que assista às minhas aulas. Não faço isso por maldade ou por não gostar de vocês. Não me interpretem assim. Também não é um castigo. Para alguns, isso estar mais para um prêmio do que para uma penalidade, como o núcleo gestor da escola costuma me lembrar em todas as reuniões.

O docente se calou por um instante, objetivando manter seu ritmo, não se apressar nem deixar tudo se tornar um enfado. Se é que já não havia se transformado em um verdadeiro tédio todo aquele seu palavreado. No entanto, ele não queria prolongar sua pausa, para que ninguém tomasse coragem suficiente para questionar algo antes de ele finalizar sua explicação atual. Pensando assim, o professor prosseguiu com sua fala:

— Pessoal, eu faço dessa maneira em respeito aos estudantes que chegam no horário certo. Como não posso premiá-los por estarem aqui na hora combinada, preciso tomar uma atitude em relação aos atrasados. Para que na próxima vez se lembrem de prestarem atenção ao passar do tempo. Quem perde o rumo do tempo, perde a direção da vida cotidiana. E a escola é uma atividade cotidiana. Deixe para abandonar o tempo quando for fazer outras tarefas. Quando for cuidar de você mesmo, do seu bem-estar, por exemplo. Sei, perfeitamente, que alguns de vocês podem cair na tentação de quererem chegar atrasados de propósito para não assistirem minha aula. Não os culpo por isso. Vocês são humanos. E mais uma vez, humanos inventaram regras para conterem o impulso deles mesmos.

— Isso quer dizer que, se a turma inteira se atrasar, digamos, de propósito, você deixará todo mundo fora? — o mesmo aluno questionou, alegre demais pela possibilidade de ter ferrado com os argumentos do professor. Na verdade, ele estava certo de que agora o docente não poderia se sair com tanta calma daquele beco sem saída. Ou pelo menos se embaraçaria todo na sua resposta. Se é que teria uma, o estudante pensou. Talvez fosse enrolar ou inventar, de imediato, alguma explicação mirabolante.

— É possível que isso aconteça um dia, pelas leis da probabilidade — o professor voltou a falar, após ser interrompido pelo estudante perguntador, não esquecendo de sondar e memorizar o rosto comum daquele menino esperto. — A probabilidade é, muitas vezes, o último consolo que temos. Tudo pode estar indo muito mal, mas alguém vem e diz: há uma probabilidade de isso acontecer para que melhore toda essa situação. O paciente pode estar à beira da morte. Mas aí o médico vem até ele e afirma: há uma probabilidade de reverter sua condição, mesmo pequena. Talvez de dez por cento, o doutor fala após o enfermo perguntar. O paciente nunca se amarra aos outros noventa por cento de probabilidade de dar tudo errado. Muito pelo contrário, ele coloca toda a sua esperança naqueles dez por cento de chance de ficar bom. É nisso que ele se aferra com sua vontade sedenta de continuar vivendo. O homem vive pela probabilidade. Ela lhe dar conforto nos piores momentos de sua vida. O que não é improvável, é possível acontecer, as pessoas costumam pensar, enganosamente.

Percebendo que estava falando mais do que o necessário para ser entendido, o professor voltou a se aproximar da sua mesa para tomar outro gole de água antes de continuar. Não sabia nem dizer se os meninos estavam lhe entendendo direito. Para alguns ali na sala, ele conjecturou, provavelmente, ele deveria estar falando por códigos indecifráveis. Então, o preceptor resolveu responder à pergunta de forma mais direta ainda, para que não ficassem mais dúvidas. Após tampar a garrafa de água, ele prosseguiu:

— Portanto, não digo que nunca acontecerá de todos chegarem atrasados só para me testarem. Isso é perfeitamente provável. No entanto, ao mesmo tempo em que o homem se agarra ferreamente às probabilidades, ele também não consegue ir muito longe nas suas conspirações. Alguém sempre acaba por abandonar o bando, abrindo a boca para denunciar um colega, deixando de compactuar com os outros, saindo de onde nunca deveria ter entrado. Isso acontece por diversos fatores. Pode ser por falta de afeto do dissidente em relação aos outros membros do grupo. Ou até mesmo, veja só que interessante, de propósito.

Conversar sobre assuntos gerais, sempre fizera parte das aulas do professor, desde quando iniciara sua profissão, há alguns anos atrás. Às vezes, dependendo do assunto abordado em sala de aula e das perguntas feitas pelos alunos, ele acabava por se prolongar mais do que o necessário para a natureza de sua área. No entanto, o docente argumentava, para entender Ciência é preciso primeiro compreender a sociedade em si; conhecer as relações sociais no presente e ao longo da história das descobertas científicas; destrinchar os objetivos, anseios e ambições do homem, dentro e fora de um laboratório científico.

O professor, ao longo de sua formação e também pelos estudos que realizava depois disso, nunca deixou de se interessar pela história da Ciência. E se tinha algo que ele compreendia acerca do conhecimento científico era o fato de a Ciência ser feita por pessoas. Um cientista não estar confinado dentro de uma bolha impermeável aos valores sociais, isento de qualquer preconceito ou fora do alcance da influência da sociedade. Muito pelo contrário, por ser um ser humano, um físico, um químico, um biólogo, ou qualquer pesquisador, estar sob o crivo do meio social em que vive. E, querendo ou não, ele fica sujeito aos desejos e exigências, tanto da sociedade como da sua própria pessoa. Por isso, a importância de a Ciência ter um sistema rígido de verificação das suas descobertas, a correção por pares. O que não ocorre com outros tipos de conhecimento. A Ciência não é exata. Ela simplesmente busca se aproximar o máximo que pode da verdade. E para isso, precisa estar isenta da vontade pessoal do cientista.

— Além do mais, eu sei que nenhum aluno aqui pretende permitir que tal desfeita venha a acontecer um dia — o professor prosseguiu, verificando no celular como estava o seu tempo de aula. Já haviam corrido muitos minutos preciosos, ele verificou. — Eu confio em todos vocês. Até que me provem o contrário. Não tenho dúvida nenhuma de que, no meio de todos vocês, existem alguns que estão se lixando para todas essas regras. E que estão mais preocupados em realmente fazerem o que têm que fazerem aqui, estudar e correr em busca de seus objetivos mais nobres. Quanto a essas pessoas, também não tenho dúvida disso, elas sabem que as normas são importantes e que já trazem consigo o respeito por elas, pois aprenderam desde cedo como se vive uma vida regrada. Por isso, elas nunca irão se atrasarem. E quando isso acontecer, esporadicamente, será por algum motivo maior e, portanto, inevitável. Quando for o caso, não precisam se preocupar, pois elas saberão me explicar a razão e eu serei compreensível o bastante para lhes permitir entrar em sala. Então, pode apostar, haverá sempre alguém que chegará no horário marcado.

Satisfeito, o professor encerrou momentaneamente o assunto e recebeu um silêncio respeitoso da turma.

A Estudante

Ela não estava acreditando que o professor estivesse falando de regras e como era importante obedecê-las. Não era possível que estivesse ouvindo isso. Ela, que já se acostumara a seguir regras, há quanto tempo? Nem conseguia mais lembrar quantos anos já haviam se passado desde o dia em que resolveu, em um ato de pura coragem, tornar sua vida tão regrada quanto possível. Naquele dia em que percebeu que era necessário e urgente mudar o rumo de seu convívio, tanto com as pessoas ao seu redor como consigo mesma.

Se hoje alguém lhe perguntasse como ela havia vislumbrado tal necessidade, e urgência, talvez não soubesse explicar. No entanto, o processo se parecera muito com o que o povo costuma chamar de *uma luz se iluminou na minha mente*. Talvez fosse isso mesmo. Embora, para ela, tudo que havia se passado não tinha mais importância agora. Se teve realmente uma luz se acendendo na mente dela, ou não, nem mesmo isso teria sido a parte principal. O fato mais significativo tinha sido ela perceber o momento exato da mudança, o instante crucial no qual deveria ocorrer sua metamorfose e o que seria essencial para que se realizasse sua transmutação. E, além de distinguir com clareza e apuro o ponto de inversão, a faixa de retorno, conseguiu também o passo mais fundamental, a saber, aceitar viver diferentemente de como vinha vivendo anteriormente.

Ela transpusera a ponte na qual muitos se acovardam e não conseguem reunir a coragem suficiente para ir adiante. Fora uma conquista crucial. E ninguém poderia roubar isso dela.

Somente isso importava atualmente.

E também, ela se pegava pensando, ninguém poderia se interessar por sua história, por mais incrível que pudesse ser. Seus colegas de sala não lhe eram próximos o bastante para tomarem conhecimento de sua virada comportamental. E agora no ensino médio, tudo ficaria ainda mais oculto, uma vez que sua turma também era composta por alunos que nunca conhecera, pois não haviam estudado em sua escola anterior. Portanto, o que passara estaria enterrado em sua memória até, talvez, encontrar alguém que conseguisse se cativar por sua vida vivida com intensidade. Toda ela repleta de percalços, sim. Mas também bastante farta em aprendizado e crescimento pessoal e mental.

Por enquanto, porém, ela faria o que sabia fazer de melhor, guardar tudo para si.

Guardar para si. Cuidar de si.

Era o lema que aprendera há muito tempo e da maneira mais dura possível. Pois para quem a vida exige maturidade quando ainda se é uma criança, não pode, nunca, esquecer tal insígnia. Embora, guardar para si, muitas vezes tenha se tornado uma tortura, como garras afiadas que dilaceram as entranhas do seu pensamento. E quando isso acontece, todas as vezes que acontece, a dor se torna insuportável. E como dói! Ainda assim, *guardar para si* e *cuidar de si* é sempre a melhor opção. A que ela tem escolhido todas as vezes, desde muito tempo.

No entanto, a vida também obrigara sua mente a se tornar resistente, calejada, dura o bastante para suportar unhas potentes a lhe arranhar o pensamento sem piedade. De onde ela veio, e como veio, os caminhos tortuosos que fora obrigada a percorrer, o que teve que ouvir, ver, sentir, tudo lhe fez alguém capaz de encarar a vida com serenidade e uma vontade furiosa de viver. A menina controlada de hoje não era a mesma de antigamente. Porém, aquela daquele tempo forjara, a um preço altíssimo, a de atualmente.

Saber quem ela era? Não. Ninguém suportaria lhe ouvir sua história. Que ficasse mesmo guardada para si. Isso também era uma de suas normas de convívio com o mundo e consigo mesma. Quanto a isso, o melhor mesmo seria não mudar. Ser como ela era agora lhe custara caro e, portanto, não valia a pena entregar tudo tão facilmente.

Então, nas suas duas primeiras aulas de matéria científica, esse professor de Física, e Matemática, como fez questão de lembrar, resolve discutir regras. Só poderia ser uma piada ou uma brincadeira de mal gosto. Sua vida há muito era regrada o suficiente para entender qual a importância de se ter um conjunto de normas para direcionar o andar de cada carruagem. Era a primeira vez, até onde lembrava, que um docente pretendia gastar todo o tempo de duas aulas, cem minutos, para elucidar normas e preceitos de convívio. Todos os educadores mostravam parte das leis e princípios do regimento escolar. Mas nenhum conseguia ir muito além disso, ficando mesmo só no que a própria regra dizia e recomendava.

No entanto, o preceptor que agora lhes encarava, professor da área de Ciências, parecia estar acostumado a ir além da própria norma, discutindo os aspectos mais gerais e, ao mesmo tempo, o que tudo significava para a convivência dentro da escola. Embora estivesse decidida a não fazer nenhum juízo de valor antes de um maior tempo de convívio, ela já começava a ver algumas características naquele professor que se fazia ser conhecido fora da escola. Embora estivesse um pouco receosa sobre como ele deveria ser realmente, como ensinava e o quanto cobrava dos alunos, ela já ouvira algumas histórias sobre o mesmo. Mas precisava de fatos, a verdade vinda dos lábios do próprio vilão.

Pelo que andaram lhe contando, e pelo que havia ouvido sem lhe contarem, aquele professor era uma mistura caótica de exigência rigorosa e rigidez no modo de ensinar. Como era mesmo a alcunha que alguns alunos, e ex-alunos, usavam para lhe denominar quando ele não estava presente? O *Rígido*. Ela sorriu por dentro, mas não expressou o sorriso para o mundo externo, quando pensou naquele nome. Achava engraçado aquele apelido. Restava saber se o cognome realmente fazia jus à pessoa. Em caso positivo, não seria nada interessante se desmanchar em risos e gracinhas quando ele estivesse falando sério.

Porém, se fosse para falar de algo hilário, ela não poderia esquecer o quanto engraçado também era a maneira como adquirira o seu próprio nome, Tália. Certamente, não era um nome muito comum por onde morava. E para falar a verdade, até onde ela sabia, só existia uma única Tália em um perímetro de muitos quilômetros. Já indagara uma vez à mãe sobre o motivo de ela lhe ter chamado assim. Sua mãe lhe explicara o que exatamente ocorrera, quando ela ainda se encontrava no berçário da maternidade.

Antes mesmo dela nascer, sua mãe, e provavelmente também seu pai, havia se decidido por chamá-la de Nátia. Era outra denominação que exigia uma justificativa para sua escolha. Porém, para simplificar, ficaria mesmo só com o esclarecimento do registro final, o nome que agora carregava. Óbvio que ela gostava de Nátia e teria ficado satisfeita se o escolhido tivesse sido ele. Mas Tália soava mais poderoso e elegante, embora ela não soubesse dizer o porquê.

— Você tem uma bebê muito linda! — a enfermeira elogiara sua mãe, após o parto. E para falar a verdade, sua mãe lhe confessara, aquela enfermeira parecia visitar mais o seu quarto do que qualquer outro naquela maternidade. — Como ela vai se chamar? — a mulher interrogara, como se não tivesse nada em mente.

— Nátia — sua mãe respondera de imediato, contente e feliz pela vinda da filha que tanto esperara. Na verdade, esperada por um tanto de gente, uma vez que seria a primeira neta do lado materno e também a primeira sobrinha para tios e tias daquele braço familiar.

— Você tem alguma razão em especial para resolver lhe chamar assim? — a agente de saúde perguntara com indiferença, mas sem perder o contato visual, nem com a mãe nem com a criança. Também mantinha um sorriso alegre desenhado sobre o semblante, ao mesmo tempo em que olhava para a criança aninhada dentro dos braços da mãe. — Quero dizer: se trata de uma homenagem a alguma pessoa, avó, irmã, tia, uma atriz? Ou alguém que você admira muito?

— Não, não é nenhuma homenagem — fora a resposta curta da mãe. — É somente porque acho esse nome bonito mesmo.

— Não acho que sua filha linda combine com o nome Nátia — a enfermeira opinara, de forma muito sincera e quase beirando à intromissão. — Você pode até me repreender por estar sendo tão intrometida em algo que não me diz respeito, mas tenho que falar. Para ser sincera, eu concordo plenamente que se trata de um nome realmente muito bonito. No entanto, sua menininha é tão alegre! Tão cheia de brilho! A vida parece até sorrir para ela.

— E você teria um outro nome para me sugerir? — a mãe havia perguntado, ao mesmo tempo feliz pelos elogios vindo daquela mulher e receosa por estar sendo quase pressionada a mudar um nome que escolhera para a filha muito antes de chegar àquele hospital.

— Tália soaria com uma entoação mais poderosa e mais alegre — a médica argumentara, ampliando ainda mais o sorriso no rosto. — No meu modo de ver, Tália é um nome que fará jus à grande mulher que sua menina se tornará um dia.

A enfermeira fora embora do quarto de maternidade e a mãe ficara com uma dúvida cruel lhe martelando a cabeça. Nátia era um nome escolhido há meses e ela praticamente já se via chamando por aquela palavra, quando sua filha estivesse fora de suas vistas, andando por todo lado da casa ou pelos terreiros. Entretanto, ela admitia que aquela mulher tinha um tanto de razão. Tália realmente transmitia um som mais imponente, soava melhor, ela concordava. E como sempre fora uma pessoa doce, às vezes, até incapaz de contrariar qualquer pessoa, sua mãe acatara quase de imediato a sugestão da enfermeira. Esqueceria Nátia e passaria a se acostumar com Tália. Não deveria ser tão difícil.

Quando mãe e filha saíam do hospital, a segunda indo conhecer sua casa de verdade e a primeira voltando para o seio da família, a recepcionista não deixou de notar a mudança de nome que havia ocorrido. Curiosa, e para ter certeza de que a filha daquela mulher era, de fato, aquela mesma, não resistiu a um questionamento:

— Por qual razão você mudou o nome de sua bebê? Quando você chegou aqui para o trabalho de parto disse que ela se chamaria Nátia. Pelo que estou observando, agora é Tália. Como isso foi acontecer?

A recepcionista ouviu com atenção, e nada surpresa, a história da mãe sobre a proposta da dita enfermeira. Durante todo o tempo em que trabalhara naquela recepção, já havia ouvido aquele caso por diversas vezes. Mas nunca imaginara que um dia alguém pudesse atender à sugestão um tanto indelicada da enfermeira. Porém, sempre existe uma primeira vez para tudo, ela se permitiu aceitar. No final, a recepcionista abriu um sorriso e falou à mãe:

— Parabéns! Pelo nome e pela linda bebê. Tália é realmente um nome muito bonito, assim como Nátia, o qual eu também não teria hesitado em escolher. Mas só para você ficar sabendo, a dita enfermeira não pode ter filhos. Nunca pôde. Por mais que tenha tentado, nunca conseguiu segurar uma semente no útero. E isso sempre foi um trauma para ela. Quase morreu em todas as suas tentativas e, por isso, deixou de tentar. O médico a proibiu. O sonho dela sempre foi ter uma menina e colocar o nome de Tália. Ela deu essa sugestão para muitas mães que tiveram meninas neste hospital. Nenhuma chegou a acatar o seu pedido. Você é a primeira. Não tenha dúvida de que você realizou parte do sonho dela e com certeza deve tê-la deixado muito feliz. Só faltou ela lhe pedir para ser a madrinha.

Tudo aquilo significou somente informação passageira para a mãe. Ela realmente gostara do nome e não importava se a pobre médica já o houvesse sugerido para muitas outras pessoas. O mais fundamental era que sua filha nunca se arrependeria de carregar tal denominação. E nunca ninguém poderia dizer que ela tinha um nome feio. A mãe simplesmente agradeceu à recepcionista por todo o esclarecimento e voltou para casa, satisfeita com tudo que levava consigo.

E foi assim que, quando saiu de casa na barriga da mãe, a menina tinha o nome de Nátia. Quando voltou nos braços maternos, porém, já era conhecida como Tália. Havia sido duas pessoas em pouco tempo: uma que nascera com um nome, mas que o perderia para sempre, logo que veio ao mundo; e outra que viveria transmutada, a começar pelo nome de batismo. A vida lhe proporcionaria uma caminhada de metamorfoses.

A estudante se encontrava imersa nesses pensamentos quando o professor se dirigiu a ela, depois de uma pausa prolongada no discurso sobre normas e leis. Ele já falara de como seria a saída para o banheiro ou bebedouro; como seriam punidos aqueles engraçadinhos, ou engraçadinhas, que queriam matar aula e que, portanto, chegavam atrasados na sala; como era seu método de avaliação, muitas avaliações, ele garantira; e o que ele mesmo pensava sobre tudo isso. Discutira até mesmo assuntos mais gerais como, por exemplo, a questão de a escola ser uma preparação para a vida lá fora. Provavelmente, não era sua pretensão iniciar com o estudo dos conteúdos propriamente ditos nestas duas primeiras aulas. Isso não foi difícil para a garota perceber. Talvez desejava primeiro conhecer a turma que teria pela frente, saber o nível intelectual e disciplinar dos alunos. Essas questões.

Alguns colegas também haviam interrompido a fala do docente com perguntas, sendo umas mais básicas e outras mais sofisticadas. Com aqueles questionamentos, o educador havia feito uma verdadeira viagem por muitos pontos e temas. Inclusive, falara sobre os impactos que uma catástrofe poderia ter sobre nós, ainda que ocorresse nos confins do mundo, em países longínquos sobre os quais nunca ouvíamos falar nada. E também que poderíamos ser afetados por algumas tragédias, onde quer que estivéssemos. A covid-19, por exemplo, fora o exemplo mais drástico e claro que ele citara em sua fala. Realmente, o coronavírus era uma lição que as pessoas poderiam ter agarrado com afinco para melhorarem suas vidas, suas relações com a sociedade e consigo mesmas. Pena que, pelo que se observava de modo geral, pouca gente havia aprendido com o isolamento social. Boa parte da população, talvez a maioria, havia até mesmo desaprendido atitudes importantes para o convívio com o próximo.

Com ela era diferente. O que a Tália do ensino médio sabia agora era cuidar de si mesma. Havia aprendido bastante nos dois anos anteriores, tanto pelo isolamento em casa, como pela necessidade de ser obrigada a viver sozinha. Não sozinha no sentido de que não havia alguém por perto. Sem dúvida nenhuma, fora a época em que conviveu a maior parte do tempo com sua família, mãe, pai e sua única irmã, Lyara. Esta, dez anos mais nova do que ela, muitas vezes, era sua única companhia. Embora um tanto teimosa e com a personalidade muito diferente da sua, já servia como uma válvula de escape para não sucumbir à solidão que se abateu sobre muitas pessoas durante o período da pandemia. As intrigas e rixas entre as duas sempre existiram, assim como é normal acontecer entre irmãos e irmãs. Porém, o contato mais frequente fez crescer entre as duas manas um maior afeto. Embora nenhuma quisesse admitir, principalmente a mais nova.

O que a Tália daquela época realmente aprendera fora o fato de que, em algum momento da vida, uma pessoa acaba por se encontrar em circunstâncias nas quais é obrigada a conviver sozinha consigo mesma. E sozinha significava realmente fazer tudo por si, sem poder contar com a ajuda de outras pessoas. Até mesmo conversar se torna algo impossível nesses instantes de solidão. Nesses momentos, não há outra saída. É somente você com você mesmo, sem mais ninguém para se dividir as angústias, decepções, tristezas, medos ou qualquer outro sentimento, construtor ou destruidor.

Assim, o que ficou na cabeça da jovem Tália fora a certeza de que a vida, mesmo já sendo cruel durante a sua maior parte, ainda garante que, em um momento ou outro, você se encontrará em estado de solidão, no mais rigoroso sentido desta palavra. E quando isso acontece é imprescindível que cada um aprenda a conviver com suas próprias capacidades, sabendo aproveitar seus poucos pontos fortes e tentando arduamente manter sob controle suas diversas falhas. É isso ou sucumbir à dependência de outras pessoas, ausentes no momento, para prosseguir adiante na longa caminhada.

Sabedora disso, ela não estava tão preocupada, nesse momento, sobre nenhum desses assuntos discutidos ou mencionados pelo professor. Embora, é claro, tratassem-se de temas atuais e apropriados para a construção de um bom modelo de redação, fosse do Enem, de outros vestibulares, de um concurso ou da própria escola, como a professora de Português havia destacado no dia anterior. Pensando assim, o que a Tália de agora pretendia de verdade era aprender um tanto de Matemática e um pouco dessa disciplina estranha sobre a qual não conhecera praticamente nada no ensino fundamental, a Física. Sem dúvida que estudaria com afinco para todas as matérias. Porém, dedicaria maior esforço e mais tempo às áreas nas quais apresentava dificuldades mais sérias.

Pela carência de professores formados na área de Ciências, um problema geral no país, e pela ineficácia do sistema educacional em todos os níveis, o ensino de Física no ensino fundamental sempre deixa muito a desejar. Primeiro, as escolas municipais não têm professores para cada disciplina científica, Física, Química e Biologia. E também não têm interesse em aumentarem o estudo desses conteúdos, pois estão o tempo todo sendo cobradas pelos governos para darem resultados somente em Português e Matemática. Dessa forma, o governo aplica uma prova externa para avaliar se os alunos aprenderam essas duas disciplinas, ao mesmo tempo em que força as escolas a priorizarem tal prova, abandonando, inclusive, o conteúdo das outras tantas matérias. A escola passa a ter toda a sua rotina direcionada para uma prova que deveria avaliar se houve aprendizagem geral, mas que se concentra numa parcela muito pequena da grade curricular. No fim, os alunos aprendem a fazer uma prova, uma única prova, enquanto ficam leigos em outras áreas, como Filosofia, História, Sociologia e, o mais catastrófico, Física, Biologia e Química.

Normalmente é alguém com formação em Biologia que administra toda a disciplina de Ciências no ensino fundamental. Em situações de maior carência, o professor responsável pela matéria científica acaba sendo uma pessoa com formação acadêmica em outra área, o que torna tudo ainda mais difícil. Como é de se esperar, quem possui licenciatura em Ciências Biológicas pode priorizar os conteúdos de Biologia em detrimento de outros. E o professor faz dessa forma, não por vontade própria, mas porque sua formação não lhe fornece o suporte adequado para lecionar com segurança o conteúdo das outras duas disciplinas científicas. Em consequência disso, quando termina o ano letivo, não sobra tempo para a Física nem para a Química. E quando sobra, já no final do último ano letivo, o máximo que se chega a abordar é uma conceituação muito superficial de ambas as matérias. Desse modo, quando os estudantes chegam ao ensino médio, não deixam de sentir um verdadeiro baque com a maior parte do conteúdo de Física ou de Química.

Com a turma anterior da Tália não fora diferente. Ainda mais com os anos de total limitação durante o período de pandemia. Apesar de todo o seu esforço e dedicação em casa para ver um ou outro conteúdo diferente daqueles abordados na escola, ela ainda sentia que teria alguma dificuldade com relação a velocidade média, força, energia, estrutura atômica, equação química e tudo mais que os novos livros abordavam. Com a Matemática poderia ser a mesma coisa, uma vez que alguém já havia lhe alertado que os conceitos vistos no ensino médio eram muito distintos daqueles com os quais já havia se habituado no fundamental. Portanto, ela esperava sanar justamente as tais limitações dessas disciplinas.

— Qual o seu nome mesmo?

Ela ouvira o professor lhe perguntar, sem usar nada para indicar o seu rumo além do olhar, pois ambas as suas mãos estavam sendo usadas para segurar a garrafa de água à altura do abdome. Durante a chamada, ele já havia chamado o nome dela, embora tivesse sido de maneira muito rápida. Naquele momento, provavelmente, o docente não havia nem mesmo imaginado em memorizar como ela se chamava ou associar o nome à pessoa. Da mesma forma como não se preocupara em relação aos outros alunos. Por outro lado, o preceptor havia pronunciado Tália corretamente, com a sílaba tônica no primeiro a, e não Tália, com a sílaba tônica no i, como a maior parte das pessoas, e professores, costumava chamar.

Portanto, ele havia ganhado um ponto positivo por acertar como pronunciar seu nome da forma como ela sempre preferiu. No instante da frequência, ele pareceu seguro de que seria essa a pronúncia correta. Quando teve dúvida em relação a alguns colegas, ele indagou como se falava corretamente. Além disso, ficou muito evidente que o dito educador sempre costuma fazer a chamada pelo nome e não pelo número do aluno. Poderia ser uma indicação de que ele realmente enxerga os estudantes como pessoas, não como um simples número numa lista. Talvez ele se preocupasse mesmo com os alunos, como já haviam lhe dito alguns ex-alunos.

Num primeiro momento, ela pensou logo que o professor pretendia fazer-lhe uma pergunta mirabolante, complexa mesmo, para a qual a resposta era muito difícil e complicada demais para alguém que estava chegando ao primeiro ano do ensino médio. Se fosse esse o caso, ela tinha a pretensão de dizer que não sabia responder, uma vez que não queria faltar com a verdade. Ou, então, poderia tentar responder de outra forma, encontrando outros elementos que pudessem, senão responder o que fora pedido, pelo menos mostrar que ela não estava zerada no que dizia respeito a determinado assunto.

— Tália — ela se pegou respondendo, ao mesmo tempo calma por seu nome ser a sua primeira fala nas aulas de Física e, por outro lado, apreensiva por um leve medo do que viria pela frente, depois do nome.

— Tália... — o professor pareceu pensar alto, talvez surpreso por ter conhecido poucas pessoas com aquele nome. Ou não. Após uma leve pausa em modus pensativo, ele continuou na sua investigação, parecendo querer, de verdade, saber mais sobre aquele termo: — Quem teve a ideia de lhe chamar assim, se não se incomoda com minha ousadia em perguntar algo tão pessoal?

— Minha mãe — a estudante informou, lembrando que sua mãe nunca havia escondido, nem para ela nem para ninguém, que tinha substituído o nome da filha quando estava no hospital. — A partir da sugestão, é claro, de uma enfermeira da maternidade onde nasci. Antes disso, ela queria que meu nome fosse Nátia.

— Sua mãe sabe o que significa ou quem foi Tália? — o professor indagou-lhe, rabiscando um sorriso discreto nos lábios. Não era um riso de deboche, mas de fascinação. — Quero dizer: ela conhece a história da primeira Tália?

— Não — a aluna respondeu, com uma risada leve, mas que deixava evidente o quanto era alegre e animada. Pelo menos por fora. O docente não precisava alimentar a esperança de conhecê-la por dentro e ela também não desejava ser um livro aberto para qualquer pessoa. Era uma lição que aprendera a um preço muito alto para poder permitir que suas páginas fossem lidas de modo tão fácil. Antes de passar a palavra, ela acrescentou: — Não há nenhuma dúvida de que minha mãe nada sabe sobre tal história, seja lá qual for o fato sobre o qual você se refere.

— E a enfermeira, sabia? — o preceptor continuou, no que parecia ser uma interrogação retórica, o sorriso se pronunciando ainda mais no rosto. Provavelmente, ele tinha certeza de que a enfermeira não tinha a menor ideia do que significava ou quem fora Tália.

— Creio que ela também não tinha nenhum entendimento sobre o que você estar perguntando — agora a risada que a estudante soltou foi mais pronunciada. O que fez a maior parte dos colegas da sala rirem juntos com ela. — Tenho quase certeza de que nenhuma das duas tinha qualquer conhecimento sobre isso. E nem eu mesma, preciso confessar — ela admitiu e depois esperou o que poderia vir pela frente.

— Não é de se surpreender nem se admirar — o educador voltou com sua fala, sem sair de onde estava, encostando a cintura na cabeceira esquerda do birô. — Normalmente, as pessoas ganham um nome de batismo e, dificilmente, interrogam-se sobre quem foram suas versões anteriores, de quem seus pais pegaram emprestado aquele prenome. Às vezes, morrem sem saber que receberam a denominação de uma heroína, de uma personalidade famosa, de uma figura complexada, de um comandante sanguinário ou até mesmo de alguém que nunca fez nada de importante, mas que tinha o nome que soava bonito. Não é o seu caso, óbvio, pois em um momento ou outro você acabaria por esbarrar na origem do seu nome, fosse numa aula de Filosofia, Artes ou Literatura. Ou até mesmo, e isso seria mais provável, em uma pesquisa na internet.

O professor se calou durante um instante, mas ainda continuou, por alguns breves segundos, encarando a aluna. Esta, em silêncio, agora apenas sorria discretamente, mostrando sua tão conhecida, adorável, charmosa, admirável e desejada "covinha", ou gelasina, delineando uma leve reentrância sobre a sua bochecha esquerda. O sinal de beleza, como o povo costuma chamar. E o seu era uma marca ainda mais especial, por ser mais rara. Duas covinhas, uma em cada lado do rosto, já é algo difícil de aparecer. Possuir uma única, e tão evidente no delinear do sorriso, é um acontecimento belo da biologia humana, realmente digno de nota. No entanto, para que não fique dúvidas, a gelasina não passa de um defeito congênito, um erro que causa falhas quando o tecido conjuntivo subcutâneo estar se desenvolvendo. Fibras ligadas superficialmente à pele a puxam para dentro quando os músculos se movimentam. Por isso aparecem os furinhos, ou furinho, quando a pessoa, vítima desse erro, sorrir.

Embora, é claro, a Tália brincalhona sempre dissesse que nascera somente com o sinal, pois a beleza não havia vindo junta, quando alguém dizia que ela tinha o sinal de beleza. No entanto, aquele furinho era algo que, sempre ao se olhar e sorrir no espelho, fazia-lhe levantar a autoestima. Nascera vítima de um erro da biologia. No entanto, aquela falha genética mais lhe ajudava do que prejudicava. Que bom que o código genético comete, de vez em quando, um equívoco no seu processo de replicação quase perfeito, ela agradecia. Seu defeito de nascença era sempre elogiado pelas pessoas. Pelo menos isso, ela costumava se contentar.

— O nome Tália remete à mitologia grega — foi o comentário seguinte do professor, após tomar um gole de água e recolocar a garrafa térmica sobre sua própria mesa. — Tália era uma das nove musas da mitologia grega, filhas geradas a partir da relação entre Mnemósine, a deusa da memória e da lembrança, e seu sobrinho Zeus, o Rei dos Deuses. Mnemósine era filha de Urano, deus do céu, e Gaia, deusa da terra, e deu origem ao termo *mnemônico*, o qual significa *memória* ou *relacionado à lembrança*. Assim como Calíope era a musa da eloquência e Urânia a musa da Astronomia, Tália era a musa da comédia e festividade.

Para os antigos gregos, cada trabalho artístico que realizavam era inspirado diretamente pelas musas, divindades inicialmente criadas para celebrar a vitória dos deuses sobre os titãs, mas que aumentaram tanto em importância até se tornarem deusas, responsáveis diretas pela inspiração humana. A própria palavra Museu, a qual tem sua origem no termo grego

Moiseum, significa Templo das Musas ou Altar das Musas. Em Alexandria, os Museus eram locais dedicados ao estudo das artes e das ciências, atividades estas ligadas a tais seres mitológicos.

— E eu aqui achando que o nome da Tália não tinha nada de tão importante além de ser bonito de pronunciar — o comentário fora da aluna sentada próxima à cadeira da Tália, no lado direito desta; à esquerda, considerando a linha de visada do professor. Era uma menina alegre, sorridente, olhos com brilho intenso e puxados na horizontal, risada longa e verdadeira. E nada tímida, pelo visto.

O professor, surpreso com o comentário e encantado com a presença altiva daquela estudante, dirigiu-se a ela de imediato:

— E você, como se chama?

— Briela — a estudante respondeu, com um sorriso alegre estampado no rosto.

— Também é um nome interessante, com sonoridade agradável, bonito e diferente — o professor lhe garantiu, entendendo que talvez ela quisesse saber se seu nome teria algo relacionado à mitologia, semelhante ao que acontecera à Tália. Antes que ela perguntasse sobre isso, porém, ele cuidou para que ela não alimentasse tal esperança. — No entanto, não me recordo se existe algo de seu nome relacionado a qualquer criatura mitológica. Até onde sei, provavelmente não. Para ser franco, é a primeira vez que vejo essa palavra e também não conheço nada sobre sua origem ou outras pessoas que carregaram essa mesma denominação. A não ser que você saiba algo no que diz respeito a isso e queira compartilhar conosco. Ficaríamos muito agradecidos.

Agora, a atenção se voltava toda para aquela estudante, tanto a do professor quanto a dos demais alunos. Ela se mostrou como alguém que não poderia segurar para si só o que gostaria de falar, fosse algo sobre ela mesma ou sobre alguma outra pessoa. Com certeza não era de tomar a palavra dos outros. Entretanto, não perdia a oportunidade de expressar o que queria dizer quando lhe era dada o momento para uma fala. Até mesmo a Tália tinha o olhar no rumo dela, um sorriso se formando nos lábios cada vez que a Briela soltava alguma palavra. Esta, sem se intimidar com o comentário ou o pedido do professor, nem com os olhares dos colegas, não demorou para voltar a falar.

— Acho que meu nome não teve a sorte de participar do pensamento e criatividade desses gregos aí — a aluna disse, soltando uma boa risada, a qual foi acompanhada pelo restante da turma. Até mesmo o professor não resistiu a um instante de riso mais demorado e descontraído. Quando teve um breve intervalo para amenizar sua risada, ela ousou acrescentar mais um ponto importante: — Eles devem ter achado que eu nunca viveria para receber um nome criado com tanta pompa. Ou talvez não quisessem perder tempo comigo.

Todos na sala intensificaram ainda mais as gargalhadas, acompanhando o comentário e o riso da Briela, como se ela fosse uma maestra conduzindo uma orquestra nas notas de uma partitura engraçada. Ela realmente parecia se sentir confortável com o fato de fazer as pessoas rirem de modo natural, sem apelação. Se isso se mostrasse ser verdade, não haveria dúvida de que seria a responsável por manter a sua turma fora do tédio e da melancolia. Pois, quando estivesse presente na sala de aula, uma vez ou outra, ela poderia soltar alguma fala engraçada para que o tempo não permanecesse tão enfadonho.

Em toda turma de alunos existe um, às vezes mais do que um, que é o responsável por evitar que as aulas se tornem uma experiência maçante e tediosa. Às vezes é uma pessoa sem embaraços e disposta até mesmo a ser ridicularizada sem alterar o seu estado de espírito. Outras vezes é alguém mais desinibido e sem um maior controle da língua, o que acaba por soltar, de vez em quando, algum comentário mais hilário. O fato é que, não importa a turma ou série, sempre terá um membro do grupo que faz esse papel de deixar a sala mais descontraída.

Nessa nova turma da Tália, essa pessoa parecia ser de fato a Briela.

O professor não interrompeu, em nenhum momento, os risos dos estudantes. Simplesmente esperou que se extinguissem de forma gradual e natural. Sempre achara isso importante, deixar que se tivesse em sala os intervalos de seriedade, mas também os instantes de descontração. E este, não restava dúvida, era um momento de aproveitar para fazer os alunos ficarem à vontade, mantendo distante a tensão característica da primeira aula. E o comentário da Briela fora realmente propício à ocasião. Com certeza, ela sabia quebrar o gelo nessas situações. Se continuasse assim, seria a alegria daquela turma.

O preceptor esperou com paciência que todos terminassem com suas respectivas crises de riso, antes de passar para frente. Como em um ritual sagrado, ele tomou novamente da garrafa para ingerir outro gole de água. Não estava com sede. Era apenas um modo de fazer passar um breve intervalo de tempo antes de continuar. Aquilo já se tornara um hábito para esperar acontecer o que ele não tinha controle ou não tinha como evitar. E uma onda de gargalhada se espalhando por toda a sala de aula é algo inevitável, contra a qual não se pode fazer praticamente nada para impedi-la. Nem se deve, pois não se terá êxito na tentativa.

Então, quando abria a tampa da garrafa em rosca, ele mesmo teve uma pequena crise de riso. Involuntariamente, é óbvio. Os alunos não puderam segurar seus ímpetos ao lhe verem rindo outra vez. E de novo, eles voltaram a soltar risadas, embora menos intensas. A Briela ria com regularidade, sem conseguir se conter, enquanto a Tália lhe acompanhava do lado, tentando não se deixar sair do controle. O docente tentou beber, mas quase engasgou com água quando levou o recipiente aos lábios, o que lhe provocou algumas tossidas. E mais risadas por parte dos estudantes.

Depois de alguns instantes, felizmente, o professor conseguiu sorver um gole de água sem tossir nem achar graça. Tampou novamente a garrafa, mas não a retornou à mesa, permanecendo com ela segura entre as mãos. Quando tudo pareceu sob controle e em silêncio, inclusive sem mais risos na sala, ele voltou a pedir à Briela:

— Agora, falando sério, por que você não nos dar a honra de sabermos a origem de seu nome? Como você chegou a recebê-lo?

— Como disse, e você confirmou, meu nome parece não se referir a nada muito importante na História ou Mitologia, nem a grega nem de qualquer outra região ou país — a aluna alegre assegurou, não mais rindo, porém, não tão séria. — Meu nome era para ser uma junção entre o nome de meu pai e o da minha mãe. No entanto, meu parto foi seguido por uma série de complicações e por grande tensão, a todo momento tendo-se quase a certeza de que não nasceria viva ou não deixaria minha mãe viver além daquele dia. Quando todo o sofrimento terminou, acabando tão bem quanto possível, minha mãe fora averiguada sobre como me chamaria. Ela respondeu assim: — O nome dela será Briela e o motivo é tão incerto quanto a possibilidade de ela nascer viva. E estou tão feliz por tudo ter dado certo que vou lhe chamar pelo primeiro nome que me veio à cabeça quando meus ouvidos escutaram o seu primeiro choro. Pois choro significa vida. Os mortos não choram. E quando alguém me perguntar porque a dei tal nome, direi que ele me veio de súbito, cheio de mistério e que desconheço sua origem — pelo menos foi isso o que ela me contou quando eu quis saber o motivo de meu nome.

Quando ela terminou de falar, um silêncio profundo se abateu sobre todo mundo. Até mesmo o docente não se permitiu comentar nada durante alguns segundos. Era uma história muito interessante, sem dúvida nenhuma. E a mãe da Briela deixaria um mistério sobre o porquê de seu nome que ninguém conseguiria explicar. Quando se recompôs da narrativa, o professor ousou a falar novamente:

— É realmente uma história digna de uma epopeia mitológica. Pena que os gregos não a conheceram. Teriam feito uma canção belíssima sobre seu nascimento. Que um dia, daqui há alguns anos, seu nome seja uma referência para as mães atribuírem denominações a seus filhos. E quando isso acontecer, nenhuma menina terá receio em dizer que se chama Briela.

— Pode brincar, professor, só não pode exagerar — uma Briela novamente sorridente, como se estivesse debochando de si mesma, interrompeu a fala do preceptor. Nem quando se tratava dela mesma, conseguia se segurar sem um riso animado. — Gosto muito do meu nome, e agradeço minha mãe por tê-lo me dado, mas ele também não é para tanto. Só o que posso dizer é que se fossem fazer uma epopeia sobre meu nascimento, teria que ser muito alegre, bastante alegre.

O professor sorriu delicadamente para ela, mas permaneceu calado por um instante. Aquela tal de Briela parecia mesmo animada e alegre, não havia dúvida. Além disso, pelo jeito que ela conversava e olhava para a Tália, deveriam já estarem muito próximas uma da outra, em termos de afetividade. Provavelmente, se tudo corresse bem, as duas seriam amigas durante todo o ensino médio. O que poderia facilitar ambas na realização de trabalhos e no entendimento de um conteúdo mais difícil.

Era verdade, as duas alunas já eram o que se poderia chamar de colegas próximas. Elas nunca haviam se visto ou convivido juntas antes de chegarem ao ensino médio. Isso porque moravam em localidades diferentes e, portanto, haviam estudado o ensino fundamental também em escolas distintas. A primeira vez em que se viram fora no dia anterior, durante o momento que a escola organizara na quadra esportiva para passar aos estudantes as boas-vindas e algumas normas importantes do regimento escolar. Mais uma vez, as tão famosas regras, a Tália se pegou pensando consigo mesma. Por serem da mesma turma, as duas alunas haviam sentado próximas uma da outra e passaram quase todo o tempo se conhecendo, comparando expectativas e dividindo seus principais medos em relação ao novo nível de ensino.

Tália e Briela pareciam até já se conhecerem há bastante tempo durante aquele breve encontro. Quando voltaram à sala para assistirem a terceira aula do dia, já seguiam conversando normalmente, como duas amigas de longo tempo. Dentro da sala, cuidaram para que suas cadeiras ficassem o mais perto possível. Embora, é claro, ambas estivessem dispostas a evitarem que possíveis conversas entre elas atrapalhassem a atenção às aulas. Se tornaram próximas muito rapidamente, tanto no espaço como na afetividade, mas não estavam inclinadas a se prejudicarem nos estudos. A Briela não se deixaria levar facilmente para a indisciplina e a Tália não se perdoaria nunca caso perdesse o foco por causa de uma amizade com uma colega. Na verdade, a Tália não se permitiria de forma alguma deixar que tal aproximação pudesse lhe fazer perder a atenção numa determinada aula, fosse de qualquer matéria.

Portanto, neste segundo dia de aula, embora estivessem sentadas lado a lado, evitavam conversas paralelas e uma chamada do professor. Estavam dispostas a falarem somente o essencial e se fosse a pedido do docente. Se não fossem interrogadas ou incentivadas a responderem algo, pretendiam permanecer caladas. Porém, o professor parecia não querer lhes dar sossego. Quando percebeu que a Briela já não mais sorria devido ao comentário engraçado que tecera sobre o próprio nome, ele se dirigiu especificamente a ela para perguntar:

— E quais são os seus planos para depois do ensino médio? Quero dizer: o que pretende fazer depois destes três anos que passará aqui?

— Continuar estudando numa faculdade — uma Briela séria respondeu de imediato, parecendo muito segura na sua resposta.

— E caso não seja possível, por algum motivo, você fazer uma faculdade? — o professor continuou perguntando, como se estivesse testando a determinação da aluna.

— Então o trabalho em outra área me espera.

Uma Briela sorridente concluiu, soltando depois uma breve risada.

Como se estivesse satisfeito com a resposta da estudante, o professor virou um pouco para o lado direito e encarou uma Tália também séria. E os olhos dela brilharam, pois pareceu que ela já sabia o que ele iria indagar. Não estava errada. Ele a interrogou da mesma forma que fizera com a Briela.

— E a Tália, o que pretende conquistar nesses três anos e depois deles? — o preceptor a inquiriu, não esperando menos do que uma resposta grandiosa.

— Estou quase com os mesmos planos da Briela — a Tália determinada respondeu, tão segura do que dizia quanto à sua colega de classe. — No entanto, com uma pequena diferença.

— E qual seria essa diferença? — o docente quis saber, um pouco surpreso, mas curioso demais para deixar passar sem adquirir um conhecimento sobre aquele ponto.

— Se não for possível entrar numa faculdade logo depois do ensino médio, da primeira vez, não pretendo desistir — foi o retorno da estudante, mantendo ainda os olhos brilhando como duas faíscas acessas. — Vou tentar a segunda vez, a terceira, a quarta e assim até conseguir.

Era justamente o que o professor desejava ouvir. Ele estava diante de duas alunas que pareciam ter certeza do que realmente queriam. E, por isso, ele ficou contente e animado. Pelo menos por dentro. Não queria deixar transparecer o quanto havia ficado entusiasmado com ambas as respostas. No entanto, havia ficado ainda mais empolgado com o que havia ouvido da segunda estudante. A Tália parecia realmente determinada na sua fala. Portanto, o professor não encontrou outro comentário, além de um único:

— É um bom plano.

A Pergunta

Contar com duas alunas determinadas a estudarem para irem em busca da realização de um sonho, sem dúvida, já estava de bom tamanho para levantar o ânimo do professor em relação a uma turma. Na verdade, ele se entusiasmava até mesmo com um único estudante interessado em ouvir o que ele tentava explicar no quadro. Sempre teve esse pensamento. Às vezes, até cometia o erro de afirmar, nas reuniões pedagógicas, que tentava pelo menos salvar tais alunos, pois os mesmos poderiam seguir em frente nos estudos e voltarem à comunidade como profissionais essenciais à sociedade. Todas as vezes em que falhou em esconder seu verdadeiro pensamento em relação a isso, ele sempre foi rebatido por vários comentários vindos do grupo gestor escolar. Pois os dirigentes educacionais preferem um bom discurso em vez de reconhecer o fracasso do sistema educacional.

— Professor, você precisa pensar é nos alunos que não conseguem aprender — uma coordenadora mais enérgica gostava de lhe alertar, muitas vezes o ridicularizando em meio ao restante dos docentes. — Os estudantes que têm algum interesse em continuar com uma formação acadêmica podem estudar em casa ou em outro horário que não seja o escolar. Você deve pensar é naqueles que somente têm acesso às suas aulas. Eles sim, precisam de nossa e sua atenção.

No entanto, o professor não se intimidava perante a fala de qualquer membro da equipe gestora. E para falar a verdade, ele nunca se deixava amedrontar com a repreensão que partia de qualquer ocupante de cargo educacional, fosse da hierarquia regional ou estadual. Enquanto eles pregavam o discurso enviesado do governo, o professor falava com propriedade, pois conhecia perfeitamente o chão da escola. Muitos cargos na educação são preenchidos por indivíduos que nunca passaram pelo menos dez anos em sala de aula. E se passaram, evitaram de enxergar a verdadeira realidade.

Portanto, quando seus gestores, tanto os mais próximos da escola como aqueles somente de gabinete, o tentavam repreender com falas vagas e justificativas governamentais, ele nunca perdia a oportunidade de responder à altura da ofensa. Às vezes, chegava até a tocar em feridas profundas do sistema educacional. Embora, é claro, gostasse mesmo era de discutir os problemas mais urgentes da própria escola em que trabalhava. Para muitos deles, conseguia vislumbrar soluções simples. Porém, por falta de boa vontade por parte das hierarquias educacionais, tais soluções nunca eram colocadas em prática.

— A escola precisa aprender a agir em diversas frentes — o professor afirmava, de forma categórica, quando tinha permissão para falar. — Eu concordo plenamente que devemos ter um olhar especial em relação aos alunos com mais dificuldades. E a escola, juntamente com a secretaria de educação, deve implantar projetos que possam sanar tais dificuldades, em vez de ficar somente exigindo que abandonemos todas as nossas atividades para tentar corrigir erros que vêm do ensino fundamental ou de fora da escola. Por outro lado, não podemos jogar para o canto aqueles alunos que estão aqui na busca pela conquista de uma vaga no ensino superior. Mesmo que eles possam estudar sozinhos em outro horário, nós, professores e escola, temos o dever de lhes prestar ajuda ao longo da caminhada. Eles precisam receber orientações, tanto no que diz respeito ao próprio conteúdo a ser estudado, quanto em relação ao que lhes espera pela frente.

O professor dava uma pausa, principalmente quando algum outro docente pedia um parêntese em sua fala. Sempre fazia questão de ouvir e esperar as pessoas falarem, contanto que respeitassem a sua vez de se expressar. Ele permitia as devidas interrupções, mas logo voltava com a palavra:

— Ultimamente, o que a escola tem feito muito bem é se preocupar somente com os alunos com dificuldades intelectual e disciplinar, os quais necessitam de um trabalho mais direcionado e prático. Enquanto isso, tem castrado os estudantes que dão duro para absorver o máximo de conhecimento possível. O investimento de esforços precisa ser nas duas frentes. Se não ocorrer dessa forma, como vamos formar nossos médicos, enfermeiros, advogados, engenheiros, dentistas e, o mais importante, nossos futuros professores?

Quando o professor concluía sua fala, o grupo da gestão ficava simplesmente estarrecido. Principalmente quando tinha presente na reunião algum representante da secretaria de educação. Essas pessoas classificavam tal discurso como muito distante dos padrões pedagógicos. Quanto aos seus colegas, a maioria deles concordava com seu posicionamento, sempre se sentindo representados por sua fala. No entanto, eles nunca se manifestavam, além de um ou dois, permanecendo apenas como expectadores. Não o faziam por diversas razões e ele sabia os motivos. Entre estes, estava o medo de criar atrito com a instituição, receio em perder o emprego por ser contratado, sofrer retaliações de qualquer tipo, entre outros.

Portanto, nesses momentos de discussão acerca do chão da escola, o professor simplesmente ficava sozinho na sua luta quixotesca, sem o apoio dos seus pares. Às vezes, tornava-se um combate infrutífero e desgastante.

Tanto que, nos últimos tempos, ele já começava a se cansar daquilo tudo, de falar e propor, mas não ser atendido. Talvez devesse dar uma trégua, ele se pegava pensando em alguns instantes. No entanto, logo em seguida tirava tal pensamento da mente. Quem sabe não fosse justamente uma fala como essa que evitava do sistema se tornar pior, mais cruel? Por isso, mesmo cansado e fatigado, o docente continuava defendendo seus pontos de vista em relação a todo equívoco que conseguia enxergar no seu ambiente de trabalho.

Como sempre acontecia em outras turmas, o professor ficou simplesmente encantado com aquelas duas alunas, Tália e Briela. Alguns colegas lhe tentaram avisar que se tratava de uma turma com o rendimento acadêmico muito baixo e alunos com perspectivas não tão boas quanto a importância de se estudar. Ele não se importara na ocasião, pois já tivera turmas assim ou até com desempenho mais baixo. Se a atual não fosse composta por estudantes altamente capacitados, não haveria problema. Ele daria suas aulas da mesma forma que gerenciava outros grupos de estudantes.

Portanto, quando recebeu as respostas de ambas as alunas sobre o que queriam fazer depois do ensino médio, não havia como ele não ficar maravilhado. Elas poderiam se tornar uma válvula de escape, um ponto de apoio, para que ele pudesse descarregar suas angústias em relação às discussões que tinha com as hierarquias educacionais, coordenadores e gestores em geral. E uma delas, ou as duas, talvez até pudesse preencher um pouco do seu vazio que sempre carregava consigo de algum tempo para cá. O vazio de uma perda cruel. Ou seriam perdas? Não importava, pois, independentemente da quantidade, a dor ainda continuava a corroer a sua mente da mesma forma que antes.

Pensando por outro lado, o docente não poderia mais, deste ponto em diante, aproximar-se muito daquelas duas alunas e nenhum outro estudante. Nem desta turma nem de outra que viesse no ano seguinte. Nem agora nem posteriormente. Havia feito uma promessa para si mesmo de que nunca mais se tornaria um professor ligado afetivamente aos alunos. Embora soubesse perfeitamente que já tinha quebrado tal voto no ano anterior. E como garantia de não continuar quebrando sua promessa, ele daria suas aulas da melhor forma possível; tentando repassar o máximo de conteúdo que pudesse; buscando sanar as dúvidas de quem quer que fosse e quantas vezes fossem necessárias; entrando em acordo com os alunos todas as vezes em que houvesse tal exigência; e até mesmo criando um clima de paz e compreensão com todos os seus mais novos estudantes.

Isso era muito importante para se manter o respeito mútuo dentro da sala de aula e uma reciprocidade sadia entre professor e aluno. Era esse o seu pensamento de trabalho, a sua forma de enxergar sua atuação como educador, a qual parecia ter dado sempre certo. Então, pretendia continuar assim, dedicado e compromissado com seu trabalho, porém, sem uma maior aproximação com seus novos alunos, diferente do que acontecia em tempos passados.

Quando o professor havia prometido para si mesmo a necessidade urgente de não mais se tornar tão próximo dos estudantes, ele tinha na cabeça um motivo muito claro. Ao longo de sua carreira, ele havia agido de forma contrária ao que fazia agora. Desde quando havia começado a profissão de educador, conquistara muitos amigos e amigas nesse processo, construindo uma relação próxima com seus estudantes. Muitos deles saíam da escola e continuavam a amizade com ele, não importando o caminho que seguiam depois do ensino médio. Isso sempre foi muito gratificante para o docente, sem dúvida alguma. Mas também havia um preço a pagar: a perda e o vazio que ficava quando todos concluíam e precisavam seguir em frente com suas vidas particulares.

Porém, isso não era tudo e também, com certeza, não fora o motivo de sua promessa. O que realmente lhe fizera firmar o tal juramento fora uma perda bem mais dolorosa, difícil de esquecer ou superar. Uma perda que não poderia retornar de forma alguma, mesmo que fosse somente um "e aí, professor?". Isso sim, deixara o vazio maior e mais fundo dentro dele. Além, é claro, de outros acontecimentos que também foram cruéis e lhe roubaram muito de sua estrutura emocional. O que corroeu com violência as entranhas mais profundas de seu pensamento.

Embora ainda tivesse um vazio no seu interior que nada lhe fazia preencher, após passar a cumprir sua promessa, havia melhorado um pouco, como se fosse um alívio para uma dor crônica. Não acabara totalmente com o buraco maligno dentro da sua mente, mas havia se amenizado levemente. Também não havia conseguido esquecer a perda. Superado, sim. Esquecido, não. E provavelmente nunca aquilo poderia sair de sua memória. Nunca o abandonaria. Como se fosse uma sombra que lhe acompanharia para onde quer que ele fosse.

Por outro lado, sua nova maneira de conviver com os seus alunos era macabra. Muitas vezes sentia uma vontade louca de estar junto deles, conversando, orientando, aprendendo. Ao mesmo tempo, porém, esforçava-se para se segurar e evitar de qualquer forma tal aproximação. Não era fácil, de forma alguma. Tudo se tornou uma balança muito instável. Se o afastamento lhe garantia a ausência de perda, também lhe doía por não estar próximo das pessoas com quem tinha que conviver todos os dias. Tortura e alívio na mesma dose.

Ainda assim, ele estava decidido a continuar com seu voto, pois no decorrer dos últimos anos, tal promessa lhe sustentara e o evitara de sucumbir ao desmoronamento mental.

— Professor, é verdade que você gosta mais da turma do segundo ano do que da gente?

A interrogação partiu do meio da sala e quem a fizera não parecia ser um aluno indisciplinado ou zombeteiro. Era uma pergunta altamente capciosa e intencional, obviamente. Aquele tipo de indagação que pretende deixar o professor sem resposta ou que se sinta forçado a mentir para não chatear alguém. No entanto, não era uma pergunta inédita. Longe disso. Ele já ouvira aquilo quantas vezes? Somente em todas as turmas nas quais já fora professor. E não só uma vez por turma. De vez em quando, a dita indagação sofria alguma sutil mudança, mantendo, no entanto, o mesmo significado, a mesma mensagem.

— O professor só gosta daquela outra turma — um aluno dizia, vez ou outra, quando o docente, ainda que sem querer tomar partido, mencionava o que havia feito em outra sala. — Só faz essas atividades com os outros alunos, nunca com a gente.

— O professor não gosta da nossa turma — outro aluno se atrevia a provocar, quando o educador não demonstrava tanta atenção à sua sala.

— Ele já tem o grupo queridinho dele — alguém mais carente de atenção reclamava, forçando o preceptor a dizer algo a seu favor, alguma fala de consolo.

O professor era sempre consciente de onde eles queriam chegar com aqueles comentários. Às vezes, estavam simplesmente brincando com ele, chamando-lhe a atenção. Nesses momentos, o docente apenas sorria e deixava tudo passar sem nada acrescentar ou comentar. Outras vezes, as observações significavam realmente uma carência de afetividade por parte dos alunos. Quando isso acontecia, o educador se sentia na obrigação de falar algo, explicar-lhes que nada daquilo era verdade. E a sua resposta era sempre a mesma, sem mentir e sem magoar ninguém. Era realmente a verdade, como ele se sentia e agia em relação a todos os seus estudantes.

— Não tenho preferência por nenhuma turma — o professor respondeu, com calma e tranquilidade, tomando nas mãos a garrafa de água, agora quase vazia, e a levando à boca. — Tento tratar cada turma com equidade e sem priorizar nenhuma sala, considerando cada uma como digna do meu pleno esforço, sem exceção. Embora tenha algumas que participam mais de minhas aulas e realizam mais atividades comigo e que acabam por se destacarem mais do que outras. Isso também é verdade para alguns alunos dentro de cada turma. Como vocês. Alguns aqui poderão passar três anos estudando comigo, mas que no final terão feito poucos trabalhos exigidos em nossa disciplina. Outros podem se destacarem na realização de determinadas atividades. Porém, uns poucos terminarão o ensino médio com a certeza de que não deixaram nada a desejar em nenhum momento de nosso estudo, tanto de Física como de Matemática.

Ao ouvirem a última fala do docente, os olhos da Tália e Briela cintilaram, pois ambas sabiam a quem ele estava se referindo por último. A Briela, contanto, como era de seu feitio, não perdeu a oportunidade de levar o professor a deixar tudo muito mais claro, sem nenhuma dúvida sobre nada. Logo que ele se calou, como se não mais quisesse falar sobre o dito assunto, ela emendou um acréscimo na dúvida do colega de sala:

— Ele pergunta isso, professor, pelo fato de em algumas atividades suas ter mais gente do segundo e terceiro anos. Pelo menos foi o que ouvimos dos alunos veteranos.

— Talvez tenha mesmo — o docente explicou, não se abalando com a indagação. Ele sabia que a primeira pergunta era ardilosa ao extremo. No entanto, esta era realmente a necessidade de um esclarecimento e tinha certeza de que uma Briela alegre e comportada não estava querendo outra coisa a não ser uma explicação mais detalhada. E pelo olhar, ele percebeu a mesma impressão em relação à Tália, mesmo ela não tendo falado nada. Então, ele continuou, com a pretensão de realmente não deixar nenhum vestígio de dúvida: — No entanto, talvez seja porque eles estão aqui há mais tempo do que vocês e, por isso mesmo, mais habituados aos nossos trabalhos. Quando vou realizar alguma atividade, faço o mesmo convite a todas as turmas na mesma época. O que acontece é que algumas participam em maior número, enquanto outras não. Mas é algo que não está sob meu controle nem depende de minha vontade. Além disso, o meu tratamento é sempre o mesmo com cada estudante, independente se ele vai com a minha cara ou não. Nos corredores, vou falar com todo mundo. Se alguém não estiver à vontade para me responder, também não tem problema nenhum. Que isso fique bem claro.

O professor verificou o horário no celular e percebeu que os minutos corriam mais rápido do que ele havia esperado. Ainda necessitava de um tempo para realizar uma última atividade e, por fim, tecer suas considerações finais. Esse assunto de um educador ter maior preferência por uma turma em detrimento de outra poderia estar encerrado. Pelo menos para este grupo em particular. No entanto, mesmo com pouco tempo antes de encerrar a aula, ele resolveu dar a oportunidade para mais uma pergunta, caso algum estudante estivesse com vontade de tirar uma última dúvida. Então, passeando as vistas por toda a extensão da sala, ele fez o questionamento de sempre:

— Alguém tem mais alguma pergunta a fazer? Alguma dúvida ou comentário que possa acrescentar aos que já foram construídos hoje?

— Para quê estudar Ciência, professor? — alguém na quarta cadeira da primeira fila resolveu questionar, esperando somente a permissão do docente. Não a primeira fila que corre paralela ao quadro. A primeira fila disposta ao longo da parede da porta da sala.

Desta vez ele se surpreendeu com o questionamento por dois motivos. Primeiro, o aluno que formulou a pergunta se manteve calado o tempo todo, não entrando nem mesmo na onda das gargalhadas do pessoal quando dos comentários engraçados da Briela ou da história do nome da Tália. Não. Ele simplesmente permaneceu em silêncio no seu lugar, inerte. Acompanhou com atenção tudo que se passava na sala, porém não se manifestou ativamente. Por outro lado, esteve constantemente atento ao que o professor e os demais estudantes tinham feito durante o correr da aula inicial.

Para falar a verdade, o docente de vez em quando olhara para aquela quarta cadeira da primeira fila e tentara enxergar algo naquele menino silencioso. O silêncio sempre lhe atraiu mais a atenção. Quanto ao barulho, nunca conseguiu suportá-lo. E pensar quantos bons alunos já se perderam numa sala de aula somente pelo fato de serem silentes? Quantos estudantes habilidosos não conseguiram seguir em frente pela simples razão de não terem sido notados pela maioria dos professores? Quantos foram ignorados em seus cantos por não manifestarem o que pensavam, o que sabiam, as dúvidas que tinham? Com certeza, muitos.

Talvez o aluno da quarta cadeira da primeira fila não devesse ser um deles. E se fosse um candidato a se tornar um estudante perdido pelo próprio silêncio, era o momento de evitar tal sina. Mesmo que ele fosse ainda um verdadeiro estranho para a turma e não pudesse, de forma alguma, aproximar-se muito dos seus alunos mais recentes. Ainda assim, ele teria meios adequados para averiguar qual era exatamente a condição daquele estudante, o aluno da quarta cadeira da primeira fila. Embora quieto no seu lugar, o menino não parecia nada passivo. Muito pelo contrário, a sua pergunta mostrava exatamente que ele poderia entrar em cena na hora que desejasse. Talvez somente esperasse pelo momento certo de falar o que tinha em mente.

Infelizmente, o máximo que o aluno havia oferecido ao preceptor e à sua turma até então eram somente alguns sorrisos discretos. Obviamente, não foram risos de deboche ou falsos, de forma alguma. Foram verdadeiros, alegres e sinceros. E sua seriedade talvez fosse intensa demais ao ponto de nada lhe tirar o foco. Se conseguia ouvir com atenção cada palavra do professor e, ao mesmo tempo, acompanhar a animação dos colegas, poderia significar tudo, menos que fosse um aluno desconcentrado.

Ou o professor poderia simplesmente estar inteiramente enganado sobre aquele garoto. Muitas vezes, já estivera equivocado em relação a muitos estudantes, quando pensou estar diante de alguém que parecia ser algo, mas que se revelara outra pessoa posteriormente. Já vira aluno com um futuro bastante promissor perder o foco por algo pequeno e insignificante. Mas também já lecionara jovens que não se mostravam tão capacitados inicialmente, porém, depois se tornaram excelentes profissionais. Que não estivesse enganado dessa vez, ele desejou.

O segundo motivo para a sua surpresa em relação ao questionamento do aluno da quarta cadeira da primeira fila fora o fato daquilo ser exatamente uma pergunta necessária a se fazer numa disciplina científica. Era uma pergunta digna de um verdadeiro estudante. Normalmente, ele estava habituado a ouvir perguntas sobre determinado conteúdo, principalmente aqueles mais complexos. Algum aluno, quando não conseguia entender um conceito ou equação e acabava por se entediar, abandonando até mesmo papel e caneta, não demorava para indagar sobre se a dita conceituação iria lhe ajudar alguma vez na vida.

— Professor, quando e onde vou usar tudo isso na minha vida?!

Era dessa forma que os alunos aborrecidos por não entenderem um conteúdo se direcionavam a ele. E não era raro acontecer. A maior parte dos estudantes agia como se tudo que se fosse estudar necessitasse ser usado na vida cotidiana. Como se o que não parecia ter utilidade imediata e palpável, não fosse necessário se compreender. Como se tudo que o livro didático precisasse colocar para ser abordado fosse somente o que iria fornecer algo para se usar na vida. Para que se estudar energia cinética, teorema do impulso, segunda lei da Termodinâmica, dilatação térmica, campo elétrico, teoria da relatividade e todos esses conceitos abstratos que apareciam nos livros de Física e o professor fazia questão de colocá-los no quadro? Onde e em que situação todos eles seriam utilizados?

Nesses momentos, o professor se sentia diminuído, inútil, impotente. Nunca, em toda a sua vida estudantil, ele contestara um determinado conteúdo. Pois nunca havia tido a necessidade de querer saber a razão de se estudar um conceito em específico. Estudar por estudar. Estudar pelo simples prazer em adquirir um conhecimento novo. Esse sempre fora seu objetivo, desde o dia, tardio na idade, em que começara a estudar. Portanto, o professor não conseguia compreender a razão de não ser óbvio, para muitas pessoas, a importância de cada conteúdo abordado em sala de aula ou por um livro didático, diante de tantas aplicabilidades que a Ciência havia proporcionado à humanidade.

Em instantes como esse, o professor também se pegava lembrando da anedota atribuída a Euclides, na Grécia Antiga. Na verdade, ele se recordava desse caso sempre que alguém tentava pôr em dúvida a relevância de algum conhecimento científico. Ou de qualquer outra área. O que ocorria com mais frequência durante as reuniões pedagógicas, quando algum colega leigo no assunto se achava no dever de cobrar aulas mais concretas por parte do pessoal das Ciências Exatas. E isso era outro ponto que o docente não conseguia compreender: o fato de se ter toda uma cobrança sobre os professores de Ciência e Matemática para desenvolverem aulas mais práticas. E as outras disciplinas? Não deviam fazer o mesmo?

Enfim, conta-se que um aluno abordou Euclides, durante uma aula, com uma pergunta semelhante às que o professor costumava ouvir de alguns alunos ou determinado dirigente educacional.

— Quanto esse conhecimento vai me proporcionar em rendimentos?

O dito aprendiz perguntou a Euclides, talvez esperando um imediato desconcerto do mestre. Este, estarrecido e decepcionado pelo que acabava de ouvir, levantou-se, puxou uma moeda do bolso e a entregou ao jovem questionador.

— Tome esta moeda e se retire da minha aula — o mestre ordenou, sem dar chance para o falso discípulo lhe contestar. — Se você só quer aprender algo pela conquista de alguma riqueza, então, sinto dizer, está no lugar errado. Vá! Essa moeda é o preço da sua ignorância.

Embora, sem dúvida, tratasse-se apenas de uma anedota atribuída a Euclides, o professor sempre gostou de citar ela em tais ocasiões. Para ele, nunca importou se é verdadeira ou falsa. O ponto essencial está na sua lição, ele argumentava sempre que era contestado. Para falar a verdade, por seus diversos estudos, o docente conservava um pensamento mais conspiratório sobre a existência de Euclides. Pelo que ele já havia lido sobre o assunto, era possível que não tivesse nem mesmo existido uma pessoa com o nome Euclides, mas sim um grupo de pensadores e estudiosos que se denominavam dessa forma. Tal análise era feita com base nos poucos documentos e relatos existentes acerca do suposto homem Euclides.

História de conspiração à parte, a mensagem da anedota era sempre o mais importante para o professor.

O questionamento que ele ouvia agora era muito diferente daqueles que estava habituado a escutar. Não deixava dúvida de que quem o fizera poderia ser alguém realmente preocupado com o aspecto mais geral das disciplinas científicas. O aluno não se referira à Física em particular, ou à Química, nem à Biologia, mas à Ciência de um modo geral. Era uma pergunta que poderia levar várias aulas para ser respondida da maneira mais detalhada possível. Agora, no entanto, não seria possível respondê-la sem que ficassem mais incertezas do que esclarecimentos.

— Talvez essa pergunta demore muito mais tempo do que alguns minutos para ser respondida.

O professor argumentou, agora quase arrependido por ter liberado para mais interrupções. Poderia ter partido direto para a sua última atividade que tinha em mente, aquela que estava de acordo com o seu plano de aula inaugural. Mas não, preferiu se arriscar. Por outro lado, quanto ao que lhe fora questionado valia muito a pena perder uns minutos para fornecer uma resposta, se não completa e detalhada, mas pelo menos um esboço geral. E como diz o ditado, quem entra no rio é para se molhar. Ele já havia entrado no rio quando quase implorou por mais uma pergunta. Então, o educador deu prosseguimento à sua fala:

— Se existe uma atividade humana que mais contribuiu, e continua contribuindo, para a melhoria da sociedade, desde quando foi sistematizada em séculos passados, é a Ciência. Digo sistematizada porque, mesmo existindo desde muito tempo na história da civilização, nos tempos mais remotos ela sempre esteve atrelada a conhecimentos não científicos e até mesmo a crenças. O caso mais emblemático é a Astronomia, a qual nasceu juntamente com a astrologia e as duas permaneceram juntas por muitos séculos. Não devemos nos esquecermos de que pesquisadores como Galileu, Kepler e Newton eram pessoas altamente religiosas. Assim como tantos outros que vieram antes ou depois deles. O próprio Copérnico, do Heliocentrismo Moderno, era um padre ou cônego. Citei esses exemplos só para vocês terem uma ideia mais clara do que estou tentando explicar.

A sala entrou em um estado de silêncio e atenção quando o preceptor reiniciou sua fala. Poderia ser porque a pergunta era realmente importante e exigisse uma resposta à altura. No entanto, o educador tinha uma hipótese melhor e mais simples: sempre que se toca no assunto de religião, as pessoas ficam mais apreensivas. Algumas se sentem desconfortáveis, mas a maioria espera quieta e receosa. Não é diferente com os alunos. É como se o tema religioso fosse um assunto proibido e que nunca devesse ser mencionado, principalmente numa sala de aula.

Em tempos passados, o docente já sofrera um bocado por questões e atritos entre os pensamentos científicos e religiosos. Houve uma época na qual ele se incomodava, e incomodava outras pessoas, sempre que alguém pretendia colocar as crenças à frente da pesquisa rigorosa. Já se estarrecera uma vez quando um antigo diretor de sua escola anterior permitiu que uma professora rezasse uma oração com seus alunos a cada vez que iniciava uma aula. O mesmo dirigente havia dado a ideia da realização de uma missa na festa de formatura dos alunos de terceiro ano.

— Para termos uma missa, diretor, também precisamos ter rituais das demais crenças — ele havia dito na época, repudiando qualquer atividade do tipo. — Além disso, não podemos deixar de dar um espaço igual também para os sem religião. Temos uma noite longa o bastante para a execução de todos os ritos?

Felizmente, com a recusa de outros professore, o gestor havia desistido daquela sua ideia, terrível e infeliz. Pelo menos daquela vez a contestação do professor havia sido levada em consideração. O que não acontecia nas outras diversas situações nas quais ele havia se contraposto a alguma opinião descabida. Em outros momentos, ele teve que suportar medidas estarrecedoras, bem como críticas e censuras mais ácidas. Tudo pelo embate entre a verdade e a tradição.

Mas isso havia sido há quanto tempo? Ele não conseguia nem lembrar mais. Até mesmo o lugar e as pessoas daquela época já não faziam mais parte de seu pensamento imediato. Sua mente os havia eliminado para as regiões mais profundas de sua memória. Se é que ainda estavam lá. Hoje, já calejado por tudo que teve que passar, não mais se incomodava com nada do tipo. Poucos tinham conhecimento dessa sua fase e ele não queria mais saber quem acreditava em quê. Então, aproveitando o silêncio total dos alunos, o professor prosseguiu:

— Felizmente, quando o Método Científico entrou em cena, a Ciência propriamente dita se separou definitivamente das crenças e passou a ter seu próprio sistema de correção e verificação de suas descobertas. Nenhum outro conhecimento humano possui um conjunto de regras tão eficiente para identificar suas próprias falhas. Observar um fenômeno, levantar uma hipótese sobre a causa do mesmo, testar a hipótese de modo rigoroso e replicável, publicar a teoria comprovada e aceita pela comunidade científica, ou rejeitar a descoberta falsa, retornando ao início de tudo, à observação. Essa é a forma como a Ciência trabalha e evita que o *achismo* se infiltre no que sabemos sobre o Universo.

O educador fez mais uma pausa para observar a reação dos estudantes. Eles continuavam como estavam, silenciosos e atentos. Talvez fosse pela aula já estar quase acabando, o professor imaginou. No entanto, ele conjecturou, não permaneceriam assim por muito tempo. Era preciso aproveitar o momento, aquele intervalo mágico no qual os estudantes são realmente estudantes, atentando-se para o que o docente poderia falar. Sabedor disso, o professor resolveu concluir o que tinha em mente:

— Mas respondendo à pergunta de forma mais direta, posso citar pelo menos dois motivos bem claros para a importância de se estudar Ciência. Primeiro, todos os benefícios que a sociedade usufrui atualmente são frutos diretos ou indiretos do conhecimento científico. Em todos os setores da nossa vida: saúde, lazer, comunicação, transporte, alimentação. O que você conseguir imaginar. A medicina avançada, as telecomunicações, os meios de transporte mais eficientes, o combate às doenças mais devastadoras que já tivemos, os medicamentos, o conhecimento sobre o Cosmos. Tudo isso tem o dedo generoso da pesquisa científica. A humanidade foi salva recentemente pela Ciência. Senão estaríamos dizimados pela pandemia da covid-19. Todas as medidas preventivas tomadas pela população, a pedido das autoridades competentes, não foram capazes de evitar a transmissão e infecção pelo coronavírus. O que realmente funcionou para barrar a doença foi a vacina. A Ciência fez isso. E precisamos prosseguir com todos estes estudos, sendo vocês, daqui há um tempo, nossos cientistas que descobrirão soluções para problemas que hoje não possuem respostas; nossos médicos que nos salvarão com tecnologia de ponta dentro dos hospitais e nossos pesquisadores que combaterão as doenças severas que surgirão com o tempo.

Mais uma pausa. Agora para molhar a garganta. Em seguida, ele continuou:

— Tudo que citei até aqui já é justificativa suficiente para a busca do conhecimento científico. Porém, como prometido, vamos ao segundo motivo para se estudar Ciência. Trata-se da oportunidade de se adquirir uma visão mais profunda e cética sobre o mundo ao nosso redor e também ao que as pessoas costumam, às vezes à força, nos fazer acreditar. Se você tem um pensamento científico, não se deixará ser enganado por discursos demagogos ou por falsas promessas de charlatões. Pensar cientificamente nos fornece uma espécie de escudo contra a superstição barata e o poder de analisar situações polêmicas, buscando encontrar os verdadeiros fatos e eliminando o que é mentiroso ou picaretagem. Nenhum outro tipo de conhecimento pode oferecer isso a vocês. Portanto, quando for para escolher, fique sempre do lado certo, do lado da Ciência.

O professor concluiu sua fala e depois olhou para o seu último interrogador, o aluno da quarta cadeira da primeira fila. Pelo semblante sereno, ele pareceu estar contente com a resposta. Seus olhos brilharam quando os do docente encontraram os seus. E foi nesse momento que o educador teve a certeza de que não estava enganado sobre aquele estudante. Era realmente o que ele esperava, a saber, alguém com uma vontade louca de prosseguir com os estudos depois do ensino médio. E ele até conseguia especular sobre a área na qual o mesmo teria pretensões de seguir uma futura formação acadêmica.

Portanto, o docente concluiu, valeria a pena investir naquele talento, fazendo-o desenvolver suas potencialidades, por mais escondidas que estivessem e por maior que fosse o silêncio que o estudante mantivesse durante as aulas. Se é que o mesmo fosse permanecer calado em todos os encontros. Isso era algo muito incerto, como o também eram suas cogitações em relação aos demais estudantes. Nunca se conhece verdadeiramente uma turma de aluno nas primeiras aulas. O professor sabia disso mais do que ninguém. Era preciso esperar para ver como tudo se desenrolaria com o passar das semanas e meses.

Ainda assim, ele tivera o mesmo pensamento em relação à Tália e à Briela, quando ambas se pronunciaram pela primeira vez em sala. Havia ficado muito claro o potencial das duas alunas, embora houvessem demonstrado isso de maneira diferente. A primeira, deixando transparecer uma concentração sem tamanho, um poder extraordinário de objetividade e uma habilidade invejável de manter o foco. A segunda, determinada e segura sobre o que tinha como meta, também mostrou que estava predisposta a seguir adiante conforme as oportunidades sorrissem para ela. Esta, enfrentava o que vinha pela frente sempre com uma risada aberta. Aquela, tinha como marca mais emblemática saber segurar as pontas de modo sereno, absorvendo o máximo que fosse possível guardar para si. Duas armas poderosas, mas com munições diferentes.

Pelo menos foi isso que o professor conseguiu perceber e aferir sobre aqueles três estudantes, até o presente momento da aula. Aula que se aproximava cada vez mais do seu final sem que ele conseguisse dar início à sua última atividade planejada. Quanto aos demais alunos da turma, o preceptor também já tinha condições de concluir algo sobre aqueles que se manifestaram na aula, fosse fazendo perguntas capciosas ou tecendo comentários sobre qualquer assunto. Os demais, que ainda não puderam se fazer ouvir suas vozes, permaneciam como incógnitas até então. No entanto, uma hora ou outra, eles também não demorariam para se tornarem conhecidos.

Percebendo que a aula estava caminhando para a sua conclusão, o professor constatou que seu bendito plano não seria finalizado. Malditos aqueles que fazem tudo por um plano de aula. E benditos aqueles que não os escutam e os ignoram. Seu objetivo antes de chegar na sala era tentar naquela turma algo que ele já havia feito em outras, passadas ou presentes, mas não realizava em todas. Pelo andar da carruagem, porém, talvez não iria ser possível.

Desde quando começou a lecionar, há alguns anos atrás, o professor nunca havia se preocupado em conhecer o nome dos alunos logo nas primeiras aulas. Desde pequeno, ele sempre teve dificuldade em falar onde houvesse mais do que uma pessoa estranha a lhe ouvir. E isso perdurou por muito tempo, diminuindo drasticamente quando iniciou a carreira de professor. Quando estudava na educação básica, falar em público era algo que estava muito além da sua capacidade de se expressar. Viera melhorar um pouco já no final do ensino médio. Mas nunca perdeu o medo por completo. Ainda hoje, depois de anos lecionando, ainda sente um frio na barriga a cada vez que entra numa sala de aula pela primeira vez.

Por isso, sempre foi uma tortura para ele quando uma professora ou um professor, no primeiro dia de aula, pedia para cada aluno se apresentar, dizer o nome, de onde era e outras informações adicionais. Quando chegava sua vez, ele simplesmente se via travando a língua e acabava por falar tudo muito resumidamente e em baixo volume, quase em sussurro. Apresentar trabalho na frente da turma? Era coisa de outro mundo, tão terrível quanto ficar diante de um batalhão de fuzilamento.

Portanto, quando se iniciou na educação, o docente resolveu por não adotar a mesma prática antiga de alguns de seus professores. Não queria que alguém no meio da turma passasse pela mesma tortura que ele passara quando jovem. Então, ter um vislumbre da fisionomia dos estudantes era o mais fundamental para o educador durante os primeiros contatos. O nome, no entanto, ele não costumava priorizar. Alguns estudantes, ele só os conhecia tardiamente, embora soubesse de imediato de quem se tratava quando outro professor citava determinada pessoa de determinada sala ou série. Muitos outros, por sua vez, o educador fixava o nome na mente por tanto ouvir outro aluno chamá-lo. Isso, no entanto, felizmente, nunca prejudicara sua boa relação com os discentes. Sempre era possível responder ao *olá, professor* dos alunos com um *olá, tudo bem?* ou *e aí, cara, só de boa mesmo?* Era uma forma para se esquivar de falar o nome de quem ele não o tinha na memória.

À medida que o tempo de trabalho foi passando, contudo, o professor começou a sentir a necessidade de saber quem era quem dentro da sua sala de aula logo nas primeiras semanas de encontro. Saber o nome de cada aluno se tornava importante em situações nas quais era preciso se associar a denominação à pessoa, numa reunião ou no momento de atribuir uma nota extra. Então, o docente passou a se esforçar para memorizar o nome de seus aprendizes o mais cedo possível. Em turmas grandes, isso se tornava uma tarefa muito difícil de se realizar. Muitos alunos parecidos, aos olhos do professor, por serem desconhecidos pelo mesmo, vindos de diferentes localidades. As incógnitas sempre parecem significar a mesma coisa: incerteza.

Além disso, o governo não é capaz de se sensibilizar para mitigar tal situação, sendo cruel o bastante para nunca querer reduzir o número mínimo de alunos por sala de aula. As secretarias de educação simplesmente concentram trinta e cinco ou mais indivíduos numa turma, sendo este o número mínimo. Elas esquecem que uma turma lotada, além de vinte alunos, é o cenário perfeito para a distração tomar conta de todo mundo, a indisciplina se alastrar por cada canto do recinto e o trabalho de acompanhamento individual do professor se reduzir ao nível nulo. E o mais grave, a ineficiência do processo de ensino-aprendizagem. Na maior parte das vezes, o ensino ocorrendo, mas a aprendizagem não atingindo sequer o meio da sala.

Às vezes, os alunos que sentam mais ao fundo da sala, simplesmente acabam por não entender o que o professor estar a ensinar. Quando isso acontece, tudo se torna melhor do que ouvir alguém falando em códigos no pé do quadro. Até mesmo uma conversinha paralela passa a ser mais interessante. Colocar uma quantidade grande de discentes numa sala é pedir para que a maioria não escute o professor e a maior parte não tenha sequer um atendimento individual do mesmo. O aluno que fica numa dessas situações, já começa o ano estudantil com muitas desvantagens. E elas só tendem a aumentar no decorrer do ano letivo.

Entretanto, em pleno século vinte e um, ainda se aloja mais de vinte alunos numa sala de aula para que um único professor tome de conta. Este, desrespeitado pela própria escola, pelas secretarias de educação, pelo governo em geral e, o mais humilhante, pela sociedade, sente-se obrigado a dar o seu melhor para ver se alcança pelo menos metade da turma. É um trabalho sufocante e desalentador. Quanto mais se tratando de uma faixa etária na qual os alunos estão com seus interesses concentrados em qualquer outro assunto, menos numa aula de Física ou Matemática.

Preocupado em cumprir sua função e honrar com seu compromisso, o professor explica um conteúdo no quadro, resolve umas questões e propõe alguns exercícios para os discentes. Quando começa a atender individualmente aqueles que o chamam com mais frequência, o tempo da aula tem acabado. Os demais, dificilmente têm a oportunidade de terem um acompanhamento na sua própria cadeira, permanecendo com as mesmas dúvidas que trouxeram de casa.

— Não vou memorizar o nome de todos vocês logo em nosso primeiro encontro — o docente disse, como era de costume avisar para cada uma de suas turmas. — Nem na próxima semana nem no próximo mês. Porém, no decorrer de nossas aulas, quando passar a conhecer um pouco mais sobre cada um, a memorização do nome de vocês ocorrerá de maneira natural. Alguns, vou ter o privilégio de conhecer mais cedo do que outros. E isso também é normal, não tendo nada a ver com ser mais atencioso com uns do que com outros. Aqueles que mais participarem, que mais expressarem suas dúvidas ou que comentarem mais vezes sobre nosso conteúdo, eu conseguirei gravar na memória com maior rapidez. Os que demonstrarem mais necessidade para receberem minha chamada de atenção, também terão o nome guardado de modo mais célere. Portanto, não se preocupem, até o fim do ensino médio, talvez durante à cerimônia de formatura, terei memorizado pelo menos o primeiro nome de todos vocês.

— Tudo isso, professor?! — algum aluno mais brincalhão se deixou perguntar, o que levou toda a turma a se abrir em gargalhada.

— Só isso, professor?! — foi a pergunta que a Briela fez quando ele acabou por tecer o comentário hilário de sempre, soltando uma risada alegre em seguida. — Ainda bem que você já memorizou o meu prenome. Agora só falta o sobrenome. Quer dizer, não tenho certeza disso. Vai que amanhã você já terá esquecido quem é a Briela — ela completou, ainda rindo alegremente.

— Você não está achando pouco tempo não, professor?! — a Tália emendou, depois da colega de sala, rabiscando um sorriso no rosto. Estava sendo irônica, obviamente, mas de forma educada e brincalhona. Ela e a amiga, assim como todos da sala, sabiam que o professor também estava brincando.

Novamente, a turma voltou a sorrir. E outra vez, o professor deu uma pausa para não interromper as gargalhadas, as quais, ele concordava, eram sadias e não atrapalhavam a aula. Para ser o primeiro encontro, estava correndo tudo bem, com exceção daquilo que tinha colocado no seu plano, mas que faltava ser executado. Por outro lado, até então, os alunos estavam se comportando de forma pacífica e amigável. Se continuassem desse modo ao longo das aulas, ele não teria nenhum problema com a turma. Entretanto, é sempre bom lembrar, não se deve se iludir com a primeira impressão. Ele, porém, talvez já estivesse iludido, pelo menos por uma parte do grupo. Como era mesmo o lema? *Tenho plena confiança em todos vocês até que me provem o contrário.*

Os risos da turma finalmente se findaram, embora a Briela e a Tália continuassem com um leve sorriso no semblante. Também o aluno da quarta cadeira da primeira fila não parecia mais tão sério quanto antes. Agora o professor poderia continuar o que estivera planejando desde a semana passada, durante o planejamento da semana pedagógica. Antes, porém, para garantir o controle total, da turma e de si mesmo, outro gole de água era imprescindível. Depois de molhar a garganta, uma verificada no horário era inevitável. Pelo incrível que parecesse, ainda havia tempo suficiente para, pelo menos, iniciar sua atividade final. Então, ele não perdeu mais nenhum segundo e anunciou:

— Quero que todo mundo destaque uma folha limpa do caderno, coloque o seu nome completo e escreva duas anotações para mim. Primeiro, formule uma pergunta sobre algo que você sabe que acontece, mas não sabe porque acontece. Segundo, diga o que você espera ou deseja estar fazendo daqui há quatro anos.

— Qualquer tipo de pergunta, professor? — a indagação viera do aluno da quinta cadeira da primeira fila. Era uma interrogação séria, embora o estudante que a fizera parecesse alguém mais brincalhão, também se deixando esboçar um leve sorriso no semblante.

— Qualquer tipo de pergunta — o docente o respondeu de imediato, percebendo certa aproximação entre o dito aluno e o garoto que perguntara sobre a importância de se estudar Ciência. Talvez fossem amigos além da sala de aula.

Quando todos já estavam com a folha destacada e devidamente nomeada, o preceptor ainda resolveu completar, em tom de brincadeira:

— Esta é a primeira atividade de vocês valendo nota.

Um *ah!* generalizado correu pela sala, como um grito coletivo se espalhando por uma multidão. O professor não se sentiu intimidado e, em seguida, emendou:

— Também irá valer a presença de vocês hoje.

Então o *ah!* foi mais alto e muito mais demorado.

A Tarefa

Inicialmente, ela não havia gostado muito da maneira com a qual o professor resolvera começar sua primeira aula de Física. É verdade que esperava ele iniciar logo uma discussão de muitos conceitos difíceis e complexos demais para serem compreendidos de imediato. Não fora isso que os ex-alunos e alunos veteranos haviam lhe avisado?

— Podem se preparar porque o professor de Física não tem pena de ninguém não! — fora dessa forma que haviam anunciado como seria as aulas de Física e Matemática no primeiro ano do ensino médio para a sua turma. — Vão logo se acostumando com notas baixas, cinco, quatro, três, pois terão muitas.

Realmente, aquilo parecia mais um anúncio do fim dos tempos retirado dos textos bíblicos. Anunciações apocalípticas para pôr medo nos corações de meros estudantes chegando ao ensino médio. Embora houvesse conversa em relação a outras matérias, os alunos veteranos gostavam de fazer mais alardes sobre as disciplinas da área de Ciências da Natureza e Matemática. Esse era um dos motivos para ela, uma Tália já acostumada a lidar com situações delicadas, manter-se na defensiva. E talvez também a Briela e todos os outros alunos da sua turma.

— Química é um terror, com seus diversos compostos químicos difíceis de serem memorizados; Matemática é de frustrar qualquer pessoa mais sensata, mesmo aquelas que nasceram com talento para números e fórmulas; e Biologia é um território causticante de termos em latim que dói na alma quando se inicia a leitura dos mesmos — era o que os ex-alunos espalhavam ao vento; talvez de propósito, para causar pânico nos novos estudantes; talvez por brincadeira, por acharem tudo aquilo muito engraçado. — No entanto, o pior mesmo é a Física, com suas definições altamente rigorosas e conceitos parecendo saírem dos livros mais enigmáticos da filosofia mais obscura que se possa imaginar. Você acha que sabe Matemática até ter que resolver um problema de Física. Não se engane, a Matemática que você aprende e que funciona muito bem para o mundo abstrato, não lhe servirá nos problemas reais dos fenômenos físicos.

Talvez seja dessa forma que as disciplinas científicas são pintadas para as pessoas em geral. Um verdadeiro leque de conhecimento obscuro e complicado demais para meros mortais. A partir disso, criou-se um amontoado caótico de preconceitos e estereótipos em relação a essas matérias. O que também tornou comuns chavões como *Física é muito difícil*, *Matemática é só para doido*, *Não sei porque estudar tantos nomes científicos* ou *Não nasci para números*. Sem falar em outros ainda mais depreciativos e preconceituosos como, por exemplo, *Física não é para mulher*. Não é de se admirar o fato de as crianças já chegarem à escola com receio dos conhecimentos científicos. É como se essa má fama, mentirosa e sem cabimento, criasse uma barreira na mente dos alunos, de tal forma que eles passam a acreditar piamente que não conseguem aprender Ciência.

A Tália de então, não queria fazer parte desse grupo. Pelo contrário, ela queria experimentar se essas disciplinas eram realmente difíceis ou era somente conversa. Estava disposta a ver até onde essa tal de Física lhe deixaria sem norte. Até onde ela, a Física, era capaz de lhe deixar avançar sem ter que pedir ajuda a alguém. Por isso esteve ansiosa por saber qual era a do professor, como ele começaria e como seguiria com suas aulas. Agora, já com a aula se encaminhando para o final, ela descobria que nada era como haviam lhe contado. Simplesmente nada.

— Vocês irão estudar como se estivessem na faculdade! — os alunos veteranos do segundo e terceiro anos não perdiam a oportunidade de acenderem o nervosismo na cabeça instável dos estudantes que estavam entrando na nova etapa escolar. — Vocês irão estudar conteúdos complicados, realizar atividades extensas e serão submetidos a provas tão difíceis quanto as de um vestibular. Sem falar nos diversos trabalhos que terão de apresentar na frente da sala.

Obviamente, todas essas falas eram puro exagero. E a Tália sabia perfeitamente que deveriam ser mesmo, pois outros ex-alunos mais próximos dela, embora fossem poucos, diziam exatamente o contrário. E que, por isso, ela não precisaria ter medo. Seria tudo muito tranquilo. Estes, quando se referiam ao ensino médio, contavam histórias diferentes e nenhuma envolvia o terror alardeado sobre as disciplinas ou professores de Ciência. Falavam, sim, sobre a oportunidade de se crescer ao longo dos três anos, tanto intelectual como pessoalmente. Portanto, ela estava mais interessada na segunda opção: continuar crescendo, além do ponto onde já havia chegado.

No entanto, para qualquer outro jovem que está saindo do ensino fundamental, ainda carregando na cabeça alguns vícios característicos da adolescência, toda essa miscelânea de ditos enviesados soa como uma verdade absoluta. Deixar de estudar numa sala onde se pode, de vez em quando, ir na cadeira do colega, para entrar em outra onde é feito um mapeamento rígido da posição das cadeiras, não tem como não assustar alguém menos experiente. E o pior é que os ex-alunos e alunos veteranos têm consciência de que os novatos irão acreditar em tudo que eles disserem. Não importa se eles digam que certos professores são personagens de filmes de terror. Haverá sempre um ou dois iniciantes que acreditarão piamente no que ouvirem.

O mesmo é verdade para pessoas adultas em relação aos falsos discursos.

Para a Tália, no entanto, tudo ocorria de maneira diferente.

Logicamente que, ao iniciar essa nova etapa de estudo, ela ficara um pouco receosa sobre tudo de novo que poderia vir a acontecer. No fundo, era um pouco de medo mesmo, ela admitia para si mesma. A Tália de antigamente poderia ter se mantido sempre na defensiva, não permitindo nenhum avanço no rumo da sensatez. A Tália de agora, no entanto, não se permitia mais recuar perante suas mais ameaçadoras fobias, por mais terríveis que fossem. O medo sempre vai existir, pois não há como evitá-lo. Ele é nato, já vem impresso no código genético. É o mecanismo que o DNA criou para que o indivíduo evite cometer tanta bobagem ou tolice. Quem tem pavor a cobras, não se aproxima de seus ninhos.

Essa era uma outra lição que a Tália havia aprendido há muito tempo. Ter medo não significa que você precise deixar de seguir adiante por causa de seus temores. Eles vêm e vão, deixando para trás estrago ou crescimento. Estrago, se você for covarde ao ponto de não os enfrentar com determinação; crescimento, se você for capaz de os combater sempre de cabeça erguida. E ela sempre escolhera a segunda opção. É o modo como você enfrenta seus terrores que lhe faz forte ou fraco. Mais um aprendizado que ela nunca esquece. Não há como alguém se fortalecer se todas as vezes escolhe fugir dos seus pavores.

A Tália de então tinha medo, sem dúvida nenhuma. Mas isso não significava mais um empecilho para ela.

Portanto, por tudo que ouvira, sendo mais estardalhaços do que bom senso, ela realmente estava com um pouquinho de medo do que o professor de Física poderia lhes oferecer logo nas duas primeiras aulas. Mas não, não fora nada parecido com o que tentaram lhe fazer acreditar. E isso acabou sendo uma surpresa boa. Ela esperava apreensiva muitos conteúdos logo no início, mas o professor chegou com regras e assuntos os mais gerais possíveis. Também contava que iria estar diante de um docente prestes a esbravejar a cada pergunta sem sentido que qualquer aluno fizesse. Porém, o que acabava de presenciar era um preceptor paciente com alunos calouros e uma aula carregada de temas que ela nunca havia discutido em séries anteriores.

— Você não está com medo, não? — a Briela lhe havia interrogado, logo que o sinal tocara para a aula se iniciar.

— Medo de quê, menina? — uma Tália tensa, mas controlada, perguntara de volta, mesmo sabendo do que sua mais recente colega estava falando.

— Oxe! — uma Briela surpresa, mas alegre, exclamou. — Medo da aula que está para começar! O pessoal disse que os conteúdos que o professor ensina são muito difíceis e também garantem que ele é muito rígido.

— Briela, que seja como for! — uma Tália companheira respondeu, objetivando consolar a amiga. No entanto, o que ela realmente tentava era esconder seu verdadeiro medo e fazer com que ele não a deixasse sucumbir ao pavor que tentaram lhe colocar na mente. E não sucumbiria, ela assegurou para si mesma. — Mulher, se não temos escolha quanto ao professor nem quanto às disciplinas, o que nos resta é tentar suportar o que nos for oferecido. Tenho certeza de que todos aqui estão no mesmo barco, alguns até sem remo ou colete salva-vidas — ela soltou uma leve risada e percebeu que estava rindo da própria desgraça. — Estou tranquila e sei que ele não irá nos reprovar a todos, assim, sem mais nem menos. Não tem nem perigo!

— É mesmo, não é? — uma Briela tranquilizada por um sorriso de satisfação, voltou a ter comando sob seus próprios pensamentos.

— É sim! — a Tália respondeu rapidamente e fez um sinal para a amiga, querendo dizer *se comporte*, quando avistou o professor entrando na sala.

O que ela percebia agora, depois de muitos minutos corridos, quase no final das duas aulas de Física, era que o professor, postado ali em frente ao quadro, parecia ter uma estratégia eficiente para deixar os estudantes novatos à vontade. Talvez até à vontade demais para terem a ousadia de fazerem perguntas capciosas ou questionamentos mais filosóficos. A turma havia mantido o silêncio e atenção durante as colocações do preceptor, quando ele tentou responder às interrogações. E ele respondeu a todas, independentemente de serem mais sérias ou mais intencionais.

À medida que a aula se desenrolava, alguns alunos começaram a se soltar, aparecendo mais gargalhadas por diversos cantos da sala. E o educador meramente as aceitara, como se não fosse um problema ou não estivessem, em momento algum, atrapalhando sua fala. E, realmente, não estavam. Durante cada instante de riso, ele esperou todo mundo se calar para voltar a discursar novamente. Nenhuma vez ele se deu ao trabalho de chamar a atenção de ninguém ou pedir para alguém se calar. Não, simplesmente deixou as risadas correrem naturalmente, chegando até mesmo a passar, ele mesmo, por uma rápida crise de riso. O que também fez o pessoal rir ainda mais.

No entanto, ela estava mais impressionada era como o professor pareceu ter se empolgado quando fizeram uma pergunta sobre a importância de se estudar Ciência. Parecia que aquele questionamento ativara um gatilho na mente do educador, trazendo à tona toda uma paixão pelas descobertas científicas. Ele não perdera a oportunidade de falar abertamente a cerca de alguns pontos que, dissera, eram importantes para se levar em consideração. Então, falara sobre as vantagens da Ciência para a sociedade como um todo e de como a mesma desenvolveu um mecanismo de detecção de suas próprias falhas, o Método Científico. Ela ainda nem sabia que tal mecanismo pudesse existir. Citara, inclusive, uma curiosidade sobre grandes cientistas, Galileu, Kepler e Newton. Algo que ela nunca imaginara ser possível, e talvez ninguém mais na turma. Saber que até físicos renomados poderiam ser pessoas altamente religiosas nunca passara por sua cabeça.

E ela não poderia ter deixado de notar como aquela pergunta realmente parecia interessante e necessária. E assim sendo, não poderia ter sido feita por qualquer aluno. Não. O estudante sentado na quarta cadeira da primeira fila, a fileira da parede da porta, não era meramente um coadjuvante dentro de sala ou, muito menos, um aluno passivo, como tinha deixado transparecer inicialmente se mantendo em silêncio. Ele havia chamado a atenção do professor com sua indagação e este, por sua vez, o havia lhe impressionado com sua resposta muito convincente. Os olhos do estudante brilhavam enquanto o docente argumentava em seu comentário sobre a importância do estudo da Ciência. Diversos benefícios para a sociedade e, como fora mesmo que ele falara? Ah, sim! A *oportunidade de se adquirir uma visão mais profunda e cética sobre o mundo ao nosso redor*. Fora os dois pontos ressaltados pelo preceptor em sua defesa apaixonada do conhecimento científico.

Então, a Tália sensata se pegou pensando que todos os alunos veteranos e ex-alunos alarmantes apocalípticos estiveram enganados ou mentindo o tempo todo. Talvez Ciência não se resumia simplesmente a um monstro difícil de ser entendido. E, muito provavelmente, Física não fosse somente fórmulas obscuras como tentaram lhe fazer crer. Embora, é claro, ela só pudesse tirar suas próprias conclusões posteriormente, quando já tivesse assistido a muitas outras aulas. Quanto a estas duas primeiras, já estavam para se encerrarem e o professor pareceu também se preparar para finalizar o que tinha para realizar. Ou melhor, para os alunos realizarem.

Tudo voltou à normalidade que ela há tempo esperara quando o docente havia dito que não memorizaria os seus nomes de imediato e que tinha uma atividade para ser executada. Até brincara com eles, dizendo que talvez só conseguiria fixar seus prenomes no final do ensino médio, quando já estivessem se formando. Embora fosse uma brincadeira, aquele comentário surtira um efeito positivo sobre o humor da sala, deixando os estudantes mais descontraídos. Até mesmo sobre ela, que não mais se sentia apreensiva como estivera no início. Ela só não sabia dizer se fora proposital ou se o professor continuaria agindo dessa forma, proporcionando momentos de descontração para seus estudantes.

Esse momento leve, acompanhado pela pergunta irônica da Briela, acendeu imediatamente a sua vontade de entrar naquele sutil divertimento. Por isso, sua fala em tom de brincadeira pareceu muito espontânea e ainda por cima levou a turma a sorrir outra vez. E outra vez o professor esperou pacientemente os discentes terminarem seus risos para depois continuar falando. Na verdade, explicando o que queria em seguida: cada aluno com uma folha limpa e destacada do caderno, com o seu nome completo escrito sobre a mesma. Na folha, cada um devia escrever perguntas sobre algo que a pessoa sabe que acontece, mas não sabe o porquê. E, além disso, imaginar o que poderia ou esperaria estar fazendo daqui a quatro anos.

O aluno da quinta cadeira da primeira fila ainda interrogara se poderia ser qualquer tipo de pergunta. O professor respondera categoricamente que poderia, sim, ser qualquer tipo de pergunta. Isso tornava a atividade simples e fácil, a Tália esforçada imaginou. Se não era obrigatório fazer pergunta da disciplina de Física, ou mesmo somente de Ciência, o leque de opções se abria amplamente. Quantos fenômenos existem nessa categoria? Provavelmente devem existir infinitos. Ou pelo menos uma quantidade imensa e inimaginável. Não devia ser difícil encontrar um ou mais fenômenos que ela sabia que acontecia, embora não soubesse a causa. Esta primeira parte do trabalho não poderia ser menos complicada.

A segunda parte da tarefa também não parecia apresentar maior complexidade do que a outra. Aliás, a Tália cheia de planos pensou consigo mesma, dizer como esperaria estar no futuro próximo, sem dúvida, devia ser ainda mais fácil do que construir uma pergunta naqueles moldes exigidos. Portanto, não havia com o que se preocupar acerca de tudo aquilo. Com certeza era uma tarefa básica que o professor devia passar com a nobre intenção de ninguém se frustrar logo na primeira aula. Se fosse esse o propósito, era certo que alcançaria plenamente o que desejava. Se não, ainda assim aquele trabalho simples não deixaria de cumprir esse papel. Toda turma chega numa primeira aula tensa o bastante para se enrolar com qualquer exigência que o professor possa lhe apresentar.

Exatamente por esse motivo, mesmo conjecturando sobre as possíveis intenções do preceptor, até então, ela ainda não estava compreendendo o verdadeiro objetivo daquela atividade. Poderia ser qualquer coisa, inclusive aquilo que ela não imaginara. E talvez a maior parte da turma também não estivesse em melhor situação do que a dela. Muitos ali, é claro, nunca haviam sido seus colegas de estudo. E por isso mesmo, não tinha como falar por eles. Eram verdadeiros estranhos sentados dentro da mesma sala de aula. Quanto aos demais, no entanto, aqueles que vieram da sua turma antiga do ensino fundamental, ela era capaz de saber o quanto poderiam estar imersos em dúvidas.

Ainda assim, a Tália que nunca pedia ajuda não se preocupou com tais detalhes e simplesmente tentou fazer o que estava sendo pedido. Se pensasse muito, acabaria por se distrair e perder um tempo precioso. O melhor a fazer era se concentrar naquele papel ainda em branco e concluir sua tarefa. Àquela altura, nem ao menos havia colocado o nome no alto da folha. Ela sempre foi de deixar para pôr a assinatura do nome no final de tudo, após finalizar o trabalho propriamente dito. Às vezes, só lembrava de assinar no último segundo antes de entregar a atividade ao professor, embora sempre acabasse dando tudo certo. Ainda havia algum resquício da Tália antiga? Ela se perguntou mentalmente. Talvez.

À medida que os segundos foram se passando e nada vinha à cabeça para escrever, ela começou a ficar um pouco desconfortável. Não era um nervosismo incontrolável, longe disso. Era apenas uma leve inquietação querendo tomar o controle do seu pulso. Na verdade, muitas palavras apareceram na sua mente, todas possíveis de se materializarem no papel. Porém, o que não estava sendo fácil era organizá-las em algo coerente e com sentido. E a caneta segura entre os dedos, quase implorando para ser solta, parecia não estar querendo ajudar.

Era sempre isso que acontecia quando tinha que escrever algum texto ou redação. Conseguia pensar em um milhão de ideias, termos cultos e elegantes, frases bem feitas, argumentos poderosos. No entanto, tudo aquilo ficava preso à mente, sem ela poder externar em forma de palavra. Quando finalmente conseguia escrever algo, mostrava-se totalmente diferente do que havia pensado. Era como se nunca pudesse expressar fielmente o que tinha no pensamento. A Tália responsável tinha consciência disso e sabia que precisava melhorar o seu modo de escrita. Era mudar ou fracassar nas diversas redações que teria pela frente.

Ao olhar de lado para a amiga, percebeu que a Briela também parecia estar com um pouco de dúvida, embora estivesse quase rindo e mirando sua própria folha de papel sobre a mesa. A colega mantinha a caneta segura entre o indicador e o dedo médio direitos, fazendo-a girar como um pêndulo físico e batendo a extremidade do bocal sobre o caderno. Também estaria sem ideia sobre o que escrever? Ou só devia estar selecionando a melhor pergunta no meio de uma lista enorme que já devia ter construído até então? Se tratando da Briela, qualquer uma dessas duas situações, igualmente prováveis, era possível estar ocorrendo.

O suspense se desfez quando seus olhos se encontraram com os da amiga. Ao se virarem e se encararem, as duas não conseguiram evitar uma risada, como se estivessem fazendo troça uma da outra. Os risos significavam *ajude-me, estou em apuros* ou *o que eu faço? Estou sem ideias*. O sorriso zombeteiro de cada uma só poderia significar que ambas estavam no mesmo barco furado. Aproveitando que o professor não as observava, elas se entreolharam mais demoradamente, mesmo sem saberem o que deviam fazer em seguida.

— Eu ainda não consegui pensar em nenhuma pergunta — uma Briela sorridente confessou para a colega.

— Eu também não — foi a resposta da Tália, ao mesmo tempo alegre e parecendo preocupada por não encontrar ou conseguir escolher uma simples pergunta.

Na verdade, toda a turma se mostrou com sérias dificuldades em realizar a primeira parte do trabalho. A Tália estivera certa quando imaginou essa possibilidade. O professor parecia ter consciência desse fato, uma vez que se mantinha muito sereno, de pé, a cintura apoiada na lateral esquerda do birô. Provavelmente estaria sorrindo por dentro, debochando de todos, pensando o quanto seus mais novos alunos eram fracos, não conseguindo nem mesmo formular uma pergunta sobre um tema livre. Ou estava imaginando como seus estudantes novatos eram limitados em termos de conhecimento geral.

— Já concluíram tudo? — ela ouviu o professor indagar, a garrafa de água segura com ambas as mãos e os olhos passeando devagar por toda a sala de aula. Talvez procurasse enxergar a dúvida dentro da cabeça dos discentes. Se ele pudesse olhar dentro do pensamento dela, provavelmente se assustaria com tudo que visse: o caos se espalhando por todos os lados e a incerteza querendo tomar o controle de cada um de seus neurônios.

Não. Ela não havia concluído nada. Nem mesmo iniciado. Era como se as palavras se escondessem dentro de sua mente e não lhe fosse possível encontrá-las. Como que uma tarefa que parecia tão simples poderia ser, na verdade, tão difícil de começar? Apesar de ser válido qualquer tipo de pergunta, parecia que a grande quantidade de opções tornava tudo mais complicado. Quando se tem muito, usa-se pouco. Ela lá sabia o que isso queria dizer. Porém, foi o que lhe veio na cabeça de imediato. E naquele momento ela não estava conseguindo controlar ou filtrar o que seus pensamentos lhe proporcionavam, fosse algo bom ou ruim.

— Vamos lá! — a Tália apressada ouviu o docente falar outra vez. — Estou esperando. O tempo de vocês está se esgotando, pois eu preciso receber a atividade completa daqui a pouco.

Agora tudo parecia desandar, sair do seu controle. Não poderia, de forma alguma, ficar devendo a primeira tarefa daquela disciplina. Se bem que não poderia fazer isso em qualquer outra matéria. Entretanto, em Física, com aquele professor, precisava ser mais dura consigo mesma para não ficar com nenhuma dívida. Era como se fosse uma missão impossível a ser cumprida para não ficar em débito. Se todos diziam que as aulas dele eram difíceis, ela queria mostrar que, em momento algum, curvar-se-ia ao seu conteúdo. Por mais complexo que pudesse ser.

Para isso, entretanto, precisava urgentemente retomar o controle da sua situação e voltar a ser aquela pessoa que tem o comando rígido sobre si mesma. Então, ela tirou as vistas de sobre a amiga e as retornou para a sua própria folha em branco. Mudou o semblante e não permitiu que nenhum outro sorriso escapasse furtivamente pelo seu rosto. Precisava de seriedade, mesmo que se tratasse só de uma atividade. Uma atividade sem mais complicações. Porém, por mais simples que fosse, necessitava da sua plena atenção.

— Calma, Tália! — ela pensou consigo mesma, talvez alto demais para ser possível alcançar os ouvidos da Briela. Esta, sobressaltou-se quando ouviu o mais que sussurro da amiga. Felizmente, ela não deu nenhuma importância ao que achava ter ouvido e logo esqueceu aquilo, concentrando-se na sua própria tarefa. A Tália, policiando-se para pensar em silêncio, continuou lutando contra sua inquietação: — É só escrever a primeira pergunta que lhe vier na mente. Qualquer pergunta, não importa sobre o que seja.

As palavras não lhe vieram como ela gostaria, mas seguiu sua intuição e terminou de escrever a pergunta que havia formulado na cabeça. Não sabia dizer se era tão interessante quanto o professor desejava, mas fora o que conseguira. Escreveu tudo muito rapidamente porque ainda faltava a segunda parte da tarefa. Falar sobre o futuro. O que antes ela pensara como também sendo muito fácil sobre o qual se escrever, agora parecia algo ainda mais complicado do que formular uma pergunta aleatória. Estivera completamente enganada quanto àquela atividade. Era preciso confessar. Redigir uma pergunta sobre um fenômeno qualquer havia sido difícil? Provavelmente, escrever sobre o que estaria fazendo daqui há alguns anos, poderia se tornar uma tarefa ainda mais árdua.

O professor não poderia ter sido menos torturante com seus alunos iniciantes?

Não, não poderia. Ela é que devia ficar mais alerta. E se acostumar a tudo de novo, ou diferente, que fosse aparecendo.

Pensando assim, a Tália prática saiu da sua zona de conforto e acrescentou àquela folha de papel algo relacionado ao que ela realmente sonhava um dia conseguir. Não estaria mentindo porque era o que ela gostaria de estar fazendo um ano após concluir o ensino médio. Também não era algo impossível ou inalcançável, pois estava dentro do que havia projetado quando se decidiu pelo seu futuro. Aquele tipo de sonho que ela sabia poder estar dentro de suas condições, dentro do limite de seu esforço e dedicação. Portanto, estava sendo verdadeira e honesta consigo mesma e com o professor. Talvez ele não enxergasse tanta importância no que ela escrevera, mas era isso. Tinha esperança, e confiança, de que tudo daria certo no final.

Ela já havia assinado seu nome logo que concluíra a primeira parte da atividade. Embora não fosse seu costume, fizera assim como forma de garantir pelo menos uma parcela do trabalho, caso não conseguisse terminar e entregar o restante. Talvez pensaria em rever esse negócio de só colocar o seu nome quando tudo estivesse finalizado. Era algo que a presente atividade lhe acendera na mente. Seguindo assim, ela acabou de escrever a última palavra ao mesmo tempo em que o professor dava o último aviso para todos concluírem a tarefa:

— Agora o tempo de vocês realmente se esgotou. Deixe a folha sobre a mesa que vou passar recolhendo. Só não esqueça de verificar se colocou o nome completo. Se não, ou escreva até eu chegar na sua cadeira ou fique sem entregar a atividade.

O docente se afastou da mesa e se dirigiu no rumo da porta. Começou por recolher a folha na primeira cadeira da primeira fila. Em seguida, o segundo, depois o terceiro. Quando se acercou do jovem da quarta cadeira e tomou nas mãos sua atividade, deixou escapar um leve sorriso e um balançar de cabeça para cima e para baixo. Sinal de que aprovava o que estava vendo escrito naquele papel. O aluno não demostrou alegria com expressões muito visíveis, mas devia estar muito contente por dentro, pois seus olhos o entregavam. Provavelmente havia formulado uma pergunta esplêndida e redigido com perfeição o que esperaria estar fazendo daqui há quatro anos.

O educador prosseguiu na sua rota, soltando um sorriso mais expressivo quando deu uma rápida olhada na tarefa do estudante da quinta cadeira. Este sorriu de volta, talvez significando que havia escrito algo engraçado. Enquanto o aluno começava uma conversa em baixo tom com o colega da frente, o preceptor seguiu adiante, até alcançar o derradeiro aluno da primeira fila. Chegando aí, para dar continuidade, ele voltou recebendo o trabalho ao longo da segunda fileira. Depois deu início ao terceiro grupo de cadeiras e, em seguida, retornou pelo quarto, a fila da Briela. Quando esta entregou sua atividade, não teve como evitar uma risada e um pedido:

— Ô, professor, coloque o meu atrás dos demais. Para ser o último a ser lido por você.

— Está bem, vou fazer isso — o docente a tranquilizou, tomando o papel nas mãos e o aproximando das vistas. — Mas me deixe logo ver aqui o que tem escrito.

— Ah, não, professor! — uma Briela sorridente, mas agindo como se estivesse com uma leve vergonha no rosto, implorou. Era óbvio que não estava nenhum pouco preocupada que o docente lesse sua resposta, antes ou depois dos outros. Ou até mesmo de imediato.

O preceptor sorriu de volta para a estudante e colocou o seu trabalho atrás dos que já tinha em mãos. Porém, como para se certificar de que estava tudo correto, ele não deixou de fazer uma leitura rápida do mesmo, antes de ocultá-lo atrás dos outros. Dessa forma, ele já estaria sabendo o que a aluna havia respondido antes mesmo de iniciar a correção dos trabalhos. E antes de passar para o próximo estudante, ele acrescentou, sorrindo de leve para a jovem:

— Além de ser uma nobre profissão, também é fundamental para a sociedade. E o seu modo de ser pode tornar tudo mais fácil.

— Muitíssimo obrigada, professor! — uma Briela séria, não necessitando fingir alívio ou júbilo, agradeceu.

Para dar continuidade, o preceptor retornou ao longo do corredor formado entre a terceira e a quarta fila. Quando chegou ao fundo da sala, ele virou à direita para tomar seu último caminho. Então, transpassou pelo espaço aberto entre as duas últimas cadeiras e andou de volta entre a quinta e a sexta fileira, colhendo a atividade de ambas as filas. Ao terminar de receber a tarefa dos alunos sentados perto da parede, bem como de seus vizinhos do lado, ele girou para fazer o último recolhimento, no início da quinta fila. Quando se aproximou da primeira cadeira e estendeu a mão para receber o trabalho, uma Tália ousada se sentiu audaciosa o bastante para encarar o professor e tentar se justificar em tom de brincadeira:

— Aí, professor! Foi o que eu consegui fazer. Não sei como ficou em termos de elegância ou de conteúdo.

Ela manteve o olhar sobre o rosto do docente e o viu passar os olhos rapidamente pela folha. E não se incomodou por ele ler sua resposta previamente. Assim como a Briela, ela também não tinha esse tipo de problema. Tudo que escrevia, ou respondia, deixava à disposição para qualquer preceptor ler como achasse melhor ou quando quisesse. Na verdade, até preferia que suas tarefas fossem lidas imediatamente, pois assim poderia receber o feedback do professor. Aprendia muito com os comentários e recomendações que qualquer docente fazia nos seus trabalhos. Quando recebia o retorno de um professor, principalmente escrito na própria atividade, não sossegava até corrigir os erros, eliminar as falhas e fixar na mente seus pontos fortes. Porque um ponto forte é para ser utilizado a seu favor. É o que você tem de melhor. Quanto ao ponto fraco... Bem, ou você o melhora, ou tenta conviver com ele, vendo-o lhe sufocar a todo instante.

Quando terminou sua breve leitura, o professor fez um gesto com a cabeça, balançando-a vagarosamente para cima e para baixo, como se estivesse admirado com o que lia. Ela nem estava acreditando que ele parecia ter gostado do que estava escrito naquela folha de papel. Claro que havia uma chance, bem provável, de ele estar fingindo contentamento, como forma de não a constranger. Ainda assim, ela preferia ficar com a possibilidade de ele ter realmente aprovado o que havia escrito. Mas o que a deixou ainda mais calma, e radiante, foi o fato de ele ter desenhado um sorriso franco no rosto e depois falar exatamente as palavras que ela gostaria de ouvir:

— Olha aí! Muito bom! Vai dar certo!

Vai dar certo!

Pela primeira vez, um professor exclamava algo que ela sempre tinha em mente quando queria pensar positivo ou reacender sua esperança em qualquer coisa que realizava. Dizer *vai dar certo* era como se fosse um trunfo, uma carta na manga, capaz de fazer tudo se materializar como ela imaginava que aconteceria. Essa expressão, por mais simples e ilusória que parecesse, era quase um mantra para ela. Não sabia dizer quando passou a usá-la, mas desde então, não a abandonou mais. E quando algo que ela queria muito parecia difícil de se concretizar, não se deixava abater logo de início. Simplesmente repetia para si mesma ou para quem estivesse por perto: *vai dar certo!*

E era isso. Embora aquela tarefa tivesse dado um certo trabalho, inclusive a deixando inquieta por um momento, no final havia dado tudo certo.

Seu mantra continuava valendo.

O professor voltou para a frente da sala com o maço de folhas entre as mãos. Pela quantidade, parecia que todos haviam entregue. Sempre há alguns alunos que não costumam entregar uma ou outra atividade. Contudo, talvez por ser a primeira da disciplina, na verdade a primeira do novo ano letivo, provavelmente ninguém quis ficar em débito ou mal visto pelo docente. Agora era só esperar pelo que o professor falaria a respeito daquilo tudo. Se é que ele fosse comentar algo.

Ela percebeu um certo murmurinho pela sala, como se os alunos estivessem se sentindo livres para conversarem. Será que estavam achando que a liberdade que o preceptor lhes havia dado há alguns minutos atrás ainda estava valendo? Ou estavam contentes por a aula já se aproximar da sua conclusão? Fosse o que fosse, logo estariam silenciados pela voz do docente.

Como se também houvesse percebido um certo barulho se iniciando no meio dos alunos, o professor logo se postou diante da turma, os trabalhos ainda em mãos. Estendeu seu olhar firme ao longo de cada canto da sala e aguardou em silêncio durante alguns segundos. Como se tivessem ouvido ou visto a postura silenciosa do docente, os estudantes não demoraram para cortar a conversa e voltar a atenção para ele. Até mesmo a Briela se manteve séria, como se esperasse alguma censura ou coisa do tipo.

Não foi diferente com a Tália atenciosa. Ela queria saber o que teria para todos eles como considerações finais. O que viria antes que a primeira aula de Física se encerrasse. E, lógico, o que se esperar para os próximos encontros. Por isso, ela se postou com atenção redobrada, atenta a qualquer palavra que escapasse da boca do professor.

O docente agradeceu à turma pela atenção e se preparou para retornar com sua fala.

— Muito bem, pessoal, vamos nós! — o professor iniciou, tentando arrumar os papéis na mão esquerda e deixando a direita livre para que pudesse pegar cada folha. — Esta atividade não vale nota — um sincronizado *ah!* de decepção se espalhou pela sala, como um grito de *gol!* dito por uma torcida dentro da arquibancada de um estádio de futebol. Ele sorriu delicadamente e continuou: — Não. Ela tem um outro objetivo. Ou objetivos, dependendo de como estar o ânimo de vocês para aprenderem algo com isso. Vamos começar pelo mais básico — ele deu uma pausa, folheando os papéis, e depois continuou: — Pessoal, estou vendo aqui que, mesmo após o meu aviso, algumas pessoas me entregaram a tarefa sem assinar o nome completo ou, em um caso, nem mesmo parte dele. Tudo que você for fazer a partir de hoje, terá que assinar seu nome completo. Na verdade, isso é o que se deve escrever primeiro quando se inicia alguma tarefa. Você não tem ideia de quantas pessoas já foram eliminadas de concurso ou outras provas por terem esquecido o nome. Pode parecer besteira, mas não é. De forma alguma. Às vezes, a pessoa se preocupa tanto em fazer algo, por ser a parte mais difícil, que acaba se esquecendo de realizar o mais simples ou o fundamental. E nem estou falando só de prova. Estou me referindo à vida mesmo. Para se viver bem consigo mesmo, basta fazer o básico, o que há de mais essencial. O que é extraordinária vem depois, de modo natural.

Ela não esperava uma fala tão simples, mas tão impactante para a sua forma de pensar. Era como se o professor soubesse desde sempre sobre a sua mania de não assinar o nome de imediato em um trabalho escolar. Obviamente, ele não estava dizendo aquelas palavras diretamente para ela. Nem para ninguém em específico. No entanto, na cabeça dela, parecia que ele estava a lhe aplicar uma bronca. Uma repreensão severa por sua tão pequena falha. Era mais um aprendizado para a Tália de mente aberta.

— Um outro ponto a destacar é a diferença, entre vocês, na organização do trabalho — o docente prosseguiu, fazendo uma voz chamar a mente da Tália pensativa de volta para a sala de aula. — Parabéns aos que já conseguiram me entregar uma atividade bem organizada, sem rasura e sem poluição visual. Aos demais, só posso pedir que comecem a estruturar suas tarefas com mais zelo. Isso é importante. Ninguém nunca irá lhe repreender por ser organizado. O mesmo não é verdade para quem não prioriza a organização. Se você não tem zelo por uma tarefa escolar, muito provavelmente também não o terá por sua própria vida. E uma vida bagunçada não costuma florescer. Nem durar.

Agora ela não sabia mais se estava realmente numa aula de Ciência. Costumava ouvir esse tipo de fala em momentos muito diferentes. Numa palestra com alguém da área das Ciências Humanas, por exemplo. Ou quando um profissional da saúde mental tinha uma conversa com os adolescentes do ensino fundamental. Numa aula de disciplina científica, era a primeira vez.

— Com exceção de alguns, talvez muitos de vocês sentiram uma certa dificuldade para escrever uma pergunta nos moldes da que eu solicitei — o educador voltou a falar, encarando a turma em silêncio e uma Tália atenta a tudo. Um *sim!* generalizado correu pelas filas de cadeiras. — O ponto aqui a observar é o seguinte: em Ciência, em especial na Física, as perguntas são mais importantes do que as próprias respostas. Uma resposta fornece explicação para um fenômeno, algo muito limitado. No entanto, uma pergunta bem formulada amplia consideravelmente a visão do homem sobre uma gama enorme de fatos e observações. Por isso, não é tão fácil se construir uma boa indagação. E que fique bem claro: aprendemos muito mais quando nos questionamos sobre algum evento do que quando nos contentamos somente com a resposta. Quando se aceita prontamente uma afirmação, sem pelo menos contestar o sentido dela, acaba-se por se tornar prisioneiro do limite bastante reduzido daquilo que os outros nos dizem. Por outro lado, no momento em que você passa a interrogar sobre o que lhe oferecem como verdade, você acaba por descobrir que há sempre alguma mentira sendo lhe empurrada de goela abaixo. Tecer questionamentos sobre o mundo não significa falta de conhecimento, mas construção de conhecimento. E nem estou falando de conteúdo didático. Estou me referindo ao modo como agimos ou como permitimos que outras pessoas controlem nosso modo de pensar. Cuidado para não se tornar prisioneiro daquilo do qual mais espera liberdade.

Neste mesmo instante, ela acabava de comprovar que aquela aparentemente simples atividade realmente tinha um objetivo muito mais sério do que deixar os estudantes descontraídos ou à vontade. Naqueles poucos minutos de fala, o professor parecia querer dizer tudo sobre o mundo e sobre as pessoas. Como se não tivesse mais tempo ou que todos fossem deixar de existir assim que ele terminasse de falar. Infelizmente, ela temia que se tratava de muitas informações para se absorver em tão pouco tempo. Mesmo assim, valia a pena guardar o máximo que fosse possível. E ela guardaria.

— Creio que a segunda parte da tarefa também não foi tão fácil quanto vocês inicialmente pensaram que seria — o professor deu continuidade às suas colocações, agora passando as folhas de cima para baixo com maior rapidez. Outro *sim!* se espalhou pela sala, tendo início na cadeira da Briela.

— Óbvio que não é nada fácil falar sobre o futuro. Todos que tentam tal façanha acabam por caírem no ridículo. Até mesmo os maiores pensadores da história se viram em apuros quando se submeteram à tentação. O futuro a longo prazo é muito mais incerto do que um mero mortal possa imaginar. No entanto, pensar a curto ou médio prazo é algo que pode nos ajudar na projeção de nossa própria vida. O que você pretende estar fazendo daqui há dois, quatro, seis anos? O que almeja conquistar daqui há uma década? É importante você ter isso em mente. Pensar o seu futuro imediato pode ajudar a organizar o que você estar a fazer hoje ou o que irá realizar amanhã. Portanto, o que cada um de vocês almeja ou espera alcançar daqui há quatro anos, onde estarão, o que estarão fazendo, com quem estarão, dirá muito sobre como irão se comportar aqui na escola nestes três anos. E este momento pode ser um divisor de águas para a vida de cada um de vocês. Pense no seu convívio dentro destes muros como uma etapa crucial para alcançar o que você aspira para o seu futuro a curto e médio prazo.

Ela tentava se concentrar o máximo para acompanhar o raciocínio do professor. E tudo que ele falara até este momento tinha muito a ver com o que ela pretendia e o que havia pensado para o seu próprio futuro. Se ela havia sido honesta na sua resposta para a tarefa, o docente também o estava nas suas palavras. Era como se ele estivesse querendo que cada um ali construísse para si um plano de vida, um esboço de sobrevivência para seguir adiante. Ela tinha o dela já bem formulado, embora mais ninguém soubesse.

Guardar para si. Cuidar de si.

O professor terminou sua fala sobre a tarefa, mas não pareceu ter concluído seu discurso. Reorganizou os trabalhos entre as mãos e iniciou o que parecia ser uma outra chamada. Talvez quisesse conferir quem era o dono de determinada atividade. Ele encarou a primeira folha, leu mentalmente o que estava escrito e depois falou o nome do estudante em voz alta. Ao ouvir seu nome, o aluno levantou o braço para mostrar de quem se tratava. O docente fixou o olhar na pessoa identificada durante alguns segundos e em seguida passou o papel de cima para baixo. Leu a tarefa seguinte, novamente em voz baixa, e falou o nome para todos ouvirem. Mais uma pessoa detectada. Neste caso, uma aluna.

Então, ele continuou com o mesmo processo. Lia o que estava escrito, falava o nome em voz alta e identificava o dono do trabalho. Fez isso até restar uma última atividade, aquela que não tinha nome nenhum para identificação. Havia um descuidado na turma. O docente sorriu antes de indagar:

— Quem eu ainda não chamei o nome?

— Aqui! — o jovem da quinta cadeira da primeira fila respondeu, levantando o braço esquerdo para se identificar. Ele sorria animado, como se nada de errado estivesse acontecendo. E todos o acompanharam no riso. Até mesmo o preceptor. Parecia algo combinado ou talvez ele não colocara o nome no trabalho por esquecimento mesmo. Fosse o que fosse, conseguira arrancar uma gargalhada da turma.

— Descobrimos o descuidado — o professor exclamou, com um sorriso no rosto. E novamente a turma se abriu em gargalhada, inclusive o próprio descuidado. Quando todos se recompuseram das risadas, o preceptor voltou a falar, depois de colocar as tarefas sobre sua mesa: — Então é isso, pessoal! Esta atividade ficará comigo e não sei se a entregarei a vocês algum dia. Quem sabe? Quanto às perguntas que fizeram, também não posso respondê-las agora. No entanto, no decorrer de nossas aulas, uma ou outra será respondida, mais cedo ou mais tarde. Como nosso tempo já se esgotou, só o que ainda posso dizer é que sejam todos muito bem-vindos à nossa disciplina e nos encontraremos amanhã novamente nas aulas de Matemática.

Não se passou dois segundos até a campainha soar, indicando o final da aula.

LIÇÃO II

"Se você não consegue controlar os nervos perante o agravo vindo de um babaca, não conseguirá controlar a própria vida."

O processo de ensino-aprendizagem é tão enigmático que nunca se pode dizer, com certeza, se alguém realmente aprendeu algo. Às vezes, quando se pensa que algum conceito se fixou na mente de um indivíduo, com o passar do tempo, descobre-se que, na verdade, não passava de uma simples memorização passageira. E por mais que pensadores, uns bons, outros não tanto, tentem entender como tudo funciona, no final, percebe-se que não chegaram nem a arranhar a superfície desse misterioso processo.

No entanto, vez ou outra surge um sábio inventado, prepotente e arrogante, querendo mostrar, na verdade tentando colocar de goela abaixo, uma opinião sua, descrita por ele como sendo um estudo com rigor científico. Mal sabe ele que pensar ideias sobre o mundo não é algo tão dificultoso. Por isso, o que não faltam são pensadores. Tornar tais ideias coerentes com o mundo real é onde mora toda a dificuldade de se descobrir como uma pessoa aprende.

Como se não bastasse, há quem se decidiu por inventar uma palavra única para todo o processo que envolve ensino e aprendizagem. Resolveu, petulantemente, chamar tudo de ensinagem, *juntando o início de ensino com o final de aprendizagem. Simples assim, ele deve ter pensado. Quanta tolice! Uma palavra muito bonita e poderosa, o dito deve ter gritado, na sua presunção de pensador moderno. Só não percebeu que* ensinagem *tem o mesmo papel de* usinagem, *a saber, somente descreve a primeira parte do processo, o ensino. Uma indústria usina uma peça tão perfeita quanto queira. Porém, somente quem a usará poderá dizer se ela é realmente eficaz.*

Não! De forma alguma, ensinagem *resolve os mais diversos problemas que envolvem a instrução e o aprender.*

O processo de ensino-aprendizagem é como um prato sofisticado. O mestre-cuca tem uma receita pronta e definida para o seu arranjo. Esta é a parte da analogia que representa o ensino. No entanto, por mais que o cozinheiro não erre nenhuma etapa, não esqueça nenhum ingrediente ou coloque tudo nas suas devidas proporções, ainda assim ele não terá certeza de que seu prato possa agradar o paladar de quem o degusta. Mesmo que quem o prove diga que gostou e o parabenize pela comida, a certeza do sabor divino ainda não estará completa.

Esta é a parcela analógica que representa o doloroso processo de aprendizagem.

Presunçoso é aquele que afirma, de forma categórica, que sabe ensinar. Entretanto, mais tolo ainda é aquele que grita para o mundo que fez seu aprendiz aprender. O primeiro, não sabe o que faz. O segundo, não sabe o que diz.

REMINISCÊNCIA

O Rígido

Logo que entrou na sala do segundo ano A, ele olhou na direção da primeira cadeira da quarta fileira, contando a partir da porta. Era a fila e posição da Kália no mapeamento da turma. Ela sempre pedia para que o Educador Responsável, o docente encarregado de mapear a sala, a colocasse naquela vaga, perto do birô e do quadro. Perto do birô porque sempre poderia ouvir e ser ouvida pelo professor que estivesse em sala. Perto do quadro porque não queria perder nenhuma anotação, nem que fosse somente um traço duplo abaixo da última fórmula ou um ponto final após o fim de uma frase. Na verdade, às vezes, ela até exigia que fosse posta ali. Sempre tinha um modo peculiar de fazer tal exigência ou outra do tipo, mantendo um sorriso terno no rosto, porém séria o bastante para parecer estar com raiva.

— Não! — uma Kália determinada e faminta de conhecimento exclamava de forma categórica e brava quando um preceptor lhe dizia que precisava colocá-la em uma cadeira mais atrás na sua fila. — Quero ficar atrás não! Não vou consegui me concentrar nem prestar atenção na aula se me deixarem atrás.

— É só uma posição mais atrás, Kália — o professor do mapeamento tentava argumentar, quase certo de que ela não aceitaria, de forma alguma, qualquer que fosse a alegação que ele usasse. — É porque preciso da primeira vaga para um aluno menor, pois ele só pode ficar se for na frente.

— Então o coloque em outra fila — uma Kália já quase possessa, à beira de explodir, respondia. — Ou, então, mude minha cadeira para a primeira posição da terceira fila. Mas sentar atrás eu não quero. Nem posso. Senão vou me apagar.

Ela sempre usava esse argumento engraçado para finalizar sua contestação a respeito de onde devia se sentar na sala. E sempre terminava o *vou me apagar* com uma risada alegre. Era uma brincadeira, obviamente. Uma brincadeira que aprendera com o professor de Física e Matemática quando de uma reunião com professores, coordenação escolar e a representante da sua turma, ela mesma. A reunião havia acontecido com o intuito de tratar das possíveis dificuldades que os seus colegas pudessem estar tendo ao longo das aulas, ainda no ano anterior, no primeiro ano do ensino médio. Na verdade, era um encontro, entre outros rotineiros, que tinha o objetivo de identificar os pontos fracos, e os fortes também, de cada turma.

No início do primeiro ano, quando o Educador Responsável pela turma colocou em votação a escolha do líder da sala, os colegas não hesitaram nas indicações. Na verdade, houve apenas uma indicação e, em seguida, uma aprovação unânime. Nenhum estudante foi capaz de votar contra o nome da Kália para lhes representar perante à escola, embora ela mesma não tivesse se colocado como candidata. E nem precisou.

— Vamos indicar um nome para ser colocado em votação para ser o nosso representante de sala — o Educador Responsável da turma havia dito, consciente de que aquilo iria demorar um bom tempo. Era sempre costume a seleção do líder da sala se estender por muitos e preciosos minutos. Em algumas turmas, ninguém era indicado e nem se indicava. Em outras, os alunos não chegavam a um acordo, pois quem era escolhido se mostrava como não sendo capaz de fazer a devida representação dos mesmos. E ainda havia os casos em que ninguém aceitava ser o líder, sendo preciso o docente responsável entrar com uma fala de convencimento para persuadir alguém a aceitar ser o representante dos colegas. Na turma da Kália, o Educador Responsável esperava a mesma demora.

— Eu acho que tem que ser a Kália — alguém que estava sentado na primeira cadeira da primeira fila, muito próximo à porta, manifestou-se de imediato, quase não esperando o Responsável terminar de falar. — Ela é a mais inteligente, a mais esforçada entre nós, que sabe falar melhor e que pode nos representar da forma mais eficiente possível. Além disso, a Kália é a cara da nossa turma. Por isso, eu voto nela e acho que todos também pensam assim.

O aluno que fizera o discurso de indicação havia sido colega da Kália desde o ensino infantil, assim como a maior parte dos alunos da sua sala, uma maioria esmagadora. Era uma turma de garotos e garotas que estudaram juntos por um longo tempo, desde a pré-escola até o ensino fundamental. Sempre como um grupo só, sem ninguém ficar para trás, desistir ou sair para outra escola. E quando chegaram ao ensino médio, foram colocados também na mesma sala, embora alguns outros alunos tivessem sido acrescentados, vindos de outras localidades. Assim, a amizade entre eles já tinha um bom tempo e era tão forte quanto verdadeira. Haviam crescido convivendo uns com os outros, tanto dentro como fora da escola. E rapidamente os alunos novatos poderiam criar laços afetivos com os veteranos, que já eram companheiros de muitos anos atrás.

— Alguém concorda com a indicação feita pelo Noan? — o Responsável indagou à turma, esperando, como de costume, somente um ou dois estudantes concordarem. Não foi, porém, como ele achava que seria.

— Sim! — foi a resposta geral dos alunos. Ninguém ficou sem gritar um *sim* em alto e bom som. Até mesmo aqueles com pouco tempo de convivência, vindos de outras escolas, não se atreveram a discordar. Eles também levantaram a mão em apoio à indicação sugerida.

Nesse ínterim, desde a pergunta inicial do Responsável até o *sim* unânime dos colegas, a Kália havia se mantido em silêncio e com a cabeça baixa, mirando sua mesa de estudo. Não estivera desconfortável com tudo aquilo. Nada disso. Só estava ciente de que seu colega, que era sempre cheio de graça com todo mundo, diria exatamente aquelas palavras. E nos instantes em que o Noan discursava a seu favor, ela se manteve se segurando firme para não soltar uma gargalhada estrondosa. Ele sempre agia daquela forma, sendo exagerado com as palavras, ainda que permanecesse sério ao falar. E quando era a respeito da Kália, o exagero se multiplicava. Com exceção das suas amigas, ela tinha como mais considerável a amizade com o Noan, embora não fossem de ficar conversando por muito tempo nem com tanta frequência. Mas ele sempre lhe apoiava e tinha o costume de lhe falar palavras de incentivo sempre que ela estava meio desanimada com alguma coisa.

— Kália, você aceita a indicação feita pelo Noan? — o Educador Responsável perguntou, desejando veementemente que ela dissesse sim para que a votação não precisasse mais ter prosseguimento.

— Sim, professor — uma Kália calma respondeu, sorrindo e mirando o Noan à distância, à sua direita. Então ele lhe piscou o olho como resposta, mesmo continuando sério.

Ela nunca tinha pretensões de ser líder ou representante de sala. Não era esse o seu objetivo, embora fosse sempre escolhida pelos colegas para funções do tipo. Contudo, também não costumava desperdiçar a oportunidade que seus amigos lhe davam de falar por eles, nem jogar fora a confiança que os mesmos sempre tinham em sua pessoa. Por isso, não havia como dizer não. Ela aceitaria de bom grado, óbvio, a função de delegada da turma.

— Então está definido: a Kália será a representante de vocês por todo este ano letivo — o Educador determinou, batendo o martelo sobre aquele assunto. E, ao mesmo tempo, aliviado por só ter demorado alguns instantes. Que bom se nas demais salas ocorresse uma eleição de maneira tão rápida.

— E nos outros dois anos seguintes também! — um Noan cheio de seriedade exclamou da sua cadeira.

Todos os colegas, inclusive o Responsável, riram com o seu comentário.

Então, na sua primeira reunião como delegada da turma, uma Kália alegre ouvira aquela brincadeira, de se apagar, da boca do professor de Física e Matemática. No encontro estavam presentes todos os professores da turma, o Educador Responsável, os coordenadores escolares, o diretor e a Kália, a representante eleita em sala, escolhida sem uma única contestação. O objetivo da reunião era identificar alguns problemas pelos quais a turma pudesse estar passando, o que aqueles alunos tinham como ponto forte ou fraco, catalogar as principais dificuldades, bem como propor possíveis soluções para as mesmas.

Após reconhecer as contrariedades da turma e listar os alunos mais vulneráveis, fora reservado um momento para sugestões e recomendações. Encontrar soluções para os problemas de uma sala de aula não é uma tarefa fácil. Embora, é claro, na cabeça dos gestores educacionais e ocupantes de cargos nas secretarias de educação, isso seja tão simples quanto parecem nos livros de falsos teóricos do ensino. Aliás, se alguém quer se tornar um expert em ensino e aprendizagem, passando a saber tudo sobre Pedagogia, tornando-se dono de todas as soluções mágicas para os mais sérios problemas educacionais, basta ganhar um cargo em qualquer setor da educação. Não importa quem seja ou qual o cargo que ocupa. Pode ser coordenador, diretor ou qualquer outra função numa secretaria educacional, por mais técnica que seja. Quanto mais alta a hierarquia, mais perita a pessoa se torna.

Quem seria capaz de adivinhar que a resposta para melhorar o processo de ensino-aprendizagem não seria se tornar um professor capacitado e responsável, mas passar a ser um membro do corpo dirigente da educação? É a solução mais fácil que existe! Pena que os estudiosos não a descobriram cedo na história da Pedagogia. Se alguém tivesse exposto esta panaceia milagrosa antes teria poupado muito do trabalho de pensadores como Vygotsky, Piaget ou Paulo Freire. Então, alguém simplesmente poderia dizer:

— Não! Não é a interação social entre os indivíduos que faz surgir o conhecimento. Nem a interação com o meio ou o despertar do homem oprimido. Basta me garantir um cargo em qualquer nível do sistema educacional que lhes direi toda a solução para todos os problemas da educação. Simples assim!

Quando um dos professores na sala da reunião sugeriu que os alunos com maiores dificuldades fossem removidos todos para as primeiras cadeiras da sala, próximo ao quadro, o professor de Física pedira a palavra. Ela mesma, a Kália que sempre sentava na frente, não concordava com aquele absurdo, embora ainda não pudesse emitir o seu ponto de vista. Não até lhes darem direito à fala. Se é que teria a oportunidade de expressar sua opinião e indignação a respeito de tudo aquilo. Por enquanto, só poderia mesmo esperar e escutar, calada.

Por ser somente uma representante da turma, uma Kália atenta realmente esperava que o professor de Física fosse concordar com a sugestão apresentada. No ensino fundamental não havia reuniões com tais objetivos, muito menos com professores e grupo gestor reunidos numa mesma sala. Então, ela não sabia como era o modo de pensar dos docentes em relação aos seus discentes. No entanto, o que ouvira fora um professor que mal lhe conhecia de vista vir em sua defesa, ou pelo menos em defesa daquilo que ela também pensava.

— Eu não concordo! — o professor afirmou, categoricamente. Ele sempre fora o docente do *não concordo*, todas as vezes em que algo do tipo era colocado em discussão. Com certeza, os seus colegas de trabalho e o grupo gestor concordavam com o apelido que ele adquirira em meio a alguns grupos de alunos. Como era mesmo? Ah! O *Rígido*. — A maioria dos alunos que apresentam essas dificuldades não se sentem bem em sentar na frente dos demais. Sem falar que alguns estudantes mais esforçados necessitam estar nas primeiras posições para poderem focar um pouco mais na aula. Por isso, defendo que os colegas com mais problemas sejam retirados lá de trás, mas não sejam colocados tão na frente. Além do mais, tenho certeza de que uma aluna como a Kália não tenha a pretensão de ficar muito afastada do quadro — ele a encarou por uma fração de segundos, talvez implorando por um olhar de aprovação, antes de continuar: — Aliás, acho até que se lhe retirar da frente, ela possa se apagar, deixando de assimilar determinado conteúdo de alguma disciplina.

Uma Kália contentíssima por dentro após ser mencionada pelo docente, manteve-se em silêncio até que o Educador Responsável lhe indagara sobre o que ela achava de tudo aquilo e o que teria para dizer como líder da turma. Então, ela não se fez de desentendida. Também não era de ficar nervosa quando precisava falar na frente das pessoas, mesmo que se se tratasse de gente que ela não conhecia. Com calma, a Kália líder de sala simplesmente encarou os professores e coordenadores e teceu seu ponto de vista, sincero, eloquente e persuasivo:

— Acho que as dificuldades às quais estamos nos referindo aqui não estão relacionadas ao lugar onde os ditos alunos estão sentados dentro da sala de aula. Muitos que estão nesta lista, sempre optaram por sentar nas cadeiras de trás. Alguns deles, até mesmo não gostaram nada quando foram colocados numa posição que não era o canto da sala — ela deu uma pausa para verificar a reação dos educadores. Como todos tinham os olhos postos sobre ela e se mantinham silenciosos, ela deu prosseguimento: — Então, eu concordo, e falo isso por toda a turma, com a possibilidade de se trazer alguns destes alunos um pouco mais para a frente. Porém, somente até no máximo o meio da sala. Além desse ponto, eles não mais se sentirão bem. Será mais uma tortura do que uma solução para os seus problemas.

— Mas, Kália, você não acha que deveríamos tentar a opção de fazer um mapeamento com os alunos desta lista sentando nas primeiras cadeiras? — uma coordenadora interrompeu, provavelmente desconfortável com a fala da aluna. — Então, depois de um ou dois meses, se fosse o caso de não estar dando certo, a gente voltaria ao mapeamento anterior. Seria como um teste. Para ver o que aconteceria.

É impressionante como os dirigentes educacionais gostam de testar ideias que já nascem fracassadas. Aquele tipo de medida que todos sabem que não surtirá nenhum efeito positivo no processo de ensino-aprendizagem, menos o pessoal da secretaria de educação. Alguém chega com um projeto, sendo mais uma opinião do que uma dedução com rigor científico, e o apresenta aos responsáveis pela burocracia educacional. Como o indivíduo tem certo respaldo com pessoas mais poderosas politicamente, sua sugestão rapidamente é aceita e posta à disposição para ser aplicada nas escolas. Além dos próprios professores que estão em sala de aula, ninguém mais faz uma contestação de tais medidas. No final, descobre-se que as escolas foram obrigadas a aplicarem programas que não surtiram efeito nenhum na aprendizagem dos alunos.

Foi o que aconteceu com a implantação do novo ensino médio, um sistema que já germinou sem a possibilidade de melhorar o cotidiano das instituições educacionais. Este mesmo modelo, além de não ajudar os alunos mais vulneráveis, ainda castrou os estudantes com maior potencial para os estudos. Provavelmente, os sábios que pensaram o novo ensino médio não conhecem um mínimo do chão da escola, como tudo funciona, as limitações, as condições dos alunos, os fatores sociais, entre tantas outras variáveis que devem ser levadas em consideração quando se fala de ensino e aprendizagem. No entanto, o modelo foi empurrado de goela abaixo e os gestores e dirigentes educacionais obrigados a defendê-lo. Caso contrário, perderiam o cargo que ocupavam. E muitas pessoas se rendem a um cargo, em detrimento dos próprios princípios.

— Um professor do ensino fundamental já fez essa mesma tentativa — uma Kália chateada por ter sido interrompida, informou. Ela sempre ouvia as outras pessoas com um silêncio de pedra e uma atenção ferrenha. Somente falava quando lhe davam a palavra. Por isso mesmo, ela não gostava, de forma alguma, ser interpelada quando estava falando. Não dissera nada por respeito à hierarquia da coordenadora e para não causar desconforto aos demais participantes da reunião. — Eu não preciso nem dizer que não deu certo. Aliás, deu mais errado do que se imaginava, pois os alunos levados à força para a frente da sala começaram a só dormir sobre a mesa. Eles... Como eu posso dizer? Se apagaram.

O último comentário fez o professor de Física e Matemática se agitar na cadeira, levantando repentinamente o olhar para a Kália e desenhando nos lábios um sorriso malicioso, como se estivesse a debochar de alguém ou algo. Seu riso, porém, significava simplesmente um *eu falei!* Quanto aos demais professores na sala, não conseguiram evitar que caíssem em gargalhadas. Ela havia usado o argumento do docente para aperfeiçoar a defesa do seu ponto de vista. Então, professor e aluna se entreolharam por um instante, mas se mantiveram ambos com seriedade nos respectivos semblantes. Não havia dúvidas de que pensavam, senão igual, mas pelo menos parecido. E isso era bom, ela pensou consigo mesma, em silêncio.

A partir daquela reunião, os dois teriam o respeito mútuo um do outro. A Kália sabia que tinha conquistado a admiração do professor. E o docente, por sua vez, também poderia contar com o apreço de toda a turma, uma vez que os colegas seguiam quase à risca o que a líder da sala defendia. Se ela lhes dissesse que o professor de Física e Matemática era um aliado, eles não hesitariam em acreditar nas suas palavras. A promessa que o preceptor havia feito há algum tempo atrás começava a se romper e ele nem conseguia perceber. Nunca se sabe a linha fronteiriça do limite estabelecido.

Mesmo que o professor de Física não fosse ouvido durante as reuniões entre professores e grupo gestor, a Kália ficaria sabendo disso depois, a sua argumentação acabou por prevalecer. Mas isso, somente devido à fala da representante da turma. Ela havia sido muito convincente nas suas colocações e bastante firme no modo de falar, como se dissesse *não aceito contestação*. Portanto, o resultado da reunião, no que dizia respeito àquele ponto, terminou com a aprovação do ponto de vista da Kália. O mapeamento continuou como estava, sem que ela perdesse sua vaga na primeira cadeira da quarta fila.

Quando saía da sala, ao final da reunião, o professor passou por perto de sua aluna eloquente e a cumprimentou com um aceno de cabeça e um sorriso alegre no rosto:

— Parabéns, Kália! Sua fala foi muito persuasiva. Você não irá se apagar.

— Obrigada, professor! — foi a resposta da estudante, agradecida pelo elogio que estava a receber e abrindo um sorriso radiante, tanto por estar feliz como pelo *você não irá se apagar*.

Desde então, aquela brincadeira passaria a fazer parte de sua argumentação quando qualquer pessoa lhe queria tirar de perto do quadro e colocá-la uma ou duas cadeiras atrás.

Enquanto colocava a mochila, os pincéis, o livro didático e a garrafa de água sobre a mesa, o professor continuava a mirar na direção da primeira cadeira da quarta fila. Ele tentava olhar de modo discreto, pois não queria que uma Kália com a mente a divagar percebesse o quanto ele estava preocupado. Embora, é claro, logo isso aconteceria, uma vez que a cadeira dela ficava muito próxima ao birô, quase tocando a beira do mesmo. Além do mais, na alegria ou na tristeza, a Kália nunca deixava de prestar atenção no quadro e no professor, independentemente da aula a qual estivesse assistindo. Então, uma hora ou outra os seus olhos encontrariam os delas e vice-versa. E ele não tinha ideia de como reagiria quando isso acontecesse. Provavelmente, dependeria de como ela se comportaria, lacrimejando ou se mantendo imperturbável e em silêncio.

Claro que o professor ficou feliz por ela estar ali, na sua cadeira de cada dia, atenta como sempre. A mente, no entanto, parecia estar em outro lugar, talvez muito longe. Tão distante quanto se era possível imaginar. E isso o deixou ainda mais triste, embora não pudesse permitir que transparecesse o quanto estava abatido. Não podia, de forma alguma, expressar qualquer sinal de fraqueza. Não naquela turma. Não para a Kália ou seus colegas. Era naquela sala que ele, há um ano, encontrava a melhor recepção que um professor poderia desejar. Não, não se deixaria que o abatimento tomasse o controle de suas ações.

Tinha sido justamente na turma da Kália que ele havia aberto uma brecha na sua tão necessária promessa de não mais se aproximar afetivamente de nenhum aluno. Óbvio que eles não tinham conhecimento de juramento nenhum e, portanto, também não sabiam que ele havia aberto uma exceção para com eles. O professor tinha plena consciência de que não deveria permitir que algo do tipo acontecesse novamente, mesmo se tratando de um grupo de alunos disposto a quebrar qualquer barreira, tediosa e rígida, entre discente e docente. Contudo, como fora negligente, agora teria que lidar com uma situação semelhante a outra de tempos passados. Era a vida se repetindo, ele pensou. E o culpado era somente ele. Como sempre.

Após um ano, o docente admitiu, seu afeto por aqueles alunos já havia crescido além do nível que ele previra ou definira como limite. Isso aconteceu sem que ele pudesse frear o processo. Quando se deu conta, já estava sendo o professor de antigamente, tão à vontade com aquela turma quanto fora com outras tantas de um tempo atrás. E tudo foi se construindo sem o seu devido controle, como se fosse algo natural. Aquele grupo de alunos, coeso e disposto a realizar ou participar de qualquer atividade ou evento, durante todo o ano anterior havia feito o que outros estudantes não conseguiram nos anos mais recentes: deixá-lo à vontade para se tornar mais do que um simples educador.

— Professor, temos que participar de aulas de campo e outros eventos que forem aparecendo, nem que seja em alguma universidade — uma Kália audaciosa e nada tímida havia dito, logo na sua segunda semana de aula no ensino médio.

— É muito complicado levar aluno para aula de campo ou outro evento — essa tinha sido a resposta do docente, talvez falando mais para outra pessoa de tempos passados do que para a própria Kália de então.

Embora tivesse como nova regra não levar estudantes para nenhuma atividade extra escolar, o preceptor se viu outra vez quebrando as próprias normas editadas a si mesmo. A partir do pedido da Kália e seus colegas, ele voltou a acompanhar os alunos em muitos eventos que apareciam, fosse em outras escolas ou em diferentes instituições de ensino. Quando se deu conta, já estava levando a turma até para uma simples palestra sobre Ciência na universidade. E assim, sua ligação com o grupo do Noan só se intensificou a cada dia.

Além do mais, embora o professor houvesse se aproximado de toda a turma, a estima que criara pela Kália e o Noan ultrapassava qualquer fronteira que poderia separar a relação entre aluno e professor. O preceptor a admirava por ser uma aluna esforçada, dedicada e com muita vontade de seguir com os estudos depois do ensino médio. Quanto ao Noan, não tinha como não ser próximo dele, pelo menos depois de um tempo, tanto por sua capacidade de conquistar todo mundo com seu jeito de ser, como pela confissão que lhe viera a fazer, já quase no meio do primeiro ano letivo. Esse detalhe em particular amarrara o educador e seu aluno mais íntimo de modo mais firme. Embora, é óbvio, um Noan cheio de sonhos e com pretensões claras de cursar uma faculdade, também era algo que alegrava o docente.

O professor tinha consciência de que o melhor teria sido não se aproximar muito, ter evitado uma relação mais particular com aqueles estudantes. Agora, no segundo ano, iniciando mais um semestre de convívio entre eles, tornava-se muito mais difícil eliminar tal ligação, construída ao longo de todo o ano anterior. Pelo menos, não de maneira tão abrupta. Se fizesse de modo repentino, os alunos desconfiariam de que haveria algum problema ou algo errado. E eles se sentiriam abandonados e magoados. Por isso, o docente pretendia tentar um afastamento gradual ao longo do ano que se iniciava. Para que tudo estivesse se normalizado quando a terceira e última etapa do ensino médio começasse para eles, no ano seguinte.

Porém, quando ele menos esperava, tudo foi por água abaixo. No fim de semana anterior, ainda no meio do terceiro mês de aula, a notícia fatídica lhes chegou, demolindo tudo que era de estrutura emocional, tanto dos estudantes como do professor. Todos foram pegos de surpresa e ninguém foi capaz de reagir como gostaria. Os colegas nem mesmo conseguiam entender direito o que tudo aquilo significava ou qual seria o desfecho. Quanto ao docente, embora soubesse para onde a situação se encaminharia definitivamente, não se sentia com coragem suficiente para olhar nos olhos dos estudantes e pedir para se prepararem para o pior. Então, perante o que estava acontecendo, todos ficaram desnorteados. Uma catástrofe não escolhe lugar ou horário para mostrar sua face mais horrenda. Por isso, ninguém nunca está totalmente pronto para a sua chegada.

— Como vai ficar as aulas na sala da Kália? — um educador havia indagado ao grupo gestor, quando se soube do que ocorrera.

— Irão funcionar normalmente! — fora a resposta da direção da escola, insensível e inflexível na sua exigência para manter os estudantes dentro de sala a qualquer custo. — Não podemos parar com as atividades em sala, embora a circunstância não seja lá das melhores. No segundo ou terceiro dia, a turma já estará habituada, pronta para seguir em frente sem mais problemas. Até porque, somos adultos o suficiente para admitir que não há como a situação se reverter. O que nos resta é aceitar.

Normalmente! O professor pensou consigo mesmo, com um leve sorriso de escárnio nos lábios. Como poderia se avançar com uma aula normal numa turma alquebrada emocionalmente? Só poderia ser mesmo baboseira burocrática. Como estava sob pressão psicológica, assim como os alunos para os quais daria aula no dia seguinte, ele resolveu não contestar ou sugerir qualquer alternativa. Como nunca era ouvido em nenhuma circunstância, o melhor mesmo seria não se estressar naquele momento. Deveria guardar o seu resto de paciência para um instante mais propício. Por isso, preferiu seguir como a gestão exigira: dar uma aula normal para a turma do segundo ano A, mesmo que nada estivesse normal.

Agora, enquanto o professor olhava para uma Kália pensativa, ele teve a certeza de que estava colhendo os frutos da quebra de sua promessa. Pois ele sabia no que ela estava pensando. Era exatamente aquilo sobre o qual sua mente também estava concentrada. Então, quando olhou para o restante da turma, o silêncio e as cabeças baixas dos colegas rapidamente denunciaram o estado emocional debilitado no qual todos se encontravam. Quando mirou a vista sobre a cadeira vazia, ele não conseguiu evitar um entalo pressionando sua garganta. Se pudesse ir embora naquele mesmo momento, não hesitaria em ficar mais nenhum segundo naquela sala, encarando aqueles alunos perceptivelmente abatidos, o pensamento voando à distância.

No entanto, o preceptor pensou, não poderia deixar de prosseguir com sua aula. Uma aula dentro da normalidade, assim como a direção havia recomendado. Por isso, não restou outra saída a não ser ignorar a parte da chamada e pular direto para o conteúdo em si. Se iniciasse uma frequência, ele não conseguiria prosseguir até o final. Não com a lista incompleta. Quanto ao conteúdo, por outro lado, ele e os alunos poderiam se concentrar no quadro, evitando qualquer tipo de olhar, entre os estudantes mesmo ou deles com o docente.

Então, sem esperar por mais nada, o professor falou o capítulo com sua respectiva página no livro didático, tomou um pincel na mão e começou a escrever notas explicativas no quadro. Gastou vários minutos para concluir a primeira, pois escrevia algo e, logo em seguida, apagava, como se nenhuma anotação o agradasse. Quando percebeu que aquilo não o levaria a lugar nenhum, resolveu ficar com qualquer uma, a próxima que conseguisse escrever. Sentiu um alívio imediato quando se permitiu deixar uma nota registrada no quadro.

Os alunos, em silêncio, simplesmente o acompanharam, abrindo seus cadernos e fazendo as devidas anotações. Ninguém perguntou nada, nem mesmo a Kália, a qual era sagrado sempre ter um questionamento sobre um conceito ou uma fórmula mais complicada. Agora, no entanto, ela simplesmente copiava no seu caderno tudo que o professor conseguia deixar escrito no quadro. Os demais colegas também não se manifestaram em momento algum, como se ninguém estivesse numa aula sobre calor, temperatura, condução ou convecção térmicas.

As duas aulas de Física terminaram sem que o professor soubesse exatamente o que havia discutido nem os estudantes lembrassem o que tinham escutado.

Logo que começara a dar aula de Física e Matemática para a turma da Kália, no ano anterior, o professor realizara um levantamento do que cada um deles queria fazer depois dos três anos de ensino médio. Ele costumava fazer isso na maioria das turmas. Era uma forma de conhecer mais sobre os alunos e identificar aqueles com mais dificuldades ou os que apresentavam maior potencial para seguir uma carreira acadêmica. Também gostava de incentivar os estudantes a construírem perguntas sobre fenômenos que eles sabiam que acontecia, mas não conheciam a causa. Há dois meses e meio realizara tal atividade na turma do primeiro ano B, durante a primeira semana de aula. Assim como ocorrera na turma da Kália no ano anterior, ele logo percebeu alguns destaques, conforme havia feito a leitura da tarefa que os fizera realizar. Quatro deles apresentavam um potencial enorme para o mundo acadêmico, embora tivessem aspirações para áreas bem diferentes: Briela, sua amiga Tália, um jovem aparentemente calado que sentava na quarta cadeira da primeira fila e seu colega de trás.

Um educador perde muito quando deixa de conhecer seus alunos. Saber o que eles pensam sobre o mundo e sobre eles mesmos; conhecer um pouco de suas vidas cotidianas, seus familiares e amigos; quais dificuldades precisam superar todos os dias, os problemas que os afligem e as angústias que os torturam; como vivem e onde vivem; em qual meio social estão inseridos; e, o mais importante, como encaram o presente e o que esperam para o futuro. Tudo isso ajuda na hora de lidar com os estudantes, dentro e fora da escola. Pois todo mundo tem dificuldade. A diferença é que alguns sabem se sair melhor perante as contrariedades que se encontra ao longo da vida. Uns sucumbem diante dos problemas que surgem. Outros, no entanto, transformam uma dificuldade em um degrau para seguir adiante na escada da superação.

Então, naquele primeiro encontro com a turma da Kália, durante o tempo de três aulas seguidas de Matemática, o professor intentara descobrir algo sobre o que eles pensavam sobre o futuro. Àquela altura, a maioria dos alunos já conhecia o educador, pelo menos de vista ou porque se lembravam da aula de aprofundamento em Ciência que o mesmo havia realizado para eles no último ano do ensino fundamental. Quando a turma cursava o nono ano, ele havia sido convidado para uma série de aulas que tinham como objetivo preparar os mesmos para algumas olimpíadas educacionais. O preceptor lembrava que a turma, já naquela época, havia sido extremamente receptiva para com sua pessoa, algo que o fez memorizar tanto o nome como a fisionomia da maioria deles.

Quando os reencontrou na primeira aula de Matemática no ensino médio, ele reconheceu de imediato a Kália e alguns outros. Quanto aos demais, também não demorou a se lembrar de seus rostos. O Noan, no entanto, ele não sabia quem era, pois não o tinha visto durante nenhuma aula de aprofundamento que aplicara. Depois ficou sabendo que o mesmo não gostava daquele tipo de evento, a saber, participar de uma atividade realizada por um professor desconhecido. Essa não era exatamente a verdade, pelo menos não toda, mas o docente não se importou. Ao longo dos três anos, o professor disse para si mesmo, ele o conheceria de modo mais profundo.

Portanto, a primeira vez que viu o Noan fora já no ensino médio. O jovem que se relacionava muito bem com os colegas de sala, não conseguia olhar no rosto do professor de Física e Matemática nos primeiros dias de aula. Sentava na primeira cadeira da primeira fila e permanecia na dele durante toda o tempo das aulas. Acostumado a não interferir no comportamento de nenhum aluno, o professor simplesmente estava decidido a continuar sem forçar qualquer participação do jovem. Por isso, quando chegou a vez de interrogá-lo, o docente encontrou uma pessoa totalmente apática à sua pergunta sobre o que ele pretendia para o futuro.

— E o Noan? — o preceptor se dirigira a ele, olhando o nome na lista de alunos, ao mesmo tempo em que fazia a pergunta. — Quais são seus planos para depois que sair da escola? Quer fazer faculdade, trabalhar no comércio, abrir uma empresa ou nada do que estou pensando?

— Não quero fazer nada não — um Noan de cabeça baixa respondeu, fixando as vistas sobre sua própria mesa e evitando olhar no rosto do professor. Este, nada desapontado, só riu levemente, sabendo que não deveria insistir. Pelo menos não naquele instante ou naquelas primeiras aulas. Depois, quem sabe?

Os colegas riram com a resposta do Noan, embora não soubessem, naquele momento, o motivo de ele ter respondido à pergunta daquela forma, sem nenhuma vontade. Eles, que o conheciam de longa data, ficaram perplexos com seu modo de agir. Não era de sua índole deixar um docente com uma resposta tão crua. No entanto, não se preocuparam, pois deveria ser alguma graça que um Noam brincalhão estivesse fazendo com o novo professor.

Naquele primeiro encontro, o docente não insistira em lhe perguntar ou falar sobre qualquer outro assunto. O modo como o aluno havia respondido deixava claro que não estava nem um pouco afim de conversar. Conhecer, além de respeitar, esses sinais nos discentes, também é importante para uma boa relação entre educador e estudante. O preceptor simplesmente passou para o próximo colega, sem perturbar o sossego de um Noan silencioso.

Porém, tudo foi mudando no decorrer das aulas e à medida que o convívio com a turma foi se intensificando. O professor estava naquela sala três vezes por semana, com duas aulas de Física e cinco de Matemática. Era o docente mais visto por eles ao longo dos cinco dias letivos semanais. Embora o preceptor também lecionasse aquelas duas disciplinas para outras turmas de primeiro ano, em anos anteriores, os laços afetivos não se construíam de forma tão fácil como seriam tecidos com o grupo do Noan. O professor não permitia. Tudo para se manter fiel ao seu juramento.

Com os colegas da Kália havia sido diferente. Mesmo que ele não quisesse, eles fizeram com que se desenvolvesse uma relação muito próxima e afetuosa entre alunos e professor. Provavelmente, não fora de propósito ou porque o tinham como docente mais próximo. Nada disso. Não era questão de preferência. Nem da parte do professor nem da parte dos estudantes. Eles agiam com ele da mesma forma que se relacionavam com outros educadores da escola. No entanto, sempre participavam mais de atividades relacionadas à Ciência e, por isso mesmo, nunca estavam sem a companhia do professor de Matemática e Física. Além disso, toda semana ele lhes trazia um convite ou anúncio de algum evento científico, fosse uma oficina, uma palestra ou até mesmo um simples curso de Ciência disponível na internet.

Não havia dúvida de que a turma da Kália estava sempre disposta a participar de qualquer atividade que o professor apresentasse. Isso ficou claro logo nos primeiros dias de aula, no ano anterior. Independentemente de como seria realizada, onde ou o que seria necessário, eles diziam sim de imediato às propostas do docente. Podia ser para fazer parte de uma dinâmica abordando determinado conteúdo de Matemática ou Física, dentro o fora da sala de aula; realizar uma atividade prática envolvendo algum fenômeno físico; ou até mesmo desenvolver qualquer projeto de pesquisa que fosse além dos muros da escola. Era a primeira sala a ser convidada pelo professor para participar de eventos científicos em outras instituições educacionais. Quando toda a turma não podia estar presente em um determinado evento, por diversos fatores, ainda assim, o grupo de alunos mais próximos da Kália e do Noan estava de prontidão.

Por isso, e outros momentos de convivência, a promessa do professor em não se aproximar dos alunos novamente foi saindo de seu controle, escapando por entre os seus dedos. Estava perdendo o comando da própria mente? Talvez. Porém, como justificativa, ele se pegava dizendo para si mesmo que só faria aquilo com aquela dita turma. Era a exceção à sua regra. Afirmar tamanha baboseira, no entanto, era o modo mais fácil que ele encontrava para admitir que estava voltando ao que fora antes.

E a situação só piorou quando um Noam já habituado ao modo de ser do professor resolveu lhe confessar o motivo de não ter dado uma resposta melhor no seu primeiro dia de aula. Já haviam se passado meses de aula, o segundo semestre se aproximando do seu final. O docente já havia levado a turma para alguns eventos científicos; sugerido inúmeras aulas de campo à direção, embora só tivesse conseguido uma; realizado atividades práticas de Física e Matemática como, por exemplo, medir o tempo de reação dos alunos e determinar experimentalmente o valor aproximado do número pi. Depois de todas essas tarefas, um Noan já envolvido em tudo se sentiu seguro para admitir que estivera enganado, pelo menos inicialmente.

— Você sabe porque não lhe respondi com toda a verdade naquele primeiro dia de aula? — um Noan totalmente à vontade indagou ao docente. Ambos estavam a conversar com outros estudantes, incluindo alguns amigos do Noan que estudavam no segundo e terceiro anos, enquanto esperavam pelo ônibus que os levaria a mais uma palestra sobre Ciência. A Kália e suas colegas também estavam próximas, esperando pela fala do companheiro de estudo e brincadeira.

— Como assim, a verdade? — o professor respondeu com outra pergunta, como se estivesse surpreso pelo que ouvia. E realmente estava. Ele já nem mais lembrava do dia em que recebera uma resposta nada animadora daquele aluno que agora fazia parte de todas as suas atividades.

— Ele está falando da sua primeira aula de Matemática, professor — uma Kália sorridente informou, consciente de onde o amigo queria chegar.

— Então, professor! — um Noan sério voltou a falar, antes que o docente pudesse dizer algo e lhe atrapalhasse o raciocínio. — Como a Kália acabou de falar, foi na sua primeira aula de Matemática, no início do ano. Você me perguntou o que eu queria fazer depois do ensino médio. Então eu disse que não queria fazer nada. Não era verdade — um Noan pensativo deu uma pausa, mirando o chão à sua frente, antes de prosseguir: — Como hoje você sabe, eu quero sim, fazer uma faculdade. E isso já era o meu sonho desde que cheguei aqui no ensino médio.

— E por que não foi sincero consigo mesmo naquele dia? — o docente indagou, realmente desejando que o aluno contasse o motivo daquela resposta. — Quero dizer: o que o fez se sentir inseguro naquele momento?

— Porque eu não gostava de você pessoalmente nem das suas aulas — um Noan ainda sério respondeu de modo enfático. Depois, levantando as vistas, ele encarou o professor e acrescentou: — A impressão que eu tinha de você era totalmente diferente da que tenho hoje. Antes de vir estudar nesta escola, alguns conhecidos meus que haviam estudado com você, diziam horrores sobre o professor de Física e Matemática. Eles ficavam colocando medo na minha cabeça, falando que você era muito exigente e rigoroso. Eles tinham até um apelido para se referir a você: o *Rígido*. Acho que, de tanto ouvir essas afirmações extravagantes, acabei por criar uma resistência na minha cabeça a tudo que fosse sobre você. Não participei das suas aulas de aprofundamento em Ciência no nono ano porque não suportava lhe olhar no rosto. Não queria lhe ver de forma alguma! Então, cheguei no ensino médio com esse pensamento enviesado sobre sua pessoa.

— Era mesmo, professor! — uma Kália ainda com um sorriso no rosto entrou na conversa do colega, sendo acompanhada pelas risadas das amigas ao seu lado. — O pessoal dizia que você era um terror e só lhe chamavam pelo apelido de *Rígido*. Até ficamos com medo da aula de aprofundamento em Ciência por este motivo. Depois, descobrimos que não era nada do que esperávamos nem do que falavam sobre você.

— Foi isso — o Noan agora sorria levemente, como se tivesse tirado um peso das costas ao confessar sobre como se sentia. — Não gostava das suas aulas por ter este tipo de pensamento. Mas hoje é diferente. O que você nos propor, estou dentro. E tem que dar aula para nós até o terceiro ano. Ainda vamos participar de muitos eventos com você.

— Francamente, eu sabia sobre o apelido *Rígido*, mas não sabia que você havia se mantido apático naquele dia por este motivo — o professor havia ouvido ambos os alunos com atenção e em silêncio. Estava contente pela sinceridade dos dois, principalmente do Noan. A confissão que acabava de receber significava muito para o docente. Não era todo dia que alguém chegava e assumia que passara a gostar de suas aulas. Iria guardar isso como se fosse um prêmio. Ele lançou um último olhar para o Noan e os outros alunos e avisou: — Agora, vamos! O ônibus acabou de chegar.

Poucos minutos depois, professor e estudantes saíam para mais uma palestra sobre Ciência.

A Regrada

Ela o viu entrar pela porta da sala de aula, após a campainha tocar o horário de 07:00 h, e percebeu a diferença imediatamente. Não era uma mudança tão perceptível para qualquer pessoa, principalmente para os alunos. Para uma Tália acostumada a alterações de personalidade, no entanto, por mais sutil que fosse, ainda assim ela conseguia identificar o que estava diferente do habitual. Sem sombra de dúvida que ele deveria estar muito mais mudado por dentro do que por fora. Com certeza, deveria estar se esforçando bastante para fazer transparecer que estava tudo bem e que nada havia de diferente no seu modo de agir ou se expressar. Nada para ninguém se preocupar.

Porém, ela tinha plena convicção de que o professor de Matemática, o qual neste exato momento pretendia começar a aula sem nem mesmo fazer a chamada, não era o mesmo de três meses e meio atrás. No dia anterior, na terça-feira, durante a aula de Física, ela já havia notado algo estranho no modo do docente se dirigir à turma e na maneira de conduzir a aula. Por mais que ele tentasse esconder, não passaria despercebido pelo crivo dos olhos atentos que ela não os tirava do rumo do quadro. E quando a Tália atenta olhou para o restante dos alunos, observou que a maioria deles não tinha se atentado para o estado distinto do preceptor. Talvez somente o garoto da quarta cadeira da primeira fila, juntamente com seu colega que sentava atrás dele e, é claro, sua colega Briela. Esta, logo de início, olhou para o lado para lhe encarar, com surpresa no semblante, como se não estivesse entendendo nada. Para a sua companheira de turma, era como se um homem totalmente desconhecido acabasse de entrar na sala de aula. No entanto, uma Briela sensata tentou não expressar tanto espanto, deixando escapar somente um rápido levantar de sobrancelhas, um leve contrair de lábios e um muito discreto e breve sorriso.

Quanto a ela, por sua vez, uma Tália sob efeito do bom senso, rapidamente tirou as vistas da amiga e voltou a observar o professor, postado de costas para a turma e iniciando suas diversas anotações no quadro. Para ela, não havia nenhuma dúvida de que ele estava muito abalado para mudar até mesmo a sequência da aula, algo que ele não fazia nunca. Isso também ela sabia sobre o preceptor. Quem vive sob um conjunto de regras, conhece de imediato as normas sob as quais outras pessoas também estão submetidas. Principalmente quando tais regras são impostas pela própria pessoa. As dela, ela as impusera a si mesma como forma de superar suas adversidades. Provavelmente, não fora diferente com as do docente também. Regrar comportamentos ajuda a resolver problemas, principalmente os pessoais. Ela sabia disso já há algum tempo.

Desde o primeiro dia de aula, há alguns meses atrás, ela passou a observar atentamente o modo como o professor de Física e Matemática conduzia suas aulas. E ele parecia bastante regrado no modo de conduzir os seus planos, tanto em uma como na outra disciplina. Ele começava com seu bom dia de praxe, logo ao entrar na sala. Muitos alunos nem percebiam quando ele os cumprimentava. Depois organizava seus materiais sobre o birô, da forma mais precisa possível. E como desejava obter uma organização impecável! Em todas as vezes, procurava a mesma configuração, como se quisesse repetir uma fotografia. Começava pela mochila e terminava com o apagador, sem nunca mudar a posição de um único item.

Cada objeto seu tinha que ficar no local de sempre, alinhado e simetricamente disposto em relação aos demais. Sempre! Parecia o comportamento de um perfeccionista inveterado ou daquelas pessoas com Transtorno Obsessivo-Compulsivo, o conhecido TOC. Ou coisa do tipo. A mochila no canto superior direito da mesa; o livro didático no canto inferior esquerdo; no meio do birô, a garrafa térmica de água, os pincéis e o apagador, sempre nesta ordem. E quando algo saía do lugar de onde deveria estar, ele rapidamente o colocava de volta. Como se algo terrivelmente sério pudesse acontecer se ele não o fizesse. Parecia mais uma doença incurável. Se o birô estivesse desalinhado com o piso, quando ele chegava na sala, o professor não começava aula nenhuma antes de ajustá-lo paralelamente ao quadro. Quanto às mesas dos próprios alunos, ele ficava doente quando via uma fila torta. E antes de prosseguir com a aula, ele organizava qualquer cadeira ou mesa que estivesse vazia e fora do seu devido lugar.

— Por que você todas as vezes mexe nesse birô, nem que seja somente um milímetro, professor? — uma Briela indiscreta, um dia perguntara, talvez incomodada com aquele ritual que se desenrolava durante todas as aulas de Física e Matemática. Embora tivesse demorado muitas semanas para se sentir íntima o suficiente para não ser repreendida pelo docente. E ainda bem que a Briela havia tomado a atitude de indagar aquilo primeiro. Porque ela mesma, uma Tália ainda mais curiosa, já estava dando nos nervos de vontade de perguntar sobre a mesma situação.

— Porque sempre que chego aqui na sala, eu me deparo com ele fora do lugar de onde deveria estar — esta tinha sido a resposta simples do docente. — Sempre o encontro torto, desalinhado, como se tivesse passado um redemoinho, um tornado ou um furacão por sobre ele.

— Mas, às vezes, é só um pouquinho! — a Briela sorridente voltou a contestar, esperando, em vão, que o professor percebesse o seu próprio problema. Se é que aquilo chegava a ser um problema para ele. — Tem dia que você o ajusta sem que, no final, não percebemos sequer uma diferença mínima.

— No entanto, você deve admitir que ele fica muito melhor quando está totalmente alinhado — o preceptor explicou, sorrindo educadamente para a sua aluna interrogadora. Por dentro, talvez ele quisesse responder de forma muito mais áspera. — Seria melhor se todos os outros professores tivessem o hábito de não mexer na mesa ou, então, o zelador não o mover para fora do seu lugar correto. Se isso acontecesse, olhe quanto do meu trabalho e tempo eles poupariam!

Não era justo estar incomodada com aquele tipo de atitude do professor, uma Tália silenciosa e pensativa admitiu para si mesma. Eram apenas simples regras que ele seguia para, talvez, manter seu raciocínio intacto ou não sair do seu plano previamente estabelecido. E agora estava grata pelo fato de a Briela ter se antecipado em contestar o docente. Pensando melhor, provavelmente não se perdoaria com a possibilidade de questionar algo sobre o qual ela mesma não se imaginava sem: seguir uma sequência de regras. Por isso, nunca mais ela se preocupou com aquele rito do educador. Apenas o observou e gravou cada detalhe na memória.

Após a organização da mesa, a sequência de passos seguida pelo professor, agora previsível, continuava adiante, inabalável. Ele realizava a frequência no aplicativo da secretaria de educação, apenas observando quem estava ou não presente, sem chamar nenhum nome; conversava um pouco com a turma, indagando se havia conseguido terminar a atividade sugerida na aula passada; indicava o capítulo do livro e sua respectiva página para a aula do dia; passava o apagador por todo o quadro, mesmo que este estivesse totalmente limpo; gastava muitos segundos escolhendo um pincel, como se fossem muito diferentes um do outro; anotava conceitos e fórmulas vistas na última aula, sempre à esquerda do quadro; e finalmente escrevia o conteúdo da aula atual, começando pelas definições mais elementares.

Ela já tinha gravada na mente toda essa sequência, quase irritantemente seguida todas as terças, quartas e sextas-feiras. E essa sucessão de passos não mudava nunca, embora o livro didático fosse diferente, os pincéis usados fossem trocados ou o docente esquecesse um dos itens da lista de materiais. Nem mesmo se alguém da coordenação ou direção entrasse para interromper a aula com algum aviso para os alunos. Quando algo do tipo acontecia, ele simplesmente parava, autorizava a fala do responsável pelo informe e esperava pelo tempo que fosse necessário. Quando a pessoa concluía tudo, o professor recomeçava exatamente de onde havia parado, embora demorasse algum tempo tentando lembrar onde seu raciocínio havia sido interrompido.

Como ela havia aprendido, somente algo muito sério deveria acontecer para que ele alterasse sua sagrada sucessão de passos durante suas aulas.

E havia acontecido algo realmente sério, agora ela sabia. Ela e todo o restante da escola.

No primeiro dia de aula, há três meses e meio atrás, o professor de Física e Matemática havia falado sobre muitos assuntos. Além de alguns mais gerais, ele também aproveitara a oportunidade, em sua aula inicial de Física, para conversar sobre alguns pontos bem mais direcionados à turma. A tarefa que havia aplicado com os alunos, inicialmente parecia simples e fácil. Talvez até fácil demais. No final, no entanto, mostrou-se como sendo uma atividade mais complicada do que parecia ser e com um resultado muito mais profundo e inesperado. Os comentários que o docente havia tecido sobre a mesma, embora todos simples, não deixaram de ser impactantes. Principalmente para ela, a Tália determinada a absorver tudo quanto pudesse e convicta do que aspirava para o seu futuro.

Naquela primeira aula de Física, o professor também os havia garantido que não memorizaria os seus nomes tão rapidamente. Talvez somente na festa de formatura, ele falara em tom de brincadeira, estaria com todos os prenomes dos estudantes daquela turma fixos na cabeça. Os alunos, obviamente, não deixaram de acreditar naquela afirmação, pelo menos em parte, pois não era incomum testemunharem isso com alguns professores. Eles já estavam acostumados a estudarem com educadores que não conseguiam memorizar todos os seus nomes nem mesmo até o final de todo um ciclo letivo. Por isso, a maioria da turma estava certa de que o docente falara sério e que não memorizaria seus nomes tão cedo.

Não era verdade, como ficou claro no dia seguinte, durante a aula inaugural de Matemática. Ele havia chegado na sala exatamente quando a campainha marcava o horário de sete horas. Organizou minuciosamente os materiais sobre a mesa, com assustadora simetria, e encarou a turma. Alguns estudantes, não habituados com suas aulas, muito menos com sua pontualidade, ainda estavam a se acomodar nas suas respectivas cadeiras. Ele esperou os atrasados se organizarem como deviam, antes de falar qualquer palavra. Quando percebeu que tinha a atenção de todos os alunos, o professor passeou os olhos pela sala e começou com sua fala:

— Bom, pessoal, hoje iniciamos nossa aula de Matemática. Assim como disse ontem para a Física, espero que tenhamos momentos de muito aprendizado e poucos contratempos — ele fez uma breve pausa, tentando olhar no rosto de cada aluno, como se quisesse ler seus pensamentos através dos seus olhos. Quando pareceu ter certeza do que desejava, ele continuou: — Ontem, eu lhes apliquei uma tarefa bastante simples. Depois, no final da aula, discuti alguns pontos sobre a mesma, destacando dois com maior relevância. Primeiro, a importância de se formular boas perguntas, mais do que as próprias respostas. Neste aspecto, a Matemática não é diferente da Física. Em segundo, o quanto é crucial se pensar sobre o futuro a curto e médio prazo para se ter um presente mais ou menos equilibrado, caminhando sobre os eixos. Para que nossa vida não se torne um trem desgovernado prestes a descarrilhar. Espero que ainda estejam lembrados de nossa discussão de ontem.

— Não tenha dúvida disso, professor! — uma Briela sorridente se manifestou, expressando o que alguns outros estudantes gostariam de ter falado. Entre estes, o jovem da quarta cadeira da primeira fila e, obviamente, uma Tália calada na sua, sem o mais leve objetivo de interromper qualquer fala do professor.

— Pois, então, muito bem! — o preceptor voltou a discursar, parecendo satisfeito com o comentário de sua aluna sempre sorridente. — No entanto, a tarefa que vocês fizeram ontem tinha mais um outro objetivo, o qual não cheguei a mencionar. Vocês podem não ter percebido, mas ontem eu li as anotações de todos, ao mesmo tempo em que me dirigia ao respectivo autor da atividade. Na verdade, aquela tarefa sempre me permite conhecer um pouco sobre os alunos e, além disso, auxilia-me a ir aprendendo os seus prenomes. Portanto, neste momento pretendo verificar se eu consegui pelo menos parte do meu objetivo.

Então, com determinação, o professor começou a se certificar de que realmente havia conseguido algo. Dirigiu o olhar à primeira cadeira da primeira fila, encarou por alguns segundos o rosto de seu ocupante e falou, corretamente, o seu nome. Até aí, nada demais, todos pensaram. Em seguida, o preceptor não passou para o próximo estudante da primeira fila.

Em vez disso, olhou para o meio da sala e escolheu um aluno aleatoriamente. Dois segundos de observação e ele foi capaz de dizer quem era o discente ali sentado. Ainda não chegava a ser um bom resultado, porém, aquele joguinho começava a ficar interessante. Quando passou à próxima pessoa, uma menina sentada na terceira cadeira da terceira fila, ele pareceu hesitar. Aparentemente, cinco segundos não foram suficientes para ele se decidir. No entanto, quando já se pensava que ele fracassaria naquela aluna, ainda no terceiro nome, o professor soltou um comentário:

— Ontem, você escreveu uma pergunta demasiadamente interessante — ele se calou por um breve momento e esperou a reação da estudante. Esta, atenta e silenciosa, permaneceu como estava, sem alterar sequer a fisionomia. Parecia muito na dela, como se nada a preocupasse. O professor, também sem alterar seu modo de ser, não perdeu tempo em perguntar: — Posso compartilhar sua pergunta com a turma?

— Sim, claro! — a estudante respondeu de imediato, séria e imperturbável. Apesar de manter o rosto sério, aquela aluna não parecia estar irritada ou chateada com algo. Muito menos, nervosa. Sentava com uma postura impecável e tinha o olhar sempre atento à aula. Apenas ainda não havia interagido com a turma. Mas isso não era um problema, uma vez que estava somente no terceiro dia de aula, o segundo com o professor de Física e Matemática.

— Você fez a seguinte pergunta: *por que os homens derrubam árvores para fazer papel e no mesmo escrevem leis decretando que não se deve derrubar árvores?*

— Isso mesmo — a aluna da terceira cadeira da terceira fila confirmou, conseguindo soltar um leve sorriso, como se estivesse surpresa por ele ter lembrado do que ela havia escrito no dia anterior.

— E você tem consciência de que essa interrogação não é inédita? — o docente questionou, embora parecesse já saber a resposta.

— Sim, professor — a garota respondeu sem pestanejar, ainda permanecendo como estava. O alerta do preceptor não pareceu ter surtido nenhum efeito no modo dela se comportar. — No entanto, se me lembro bem, ontem, alguém o interrogou se valia qualquer tipo de pergunta. E você disse que sim. Então, como não estava conseguindo pensar em algo mais próximo de um fenômeno da natureza, escrevi uma pergunta que encontrei há um certo tempo na internet e a qual achei bem interessante. Tem algum problema?

— Não! Claro que não! De forma alguma! — o educador pareceu ficar mais surpreso com a sinceridade da aluna do que com o fato da mesma se mostrar um pouco difícil de se abalar com qualquer comentário. Era como se fosse isenta de afetividade, inflexível no modo de ver o mundo ao seu redor. Ou talvez fosse somente muito equilibrada emocionalmente. — Isso mostra o quanto você sabe usar as ferramentas que tem em mãos. E, mais adiante, quando não estiver com ideias sobre o que pesquisar, busque saber o que outras pessoas já conseguiram estudar. Os cientistas profissionais trabalham assim. A Ciência é construída dessa maneira. Nunca uma descoberta é verdadeiramente inédita. Todas elas partem de algo já conhecido. Enfim, a pergunta que você reformulou é tão intrigante, que até mesmo depois de milhões de aulas, ainda não se pode chegar a uma conclusão incontestável sobre a mesma. Por isso, perguntas movem o conhecimento muito mais do que meras respostas. Ah! E a propósito, eu sei o seu nome.

O professor disse o nome da aluna e passou adiante. Esta, talvez contente por ter sido reconhecida pelo docente ainda no seu segundo dia de aula, desenhou um sorriso mais demorado no rosto, embora não quisesse compartilhá-lo com o restante dos colegas. Uma Tália de memória estupenda, guardaria a imagem do rosto daquela estudante ainda naquele dia. No entanto, na segunda semana de aula, a terceira cadeira da terceira fila já se encontrava vazia. A aluna havia pedido transferência para uma outra escola, muito mais distante. Havia sido obrigada a mudar por causa de fatores pessoais. O pai estava doente e necessitava de um tratamento mais sofisticado, em um hospital com mais recursos disponíveis.

Certas pessoas passam por nossa vida e logo se vão, embora deixem uma impressão indelével em nossa mente. Algumas delas, você só verá uma única vez. Por isso, não perca a oportunidade de se fascinar com quem encontra por aí. Pode ser a primeira e única vez que terá para conhecê-lo e aprender algo com seu breve contato. Boa ou ruim, esse tipo de pessoa de convívio efêmero pode mexer com você e mudar a sua forma de enxergar o mundo e a si mesmo. Embora ela nunca mais viesse a encontrar aquela aluna, a estudante da terceira cadeira da terceira fila poderia ter algo a ensinar à Tália de então ou à do futuro. Nem que fosse pelo menos uma dose extra de equilíbrio emocional.

Então, o preceptor continuou a andar por todos os cantos da sala, ainda escolhendo aonde ir de modo aleatório, sem caminhar por uma única fila. Não seguiu uma ordem específica, como havia feito para recolher as tarefas no dia anterior. Talvez aquilo fizesse parte do processo de recordar os nomes dos alunos. Ele escolhia uma cadeira, estivesse perto ou longe de onde se encontrava, seguia em direção à mesma, observava o rosto da pessoa por alguns instantes e, em seguida, falava o seu respectivo nome. Fez aquilo com todos os estudantes, não errando ou esquecendo o prenome de nenhum aluno. Quando terminou, voltou para a frente do quadro e encarou a turma. Antes de falar qualquer palavra, tomou a garrafa térmica nas mãos e molhou a garganta. Em seguida, afirmou, em tom de brincadeira:

— Agora estão todos registrados na minha memória e posso colocar um zero para todo mundo na hora que bem quiser.

Um *ah!* de decepção correu estrondosamente pela sala.

— Mas também posso atribuir um dez, caso façam por merecer — o professor voltou a falar, rindo levemente.

Agora, um *sim!* se espalhou pela turma de modo muito mais notório do que o *ah!*

— Não se exaltem tanto, mas vocês são a segunda turma, nestes anos mais recentes, que consigo memorizar o nome logo no primeiro encontro. E isso foi possível porque tivemos muitas perguntas interessantes por aqui. Além, é claro, de bons projetos para o futuro.

Ela estava atenta não só às ações do professor, como também à sua fala. Naquele momento, uma Tália curiosa estava louca de vontade de saber qual teria sido a primeira turma com a qual ele havia conseguido tal feito. Pela necessidade que tinha de informar aquilo aos alunos, parecia também, para ele, ser imprescindível saber o nome dos estudantes logo nos primeiros dias de aula. Provavelmente, tal detalhe o ajudaria na condução de suas aulas. Quando ela se preparou para saber qual seria a outra turma, sua colega Briela se antecipou:

— Qual foi a primeira, professor?

— Qual primeira? — o docente interrogou, surpreso, como se não tivesse entendido a pergunta.

— Você disse que somos a segunda turma que você memoriza o nome de todo mundo logo no primeiro dia de aula — uma Briela séria continuou, talvez incrédula quanto ao fato de o preceptor parecer estar se fazendo de esquecido ou que tivesse falado algo que não deveria. — Então, a gente gostaria de saber qual foi a primeira.

— Houve um tempo em que não me perdoaria caso não tivesse o nome de todos os alunos fixos na cabeça no primeiro dia de aula ou, no mais tardar, na segunda semana — o professor respondeu, parecendo remoer os próprios pensamentos, como se lembrasse de algo acontecido há muito tempo atrás. — Depois, passei a não me preocupar com tão pequeno detalhe. Ano passado, no entanto, senti uma necessidade louca de voltar a fazer o que já fazia antes. E consegui com a turma que hoje estar no segundo ano A. É um grupo que se parece um pouco com o de vocês. Ou pelo menos alguns alunos de lá têm uma certa semelhança com alguns daqui.

Ela conseguiu perceber que ele estava a inventar uma história que não contava toda a verdade. Era como se estivesse escondendo algo ou que aquilo lhe fizesse relembrar algum acontecimento desagradável. Quanto à dita primeira turma, ela já ouvira alguns estudantes de outras salas e ex-alunos falarem que o professor de Física e Matemática tinha um certo apreço pelos alunos do segundo ano A. Eram os primeiros a serem convidados por ele para uma palestra ou algum evento científico; estavam sempre presentes nas suas atividades extra sala; não era raro se ver um grupo de alunos daquela turma conversando com o docente durante os intervalos e também antes ou depois da aula.

Ela mesma ainda não prestara atenção nessas minúcias. Não era de seu interesse. Até porque não sabia se aquilo era realmente verdade ou se o *certo apreço* significava mesmo uma maior aproximação ou preferência por um grupo de estudantes em específico. Talvez fosse somente conversa de aluno. O próprio professor havia dito no dia anterior que não tinha preferência por nenhum grupo de alunos. E tal afirmação também não queria dizer absolutamente nada, uma vez que ele não diria: *sim, eu gosto mais da turma tal!* E se tinha ou não preferência por qualquer sala, isso não importava, ela se pegou analisando. E por que teria?

O professor se voltou para a sua mesa, abriu o livro e indicou aos alunos o capítulo e a respectiva página. Fez tudo muito rápido, como se quisesse encerrar aquele assunto. Nem mesmo a Briela conseguiu formular outra pergunta, por mais que seu rosto alegre dissesse que estava com muita vontade de o interrogar mais uma vez.

Antes que todos abrissem o livro, o docente já escrevia as primeiras anotações de Matemática no quadro.

Agora, três meses e meio depois, o professor passava direto da organização dos seus materiais sobre a mesa para as anotações no quadro. Aparentemente, não estava querendo seguir o seu plano de sempre, uma vez que pulava a chamada e a breve conversa que sempre tinha com os alunos antes de passar ao conteúdo do dia. Também não escreveu nenhum apontamento de revisão à esquerda do quadro. Era como se estivesse querendo muito discutir o novo assunto. No entanto, ela sabia que não era isso que se passava, no exato momento, na cabeça do preceptor.

Embora a maioria dos alunos na sala não estivesse notando, ou se importando, com o que estava acontecendo, a Tália observadora sabia que o ocorrido no final de semana passado estava surtindo efeito sobre o pensamento do professor. Não teria como ser outro assunto. Pelo menos ela não conseguia pensar em algo mais. Ele não poderia estar simplesmente esquecendo da sequência que seguia ritualmente durante o início da aula. E ela não sabia exatamente como ele retornaria, se retornaria tão cedo, a ser quem era acostumado a ser. Quando a Briela a havia olhado com espanto, no início da aula, ela tentara se manter calma. Porém, ficara tão abismada com o que via quanto a amiga.

E agora era possível saber que, indubitavelmente, o professor realmente guardava um maior apreço pela turma do segundo ano A. Ou pelo menos por alguns de seus alunos. Quando chegara a notícia sobre a fatalidade do fim de semana, ela não havia se atentado para esse detalhe. Talvez ninguém da sua turma o tivesse, pois não ouvira ninguém comentar nada além do próprio fato em si, o quanto era triste e desalentador. Até mesmo no dia anterior, durante a aula de Física, ela só conseguira perceber uma pequena mudança no modo do educador agir no decorrer da aula. Ou talvez ele estivesse tão mudado quanto hoje, porém, ela não tivesse percebido simplesmente por não ser do seu interesse. Às vezes, só enxergamos algo quando realmente queremos. Quando nosso querer está longe, deixamos um mundo inteiro passar diante de nossos olhos. E, diferentemente do que acontecia agora, no dia anterior ela nem mesmo fizera uma ligação entre o ocorrido no fim de semana e a maneira do docente se comportar em sala de aula.

Agora, no entanto, era diferente. Ela conseguia pensar mais sobre aquilo, uma vez que o professor se desviava bruscamente de sua sucessão de passos, antes inflexível, no desenrolar do seu plano de ensino. No dia anterior, a aula havia funcionado sem muitas mudanças, mesmo que ele tivesse dado diversas pausas no momento da explicação, como se tivesse esquecido um conceito ou não estivesse conseguindo desenvolver o próprio raciocínio. Ela havia percebido tudo isso, mas não falara nada nem fizera nenhuma pergunta.

Até porque os demais colegas, com exceção da Briela e outros alunos mais atentos, pareciam não estar cientes do que ocorria. Provavelmente, ela se pegara pensando, aquilo talvez fosse apenas um ponto fora da curva.

Desta vez, entretanto, ela tinha certeza de que não havia ponto fora da curva de forma nenhuma. *Tália, na vida não existe ponto fora da curva nem curva sem ponto.* Ela ouvira tal frase da boca do professor de Física e Matemática durante a aula de algumas semanas atrás. Naquele momento, ela não havia se atentado para o peso dessa expressão nem parado para analisá-la e entender o que significava ou o que o preceptor quisera dizer. Às vezes, ele lhes falava sentenças que pareciam ser tiradas dos livros mais obscuros da filosofia mais ininteligível. Eram enigmáticas e difíceis de se compreender. Outras vezes, seus ditos pareciam não ter nenhum sentido prático, por serem tão óbvios e simples. Ela, e talvez o restante dos alunos, nunca procurava entender o significado daquelas expressões. As primeiras, por serem muito complexas; as segundas, por serem exatamente o oposto. A verdade, provavelmente se encontra no meio termo, entre o fácil e o difícil.

Agora, associando os acontecimentos recentes, era possível ver o quanto aquela frase fazia sentido. Sempre existe uma causa que provoca a mudança. Ninguém muda por nada. Há sempre um motivo. A maneira do professor se comportar em sala de aula estava bastante diferente e muito visível para quem quisesse observar. E a razão não era mais um mistério, porque estava tudo muito claro. E aquilo a incomodou mais do que ela gostaria. Pois uma aula conduzida de modo muito fora da normalidade do que era o costume, também a deixava desconfortável. Impressionante como ela já havia se habituado ao jeito peculiar das aulas de Física e Matemática em tão pouco tempo, embora os conteúdos ainda fossem uma dificuldade a ser superada.

— Você está bem, professor? — ela se permitiu indagar, calma por fora, mas apreensiva por dentro, quando viu o preceptor, pela terceira vez em poucos minutos, pausar o movimento do pincel sobre o quadro. Ela o viu estacar no meio de uma anotação, mantendo-se de costas para a turma, o rosto muito próximo ao quadro, as vistas escondidas contra olhares alheios. Era como se houvesse lembrado ou esquecido de algo. Não tinha como saber se era isto ou aquilo. Mas um fato era certo: aquele gesto não era comum a ele e, portanto, devia significar algo muito mais sério.

— Como assim, Tália? — ele a questionou, após se sobressaltar e se virar para encará-la. Parecia ter acordado de um sono profundo. Ou de um pesadelo. Por incrível que pudesse parecer, nada em seu semblante mostrava qualquer vestígio de abatimento emocional, por menor que fosse. Ela procurou nos olhos, mas estes também não denunciaram nada. Não pareciam marejados nem tristes, apenas vazios. Além de bom com números, talvez o professor também fosse um verdadeiro exímio na arte de esconder o que estava pensando ou sentindo.

— Você parece perdido em pensamentos — ela deu como resposta sua verdadeira preocupação. — Hoje não fez a chamada e está de pouca conversa com a gente. Está com algum problema?

— Ah! Não! Claro que não! — ele a respondeu com um sorriso que pareceu, para ela, tremendamente artificial. Pelo menos nisso, ele não foi tão bom na camuflagem. — Sem nenhum problema. Somente esqueci de fazer a frequência. Como não faltou ninguém hoje, posso fazer depois ou no fim da aula. Quanto às nossas conversas, temos muito conteúdo para ser discutido nestas três aulas e, portanto, estou caminhando um pouco mais rápido para que não nos atrasemos. Mas obrigado por perguntar.

Ele voltou às suas anotações no quadro e ela às suas no caderno. Não quis continuar com o incômodo. Ela tinha certeza do que se passava, mas ele parecia estar decidido a não comentar nada sobre o assunto. *Guardar para si. Cuidar de si* talvez também fosse o seu lema. Possivelmente, não queria falar sobre o que todo mundo já sabia ou, o pior, não conseguisse. O que era mais provável. Então, o melhor mesmo era não insistir, ela concluiu. Até porque não podia fazer nada a respeito e com certeza a situação só piorasse se o educador começasse a explicar o que lhe afligia por dentro. Há ferida que não deve ser apalpada. Ela mesma era testemunha deste fato. As feridas que acumulara durante toda a sua vida eram menos doloridas quando as mantinha escondidas, sem que ninguém as ficasse tateando a todo momento.

Guardar para si. Cuidar de si.

Portanto, ela disse para si mesma, o certo a fazer era deixar o professor em paz, na dele, remoendo seus pensamentos. Tudo se resolveria sem que ela precisasse se intrometer. Pelo jeito, ele sabia distinguir claramente suas duas vidas, a pessoal da profissional. Nunca comentava nada com os alunos sobre o que fazia na vida privada, seus interesses, suas conquistas, seus fracassos. Pelo menos, não com a turma dela. Porém, se o que diziam sobre ele era verdade, muito provavelmente compartilhava seus afazeres particulares com alguém da turma do segundo ano A. Esses detalhes, no entanto, também não eram do seu interesse. Por isso, ela não insistiu em questionar mais nada ao professor naquele momento.

Não se intrometer na vida particular das pessoas. Mais uma característica nata sua, e a qual ela prezava mais do que tudo. No entanto, mesmo que ela não gostasse de se importar com a vida de mais ninguém, o mesmo não era verdade para algumas pessoas em relação ao seu modo de ser. Sempre alguém dava na telha de que tinha o direito de se incomodar com sua vida, sem nem mesmo lhe conhecer ou saber quem ela realmente era. Não demorou muitas semanas até que ela sentisse que o seu passado, não tão distante, voltava para lhe tirar o sossego. Mudara de escola, mas lhe parecia que os olhos mal-intencionados, e as bocas ardilosas, existem por todo lugar.

Uma semana atrás ela confirmara tal fato, quando se sentiu obrigada a se manter firme para não explodir e provocar algo que prejudicaria ela mesma e a outras pessoas. O passado tinha voltado com mais vontade ainda de lhe ver rente ao chão, humilhada, vista com uma imagem totalmente enviesada e contrária a quem realmente era a Tália de verdade. Agora, ela entendia, mesmo que se tente deixar o passado onde ele deve ficar, ainda assim, não se pode fugir de suas vindas ao presente, agressivo, maldoso, perverso e indiferente ao sofrimento que causa na pessoa que escolhe para atormentar.

Ela não mais lamentava o que vivera nem guardava mágoa de ninguém, mas detestava o passado. Principalmente quando ele vinha lhe bater à porta, infiltrando-se por sua mente e a forçando a lutar velhas batalhas e enfrentar antigos inimigos. E sempre que o passado voltava, chegava com mais força e se mostrava muito mais severo. E por mais que ela tivesse resistido às agruras mais avassaladoras que a vida pode oferecer a uma menina indefesa, ficado mais forte emocionalmente e amadurecido como ninguém fosse capaz de amadurecer em tão pouco tempo, ainda assim, problemas semelhantes aos de outrora acabavam por lhe tirar o sossego.

Por isso, há muito que ela passou a amar o presente e planejar com cuidado o futuro. Quanto ao pretérito? Que ele a esquecesse e não viesse mais lhe perturbar, pois todos os dias ela o tentava tirar da memória e deixá-lo para trás. Como devia ser.

Porém, o passado não parecia querer lhe abandonar nunca.

Na semana anterior, quando ela menos esperava, uma conversa desagradável sobre a sua pessoa começara, ou só se intensificara, a circular por entre os alunos de toda a escola e acabou por chegar aos seus ouvidos. Os dizeres maldosos sobre ela lhe apareciam somente depois que todo mundo já estava pensando mal e especulando enviesadamente sobre sua personalidade. Era sempre assim. E dessa vez não era diferente. Todas as vezes em que alguém construía uma mentira sobre seu caráter, a última a saber era ela mesma. Era como se fosse um complô para que a própria Tália soubesse do que acontecia somente depois que o estrago já tivesse se consumado e não fosse mais possível fazer nada para descontruir o boato.

E como combater uma mentira se dificilmente a sociedade aceita que você viva sendo quem é realmente? O mundo prefere um bom faz de conta e indivíduos dissimulados. O pilar mestre da civilização é a hipocrisia. Por isso, a maioria das pessoas, por medo, vergonha ou esperteza, sempre veste uma máscara social para esconder o seu verdadeiro rosto. Embora há muito tivesse consciência desta dura verdade, ainda assim, ela sempre preferiu mostrar ao mundo sua autêntica versão. Mesmo que viesse a descobrir que pessoas autênticas sofrem simplesmente por prezarem a verdade em vez do fingimento. No entanto, por mais que ela tentava ser verdadeira, sempre aparecia alguém para lhe interpretar de forma errada e espalhar mentiras, injúrias e difamações sobre sua pessoa aos quatro cantos do mundo. Fora assim durante o ensino fundamental e estava acontecendo o mesmo agora na nova escola.

Aparentemente, tudo começara com o fato de algumas pessoas de outras turmas não saberem distinguir a Tália há muito amadurecida da Tália que gostava de corresponder afetos. Ser recíproca com tudo que lhe ofereciam, tanto algo de bom como de ruim, era uma de suas características mais peculiares. Se alguém conseguia lhe ver como ela realmente era e lhe tratava com respeito, não ficava sem receber seu carinho mútuo. Ao contrário, se lhe ignoravam e não lhe incluíam em determinado círculo de amizade, ela também não insistia nem mendigava estima. E por agir com autenticidade, alguns colegas, meninos e meninas, logo passaram a gostar do seu jeito de ser e a verem como uma garota bem diferente de outras tantas. Eles o admiravam por ela ser legal e de fácil convívio, pois tinha um modo único de interagir com as pessoas, um jeito alegre de lidar com qualquer pessoa.

— Estou agindo errado, sendo amiga de todo mundo com quem convivo? — ela lembrava do dia em que perguntara à sua mais recente amiga, Briela, em um dos poucos momentos de uma Tália imersa em dúvidas sobre si mesma.

— Você é inteligente, educada, atenciosa, sensível e cuidadosa com as palavras que fala; sempre mostra um sorriso verdadeiro no rosto, embora não esteja alegre por dentro; tem o dom de acalmar as pessoas com as quais conversa, mesmo estando a ponto de explodir de angústia; acolhe todo mundo, ainda que não consiga pedir ajuda; sabe se comportar quando é necessário e brincar quando é o momento certo; sempre procura ficar próxima da gente e nos dar a atenção merecida, até mesmo nos seus piores dias; enfim, eu poderia ficar o dia todo aqui falando que ainda não conseguiria dizer o quanto você é interessante — uma Briela séria e companheira lhe havia elogiado, quase ao ponto de surtar por ela ter feito tal pergunta. — Você tem tudo o que uma pessoa precisa para ser legal, no mais rigoroso sentido desta palavra. E quem não gosta de você, ou não lhe conhece ou é um tremendo de um babaca. Portanto, acostume-se com o fato de você ser tudo de bom, uma pessoa incrível e muito humana; e pare de achar que está fazendo algo errado. Porque não está, de forma alguma.

No entanto, não demorou para que alguém a visse com olhos maldosos, principalmente por estar construindo amizade com estudantes de todas as turmas, tanto com meninas quanto com meninos. Então, os agravos tiveram início. E eles vinham de todo lado, surgindo em qualquer horário, fosse em um corredor ou no refeitório. O lugar não importava aos caluniadores insensíveis. A eles somente interessava ver uma Tália diminuída, debilitada emocionalmente, com a imagem manchada, rasgada, e com o nome jogado na lama. Ela, sinceramente, não compreendia, de forma alguma, a razão de tais atitudes. Era como se quisessem lhe penalizar por algo muito terrível que ela pudesse ter feito. Mas o quê? Ela não sabia.

Os insultos começaram ainda tímidos, no início, mas logo ganharam força e entraram em um processo de retroalimentação. A falta de combate ou desconstrução de uma injúria acaba por alimentá-la e a faz crescer cada vez mais. E como toda calúnia, as ofensas vieram carregadas de explosivos contra a sua honra e eram totalmente contrárias à sua verdadeira personalidade e caráter. Diziam tudo, menos um mínimo de quem era realmente a Tália de verdade.

— Dizem que ela é toda para frente e que ninguém resiste ao seu canto de sereia — alguém afirmava, com veneno nos lábios.

— Mas ouvi dizer que ela é toda regrada no que faz — outra pessoa informava, de modo sarcástico.

— Provavelmente, esteja dentro das regras dela conquistar a atenção de qualquer pessoa — alguém se fazendo parecer sério comentava, tentando ser o mais irônico possível.

— Deve enganar muitas pessoas ao propagar uma imagem de gente boazinha — alguma criatura mais asquerosa exclamava com zombaria.

E os boatos não paravam por aí. Surgiram conversas de todo tipo e teor. Até algumas que a imaginação mais fértil não poderia conceber. E por isso mesmo, não tinha como tais falas serem mais sem fundamento. Eram todas carregadas de agravo e desonra, muito longe de qualquer verdade. Ainda assim, espalharam-se pela escola como um odor pútrido se dissipa por um cômodo fechado. A mentira sempre se propaga de modo mais fácil do que a veracidade. Os mentirosos estão sempre à frente. E tais difamações não demoraram a chegar aos colegas da turma do primeiro ano B e, claro, aos seus ouvidos. E o impacto que causaram sobre o seu emocional foi como um tsunami quebrando violentamente sobre uma praia desnuda, implacável e destruidor.

Acontecera há oito dias atrás, na terça-feira, durante a aula de Física. Faltavam poucos minutos para a campainha tocar para a entrada em sala e ela, juntamente com a Briela, aproximava-se da porta. Ela nunca chegava atrasada nas aulas. E era mais rigorosa ainda nas matérias de Física e Matemática, por dois motivos. Primeiro, eram as duas disciplinas nas quais tinha mais dificuldade, em especial a Física. Em segundo lugar, o professor não admitia atraso, como avisara logo no primeiro dia de aula. Quando ela já entrava na sala, ouviu alguém gritar uma injúria direcionada diretamente à sua pessoa:

— E a *Regrada*, já regrou todo mundo?

Um amontoado estrondoso de risadas se fez ouvir nos corredores próximos, imediatamente após o grito agravante. Logo no início, ela sentiu o chão fugir de debaixo dos seus pés, as pernas tremerem e uma raiva ardente como lava subir pelo corpo. Ela tentou estacar, no intuito de voltar ao corredor, mas sentiu a mão da amiga a empurrando pela cintura para dentro da sala. Não soube como, mas conseguiu se decidir por fazer o que a Briela estava lhe sugerindo com aquele gesto, entrar na sala em vez de voltar para tirar satisfação. Também não sabia dizer como conseguira caminhar e se acercar de sua cadeira, pois sua mente estava totalmente concentrada lá fora, nos corredores e nas gargalhadas de deboche.

Sem controle sobre os nervos, uma torrente de lágrimas quase vindo à tona, ela não se permitia se acomodar na cadeira por um instante sequer. Todos os alunos já estavam sentados após o toque da sirene, mas ela, e a amiga ao lado, não queria se aquietar de forma alguma. Uma cólera escaldante queimava tudo por dentro e a estava deixando possessa. Já havia algum tempo que ela não se sentia assim, insultada ao ponto de perder o controle do próprio corpo e da mente. E não sabia se suportaria mais um segundo.

Vendo que ela não se acalmava, uma Briela cautelosa tentava segurá-la na sala o máximo que podia:

— Você não pode ir lá fora, Tália! Se você for, só vai dar mais motivo para eles falarem. Eu sei que nada do que disseram sobre você, ou dizem, é verdade. Mesmo assim, não é dessa forma que todos eles pensam. Sua simples presença lá fora será o bastante para dar razão a quem fala mal e vomita inverdades sobre você. É melhor deixar quieto. Não vale a pena tirar satisfação.

— E eu vou deixar por isso mesmo, Briela? — ela conseguira vencer o entalo na garganta e questionar a colega, um choro demoníaco querendo tomar conta de seu peito. — Se eu não for lá, o pessoal vai pensar que tudo o que foi dito é verdade.

— Eles já pensam assim, Tália! — a amiga falou de modo mais firme, embora mantendo baixo o tom de voz, tentando trazê-la de volta ao bom senso. — E nada, absolutamente nada que você diga vai mudar a opinião enviesada deles sobre você.

Enquanto a Briela fechava a boca, o professor entrava em sala. Agora já era tarde para sair, uma Tália inconformada concluiu. Se saísse, o professor a expulsaria da aula e ainda lhe mandaria para a coordenação para explicar o que ocorrera para tamanha desobediência. Se ficasse em sua cadeira, o ódio que estava sentindo da pessoa que lhe jogara a calúnia, não lhe deixaria assistir aula nenhuma. Acabaria por gritar ou fazer algo descontroladamente e seria expulsa da mesma forma. E por um instante, ela não soube o que fazer nem como agir. Então, esperou para o que o professor pudesse lhe oferecer. Uma expulsão por dias ou uma tremenda bronca por ainda estar de pé enquanto ele já estava em sala e terminava de organizar seus materiais sobre a mesa.

O professor entrara na sala juntamente com o sinal da campainha, como sempre fazia. Ainda da porta, ele lançou um olhar sobre a sala e ela tinha a certeza de que a primeira imagem que ele notara fora ela e a Briela ainda de pé. O docente caminhou em silêncio até o birô, dispôs seus objetos sobre o mesmo, olhou rapidamente para ela e, em seguida, sentou-se, ainda sem dizer qualquer palavra. Um instante depois, com a atenção ainda nos corredores próximos, ela ouvira o professor lhe dirigir uma pergunta:

— Tudo bem, Tália?

Ela não conseguira, no momento, responder nada. Nenhuma palavra. Como se tivesse perdido a língua. Não sabia se era devido à bronca que já esperava receber ou se era a raiva ainda que não lhe permitia abrir a garganta. Ela estava possessa, sem condições de se controlar. Cada riso que surgia fora da sala, na sua mente era sobre ela, sobre o que aquela pessoa havia falado, a mentira e difamação que lhe direcionara. Se não estivesse no momento de aula, já teria corrido até o corredor e tirado satisfação contra a criatura asquerosa que tentava lhe prejudicar com insultos desonrosos e mentirosos. E não haveria Briela que a segurasse. Quando percebeu que os olhos começavam a lacrimejar, ela ouvira a colega se dirigir ao preceptor, respondendo à pergunta que o mesmo a fizera:

— Uma pessoa lá fora falou uma mentira sobre a Tália, professor. E ela está querendo sair para colocar a história à limpo.

— Consegue me ouvir por um instante, Tália? — o professor havia perguntado, percebendo sua cabeça baixa, e ainda de pé, como se quisesse se desmanchar em choro. — Ou o seu ódio é grande o bastante para lhe deixar sem controle e não conseguir pensar no que acontece quando se tenta nadar contra uma correnteza? A correnteza estar lá fora.

Mesmo com a breve fala do docente, ela ainda havia se mantido em silêncio. Um nó angustiante continuava a obstruir sua garganta. No entanto, conseguira levantar a cabeça e olhar nos olhos do professor. Como ela esperava, e talvez já soubesse, eram totalmente isentos de qualquer magia. Nada daquele brilho intenso que costuma ser comum às pessoas extraordinárias. Eram simples como os da maioria das outras pessoas, embora parecessem lhe conferir um olhar duro como pedra. Porém, se o olhar do docente não lhe causou impacto, ela não fora capaz de permanecer impassível ao que ele dissera em seguida:

— Se falaram qualquer palavra sobre você que lhe desagradou, então é mentira. A única pessoa que deve saber quem realmente você é, é você mesma. Indo lá fora, só fará de seu caluniador o dono da verdade. Sem falar que você estará admitindo que tem total dependência do que o mundo pensa quem você é. E isso não é verdade. Não deixe o povo pensar que você pode cair com qualquer injúria ou difamação. Talvez já tenha enfrentado algo muito pior do que uma mentira inventada sobre sua pessoa.

Os olhos não haviam surtido efeito sobre ela, mas a fala do professor, sim. Quanta verdade havia naquelas suas palavras? Todas elas eram verdadeiras, ela percebera. Talvez fosse mesmo inútil lutar contra a babaquice. E ele tinha razão, ela já enfrentara problema muito pior do que uma injúria. Pena que seus caluniadores não lhe conheciam o bastante para saberem que sua maturidade surgira das cinzas de batalhas semelhantes, ou mais horrendas, que tivera de travar tempos atrás, quando ainda era uma criança indefesa.

— Em momentos tenebrosos como este, o melhor mesmo é levantar a cabeça e mostrar ao mundo que não se curva a qualquer mentira ou difamação. Tenho certeza de que estão tentando lhe manchar a imagem, mas nada do que disseram poderá mudar quem a Tália é de verdade.

O professor acrescentara, ainda a encarando por mais alguns instantes. Talvez ele nem quisesse realmente lhe ajudar. Provavelmente estaria falando aquilo para evitar lhe aplicar uma advertência ou uma expulsão. Ou somente quisesse que tudo se aquietasse para ele continuar com sua aula. No entanto, aquelas poucas palavras seriam suficientes para provocar um verdadeiro impacto sobre sua maneira de pensar e agir. E aquela fora sua maior lição do dia. Se você não consegue se controlar diante do que o povo inventa sobre sua pessoa, não terá condições de viver um presente de modo equilibrado ou projetar um futuro com zelo.

O maior aprendizado que obtivera há uma semana era saber controlar os nervos numa situação delicada como aquela.

Então, quando vira a Briela sentando, ela também se acomodou em sua cadeira. Os nervos relaxaram e as lágrimas se esconderam no interior dos olhos. Os risos sumiram nos corredores e ela voltou a se concentrar na aula de Física.

A Perda

Ele estava sentado na mesa reservada aos professores, uma fila de cadeiras de plástico à esquerda do espaço aberto em frente ao palco. No centro deste, a tribuna preparada para os oradores e, também à sua esquerda, embora muito mais próxima, a mesa de autoridades. No lado direito do palco, frontal à fila de cadeira dos professores, estavam acomodados, também em cadeiras de plástico, os concludentes. Na mesa principal, sentavam-se o núcleo gestor, os seus convidados especiais e as autoridades locais. Convidados e familiares dos estudantes sentavam-se em mesas dispostas na frente do palco, após o comprido tapete de desfile. As falas oficiais já haviam sido concluídas e agora restava somente o discurso do orador da turma. Ou melhor, da oradora da turma.

A oradora começou agradecendo a presença das autoridades, dos professores, dos concludentes e dos pais e amigos. Era uma estudante muito querida em sala de aula e tinha boa eloquência. A turma a havia escolhido exatamente por estes dois motivos. Além, é claro, por ser uma aluna brilhante e com um futuro bastante promissor. Era o que todos os professores falavam. A escola inteira tinha o mesmo pensamento sobre a mesma. Mal adivinhariam eles que, logo ao entrar na faculdade, no ano seguinte, a jovem se envolveria em um relacionamento que, no início, parecia um mar de rosas. Como toda relação amorosa costuma ser no princípio. Poucos meses depois, no entanto, o seu sonhado paraíso se transformaria no seu mais sombrio inferno. Seu parceiro se mostraria um jovem muito ciumento, com a mente masculina altamente doentia, ao ponto de prendê-la em sua própria casa. Não a deixava sair para nenhum lugar, nem mesmo para visitar os próprios pais. Quando conseguiu se libertar do maníaco, com a nobre ajuda de um cunhado, já faziam meses que não conversava com a família nem mesmo por celular. Havia perdido a faculdade e o futuro promissor.

O docente já testemunhara diversos casos como o que a atual oradora não demoraria a vivenciar. Uma menina se destaca no ensino médio, estudando com muito esforço, consegue tirar boas notas e se torna a esperança de uma profissional de alto nível. Então, quando menos se espera, chega a inevitável fase dos relacionamentos. Não demora muito para que a escola, e a família, seja obrigada a ver o sonho de uma admirável formação acadêmica escorrer pelo ralo. Quantas mulheres com um futuro promissor não tiveram de largar seus sonhos ao vento por questões de relação amorosa?

Ele conhecera muitas, quando ainda estudava e também depois de começar a lecionar. E em todos os casos que conhecia, sem uma única exceção, somente a mulher chegou a se prejudicar e perder a oportunidade de seguir com sua carreira ou sonho. Quanto aos parceiros, no entanto, seguiam como se nada demais houvesse acontecido. Até mesmo nos estudos, a sociedade favorece ao homem.

Agora, a oradora listava as dificuldades pelas quais todos os alunos haviam passado durante os três anos de ensino médio, os aprendizados, as brincadeiras, os trabalhos exigidos pelos professores e os sonhos que cada um deles alimentava. O seu, muito humilde para todo o seu talento e o qual seria esquecido meses depois, era ser educadora e, quem sabe, voltar um dia para a escola como professora. Parabenizou todos os concludentes que haviam conseguido chegar até o final, apesar dos pesares, e lamentou os que tinham ficado para trás, por diversos fatores.

— Em nossa longa jornada aqui no ensino médio, muitos ficaram pelo caminho e representam a nossa maior perda — a voz da oradora ecoou pelo espaço em volta, levando alguns olhos a se umedecerem.

O docente sabia a qual perda a oradora se referia. Estava falando dos alunos que desistiram em algum dos anos, foram transferidos ou reprovaram ao longo do ciclo letivo. A menina com futuro auspicioso emocionou a plateia, principalmente os pais e concludentes. Ela mesma não conseguiu segurar algumas lágrimas que insistiam em descer pelo seu rosto emocionado. Tempos depois, ela derramaria muitas lágrimas, primeiro de dor e sofrimento, depois de alegria por conseguir se libertar de um cativeiro domiciliar e voltar para os braços da família.

O professor, no entanto, neste momento, lembrava-se das suas próprias perdas. Perdas recentes e antigas. Estas relembradas por aquelas. O semestre que acabava de se encerrar com a festa de formatura do terceiro ano, embora não tanto quanto o anterior, sem dúvida, também havia sido difícil, pesado, deprimente. Em um primeiro momento, ele não queria ter vindo à cerimônia, pois não gostaria de ouvir falas do tipo que a oradora estava discursando. As palavras das autoridades não era um problema, porque sempre eram vagas e não passavam de discurso barato, próprios de representantes governamentais. Depois, porém, decidiu-se por comparecer. Viera pela turma, a qual havia realmente se superado e continha muitos alunos que se relacionavam com ele de forma muito amigável. Se fosse mesmo pelo seu estado de espírito, não teria se dado ao trabalho.

E agora, ali sentado e ouvindo o discurso da oradora de maneira descontínua, escutando umas palavras, descartando e ignorando outras, ele se pegou relembrando dos diversos acontecimentos que lhe esmagavam a mente. O que havia perdido ao longo do ano, não era simplesmente aluno desistente ou reprovado. Não. Isso não era perda significativa diante de outras mais sérias. A perda eterna, para sempre! Essa, sim, causa ardência na mente e corrói os pensamentos. E no seu caso, o passado gostava de vir ao presente, perturbar o seu sossego, fazê-lo lembrar que o pretérito podia, sim, vir a se repetir.

Neste momento, sua mente não se encontrava mais na festa de formatura, mas perambulando pelo semestre passado. O semestre da agonia.

Era fim de semana, um domingo que poderia ter sido o mais divertido possível, tanto para o docente como para alguém mais. Ele mesmo poderia ter sido o responsável por uma diversão em vez de uma catástrofe que, como todas elas, o pegaria desprevenido. No entanto, transformou-se no domingo de má notícia, um dia tão agourento quanto se possa imaginar. E quando lhe contaram sobre o ocorrido, o primeiro pensamento que lhe veio à mente não poderia ter sido outro: *se eu tivesse feito aquilo, isso não teria acontecido*. O famoso *se*, tão incerto e vazio, porém tão macabro e culposo.

A semana tinha sido toda de plano para uma atividade extra escolar com os estudantes no fim de semana, principalmente com os alunos do segundo ano A, em especial com o grupo da Kália e Noan. Na segunda-feira, durante sua aula de Física, a turma sugeriu uma atividade para o sábado ou domingo próximo. Desde o ano anterior, o docente começara a realizar alguma agenda com os discentes, às vezes aos sábados, às vezes aos domingos. Eram atividades simples, mas que reunia um grupo significativo de estudantes. Quando não eram palestras em instituições de ensino ou outro evento educativo, eles o conseguiam arrastar para uma trilha de bicicleta, uma caminhada ou um passeio de moto. A turma da Kália e Noan dava a ideia e os demais estudantes acompanhavam como convidados. Quando o preceptor se dera conta, já não lembrava mais de seu antigo juramento e se aproximava cada vez mais daqueles alunos.

— Professor, por que a gente não faz uma caminhada no próximo sábado ou domingo? — uma Kália sempre disposta havia sugerido, enquanto o docente escrevia notas no quadro sobre calor e como ocorria sua propagação.

— Boa ideia, Kália! — um Noan, que àquele momento já não mais considerava o professor como sendo um rígido inveterado, manifestou-se a favor da sugestão da colega. Ele agora confessava alguns de seus segredos e sentimentos ao docente, sempre que estavam juntos em alguma atividade. Contava-lhe sobre os projetos para o futuro, como fazer faculdade de Engenharia Civil e ajudar os pais quando adquirisse um emprego. Além do mais, estava sempre querendo saber mais sobre a vida passada do educador, como havia estudado e como chegara ao mundo do ensino. O preceptor, por sua vez, não deixava nunca de ouvir o Noan tagarela e verdadeiro. Porém, não revelava nada sobre seu passado, como costumava ser com todo mundo. — Aprovado! — um Noan empolgado falou mais alto, levantando ambos os braços como sinal de comemoração. — Faz muito tempo que não caminhamos. Já era hora!

— A gente pode pensar, sim, nessa possibilidade — o professor afirmou, sem deixar de anotar no quadro. — Quem está a fim de participar?

— Todos — um Noan também disposto garantiu.

Com *todos* ele queria dizer todo mundo próximo a ele e à Kália. Os demais estudantes que moravam em outras localidades não tinham como acompanhá-los, mesmo querendo muito. A turma já estava sendo a mais andeja e topava participar de qualquer atividade extra escolar. Até mesmo alguns estudantes que residiam mais longe já começavam a se fazer presente nesses momentos. Em se tratando de uma caminhada, no entanto, ficava mais difícil para quem era de outro lugar.

— Vamos marcar para o próximo domingo, então — o docente confirmou, ainda concentrado em suas anotações. Com os alunos do segundo ano A, ele conseguia conversar tranquilamente sem precisar encarar a turma de frente. Eles o haviam provado que não é necessário um professor estar de olho na sala para ter a atenção plena dos alunos. — Convidem mais gente das outras salas e depois me confirmem o horário de saída.

E assim ficara confirmado a atividade do próximo fim de semana. O grupo da Kália se responsabilizara por convidar mais alunos, marcar o horário e a rota que fariam. Fizeram todos os preparativos ao longo da semana, durante o intervalo, conseguindo alcançar um número significativo de estudantes. Até mesmo alunos do primeiro ano, ainda que com pouca intimidade com o preceptor ou com os demais discentes, prontificaram-se a participar. Entre eles, o menino da quarta cadeira da primeira fila, e seu amigo que sentava uma posição atrás, da sala do primeiro ano B. Alguns colegas desta mesma turma se mostraram animados, mas não poderiam se fazer presente por residirem muito mais longe. Havia sido o caso da Tália e Briela, as duas alunas que já se destacavam em sala de aula nas disciplinas de Física e Matemática.

Quando o sábado chegou, no entanto, todo o plano teve que ser desfeito. O professor pedira para cancelar a caminhada, pois não estava se sentindo bem. No grupo de WhatsApp, no qual estavam todos que tinham interesse em participar da caminhada, ele pedira desculpa pelo inconveniente e explicara que havia acordado com sintomas que suspeitava ser de gripe. Talvez tivesse adquirido algum resfriado que o estava deixando indisposto. E como toda influenza costuma demorar alguns dias, ele preferia adiar a caminhada para outro fim de semana, quando já estivesse recuperado da possível virose.

Os alunos, todos empolgados, lamentaram o cancelamento, mas não ficaram chateados, pois sabiam que o docente tinha seus motivos. E pelo que eles sabiam sobre o mesmo, ele não era de desmarcar um compromisso se não tivesse uma justificativa realmente válida. Outras vezes, já haviam cancelado atividades daquele tipo, por diversas razões. Entre estas, falta de sincronia na agenda de alguém ou a impossibilidade de um ou dois alunos não poderem participar devido a algum imprevisto.

— Não precisa se preocupar, professor — um Noan compreensivo escreveu no grupo *Caminhada*. — A gente entende o seu caso perfeitamente. Vamos deixar este grupo formado e pronto para remarcar a caminhada para outro fim de semana.

Os demais participantes escreveram mensagens semelhantes, garantindo ao docente que estava tudo bem. Este, realmente havia amanhecido com sintomas que pareciam ser de gripe. Logo de manhã cedo, acordou espirrando e se sentindo desanimado. Ainda não se sentira febril, mas pelo que o corpo parecia querer mostrar, a febre não demoraria a aparecer. Como garantia, o melhor mesmo seria não ter atividade nenhuma para o dia seguinte.

No entanto, havia algo a mais. Na noite passada ele dormira um sono instável e perturbador, como há muito tempo não dormia. Havia sido mais pesadelo do que sono mesmo. Acordara diversas vezes durante a noite e passara muitos momentos desperto, olhando para o teto escuro do quarto. Talvez fosse já os sinais de que a gripe começava a se manifestar, ele pensou. O desconforto de uma noite mal dormida estaria se fazendo presente no desânimo e corpo dolorido que estava sentindo de manhã. Entretanto, como ele se lembrava bem, não havia feito nada nos dias anteriores que pudesse lhe fazer adquirir um resfriado.

Quando acordou, no sábado de manhã, além dos espirros, algo mais sinistro lhe incomodava a mente. A noite havia sido repleta de lembranças corrosivas ao pensamento que, por mais que ele tentasse, não conseguia compreendê-las. Em alguns instantes de sono mais estável, o docente havia sonhado com aquela perda de tempos passados, a mesma que o fizera jurar que não mais se aproximaria afetivamente de nenhum aluno. E o impacto de tal pesadelo havia causado maior estrago sobre o seu estado de espírito, agora debilitado e instável. Talvez estava mais abatido mentalmente do que fisicamente. No final do sábado, quando a caminhada já estava cancelada há horas, os espirros e a moleza do corpo desapareceram e ficara somente a lembrança dos sonhos perturbadores.

Não era gripe. Provavelmente, era apenas o seu psicológico brincando de adoecê-lo.

Sem mais caminhada agendada, todo mundo foi cumprir sua própria agenda durante o domingo de manhã. O professor foi preparar uma lista de exercícios para a segunda-feira, pois pretendia discutir mais detalhadamente com a turma do segundo ano A o conceito de calor e suas formas de propagação. A Kália foi estudar de modo mais profundo algum conteúdo que tivesse deixado alguma dúvida, pois não perdia nunca a oportunidade de sempre aprender mais um pouco. Alguns alunos simplesmente foram dormir até mais tarde, talvez agradecendo ao docente por ter cancelado a caminhada. Outros, passaram o domingo inteiro sem fazer nada demais.

E o Noan, como era seu hábito sempre que não tinha nenhum compromisso com os amigos, foi passear de moto com o pai. Os dois saíram cedo da manhã e passariam o dia inteiro fora, como também era costume acontecer. Visitavam parentes, amigos e todos os conhecidos mais próximos. O Noan sempre falava que conhecia muitos alunos devido suas andanças com o pai. Sendo o filho homem de um casal de filhos, o mais novo dos dois, não tinha como ele não ser o mais próximo do pai e, provavelmente, também o mais íntimo. Quando não estava acompanhado dos amigos da escola, nem com o professor de Física, um Noan disposto a andar estava sempre junto do seu *velho*, como ele costumava chamar o pai. Este, por sua vez, dirigia-se ao filho como *meu menino*.

O professor não conseguia entender ou explicar como um domingo tão comum pudesse se transformar em um dia tão fatídico e deprimente.

O domingo é sempre melancólico. Porém, de vez em quando, as engrenagens do tempo parecem querer deixá-lo ainda mais triste. Era já tardinha quando uma mensagem iluminou a tela do celular, postado sobre o birô, ao lado direito do notebook no qual o preceptor editava questões do Enem e outros vestibulares. Não era seu hábito responder nada sobre escola a aluno nenhum nos finais de semana ou feriado. Ainda menos em horário muito avançado do dia ou da noite. Sempre deixava isso bem claro para todos os seus estudantes:

— Vocês podem enviar perguntas e questionamentos para mim no horário que acharem melhor. Até mesmo nas horas noturnas. No entanto, vou logo avisando, eu só as verei durante os intervalos escolares ou no dia seguinte.

No entanto, a notificação indicava que era a Kália a lhe contatar. E uma Kália sempre educada nunca enviava uma mensagem para ele em plena tarde de domingo, já no final do dia. A não ser, é claro, que ela estivesse com uma dúvida cruel martelando sua cabeça. Como aluna dedicada e esforçada que era, nunca deixava de tirar as dúvidas que poderiam lhe incomodar a compreensão de algum conteúdo. Talvez enviara a mensagem com a certeza de que só receberia uma resposta no dia seguinte. Provavelmente, devia ser alguma questão na qual não estaria conseguindo aplicar o algoritmo de resolução do modo adequado.

E não era certo deixar uma Kália em dúvida durante toda uma longa noite, o docente ponderou. Até porque uma vez ele a prometera que lhe tiraria qualquer dúvida que fosse, embora não estivesse em horário de aula. Às vezes, ela usava isso como trunfo, mas jamais abusava da boa vontade do preceptor. Se esforçava muito para fazer todas as perguntas que tinha em mente ainda na sala de aula, durante a discussão propriamente dita do conteúdo abordado. Apenas incomodava o professor, nos corredores ou através de mensagens, quando realmente tinha algo muito importante para perguntar. E não ficava chateada quando ele demorava a lhe responder.

Então, sem relutância, o professor pegou o celular e abriu a mensagem. Não continha absolutamente nada relacionado a alguma questão de Física ou dúvida sobre qualquer conteúdo que fosse. Era uma mensagem curta e direta, composta por duas frases. Duas expressões simples, mas devastadoras e que ele nunca mais as esqueceria. Um par de sentenças que ele nunca queria ter recebido, pois eram repetitivas e familiares aos seus ouvidos, novamente presentes na sua vida. No momento, ele desejou intensamente que fossem duas perguntas de Física, até as mais difíceis que alguém pudesse imaginar.

Se se tratasse de dúvidas sobre Mecânica Quântica, o professor teria ficado muito mais tranquilo. No entanto, para a sua infelicidade, aquelas duas frases não possuíam nada de nenhuma disciplina. Eram meramente dois vórtices devastadores. Um par de lanças afiadas galopando pelo ar em busca de seu pensamento, um dia deteriorado, mas já quase cicatrizado.

A primeira dizia, simplesmente:

— Professor, o Noan sofreu um acidente de moto e estar no hospital.

Até aí, tudo bem. Nada demais, uma vez que acidentes de motocicleta são bastante comuns e, por mais leve que seja, provoca algum dano que a pessoa sempre acaba por ser levada ao hospital. Às vezes, uma raladura extensa que necessita de um curativo; outras vezes, um corte mais profundo que precisa ser pontuado para poder cicatrizar mais rápido. No entanto, não foi sobre isso que ele pensou de imediato. O que lhe veio à cabeça foi uma clavícula, um braço ou uma perna quebrada. Se fosse esse o caso, seriam alguns dias de falta à escola.

A segunda frase, por outro lado, não era tão comum como a primeira. E quando o docente a leu, seu corpo se arrepiou, as mãos tremeram, as pernas viraram molambo e o estômago embrulhou. Ele conhecia aqueles sinais. E como conhecia! Era a maneira como seu corpo sempre reagia a notícias como aquela, envolvendo algum de seus estudantes, principalmente alunos mais próximos a ele. Simplesmente, a última sentença eliminava automaticamente tudo que ele ponderara sobre a primeira. Ela era curta, mas tinha a força de um vendaval capaz de revirar cada sítio de sua mente:

— Ele estar na UTI.

Estar na UTI. Quantas vezes essa simples expressão dilacerara sua mente e o fizera se desligar do mundo ao seu redor? Quantas vezes essa frase macabra da medicina intensiva o obrigara a se esquecer de tudo e de todos? Ele não sabia dizer com certeza. No entanto, ela lhe era familiar desde algum tempo atrás, muito antes de conhecer qualquer Kália, Noan ou outro estudante daquele segundo ano A. Para ele, UTI não significava Unidade de Terapia Intensiva, mas Unidade de Tormenta Interminável. Quem era levado para lá, poderia morrer a qualquer momento. E a tormenta de quem o aguardava do lado de fora, não era esquecida nunca, mesmo que só durasse poucos minutos ou horas.

O docente não sabia dizer como conseguira desligar o computar, fechando todas as janelas o mais rápido possível e sem nem mesmo se preocupar em salvar o que estava editando. Foi tudo no automático. Sua atenção voluntária estava toda focada na tela do celular, ainda olhando para as duas frases e sem saber o que escreveria de volta. Sua mente voava à velocidade da luz, querendo indagar se havia risco de morte, como tinha sido o acidente, com quem o Noan estava, e tudo que não era possível se ter resposta clara naquele momento. Não antes de responder à Kália ou lhe perguntar sobre tais dúvidas.

Demorou ainda alguns instantes até que ele voltasse a ter um pouco de controle sobre o próprio pensamento, embora as pernas continuassem flácidas e as mãos resistissem a segurar o celular com firmeza. Quando se livrou um pouco das nuvens negras que turvavam suas vistas, o preceptor percebeu que a Kália ainda estava na linha. Talvez esperasse alguma devolutiva. Então, era melhor tentar se controlar e respondê-la depressa. Mesmo com os dedos instáveis, ele digitou algo, sem muita certeza do que seria. Quando olhou a tela, ela mostrava as palavras que conseguira:

— Como foi isso, Kália?

O professor pensou em escrever outra pergunta, mas estacou. Se pedisse muitas informações ao mesmo tempo, ela ficaria sem responder alguma, pois, sem dúvida nenhuma, ela também estaria nervosa e talvez não soubesse de tantos detalhes. Esperando pela resposta da primeira pergunta, ele pensou, teria um tempo para se recompor do choque. Felizmente, uma Kália prestativa não demorou a responder e ele logo conseguiu ver que ela estava digitando. No entanto, à medida que ela demorava a finalizar a mensagem, ele ficava mais apreensivo, os nervos o tempo todo querendo levá-lo ao chão.

— Por enquanto, não sei muitos detalhes, professor.

Exatamente como ele havia previsto. Outra luzinha se acendeu na tela do celular, indicando que ela agora gravava um áudio. Talvez assim fosse melhor para ela, pois poderia falar mais sem a necessidade de passar vários segundos digitando. Embora, é óbvio, para ele fosse um terror. Não gostava de falar ao telefone nem mandar ou receber áudio. Preferia enviar e ler mensagem escrita. Era mais um dos seus diversos distúrbios inexplicáveis, como aquele de organizar objetos sobre uma mesa com perfeição simétrica e não conseguir passar muito tempo olhando nos olhos de uma pessoa quando conversava com alguém. Após alguns segundos, sempre acabava por virar a vista, para os lados ou para baixo. Entretanto, a Kália não sabia disso e este não era o momento mais adequado para lhe contar tamanha bobagem. Portanto, ele esperou outra vez, mesmo com total desconforto. E outra vez os nervos se agitaram. Ainda bem que as pernas se firmaram mais um pouco e as mãos já não pareciam tão trêmulas quanto antes. Quando o áudio carregou, ele não se permitiu esperar um segundo sequer antes de iniciar a reprodução.

— Parece que ele estava andando de moto com o pai dele — uma voz distintamente alterada soou no fone do celular. Ela mostrava uma Kália totalmente desestruturada emocionalmente, tentando abafar os soluços e pausando a fala, como se usasse as mãos para enxugar lágrimas nos olhos. — Eles estavam passando pela pista, quando outra moto entrou na mão deles... Vinha do lado direito, de uma outra estrada. As duas motocicletas se chocaram, a deles recebendo o maior impacto. O pai do Noan tentou manter o equilíbrio o máximo que pôde, mas não conseguiu. Os dois caíram. A moto caiu sobre a perna do pai do Noan. Quanto ao Noan, parece que foi jogado para longe, provavelmente chocando a cabeça contra o chão ou talvez contra uma pedra.

O áudio terminou e não apareceu mais mensagem. Do outro lado, a Kália talvez estivesse aos prantos. O professor, por sua vez, tentava processar o que acabava de ouvir. No entanto, o que ficou mais fixo foi: *chocando a cabeça contra o chão ou talvez contra uma pedra*. Agora fazia sentido a frase *ele estar na UTI*. Qualquer pancada na cabeça é suficiente para abrir um corte no couro cabeludo. Numa queda de moto, o estrago não tem como não ser preocupante. Isso, somado a um impacto contra uma pedra ou mesmo contra o chão, é motivo suficiente para se ir direto à UTI.

Assim, o final do domingo se transformou em um anoitecer de agonia e angústia. Após a mensagem da Kália, logo chegaram outras, vindas de colegas do Noan, conhecidos e também dos professores e funcionários da escola. Pelo que se podia deduzir das informações, o pai do Noan havia sofrido alguns ferimentos e uma perna quebrada, consequência do peso da moto quando caíra sobre a mesma. Estava no mesmo hospital que o filho. No entanto, este havia sido levado direto para a UTI, embora tivesse se ralado menos. O mais complicado era a batida na cabeça. E como sempre acontece quando alguém se encontra na Unidade de Terapia Intensiva, nem mesmo a própria família sabia ao certo qual era o seu verdadeiro estado, se era estável ou se corria risco de vida. O que restava era somente esperar.

E a espera demoraria. Nada mais se soube, além de detalhes sobre o acidente, os quais não mais o interessava. Os amigos do Noan iniciaram uma enxurrada de mensagens no grupo *Caminhada*, que agora passara a ser o grupo *Força, Noan!* Alguns ainda não estavam sabendo do ocorrido, enquanto outros já especulavam sobre o futuro, sombrio ou esperançoso. Mais aquele do que este. O professor preferiu não olhar o desespero dos alunos e arquivou o grupo. Se sentiria ainda mais mal se visse as mensagens. Se não tivesse cancelado a caminhada, nada daquilo estaria acontecendo. Então, ele se sentiu ainda mais culpado. Aquele sentimento de culpa o atormentaria pelos próximos dias, meses ou anos. E muito mais quando entrasse na sala do segundo ano A no dia seguinte.

Foi exatamente o que aconteceu. Na segunda-feira, logo que entrou na sala do Noan, seu primeiro olhar fora em direção à cadeira da Kália. Ela estava lá, como sempre, atenta, mas pensativa. Muito pensativa. Assim como o restante da turma. E quando ele mirou a cadeira vazia do Noan, um entalo sufocou a garganta. Teve que mudar as vistas rapidamente quando os olhos começaram a vacilar. Então, o docente abandonou sua rotina normal nas aulas e se concentrou no conteúdo propriamente dito, tentando esquecer o ocorrido através da condução da aula. A mesma situação se repetiu na terça-feira com a turma do primeiro ano B, a turma da Tália. Não foi diferente nas outras salas nos dias seguintes. A Tália, por sua vez, percebera o quanto o docente havia mudado em sua maneira de conduzir a explicação. Provavelmente, outros estudantes também notaram seu estado de espírito alterado, por mais que ele tentasse esconder.

— Você está bem, professor? — a Tália o havia perguntado na quarta-feira, quando ele demonstrou outros sinais de perturbação emocional ao escrever as notas de Matemática no quadro.

Era uma pergunta retórica, obviamente. Ele e a própria Tália sabiam. Então, não restou outra opção a não ser o docente desconversar, garantindo, e mentindo, que estava tudo bem. Não estava. E ele ficou muito grato por ela não insistir naquele assunto. Não saberia como se segurar, caso ela o tivesse forçado a falar sobre o que acontecera com o Noan. Até porque todos ali já deviam saber sobre o acidente e o quanto ele era próximo dos alunos da sala da Kália. Seria mais interessante não comentar sobre uma situação da qual não se pode fazer nada para melhorar.

E durante toda aquela semana, ele daria suas aulas no automático, não conseguindo fazer a chamada na turma da Kália e, além disso, alterando a sequência de passos que seguia desde o instante em que entrava na sala até o último toque da campainha. Agradeceu aos céus quando chegou a sexta-feira, pois não precisava ficar olhando para os alunos e não enxergar o rosto do Noan. Quanto a este, mesmo após quase uma semana na UTI, ainda não se sabia nada sobre seu estado de saúde, nem se melhorava ou se piorava. E aquilo o torturava a mente, sem piedade, como uma morsa esmagando um sarrafo de madeira macia.

Ele passou todo o fim de semana pensando em muitos pontos: a caminhada que ele mesmo cancelara, ainda no sábado, só porque amanhecera espirrando e se sentindo mal; o acidente com o Noan no dia seguinte, o qual não teria ocorrido se eles tivessem ido caminhar; em qual estado de saúde o Noan se encontrava; e pensou também sobre o seu passado, que insistia em se repetir, para a sua total tormenta. Não olhou grupo nenhum e ignorou todas as mensagens que recebera, aquelas do tipo *mais do mesmo*. Queria se manter isolado até que recebesse novas informações do hospital. Por enquanto, pretendia visualizar somente mensagens vindas da Kália ou da família do próprio Noan.

Na segunda-feira seguinte, o mundo desabou.

Ele se dirigia à escola quando encontrou um tio do Noan, irmão do seu pai. Os dois não eram de muita conversa, pois só se conheciam de vista e através da amizade com o próprio Noan. Portanto, o docente não esperava que o mesmo o fizesse parar para conversar sobre algo. Quanto ao outro, não só o fez parar, como também o atualizou sobre o hospital, de modo limpo e seco. Não usou de rodeios, simplesmente foi direto ao ponto:

— Professor, avise lá na escola que o Noan faleceu.

— Aviso, sim.

O *aviso sim* foi novamente no automático. Sua mente não conseguiu nem mesmo processar direito *o Noan faleceu*. Tudo ficou mudo ao seu redor, como se seu cérebro não pudesse perceber nada mais em volta. Seu informante seguiu aonde deveria ir e ele, sob o comando integral do sistema nervoso involuntário, continuou adiante, conduzindo a moto sem saber o que realmente estava fazendo. Estava cego a tudo e se lhe perguntassem por quem havia passado, ele não saberia dizer. Na cabeça, somente um pensamento brotava, insistente, martelando cada um de seus neurônios: *o Noan faleceu*. Uma vez ele havia pesquisado o significado de Noan e encontrara dois principais e bem interessantes: *descanso* ou *de longa vida*. Este último, não lhe servia no momento. Talvez o primeiro fosse mais adequado.

Quando chegou na escola, foi direto à sala da direção. Embora ainda faltassem quinze minutos para o início da aula, quase todos os estudantes já se encontravam dentro do colégio. Ele bateu na porta e a abriu quando o diretor o deu permissão. O preceptor tinha certeza de que não suportaria falar por mais do que alguns poucos segundos sem que a garganta se fechasse, os olhos se umedecessem ou as pernas fraquejassem. Então, também achou melhor passar a informação de maneira objetiva, sem mais delonga:

— O Noan faleceu.

— Sério, professor?! — o diretor indagou, quase retoricamente, embora surpreso.

— Sim. Um tio dele pediu-me para que avisasse à direção da escola.

— Obrigado, professor. Vamos já passar o aviso em cada sala.

Em seguida, o docente foi direto à sala dos professores, em silêncio, pisando em nada, a cabeça girando como uma folha seca dentro de um redemoinho. No entanto, tentou agir como se estivesse tudo bem. Não queria demonstrar fraqueza naquele momento, pois em instantes teria que encarar uma turma inteira cabisbaixa, a maioria talvez em soluços. Para seu alívio, entretanto, não demorou muito para que a coordenação aparecesse para dizer que as aulas daquele dia seriam suspensas. Não havia a mínima condição de se conduzir aula no clima pesado que a escola acabava de se transformar. Quem não era amigo do Noan, o conhecia de outras ocasiões.

Sendo assim, o professor se decidiu, era melhor ir para casa e tentar controlar os nervos. Se fosse possível. Ele só não contava com a possibilidade, quando se dirigia ao portão, de encontrar toda a turma da Kália pelos corredores, uns aos prantos, alguns tentando reprimir o choro inevitável e outros soluçando em silêncio. Naquele momento, abraço nenhum era capaz de asfixiar as lágrimas. A morte é perversa no seu modo de chegar, implacável quando já tomou sua decisão, indiferente ao sofrimento alheio, impiedosa com quem quer que seja. Aquela cena era macabra e fazia doer as entranhas do docente.

Ao avistar a Kália, vindo também em direção ao portão, ele não resistiu a um aperto forte no peito. Pensando que não suportaria ficar de pé, ele estacou e encostou o ombro na parede, como forma de disfarçar o seu péssimo estado. Por um momento, ficou sem ação e incapaz de manifestar qualquer expressão, fosse de desalento ou de consolação. Só esperou, em silêncio. Ao se aproximar, ela também não teve condições de falar muitas palavras, os soluços não permitiam e as lágrimas não paravam de brotar de dentro dos olhos, descendo pelo rosto mergulhado em tristeza.

— Ele não merecia, professor — uma Kália em choque conseguiu balbuciar, tremendo, tentando se controlar, inutilmente, a mochila nas costas e ambas as mãos limpando constantemente os olhos. — O Noan não merecia morrer cedo demais. Não agora. Eu não entendo. Sinceramente, eu não consigo entender.

— Não, não merecia — mais uma frase automática do docente. No estado em que se encontrava, o máximo que conseguia eram expressões curtas como essa, as quais surgiam de imediato e sem que ele soubesse de onde apareciam. — Não agora. Estou no mesmo barco que você. Eu também não consigo entender.

Enquanto uma Kália em prantos se encaminhava para junto dos outros amigos chorosos, ele aproveitou para ir embora. Não poderia continuar ali, vendo aquela cena terrivelmente lúgubre. Se permanecesse junto aos alunos, não demoraria a perder o controle e com certeza poderia desabar emocionalmente. Ele não queria que isso acontecesse. Além do mais, não podia fazer nada para melhorar o estado de espírito dos estudantes, nem da Kália nem de ninguém mais. Precisava com urgência voltar para casa, para o seu quarto, seu refúgio. Se agora estava sendo difícil, ele não conseguia imaginar como seria no velório e sepultamento.

Não poderia ser pior.

Não poderia ser pior, mas foi.

O corpo chegou ainda na tardinha do mesmo dia, a segunda segunda-feira mais melancólica que ele já vivera durante sua vida. A primeira havia ficado no passado, embora estivesse a se repetir agora mesmo. Quando o caixão desceu do carro funerário, ele ainda não tinha reunido coragem para se aproximar tanto da casa. Em silêncio e afastado de todo mundo, ele permanecia à distância, observando a alguns metros da calçada. Estava tentando ficar isolado, evitando se encontrar com os alunos, em especial os da turma da Kália. No entanto, ele ponderou, uma hora ou outra, acabaria por dar de cara com eles. Então, resistiu à flacidez das pernas e se aproximou da porta. Ao entrar na sala do velório, o peito se fechou, como uma armadilha prendendo um animal indefeso. Os prantos dentro de casa eram de cortar qualquer coração, até mesmo os mais empedernidos.

Mesmo dominado pelo medo de vacilar durante o caminhar, ele tentou ignorar as pessoas ao redor, engoliu a saliva para vencer o entalo na garganta e se acercou do caixão. À medida em que se aproximava, ele mirou em um único ponto. Não queria que seus olhos denunciassem seu estado mental, tão melancólico e ao ponto de explodir. Então, impassível por fora, mas alquebrado por dentro, o docente olhou fixamente para o seu aluno mais querido, aquele que tivera a coragem de confessar que passara a gostar de suas aulas, o mesmo que estava sempre disposto a realizar qualquer atividade que fosse, o que era colega de todo mundo e que estava se tornando seu amigo. Ele estava ali, deitado, os olhos fechados, como se estivesse dormindo. Era o mesmo Noan, o estudante que demorara para se habituar às aulas de Física e ganhar sua confiança. A única diferença era que agora o mesmo não mais respirava.

Então, sem que o professor conseguisse evitar, os olhos insinuaram que iriam ceder. As lágrimas já estariam aflorando. Quando sentiu as vistas se umedecerem, ele se afastou de imediato, embora de maneira discreta. Não poderia permanecer ali por muito mais tempo. Se era para fraquejar, que fosse em casa. Resistiu a não passar a mão pelos olhos, pois seria pior. Não se pode enxugar uma lágrima sem que ela deixe um vestígio de choro, seja a umidade da lágrima seguinte ou o olho irritado. Ele simplesmente saiu, da forma mais normal que conseguiu, sem olhar para ninguém.

Quando chegou no seu quarto, foi direto ao celular. Precisava conversar com alguém, qualquer pessoa. Senão explodiria. Olhou no grupo *Força, Noan!* que agora tinha a denominação *Eterno Noan*, mas não demorou porque as mensagens de lamentações mais o atrapalhavam do que o ajudavam. Rolou a barra dos contatos para baixo, desesperadamente, em busca de uma pessoa confiável e disposta a lhe escutar, pelo menos por um minuto. Foi até o último contato, mas não conseguiu escolher ninguém. Voltou para cima e ainda nada. Não entendia porque tinha tantos contatos se não poderia contar com nenhum deles em um momento como esse.

Já estava prestes a abandonar o celular, quando uma barra de mensagem surgiu no topo da tela, aliviante e confortadora. Era a Kália. Não tinha como ter uma surpresa melhor, ele pensou. Por mais abalada que ela pudesse estar, ainda assim, o que quer que dissesse, qualquer coisa, poderia aliviar o desalento no qual ele estava imerso. Talvez isso fosse verdade para ela também. Ele abriu a mensagem e viu que a mesma era consoladora, reconfortante, um barco que o traria um pouco de conforto imediato:

— Professor, eu fui ao velório, mas não consegui ficar por muito tempo. Não tive mente nem corpo para suportar. Preferi vir embora e voltar somente amanhã, para o sepultamento.

— Também agi da mesma forma, Kália — o docente respondeu, sincero e contente por ela estar ali a conversar com ele, de forma verdadeira. — No entanto, diferente de você, não pretendo ir ao enterro.

— Por que não, professor? — não havia surpresa na pergunta, pois ela sabia o quanto ele devia está se esforçando para não desabar. Ela havia visto como ele tinha saído do velório, parecendo calmo, mas visivelmente sem condições de permanecer sem que sofresse um colapso emocional.

— Talvez eu não consiga suportar — ele não conseguia mentir diante daquela situação. Não para a Kália, sua aluna determinada, dedicada, forte, mas que perdia talvez o melhor amigo que tivera em toda a vida.

— Talvez eu também não vá resistir intacta, professor. Mas não importa. Provavelmente, não tem como eu chorar mais do que eu já chorei desde o momento em que ouvi *o Noan faleceu*. Portanto, acho que você também deveria ir. Não pelos alunos e familiares do Noan, ou porque estou sugerindo, nem mesmo por ele. Mas por você mesmo.

— Como assim, Kália, por mim mesmo?

— Não sei explicar direito, professor — a Kália do outro lado da linha parecia mais controlada emocionalmente. — Sei lá... Tipo assim... Como eu posso dizer? É a última vez que você o verá, não é mesmo?

Ela tinha razão, ele ponderou, antes de pegar no sono. Sono que seria mais um pesadelo cheio de terrores. Lembrança de uma vida passada que voltava à sua mente, como se estivesse acontecendo neste exato momento. Memórias que ele tentara descartar para a região mais profunda de seu pensamento, de onde não pudesse acessá-las a qualquer hora. Conseguira por um tempo, mas agora elas estavam de volta, sufocando, dilacerando, corroendo sua cabeça. Que a noite fosse curta para os maus sonhos não se demorarem, mas que fosse eterna para não ter que ir ao enterro. Ele desejou, inutilmente.

No acompanhamento do corpo até o cemitério, ele novamente tentou se manter um pouco afastado. Todos os estudantes estavam presentes, até mesmo os alunos das turmas de primeiro ano. A escola estava de luto e todos foram convidados para se fazer presente ao enterro. Ninguém quis ficar de fora do acompanhamento à sepultura. Até mesmo depois de partir, o Noan tinha a capacidade de reunir as pessoas. Por isso, o docente não poderia ter faltado. Ainda bem que escutara as palavras sábias de sua aluna no dia anterior.

Ele caminhava mais ou menos isolado, quando seus olhos encontraram os da Kália, juntamente com seus colegas de turma. Quando o avistou, ela fez um gesto para os amigos, os convidando para caminharem juntos ao professor. Quando estes se aproximaram, o preceptor não demostrou, mas por dentro ficou imensamente grato, satisfeito pela companhia de seus estudantes. Pelo menos naquele momento ele não estava só.

Durante o engavetamento do caixão, o professor não conseguiu se aproximar mais do que alguns poucos metros. Procurou uma sepultura mais elevada para se apoiar, como precaução, caso viesse a desabar. Ainda assim, o momento de selar o corpo foi terrível. Algo inexplicável tomou conta da sua espinha, como se as próprias vértebras estivessem se enrijecendo pela ação de um frio pavoroso. As pernas se tornaram trapos ao vento; a cabeça pesou como pedra; o peito se fechou; a garganta se obstruiu e os olhos lacrimejaram, inevitavelmente. Quando viu que não suportaria mais, ele virou o rosto e mirou simplesmente o nada ao longe. Depois, abaixou a cabeça e ficou a observar o chão. Somente voltou as vistas à sepultura quando as últimas pessoas já se retiravam para ir embora.

— Já podemos ir, professor? — ele ouviu a voz da Kália, alguns minutos depois. Não havia percebido ela se aproximar, pois, embora mirasse à sua frente, era como se estivesse cego. Talvez ela queria ter perguntado se estava tudo bem, mas sabia o quanto esse tipo de pergunta é insultante nesses momentos. Ela parecia um pouco mais consolada, embora os olhos fossem duas nascentes escavadas, algumas lágrimas ainda insistindo em saírem para o seu rosto sofrido.

— Oi, Kália — ele despertou de seu sono acordado, sobressaltando-se como se não estivesse neste mundo. — Sim, podemos ir, claro. Mas vá na frente com os meninos. Gostaria de ficar um minuto sozinho.

— Claro, professor. Estaremos o esperamos lá fora.

Quando ela acompanhou a turma, ele se aproximou da sepultura. Sentou-se no túmulo mais próximo e fixou o olhar em direção ao jazigo fechado há poucos minutos. Misteriosamente, agora sozinho, ele não sentiu nada que fizesse seu emocional se debilitar. Muito pelo contrário. O que veio foi uma lembrança boa de alguns momentos em que passara na companhia do Noan e seus colegas de turma. Era como se o próprio Noan estivesse ali com ele, conversando animadamente. Sobre o mausoléu, um pequeno calango de cauda agitada, surgiu de repente. Observou o ambiente por alguns segundos, balançou a cabeça para cima e para baixo umas duas vezes e sumiu de novo, tão rápido quanto havia aparecido.

Aquilo não significava nada demais, o professor garantiu para si mesmo, mas era algo engraçado. Para ele, o mundo pós morte não tinha nenhum sentido. Somente a vida lhe importava. Por isso, nunca se acostumava com a morte. Ela é sempre a despedida mais dolorosa. No entanto, embora o adeus seja sempre difícil, o professor sorriu e se levantou. Sabia que talvez nunca superaria e muito menos esqueceria aquela perda. Porém, guardaria consigo cada momento que convivera com o Noan, as atividades, as aulas, os passeios, os eventos científicos. Tudo. O pouco que havia vivido junto dele e seus colegas de turma tinha valido a pena. Não registraria na memória a lembrança de um Noan que partira para sempre, mas a imagem de um Noan que vivera intensamente.

O lagarto não mais reapareceu.

Quanto ao professor, também não mais se demorou. Lançou um último olhar para o túmulo e se afastou. Precisava acompanhar a turma da Kália de volta para casa, mesmo que agora não estivesse mais completa.

A Tormenta

Finalmente, agora ela estava no aconchego do seu quarto. Mais um semestre havia se concluído. O último do primeiro ano do ensino médio. Um ano que ela imaginara que seria mais pesado em termos de conteúdo do que de adaptação. Porém, havia se enganado terrivelmente. Os conteúdos em si, apesar de alguns mais complicados, principalmente os de Física, não eram nada comparados ao que ela teve que enfrentar para não se desestabilizar emocionalmente. Se é que, em muitas vezes, chegara muito perto de realmente perder o equilíbrio de suas emoções, pensando neste exato momento, a posteriori. Olhando para trás, era como se a Tália que agora mirava o nada no teto do quarto fosse uma pessoa totalmente diferente da Tália que chegara ao ensino médio no início do ano. Como se duas pessoas distintas houvessem ocupado um mesmo corpo, uma após a outra. A tormenta viera, persistira, porém, agora parecia se amenizar.

No ensino fundamental, sua vida particular tinha sido uma luta constante para superar os diversos desafios que insistiam em lhe aparecer, na escola, dentro de casa e com ela mesma. Foram momentos difíceis que ela chegou a imaginar que nunca poderia superá-los. E quando os superou, deixou-se dominar pela doce ilusão de que eles não surgiriam nunca mais em sua vida. Então, eles voltaram outra vez, embora com outra roupagem. Havia se enganado mais uma vez. Talvez a vida seja um engano. Ou, provavelmente, somente nascemos quando superamos nossas próprias ilusões. Quando corrigimos nossos erros, então estamos prontos para a vida.

Agora, no ensino médio, a vida social era o problema maior e mais sério. Quando teve que enfrentar as dificuldades pessoais, nos anos anteriores, houve um claro impacto na vida de estudante e nas relações com os colegas. Atualmente, o processo apenas se invertia. Cada contratempo nas relações sociais dentro da escola estava refletindo diretamente na sua vida estudantil e pessoal. Ao longo do ano, a luta tinha sido hercúlea para não decair nos dois aspectos, não esmorecer nos estudos nem deixar de se cuidar. Novos tempos, velhos problemas. Até parecia que a existência da Tália era como uma moeda, com duas faces bem distintas, ela comparou, pensativa. A tormenta sempre permanecia em sua vida, só mudava a face da moeda.

Realmente, o ano tinha sido pesado, desafiador, difícil de aguentar sem o amparo de alguém. E pelo simples fato de odiar pedir ajuda, preferindo explodir a ter que ceder, tudo se tornou mais árduo para ela. Os três primeiros meses de aula haviam sido tranquilos, não sendo um problema a adaptação às novas disciplinas ou aos novos professores. Embora os conteúdos de Física fossem um pouco mais complexos do que os demais, o professor conseguia avançar com paciência e de modo gradual. Isso facilitou bastante, permitindo que ela conseguisse acompanhar as aulas sem se perder a todo instante.

Além disso, embora não houvesse pedido, uma pessoa se solidarizara com ela e viera em seu auxílio em alguns momentos mais desgastantes que tivera de passar. Por isso era muito grata a solidariedade e companheirismo da Briela, a sua colega de sala mais próxima. Agora, sozinha no quarto, não conseguia imaginar como teria sido o ano sem a sua amizade. Até mesmo nos piores momentos, sua amiga sempre esteve ao seu lado, fosse para lhe aconselhar, fosse para lhe ouvir, ou fosse simplesmente para lhe confortar com um *vai ficar tudo bem*. Se tinha uma pessoa com a qual ela, sem sombra de dúvida, estava em dívida, esse alguém era a Briela. Portanto, ela sabia que era uma dádiva, uma das poucas que tivera ao longo de muitos meses, ter conseguido aquela amizade logo no início do ano.

No meio do quarto mês de aula, entretanto, a situação começou a desandar e tudo pareceu mudar repentinamente, as pessoas, a escola, o convívio com os colegas e até mesmo o professor de Física e Matemática. Era como se, de um momento para outro, tudo tivesse virado de cabeça para baixo e nada mais corresse sobre os trilhos. E quando isso acontecia, ela sempre perdia o controle, não conseguindo se situar claramente no meio da bagunça. O quarto mês tinha sido o mês da agonia e do descontrole total. E ele foi o responsável por todo o desequilíbrio durante o resto do ano. No intervalo de apenas duas semanas, o trem descarrilhou e tudo virou um turbilhão de mudanças bruscas.

O primeiro contratempo surgiu com o incidente da injúria. Naquele dia, por pouco ela não perdera o controle total sobre os seus próprios impulsos. Se não fosse a insistência da Briela em segurá-la dentro da sala e, posteriormente, as palavras duras do professor de Física, talvez teria agido sem cautela e provocado algo muito além do que ela mesma gostaria. A Tália com plena maturidade não hesitava em admitir que, sim, tentava conduzir sua própria vida segundo algumas regras, impostas a si por ela mesma. Também sabia que, àquele momento, todo mundo conhecia este seu lado e não tinha como evitar que fosse chamada pela alcunha *Regrada* pelos alunos da escola ou por qualquer outra pessoa. No entanto, aquela injúria que alguém, agora ela sabia quem fora o autor, soltara na sua direção, não se referia às suas regras. Se fosse neste sentido, ela não teria ficado possessa e nem com uma vontade louca de correr para tirar satisfação com o babaca que lhe havia difamado em meio a todos os estudantes.

Quando o professor de Física entrara na sala naquele dia, ela ainda se encontrava de pé, decidida a sair para o corredor e passar toda a história a limpo. Ele não havia dito nem que ela não deveria sair nem que ficasse. Simplesmente sentou em sua cadeira e a observou. Naquele momento, o docente pareceu estudar seu pensamento, talvez tentando encontrar a forma mais adequada para resolver a situação. Provavelmente era a primeira vez que ele sentava e não tinha todos os estudantes devidamente acomodados em suas respectivas cadeiras. E mesmo que ela continuasse de pé, juntamente com a Briela, ainda assim ele não a repreendeu ou se decidiu por colocá-la para fora da sala. E talvez tenha sido aquela atitude inesperada do preceptor que a deixara mais calma. Qualquer outro educador teria esbravejado para que ela sentasse ou se retirasse.

Se falaram qualquer palavra sobre você que lhe desagradou, então é mentira. A única pessoa que deve saber quem realmente você é, é você mesma. O professor havia dito, mirando as vistas diretamente sobre os seus olhos, após a Briela explicar o que estava acontecendo. Essas palavras inundaram sua mente como um torrencial cai sobre um córrego, levando embora todo e qualquer sentimento de revidar o insulto que ela alimentara até então. Essa breve fala fora suficiente para que desistisse de levar tudo aquilo adiante, embora a inércia ainda não permitisse seu corpo relaxar e sentar em sua cadeira. Até que ela pretendia, mas os músculos, ainda tensos, não consentiam. O docente, com um olhar fixo e penetrante, continuava a lhe observar, como se não houvesse mais ninguém ao seu redor.

Como o professor não sabia que ela já se acalmara, certamente não entendia o motivo de ela prosseguir de pé, mesmo depois que ele expressara palavras revigorantes. Então, talvez ainda supondo que ela não o tinha entendido com clareza, ele acrescentou algo mais. *Em momentos tenebrosos como este, o melhor mesmo é levantar a cabeça e mostrar ao mundo que não se curva a qualquer mentira ou difamação.* Se a primeira fala do docente havia sido um torrencial, essa última era um verdadeiro dilúvio, expulsando qualquer vestígio de descontrole em seu pensamento. Se as primeiras palavras a fizeram desistir de sair da sala de aula para revidar o agravo no corredor, com as últimas ela conseguira relaxar cada músculo e cada nervo do corpo.

Finalmente conseguira sentar-se em sua cadeira, que já a esperava há alguns minutos, imitando o gesto da Briela. Esta, mesmo durante aqueles instantes de aflição, não a abandonou, permanecera disposta a lhe apoiar no que ela se decidisse por fazer. Sem dúvida, a amiga talvez concordasse que sentar tinha sido a melhor decisão. Na verdade, era a decisão mais inteligente para aquele momento delicado, tomada num característico estilo *à la* Tália. Sua maturidade servia justamente para isso, decidir-se por uma atitude apaziguadora em uma situação embaraçosa e vexatória. Percebera que estava de volta. E isso era bom.

Ela tinha ficado satisfeita com a fala do professor e impressionada pela capacidade dele em acalmá-la com simples palavras. Naquele momento, uma Tália retornando ao seu equilíbrio emocional costumeiro, não conseguira expressar nada em palavras. Simplesmente ficara calada, reorganizando o próprio pensamento, lembrando das muitas vezes em que tivera de fazer justamente isso, ter comando absoluto sobre sua mente e seus impulsos. E talvez não fosse mesmo necessário falar qualquer palavra, uma vez que tudo havia acabado dando certo. No entanto, quando a campainha tocara, indicando o final da aula, o professor se dirigiu a ela como se quisesse perguntar algo ou lhe aplicar a repreensão que havia guardado no início, quando entrara na sala.

— Tália, você entende o motivo pelo qual não a deixei sair, não entende? — o preceptor a indagou, enquanto recolhia seus objetos, quebrando a simetria e organização dos mesmos sobre o birô.

— Tudo bem professor, entendo sim — a verdadeira Tália, sem mais nenhum vestígio de pressão emocional, respondera com um rosto sério. — Na verdade, eu queria até me desculpar com você e lhe agradecer por não ter me deixado ir lá fora e também por não ter me repreendido, expulsado ou aplicado qualquer tipo de advertência.

— E por que eu faria isso? — ele pareceu realmente surpreso quando a ouviu se desculpando e agradecendo.

— Hoje eu violei várias de suas regras, professor — ela conseguira admitir sua culpa e agora mudava o semblante repentinamente, colocando um leve sorriso alegre no rosto, anteriormente tenso, a covinha se pronunciando como sinal de alegria. — Você passou muito tempo sentado, olhando para mim, que continuava de pé. E mesmo depois que você começou a falar, eu ainda permaneci sem sentar. Só com estas atitudes, você poderia me expulsar por vários dias.

— Nem todo réu é culpado das acusações pelas quais é levado ao tribunal, Tália — ele abriu um leve sorriso, enquanto acomodava a mochila às costas. — Por isso, a necessidade de um julgamento minucioso e sério, dentro da lei. Quando alguém que sempre teve um histórico de andar na linha, conforme a legalidade exige, é acusado de cometer um crime, o tribunal precisa analisar o que o levou a tal situação. As normas que aplicamos em sala de aula não são diferentes. Se você nunca me deu motivo para lhe aplicar uma repreensão, por que eu a expulsaria na primeira vez que a encontrasse transtornada?

— Então, você sabia que naquele momento eu estava possessa? — ela conseguira ir além de um leve sorriso, deixando escapar uma risada mais à vontade.

— Não sabia — ele pareceu realmente sincero na resposta, o que a deixou ainda mais curiosa. — No entanto, pelo seu comportamento, juntamente com o da Briela, cogitei que havia algum problema e que você, nem ela, tinha qualquer culpa pelo que estava acontecendo.

— E como você conseguiu encontrar as palavras certas para o devido problema? — em um primeiro momento, ela especulara que o professor soubesse do que havia acontecido porque todo mundo estava falando do mesmo assunto nos corredores. Então, ela imaginara, sem dúvida ele teria ouvido algo e, portanto, sabia exatamente o motivo dela se encontrar naquele estado de tensão.

— A vida de professor é isso, Tália — ele tomou a garrafa térmica por último, após o apagador e os pincéis. — Às vezes, sabemos exatamente o que está acontecendo com um aluno. Outras vezes, no entanto, não temos a mínima noção do motivo de um estudante se comportar de um modo diferente. Nessas horas, não temos outra alternativa a não ser cogitar e tentar encontrar a melhor forma de lidar com a situação. Às vezes, simplesmente expressamos o primeiro pensamento que vem à mente, seja de esbravejo ou de apaziguamento. De vez em quando, porém, damos sorte e acabamos por encontrar as palavras certas para o momento certo. Foi o que aconteceu hoje comigo. Tive a felicidade de adivinhar mais ou menos o que devia lhe falar para que pudesse se aquietar na sua cadeira.

— Não pareceu ser sorte, professor — ela também terminara de organizar seus materiais e estava pronta para sair. — E, particularmente, não creio que tenha sido sorte coisa nenhuma. E voltando àquele assunto embaraçoso, eu fiquei mais chateada não foi pela própria injúria em si, ou pela alcunha *Regrada*, mas pelo fato das pessoas se acharem no direito de se importar com a minha vida, sendo que eu não me intrometo no modo de viver de ninguém. Além, é claro, não conter um mínimo de verdade no que disseram sobre minha pessoa. Portanto, peço desculpa outra vez pelo momento indelicado pelo qual eu fiz você passar. Não foi a minha intenção. Jamais faria algo do tipo de modo proposital.

— Não precisa se desculpar, Tália — o professor a encarou, antes de sair da sala. — Confesso que não sei muito sobre você, e lamento por isso, porém sei o bastante para ter certeza de que construíram uma mentira a seu respeito — era verdade, ambos não se conheciam o suficiente para que ele soubesse dos problemas que ela já tinha enfrentado na vida. No entanto, ela se pegou pensando, ele sempre parecia conhecer algo sobre o seu passado, como se a conhecesse de há muito tempo. E enquanto ela estava imersa em pensamentos, ele voltou a perguntar: — Mas você sabe o real motivo pelo qual não a deixei sair, não sabe?

— Por que eu poderia armar o maior barraco nos corredores, em pleno horário de sua aula? — ela havia se permitido adivinhar, soltando uma risada alegre, como se debochasse de si mesma ou risse da própria desgraça. — Provavelmente, teria acontecido algo do tipo, professor.

— Talvez isso também — o docente tinha confirmado, sorrindo animadamente pelo comentário divertido que ela acabara de expressar. — Já pensou? A Tália armando a maior confusão nos corredores da escola? Mas não. Não foi exatamente por isso. Nunca vi alguém chegar ao ensino médio com tamanha maturidade quanto a sua, Tália. Às vezes, eu me sinto apequenado diante de seu elevado nível de sensatez. Portanto, não a deixei ir lá fora porque tinha certeza absoluta de que você conseguiria se controlar por si mesma, segurar os próprios nervos e repelir qualquer sentimento de represália que pudesse estar insistindo em lhe dominar a mente.

— Uma vez, alguém já me disse algo parecido com isso, só que de outra forma e em outra circunstância — ela respondera, agradecida e pensativa. Estava grata não só pelo professor ter evitado que ela passasse por um vexame maior, mas também por ele está lhe dizendo tais palavras, a reconhecendo como a verdadeira Tália. Isso era algo que poucas pessoas conseguiam fazer ou sequer tinham a sensibilidade para confessá-la.

— Pois é a pura verdade — o professor voltou a reconhecer, dirigindo o caminhar no rumo da porta. — Se você não consegue controlar os nervos perante o agravo vindo de um babaca, não conseguirá controlar a própria vida. Pessoas como você são diferentes das demais justamente por isso, por saberem manter os próprios impulsos sob controle. Evitar um confronto direto contra a imbecilidade, no calor do momento, não é fraqueza nem covardia, mas sabedoria e prudência.

— É verdade, professor — ela voltava a sorrir e forçava os maus pensamentos a se esvaírem para as profundezas da mente. — Preciso reaprender a controlar meus impulsos. Fiz isso uma vez e posso fazer de novo.

— Você vai ficar bem? — o docente perguntara, já se afastando da sala.

— Vou tentar, professor — sua resposta fora a mais verdadeira que conseguira no momento. No entanto, ela sabia que sempre conseguia, quando tentava.

— Ótimo. Se tentar, eu tenho certeza de que você conseguirá. Sempre há como se dar um jeito, por mais difícil que seja a situação. Não tenha dúvida. Vai dar certo.

Vai dar certo. Como este mantra parecia renovar as energias, ela se pegou pensando, em silêncio.

O professor se afastou para ir embora e a Briela se aproximou para saber sobre o que os dois haviam conversado.

Até aquele dia, ela achara que realmente ficaria tudo bem. Controlar os impulsos era relativamente fácil. Difícil mesmo era controlar a língua dos caluniadores, os quais não a deram descanso nos dias seguintes, nem nas semanas ou nos meses que se seguiram. A Briela havia sugerido que ela contasse à coordenação da escola e exigisse algum tipo de punição para as pessoas que estavam lhe caluniando. Talvez fosse uma opção. No entanto, aquele assunto era complicado demais para que a escola pudesse tomar uma atitude séria e eficaz. Então, mais uma vez sendo a Tália que não pedia ajuda de forma alguma, ela resolveu deixar para lá. Não queria envolver o núcleo gestor em seus problemas pessoais, da mesma forma que não quisera quando estudava no ensino fundamental.

No começo, ela fez de tudo para não dar ouvido às conversinhas e cochichos nos corredores. Nos horários de intervalo, os mexericos pareciam se intensificar, pois eram os momentos em que se tinha mais pessoas reunidas, grupos compostos por alunos de todas as turmas, juntos e dispostos a acreditarem em qualquer fofoca que ouviam. Então, a sua imagem virou um verdadeiro cartaz de fuxico e boatos mentirosos. Era a Tália que tinha a vida toda regrada para conquistar a atenção de todo mundo; a Tália que falava com todos e os enganava com suas falsas investidas de menina boazinha; a Tália que vivia a babar os professores para obter boas notas em todas as disciplinas; a Tália que queria ser alguém que não era; a Tália que iludia todo mundo, em especial os mais ingênuos, com sua lábia de menininha comportada. E a lista de injúria e difamação crescia sem paradeiro, surgindo uma nova a cada dia e cada vez mais mentirosa.

Por mais que ela tentava esquecer tudo aquilo, mais insultos apareciam. E enquanto controlava os impulsos, o emocional começou a dar sinal de deterioração. Não era fácil ignorar tantas mentiras, principalmente quando elas eram repetidas todos os dias, a toda hora, a todo minuto. Somente ela, e mais ninguém, sabia o quanto estava sendo difícil controlar as emoções. Além do mais, era quase impossível ela compreender o fato de alguém conseguir escolher uma pessoa ao acaso e simplesmente inventar toda uma história sobre a mesma, falsa desde o começo, com o único intuito de prejudicá-la emocionalmente. Parecia algo saindo de uma mente altamente doentia, sem nada para fazer ou pensar.

Então, quando percebeu, todo o seu emocional já se esfacelava e não mais suportava ouvir tantas mentiras. Tentava segurar ao máximo suas emoções durante o período que passava na escola, esforçando-se para não se desequilibrar nas aulas. Poderia até enlouquecer, porém, jamais perder o foco nos estudos. Só não sabia se tinha força suficiente para tal. O único ponto no qual ainda conseguia pensar era que estava ali para estudar, não para perder tempo com assuntos desvirtuosos e que não a levariam a lugar nenhum. Por isso, durante as aulas, ela fazia de tudo para esconder todo o seu abatimento emotivo, escondendo o choro que subia agressivamente pela garganta, repelindo uma lágrima que insistia em querer molhar o olho, mantendo o olhar focado no caderno para que ninguém pudesse ver seu desalento. Tudo aquilo era sufocante, mas necessário, caso quisesse se manter no rumo certo em busca de seu sonho.

Na volta para casa, no entanto, logo que descia do ônibus escolar, as lágrimas não pediam permissão e subitamente brotavam como água descendo de uma cachoeira. Elas vinham sem que ninguém as chamasse, em abundância, incontroláveis, indiferentes, inexoráveis, como pedras descendo um barranco íngreme. E não tinham mais o objetivo de lubrificar as vistas, como deve ser a função das lágrimas. Eram mais como garras afiadas, estraçalhando os seus olhos, irritando e rasgando tudo pela frente, forçando um choro irrefreável, prantos que ela não conseguia evitar, por mais que tentasse. Era como se, ao descer do ônibus, sua mente quisesse esvaziar toda a tortura emocional acumulada na escola e durante a viagem de volta. Assim, sua cabeça expelia cada emoção reprimida, cada vontade de esganar alguém, cada sentimento de represália que era obrigada a manter em silêncio por tanto tempo.

A curta distância entre o ponto de parada do ônibus e sua casa parecia uma estrada infinita que ela era obrigada a percorrer em lamentos silentes, as lágrimas caindo como folhas mortas, a cabeça baixa para disfarçar a dor, segurando os soluços para ninguém os escutar. Quando finalmente entrava dentro de casa, exausta, física e mentalmente, corria direto para o seu quarto, o único lugar no qual podia chorar à vontade e sem que ninguém a visse em tão péssimo estado. Então, desabava na cama e deixava as lágrimas saírem com total liberdade, só tendo o cuidado para abafar os soluços com o travesseiro, para que ninguém de casa os ouvisse.

— Tália? — sua mãe a chamava do lado de fora da porta, quando ela se demorava em seu choro escondido. Não era raro ela passar mais de hora na tentativa de colocar para fora todo o líquido que existia dentro dos olhos. Como se quisesse exaurir tudo para não ter mais nada para o dia seguinte. Às vezes, a melancolia faz parar o relógio. Depois, embora esgotasse as lágrimas, o peito ainda continuava abarrotado, transbordando de tristeza e, não tinha como evitar, raiva. Raiva por não conseguir desabafar sua mágoa com ninguém, nem mesmo com a própria mãe ou com sua amiga Briela. Tudo porque queria poupar as pessoas de seus problemas, pois até nisso ela achava que seria um incômodo para os outros. Que o mundo viesse abaixo, mas não iria compartilhar suas angústias com mais ninguém. Eles não mereciam ser importunados por suas adversidades.

— Oi, mãe! — ela respondia, passando as mãos pelos olhos e tentando se recompor o quanto podia. Evitar compartilhar sua aflição com alguém não era suficiente. Precisava, além disso, mostrar que estava bem e que nada de errado estava acontecendo com sua vida. Para ela, era imprescindível esconder o seu tormento.

— Você está com algum problema? — sua mãe voltava a perguntar, não querendo parecer insistente. A Tália plena de bom senso estava ciente de que sua mãe sabia que devia está acontecendo algo fora do comum. No entanto, por ela não contar absolutamente nada, sua mãe não tinha conhecimento dos fatos e, por isso mesmo, não podia ajudar a filha. — Já faz horas que você está trancada nesse quarto.

— Não, mãe — era sempre a mesma resposta, com a voz ainda denunciando um resto de choro. — Estou bem. Só cheguei um pouco cansada e acabei por cochilar.

O lema *guardar para si* agora expunha o seu lado mais perverso, maléfico, torturante. Porque ele também possui duas faces bem distintas, a que proporciona proteção e a que inflige flagelação. Poucos conseguem preservá-lo pelo simples fato de não suportarem este segundo lado.

Enquanto isso, o *cuidar de si* estava travado, desnorteado, pronto para sair da linha. Se não tomasse cuidado, o trem poderia descarrilhar a qualquer instante. E tudo que conseguira organizar tempos atrás estaria em risco de se desestruturar. Ela também tinha consciência deste fato, porém, não estava tão disposta para tratar de tal assunto nesses momentos aflitivos.

E ao longo de semanas, tudo isso se repetiria: as difamações na escola, a viagem excruciante de volta para casa, os olhos se inundando de lágrimas logo que saía do ônibus, o aconchego do quarto, a preocupação da mãe e, para finalizar, a sua mentira de que estava tudo bem. Não estava. Tudo estava tão ruim quanto um dia já estivera. As falsas conversas sobre ela se espalhavam por toda a escola e não mostravam sinais de que se amenizariam tão cedo. Até mesmo o pessoal de sua sala, inclusive aqueles que haviam estudado muito tempo com ela, começaram a evitar sua companhia. Talvez não queriam ser contagiados pela doença maligna da Tália. Quando se deu conta da gravidade de sua situação na turma, veio a perceber que só lhe restava mesmo uma única amiga, a Briela. Esta, sim, em momento algum deixou de apoiá-la ou ficar junto dela em qualquer que fosse a circunstância.

Como não queria bater de frente com ninguém, pois não valia a pena, e também não suportava mais ficar ouvindo aquelas histórias degradantes no refeitório, uma Tália cada vez mais isolada se decidiu por não mais sair da sala de aula durante os intervalos. Era uma forma de não ser insultada diretamente nem correr o risco de perder o controle dos nervos. O peito poderia se estourar de tanta angústia, mas perder o comando dos impulsos, nunca mais. Sabia que não era bom se isolar das pessoas, principalmente no ambiente escolar. No entanto, enquanto estivesse sob ataque dos insensatos, o melhor mesmo seria não buscar refúgio onde não o poderia encontrar.

— Vamos lá, lanchar? — uma Briela sempre disposta a chamou, quando a campainha tocou para o intervalo.

— Acho que não quero lanchar hoje — ela começara a usar a mesma desculpa para não sair da sala. — Não estou com fome. Vá você. Eu fico aqui lhe esperando.

— Todos os dias você usa essa mesma desculpa, Tália.

— Não é bem uma desculpa, Briela. Eu só não estou com vontade de sair da sala. O clima lá fora não me é agradável.

— Não acho que devia agir assim, Tália — a amiga já começava a se preocupar com o seu estado emocional.

— Assim como? — uma Tália indiferente perguntou, como se não soubesse do que a colega estava falando.

— Assim como?! Deixar de lanchar ou andar pela escola por causa das mentiras que inventam sobre você.

— Mas o que eu posso fazer, Briela? Se estou passando por um corredor, alguém sempre aparece para cochichar na minha frente. Se estou no refeitório, três ou quatro grupos de babacas estão à espera de algum fuxico para transformar tudo em gargalhadas de deboche. Até mesmo o pessoal aqui da sala está me evitando, como se eu tivesse uma doença contagiosa ou fosse uma criatura alienígena asquerosa.

— Não esqueça, Tália, que nem todo mundo virou seu inimigo — a colega tentava consolá-la de todas as formas, mas não estava tendo resultado positivo. — Eu sempre irei está ao seu lado, não importa o que aconteça.

— Eu não tenho nenhuma dúvida disso, Briela — ela tentava explicar como era difícil a sua situação, porém o máximo que conseguia era afastar a colega das outras pessoas. E isso ela não queria de jeito nenhum. Era grata em ter a Briela do seu lado, mas se sentiria muito mal se a mesma viesse a perder outras amizades por causa dela. — Eu a agradeço imensamente por acreditar em mim e não me abandonar, mas não posso dizer o mesmo sobre outros colegas. Você já deve ter percebido que até mesmo o pessoal que sempre estudou comigo no ensino fundamental está se esquivando da minha companhia.

— Talvez esse seja o modo que eles encontraram para proteger a própria imagem — uma Briela insistente voltou a argumentar, antes de sair para o refeitório. — Nem todo mundo é forte quanto você, Tália, para suportar o que tem suportado até aqui. Contudo, deve ter alguém na sala, e também na escola, que não esteja nem aí para as mentiras que falam sobre sua pessoa. Garanto que, se a gente analisar e procurar direitinho, vamos acabar encontrando algum colega que possa lhe apoiar ou pelo menos não lhe condenar.

— Pode ser que tenha mesmo — ela respondia, indiferente àquela possibilidade. — No entanto, isso não tem mais importância, uma vez que o estrago já está feito.

— Você não vai mesmo sair?

— Não. Hoje não.

— Pois está bem. Vou lá pegar o seu lanche e trago aqui para a sala. Pode ser?

— Se isso lhe deixa satisfeita, pode sim.

— Então, pronto. Já volto.

E por muitos dias, ela preferiu a paz da sala de aula ao barulho tóxico do refeitório. A Briela, desistindo de tentar levá-la para fora, passou a sempre trazer o lanche para as duas se servirem em suas próprias cadeiras. Não demorou para que elas percebessem que mais alguém gostava de lanchar dentro da sala. O garoto da quarta cadeira da primeira fila, juntamente com seu amigo, também tinha o costume de pegar a merenda no refeitório e voltar para comer na sala de aula. Enquanto lanchavam, os dois sempre conversavam animadamente, como se contassem histórias muito interessantes um para o outro. Ou talvez fosse mesmo só conversa de amigos.

E também por muitos dias, eles dois e a Briela eram as suas únicas companhias durante o intervalo das aulas.

Entre envolver a gestão escolar em seus problemas pessoais ou deixar que o próprio tempo mitigasse as injúrias sobre sua pessoa, ela preferia levar em consideração a conversa que tivera com o professor de Física. Ele lhe mostrara que controlar os impulsos e evitar um embate direto contra a idiotice é a decisão mais inteligente a se tomar em um momento delicado. Obviamente, há muito que ela já sabia disso, só ainda não tinha recebido uma confirmação de que estava certa o tempo todo. Às vezes, demora para encontrarmos alguém que perceba o quanto temos razão. Foi exatamente aprender a controlar os nervos o que a ajudara a transformar sua vida, quando ainda nem tinha idade para pensar sobre esses assuntos. Naquela breve conversa, porém, o professor de Física lhe presenteara com todas essas certezas. Por isso, ela o agradecia e, se tivesse que escolher um lado, preferia ficar com aquele que ele lhe fizera enxergar. Ele a proporcionara um aprendizado a mais. E isso era importante para uma Tália sob ataque.

No entanto, no final daquela mesma semana em que conversara com o professor de Física, um outro incidente viera à tona e acabara por transformar completamente o comportamento do mesmo em sala de aula. E, provavelmente, muito mais na vida particular. No domingo, o Noan, o aluno que todos sabiam ser muito próximo do docente, ele e toda a sua turma do segundo ano A, havia sofrido um acidente de moto terrível com o pai e acabara na UTI. Na terça-feira, durante a aula de Física, o professor se mostrara um pouco diferente do seu habitual. Entretanto, somente na quarta-feira, na aula de Matemática, ela teve a ousadia suficiente para perguntar se o mesmo estava bem. Ele havia mentido, é claro, garantindo que estava tudo ótimo. No momento, ela não acreditara que ele estivesse bem. Entretanto, não insistira no assunto. Com certeza, ele não pretendia conversar sobre o que havia acontecido.

Guardar para si. Cuidar de si. Ela, mais do que ninguém, conhecia aquele jogo.

Na segunda-feira seguinte, tudo virou um verdadeiro pesadelo. Momentos antes da aula começar, o diretor passou na sala para avisar que a escola acabava de entrar em luto pela morte do Noan. Ela não o conhecia, a não ser de vista, mas tinha conhecimento da proximidade do mesmo com quase todo mundo da escola. Quando saiu da sala, deparou-se com uma cena lamentável. Toda a turma do Noan estava imersa em prantos, como se os alunos tivessem perdido um membro próximo da família. Naquele momento, ela conseguira presenciar uma breve conversa entre o professor de Física e uma aluna do segundo ano A, a Kália. Esta, diluía-se em soluços e lágrimas. Pelo que haviam lhe contado, talvez fosse a melhor amiga do Noan. E logo que a estudante terminara de falar e se dirigira aos colegas, o professor aproveitara a oportunidade para ir embora. Muito provavelmente, não suportaria permanecer por tanto tempo observando seus alunos em meio a soluços sem sofrer um colapso emocional.

Ela não foi ao velório. Porém, pelo que lhe disseram depois, o professor de Física novamente não resistiu ficar por mais do que alguns poucos minutos. Todos o viram sair prestes a desabar. Embora ele não parecesse ser de chorar facilmente, no acompanhamento do corpo ao cemitério, e durante a descida do caixão, ela conseguiu enxergar o quanto ele havia ficado apreensivo. Estava visivelmente abalado e parecia tentar de todas as formas esconder seus pensamentos debilitados. Toda a escola havia participado do sepultamento, como um último gesto de despedida ao estudante mais amigável e querido de todos.

Naquele instante, ela conseguira realmente compreender a mudança nos hábitos do professor durante às aulas da semana anterior. Sem dúvida, era uma perda que ele demoraria superar. Daquele dia em diante, o docente passou a ministrar as aulas num estado deprimente, como se estivesse sob efeito de uma droga pesada. Voltou aos seus hábitos normais de organização dos objetos sobre a mesa e condução da aula, mas perdeu o hábito de conversar com a turma. Simplesmente chegava na sala de aula, realizava a chamada rapidamente, perguntava se alguém havia ficado com dúvida na atividade proposta anteriormente e, em seguida, voltava-se para o quadro, iniciando suas notas e a explicação.

Estava dando suas aulas no automático, ela supôs. E por seu estado lamentável, ela não teve coragem de iniciar qualquer conversa, nem sobre o ocorrido com o Noan nem sobre o que ela estava tendo de suportar. Não, ela não poderia chegar a lhe contar sobre suas dificuldades pessoais. Assim como tentava poupar as outras pessoas de seus problemas pessoais, também não queria incomodar o professor, não mais do que ele já estava tendo de suportar. Então, sem outra opção, ela continuou absorvendo o volume das injúrias sem mais ninguém poder lhe ajudar, além do conforto emocional que a Briela já lhe proporcionava.

O fim do primeiro semestre tinha sido difícil ao extremo. As difamações acaloradas, o emocional deteriorado, a morte do Noan, o professor de Física se comportando como um estranho, as lágrimas ao voltar para casa. Com isso, as férias no meio do ano eram mais do que esperadas. Talvez o período sem aula curasse a maior parte daquelas feridas, ela havia pensado. Não fora bem assim como ela tinha desejado. As férias vieram, passaram e as aulas voltaram. Quando voltou à escola descobriu que nada tinha mudado o suficiente. O segundo semestre se desenrolou como uma continuação do anterior. Embora as conversas mentirosas se amenizassem ao longo dos meses, ela ainda era obrigada a conviver com seus resquícios espinhosos.

Uma vez ou outra, ainda precisava se isolar no seu quarto para derramar lágrimas de desalento e abafar alguns soluços com o travesseiro.

Quanto ao professor de Física, mesmo não deixando de explicar o conteúdo nos seus mínimos detalhes, ela percebia que ele permanecia o mesmo daqueles primeiros dias após o incidente com o Noan. Estava sempre taciturno, tanto na sala de aula quanto nos corredores da escola. Se distanciava cada vez mais dos alunos e evitava qualquer tipo de conversa que não fosse sobre a aula ou o conteúdo que estava a abordar. E durante todo o segundo semestre, ela não teve nenhuma oportunidade de ouvir sua voz além dos instantes reservados às aulas de Física e Matemática.

Era como se o professor tivesse sido substituído por outro totalmente estranho.

Agora, deitada de costas na sua cama aconchegante, observando o teto do seu quarto acolhedor, ela se pegava fazendo um balanço de todo o ano. Para as férias que teria pela frente, estava a planejar esquecer todos os problemas que enfrentara até aqui. Perdera amigos e fizera amigos. Na companhia da Briela, ela se aproximara do jovem da quarta cadeira da primeira fila e de seu colega. Eram dois alunos legais e fácil de se conviver. No entanto, na penúltima semana de aula, a dupla de amigos estava separada. O estudante da quarta cadeira não aparecera durante aqueles dias, nem depois. Ela não sabia o que teria acontecido. A única explicação que o colega havia dado, a pedido da Briela, fora que o outro estava passando por uns problemas em casa.

E quando a palavra problema vinha à mente, ela não deixava de pensar nos seus próprios. Os que já havia superado e os que, com certeza, viriam depois. Também há cerca de duas semanas atrás, ela começara a sentir uma leve dor no estômago. Não dissera nada à mãe, e a mais ninguém, pelo simples fato de não ser uma dor que pudesse incomodar tanto. Parecia algum tipo de desconforto na barriga e por isso estava supondo que seria somente algo passageiro. Nada para se preocupar ou estragar o seu sossego. Agora, após mais de dez dias depois, a dor parecia aumentar de intensidade, embora aos poucos, e aparecer com mais frequência. Só faltava mais essa, ela se pegou pensando, adoecer logo na primeira semana de férias.

— Tália! — uma voz soou na porta, a qual ela havia esquecido aberta. Era a sua irmã, Lyara. A menina teimosa e de gênio difícil. Ela riu quando isso lhe veio à mente. — A mãe está lhe chamando.

— Diga a ela que já estou indo — ela conseguiu responder, sem virar as vistas para a irmã.

— Pois venha logo.

Enquanto uma Lyara plena de deboche para o seu lado se retirava, ela passava a mão sobre a barriga, na altura do estômago, e se levantava determinada em pedir à mãe algum remédio para dor. Era imprescindível está bem durante todo o período de férias. Tinha muito conteúdo para estudar, revisar uns temas e adiantar outros.

Um terço do ensino médio se fora.

E ela precisava se concentrar no seu verdadeiro sonho.

LIÇÃO III

"Se não for capaz de converter um tropeço em caminhada, fica difícil ter o controle de uma vida que sempre terá empecilhos."

O verdadeiro professor nunca, jamais, deve ensinar por amor. A sua função vai muito mais além dessa romantização barata inventada por alguns setores da sociedade e determinados governos, os quais odeiam ver um indivíduo se libertar da alienação política e social. Ele não pode ser ingênuo ao ponto de acreditar que não oferece risco à estrutura do sistema vigente, ainda hoje, visivelmente machista, patriarcal e escravagista. Por isso, precisa compreender que seu trabalho não é uma paixão, mas uma profissão como todas as outras, excluindo, obviamente, algumas particularidades.

É imprescindível que o professor compreenda o seu verdadeiro papel como profissional. Ele não deve se iludir com nenhum discurso demagogo, principalmente aquele feito por representante dos detentores do poder, tanto o político quanto o econômico. E para lembrá-lo sobre tal ponto, é bom que saiba sobre o fato de todas as hierarquias que estão acima dele serem representantes de um governo e, por isso mesmo, estão prontas para defender seus cargos e os de seus superiores. O professor não pode esperar benevolência dessa direção, pois não a terá. A não ser, é claro, que esteja preparado para abandonar seus próprios princípios e passar a defender a incoerência incondicional e desavergonhadamente.

No entanto, ser um profissional, remunerado com o devido salário, como todos os outros, não significa que não haverá satisfação pessoal na sua atividade. Ela sempre existe. Porém, vem de outro lado, não do sistema educacional. Este, convenientemente rígido na sua estrutura e hipócrita no seu modo de atuar, não tem nenhum desejo de que um aluno aprenda de verdade. O seu único objetivo é fornecer ao mercado de trabalho indivíduos incapazes de pensar por si mesmos, preferindo a preguiça intelectual em vez da visão crítica em relação à própria ordem em vigor. Os patrões ludibriam o sistema, e este os fornece mão de obra submissa.

O professor, por outro lado, o peão na guerra do processo de ensino-aprendizagem no combate à ignorância, é o único agente que está realmente preocupado que seu ensino se converta, de alguma forma, em aprendizagem. É o único componente do sistema educacional sufocante que se preocupa de verdade com o aprendizado e se satisfaz com a conquista de seus discentes. Para o docente, um aluno é muito mais do que um número, ao contrário do que o sistema costuma considerar. E sua maior recompensa é quando um estudante consegue alcançar um horizonte muito além do que ele mesmo foi capaz de chegar.

Não, ser professor não é trabalhar por amor. Muito pelo contrário. É ser profissional e, ainda assim, conquistar o afeto de pessoas que não são nem mesmo seus parentes. Ser professor é conviver por um tempo com pessoas que um dia se vão e nunca mais irão voltar. É cruzar o caminho de quem um dia será o médico de suas dores; o cientista que desenvolverá seus futuros medicamentos; o engenheiro de sua construção; o advogado de sua causa; o comerciante da sua rua que lhe venderá o pão todas as manhãs; o caminhoneiro que correrá por estradas longínquas durante dias para lhe trazer o seu alimento e outros produtos não tão necessários; o atendente que lhe abrirá um sorriso alegre quando o encontrar em alguma recepção; o professor de seu filho.

Ser professor é dizer poucas palavras para quem nunca chegará ao seu destino desejado. É não poder ajudar os que irão desistir. Mas também é iluminar o caminho para os que são persistentes e impreteríveis na busca de um sonho. Ser professor é se contentar com muitas perdas, porém alegrar-se com grandes ou pequenas conquistas.

Ser professor é sentir e deixar saudade.

INSANIDADE

O Desalento

O gatilho da sua perturbação mental, há muito tempo esquecida nas profundezas do cérebro, havia sido acionado novamente. E como da outra vez, o professor sabia qual seria o resultado. Agora era tarde para evitar o inevitável. Nunca, jamais, deveria ter quebrado seu juramento. No entanto, quando entrara em contato com a turma da Kália, ele não resistira a uma aproximação. Os próprios alunos não o deixaram resistir à tentação de sentir novamente um afeto por estudantes dispostos e sedentos por irem muito além do que suas origens os permitiam.

Obviamente, quando se deixou aproximar daquela sala, não poderia, ou talvez não quisesse, imaginar que seria surpreendido em tão pouco tempo por uma perda irreparável como o que acontecera com o Noan. Fora ele que fizera o docente se renovar no modo como conduzia o seu trabalho e a maneira como tratava os estudantes. A turma da Kália, logo no primeiro ano, o tinha levantado o ânimo como profissional, o qual estava abalado desde aquele dia sombrio em que resolvera mudar seu comportamento em sala de aula.

No entanto, mal o segundo ano da turma havia se iniciado, o passado voltou e ele teve que sentir o baque de uma perda outra vez. E do mesmo modo que havia acontecido antes, o seu emocional se desequilibrou de modo irreparável, assim como o gatilho de uma bomba principia uma explosão que, uma vez iniciada, não há mais como pausar o processo ou evitar o estrago. Simplesmente, tudo vai pelos ares em pedaços. Assim também ficou seu pensamento depois do incidente com o Noan, em frangalhos, despedaçado, desfiado em muitas fatias. Sua mente virou um verdadeiro amontoado de excertos mentais, sem coesão, sem sentido. Sua consciência fragmentou-se em lapsos isolados, sem uma conexão entre os mesmos, cada um funcionando como um simples retalho mental.

Então, ele teve que parar. Precisava realinhar sua rota, analisar o que era prioridade. Como aprendera anteriormente, era imprescindível se concentrar em um único retalho mental, aquele que lhe afastaria de todos e de tudo. Era o único modo de impedir que o desalento sufocante tomasse conta de sua mente fragilizada. Claro que existia outra maneira, o jeito mais fácil. Porém, naquele momento, ele preferiu não alimentar a possibilidade de requerer uma remoção para outra escola. Não teve coragem de abandonar alguns de seus alunos, não antes dos mesmos concluírem o ensino médio. Quando tudo começou a desandar, a Kália e sua turma ainda tinha praticamente dois anos pela frente, pois estava somente no quarto mês de aula. Quanto à sala do primeiro ano B, em especial o promissor garoto da quarta cadeira da primeira fila, seu colega que sentava atrás, a Briela sempre alegre e a Tália com sua admirável maturidade, estava somente iniciando.

O professor havia se afeiçoado a essas duas turmas de um modo mais intenso, pois conhecera seus estudantes quando ainda achava que tudo ficaria bem. No entanto, quando seu castelo de cartas veio a baixo, embora soubesse que seria difícil, ele não cogitou em abandoná-los. Estava em dívida com eles, o docente concluiu. Portanto, ele se decidiu, permaneceria lecionando nas duas turmas até elas concluírem tudo. Porém, os alunos teriam que aprender a conviver com o seu afastamento social e, de vez em quando, talvez perceberiam o seu desalento macabro.

O professor iniciou seu isolamento logo na semana seguinte ao sepultamento do Noan. A partir de então, passou a ministrar suas aulas no automático. Entrar na sala se tornou uma tortura; realizar a chamada passou a ser excruciante; organizar os materiais sobre o birô ficou mais desgastante; formular uma simples pergunta para a turma se mostrou algo quase impossível de se levar adiante. As notas no quadro continuavam sempre presentes, mas a explicação se transformou numa atividade hercúlea, pois não poderia esclarecer um conceito se não estivesse a encarar os estudantes, olhando nos seus olhos, vendo os seus rostos. E o distúrbio de não conseguir fixar o olhar de seu interlocutor se intensificou como ele nunca havia sentido antes. A partir de então, quando encarava alguém, ele virava as vistas para o lado após ínfimos segundos, embora no seu pensamento parecesse durar uma eternidade.

Ele sabia que devia se afastar ao máximo dos seus alunos, de todos eles, sem exceção. Necessitava, com urgência, reafirmar seu voto de tempos atrás, o qual nunca deveria ter se permitido quebrar. Por isso, ao longo dos meses, o preceptor simplesmente se deixou ficar sozinho, ministrando suas aulas como se fosse um estranho, um ser alienígena dentro da sala de aula. As férias do meio do ano vieram e se foram. As aulas retornaram e ele continuou como tinha começado, taciturno, sem contato e sem muita conversa. Fez-se presente na cerimônia de formatura do terceiro ano, mas somente por consideração à turma. Quando retornou para o novo ano letivo, já era alguém totalmente diferente do professor que a turma da Kália havia conhecido há dois anos atrás.

E do modo como passara a agir, não demorou para que os estudantes começassem a notar que ele estava diferente. Não era difícil ver o quanto o professor de Física estava mudado, tanto na forma como agia dentro de sala como a maneira de conversar com os alunos ou com qualquer outro funcionário da escola. Evitava se encontrar com qualquer estudante pelos corredores e se esquivava quando os mesmos estavam reunidos em grupo. E pelo jeito que aparentava, não era uma mudança que poderia melhorar com o tempo. Pelo contrário, parecia algo mais permanente, como uma doença que piorava a cada dia, como se ele sempre tivesse convivido com tal comportamento anormal.

— Professor, está acontecendo algum problema que eu não estou sabendo? — a Kália havia tomado coragem e o indagado, aproveitando uma oportunidade na saída do docente para o intervalo, quando o mesmo, por algum motivo, não saíra correndo às pressas da sala de aula. Ela sabia mais do que ninguém o quanto ele sofrera emocionalmente com a perda do Noan. A própria Kália passara dias, semanas, meses, tentando lutar contra o fato de não mais ter por perto a alegria do seu melhor amigo. Agora, quase um ano depois, ela ainda não conseguia superar esse fato. Ao logo de todo o período que se passara, embora incomodada com o estranho jeito do preceptor, a mesma nunca se sentiu segura para tocar no assunto e fazer essa dita pergunta.

— Tipo o quê? — o educador respondeu com outra pergunta, como se realmente não soubesse do que ela estava falando. Ele não mais se permitia conversar de maneira tão demorada, como antes, com a maioria dos alunos. Com a Kália, no entanto, ele ainda se deixava trocar algumas palavras, pois lembrava que ela também sofrera com a perda do Noan. Além disso, ele não se perdoaria se deixasse de responder qualquer pergunta que ela formulasse. Era muito grato por a mesma ter conversado com ele pelo celular naquele dia fatídico, quando os dois haviam voltado do velório e a mesma lhe sugeriu que ele deveria comparecer ao sepultamento. Também tinha o grupo da

Tália, Briela, o aluno da quarta cadeira da primeira fila, o amigo dele, todos agora cursando o segundo ano. Depois da turma do Noan, o segundo ano B parecia ser a sala na qual ele tinha conseguido se ligar com maior afetividade. Pelo menos com alguns alunos.

— Você parece ter mudado a sua relação com os alunos — ela tentou falar ao máximo, para que ele não escapulisse sem lhe ouvir. — Suas explicações continuam como sempre, mas o convívio conosco está muito diferente do que costumava ser. Parece evitar nossa aproximação, não consegue mais conversar abertamente como conversávamos antes do Noan falecer, não nos convidou mais para atividades dentro ou fora da escola e muitas outras mudanças que os alunos perceberam desde aquele trágico e impiedoso dia.

— Acho que seja só sua impressão, Kália — o docente não hesitou em desconversar, mesmo consciente de que sua aluna não era tola ao ponto de acreditar que não estaria acontecendo nada demais. Era o que passara a fazer a todo momento, tergiversar, sempre que alguém tentava obter algo da sua mente perturbada. Talvez ninguém conseguia imaginar ou compreender que agora ele vivia de retalhos mentais, como se seu cérebro tivesse sido rasgado em muitas tiras. No entanto, era muito difícil esconder seu pensamento de alunos mais perspicazes, como a Tália, a Briela ou a Kália. Seu isolamento forçado, e o nato também, estava tendo sucesso, mas não tanto quanto ele gostaria. Se distanciar de alguém com quem se conviveu um tempo, não é uma tarefa fácil. Todo convívio cria raízes. Porém, às vezes, a árvore seca, mas as raízes ficam enterradas, apodrecendo, machucando, sem o vento poder levá-las embora. E ele nem estava pensando em árvores.

— Não, não é minha impressão, professor — uma Kália educada, mas apreensiva, voltou a falar. — Você está mudado, sim. No entanto, parece sempre querer esconder o que estar bem diante dos nossos olhos.

— As pessoas mudam, Kália — o preceptor conseguiu balbuciar, a cabeça baixa, as vistas mirando o nada no chão à sua esquerda. — Você deve concordar que hoje já não é a mesma Kália de cerca de um ano atrás.

— Você ainda não esqueceu a morte do Noan, não é mesmo? — ela o interrogou sem rodeio, os próprios olhos avisando que queriam lacrimejar. — Eu também não consegui esquecer até hoje, professor, por mais que eu tenha tentado e me esforçado. O sorriso dele não sai da minha memória e o modo como brincava com a gente sempre vem se insinuar na minha cabeça. A sensação que sinto é como se ele ainda estivesse aqui entre nós, mas escondido, longe de nossas vistas.

— Embora não possa esquecer a perda, você pode superá-la — o docente levantou a cabeça por um breve instante, somente o suficiente para encarar uma Kália atenta ao que ele falava.

— Essa resposta significa que você já conseguiu esquecer?

— Não tem um único momento sequer do dia em que eu não lembre dele. Entretanto, se a pergunta fosse se eu já superei o que aconteceu, sim, já superei. Só não esqueci. E talvez nunca esquecerei. Sempre terei que carregar esta lembrança comigo, não importa aonde eu vá. Será meu fardo eterno, uma carga vitalícia.

A Kália tinha sido a primeira pessoa de sua turma que constatara algo muito mais estranho do que um simples isolamento do professor em relação aos alunos e funcionários. Essa parte da história ela compreendia perfeitamente, pois, pelo que sabia dos fatos, deduzira que ele passara a agir dessa forma para tentar esquecer o que houvera. O outro lado, no entanto, não era tão simples de discernir sem confundir com uma simples solitude. Ela tinha observado o docente com mais atenção e notara, no decorrer dos meses, que ele não estava bem em outro aspecto, que estava com algum outro problema, ainda mais sério do que o distanciamento aos alunos. O mesmo parecia estar enfrentando uma outra batalha interna. E agora parecia se intensificar à medida que ele se tornava alguém ainda mais estranho e afastado de tudo e de todos.

— Se você já superou o que houve, por qual motivo ainda parece tão triste e melancólico? E ainda por cima, fica evitando o convívio que sempre teve com a gente?

— Não é tristeza nem melancolia. É só um vazio. É só um vazio que corrói tudo por dentro, triturando as entranhas, engolindo o que ver pela frente. É um buraco tão profundo que não existe nada que possa preenchê-lo, nada que possa fazê-lo desaparecer.

— Então você acha que vai melhorar se estiver cada vez mais longínquo e desapegado dos estudantes? Isso será suficiente para satisfazer o apetite voraz do seu vazio? Ou será que, em vez disso, seja mais provável que aumente o vazio dentro de cada um de seus alunos?

— Talvez não melhore, mas evita que eu venha a ter outras perdas no futuro — ele olhou uma última vez para o rosto triste de sua aluna, antes de se voltar para a saída. — Desculpe, Kália, mas estou apenas tentando não perder mais nenhum amigo que consigo fazer numa turma de alunos. Não é nada contra ninguém. Posso parecer egoísta, mas é a melhor forma de evitar que venha a me tornar louco, perturbado. E agora eu preciso sair, pois já estou atrasado.

— Não funciona assim, professor. Você não pode preencher um vazio com outro vazio.

Uma Kália insatisfeita conseguiu externar o aviso, mas já estava falando para as paredes. O docente acabava de desaparecer pelo corredor. Agora ela sabia que, além do isolamento para não mais construir amizade com os estudantes, o preceptor também lutava contra uma tristeza extrema, embora ele não quisesse admitir e não se permitisse pedir ajuda a ninguém. Estava cada vez mais melancólico, mesmo que não deixasse de cumprir sua função como educador.

Talvez a vida de professor seja isso mesmo: embora o desalento adquirido por alguma razão faça destroços de sua mente, ainda assim, ele continua sua vida profissional como se não estivesse acontecendo nada no seu interior. O trabalho permanece a todo custo, mesmo que a vida pessoal se transforme em um turbilhão de contratempos. Quantos professores estão doentes por dentro, mas continuam sorrindo na explicação de um determinado conceito, fazendo de tudo para que seus problemas particulares não se transformem em um empecilho para deteriorar o seu ensino?

Não deve ser poucos.

Ele não queria admitir, mas a Kália mais uma vez estava com a razão. Sua insistência em intensificar a solitude poderia resolver alguns problemas futuros. Se não desenvolvesse nenhum tipo de amizade com qualquer que fosse o discente, não teria como se apegar a ninguém e não correria o risco de vir a perder outro amigo, como ocorrera há um ano atrás. E ao lembrar do Noan, outra perda lhe vinha à mente, aquela que ficara no passado mais distante. Aquela que o fizera desenvolver suas paranoias e transformara sua vida numa luta constante entre ter que conviver com seus estudantes, mas se esquivando de criar um vínculo com maior afetividade. Deveria ter entrado para outra profissão, em vez de ser educador.

No entanto, nada do que ele estava a cumprir, até então, parecia estar surtindo qualquer efeito positivo sobre o seu outro estado de espírito. Aquele estado da melancolia extrema que estrangulava sua mente; do desalento macabro que lhe apertava o peito como um nó bem atado; da consternação impiedosa que lhe sufocava a garganta e produzia um entalo sempre que se pegava pensando sobre tudo que ocorrera. Em outro tempo, quando teve que enfrentar a mesma situação, um simples distanciamento foi suficiente para amenizar a dor, embora a ferida nunca tivesse cicatrizado totalmente. Desta vez, entretanto, tudo parecia ser mais forte e mais difícil de lidar.

Para piorar ainda mais sua vida, ele não tinha nenhuma pretensão de pedir ajuda, de onde ou de quem quer que fosse. Ainda estava esperando que tudo seria passageiro e que logo estaria pronto para conviver com aquele vazio, mesmo que não encontrasse nada para preenchê-lo. A turma da Kália havia conseguido diminuir em muito o vão que carregava desde há tempos. Alguns alunos da sala da Tália, embora não todos, também haviam produzido um impacto positivo sobre a vacuidade de sua vida. E por um tempo, ele realmente acreditou que o vazio que tinha consigo pudesse ser preenchido. Mas a vida o surpreendeu novamente: em vez de eliminar o que já existia, fez crescer um outro vácuo, ainda mais profundo. E o atual parecia querer o engolir ainda vivo, por inteiro. O professor começava a achar que a qualquer momento poderia implodir sobre os próprios pensamentos.

Agora tinha que conviver com a languidez todos os dias. Não, o seu desalento não era passageiro. Sua vida virou uma alternância maçante entre ir ao trabalho, para cumprir sua função como educador, e voltar para casa, para o aconchego de seu quarto e sua mesa de estudo. Por outro lado, ao mesmo tempo em que as profundezas de sua mente lhe obrigavam a relembrar constantemente aquilo que desejava esquecer, ele também nunca deixava de impor a si mesmo a missão de não transparecer tão debilitado quanto realmente estava. A luta não era nada fácil.

Então, sem expor nenhum sinal prévio ao longo de todo o dia, o desânimo bateu em plena tarde, no horário indefinível depois das quatro, quando tudo parece se encaminhar para um entardecer monótono e sem nada de interessante para se fazer. Não havia hora fixa, do dia ou da noite, para que seu estado de espírito, relativamente estável, esvaísse-se de repente e se transformasse em tristeza sombria. Às vezes, acontecia logo de manhã, após acordar de um sonho que lhe reacendia as lembranças. Outras vezes, sua perturbação emocional ocorria em horas mais tardias, estivesse ele sozinho ou mesmo na companhia de alguém. Também não era raro, era até muito mais comum, o abatimento mental lhe engolfar no período noturno, horas antes de pegar no sono. O crepúsculo do dia, entretanto, é sempre muito soturno e muito mais vulnerável às desavenças da mente.

Restringir a tarde de quarta-feira para realizar algumas de suas atividades particulares já era algo rotineiro, desde que começara a lecionar. E não havia dúvida de que sempre fora alguém aferrado a rotinas, até mesmo quando ainda nem tinha idade para saber o que isso significava. Quebre minha rotina e me verás despedaçado, ele costumava afirmar para sim mesmo. No colégio atual não era diferente. Quando a coordenação escolar vinha lhe consultar sobre alguma particularidade em seu horário de trabalho, o professor não titubeava em sua resposta:

— Não tenho nenhuma particularidade. Pode colocar minhas aulas em qualquer dia ou turno disponível. No entanto, se não for um problema para a escola, eu ficaria muito grato se fosse possível deixar a tarde de quarta-feira livre.

Era sempre assim. Seu horário ficava distribuído ao longo de toda a semana, mas ele sempre conseguia livrar o turno vespertino de quarta-feira. É um modo de quebrar a semana ao meio, ele sublinhava. Era o momento que reservava para se concentrar em assuntos diversos e que não estavam diretamente relacionados à escola. Aproveitava, inclusive, para rever algum conteúdo de Física superior, como forma de não ficar enferrujado. O ensino médio faz um professor esquecer o que aprendeu na faculdade.

Em outras épocas, quando tudo ainda andava sobre os trilhos, a tarde de folga na quarta-feira era preenchida com alguma atividade realmente produtiva e interessante. Agora, porém, ela estava sendo simplesmente entregue ao pensamento vago, à mente depauperada. O docente já não conseguia se concentrar tão bem como antes, em qualquer que fosse a tarefa que escolhia para realizar. E quando selecionava algo para fazer, normalmente não tinha condições de levá-lo a cabo, preferindo passar adiante e deixar aquela atividade inacabada.

E o desalento veio como uma onda poderosa, vibrando e sacudindo com violência cada retalho fragilizado de sua mente. A tristeza surgiu tão intensa que o professor se surpreendeu, sentindo o vazio crescer e engolir todo e qualquer pensamento que ainda conseguia formular. Ele tentou resistir ao tsunami agressivo, mas seu esforço foi em vão. Suas emoções fraquejaram e não conseguiu repelir aquele estado de espírito debilitante. Precisava realizar alguma atividade mais séria para distrair, ele concluiu. Se se permitisse ser dominado por aquele sentimento sombrio, corria o risco de perder o resto do dia e ainda não estar tão disposto para a manhã seguinte. Contudo, seu entusiasmo por qualquer tarefa parecia estar zerado, sem a mínima condição de se reerguer.

Um buraco profundo e sombrio parecia tragar cada um de seus frágeis neurônios.

Uma vez lera uma frase em algum lugar, no momento ele não recordava em qual livro ou quem era o autor, a qual dizia mais ou menos que andar de cabeça baixa não permitia enxergar as estrelas. Que nada! Agora, neste instante deprimente, sua cabeça precisava, gritava, implorava por se manter baixa. O aperto mental que estava sentindo não o deixava animado o bastante para levantar as vistas e ver mais longe. Era muito mais poderoso do que sua força de vontade. Além do mais, em plena tarde não havia estrela nenhuma no céu, estavam todas escondidas, ofuscadas pela luz intensa do Sol, o docente conseguiu zombar da própria desgraça com um gracejo. Só estariam visíveis mais tarde, quando a noite viesse estrangular seu pensamento.

O professor tinha certa admiração por esse tipo de pensamento filosófico e incentivo mental. Neste momento, no entanto, precisava abandoná-lo. Frase nenhuma poderia vir a lhe deixar de cabeça erguida. As sentenças dessa natureza somente têm efeito positivo sobre pessoas com a saúde mental intacta. Não serviam para ele que, há muito, não sabia o que era sanidade mental. Aliás, ele debochou mentalmente, as frases de apoio emocional são formuladas por pessoas saudáveis mentalmente. Ele não conseguia lembrar de alguém com problema no cérebro que construía expressões de apoio a emoções debilitadas.

Tentando vencer a inércia que lhe segurava à mesa de estudo, o preceptor desligou o notebook para que pudesse mudar o foco. Havia sentado para fuçar na internet, mas somente tinha conseguido isso mesmo, fuçar, no mais estrito sentido de tal palavra. Não conseguira realizar nada de muito útil, a não ser clicar em links que não lhe levaram a lugar nenhum e muito menos lhe trouxeram algo que pudesse aproveitar. Quando resolveu que não podia permanecer sentado à mesa, levantou-se e se dirigiu à televisão. Sentou-se para assistir um pouco, mas foi inútil. Passou por muitos canais, porém não encontrou nada que pudesse lhe interessar ou lhe fazer esquecer aquele pensamento degradante. Sem êxito na sua tentativa fracassada, ele desligou a TV cinco minutos após tê-la ligado.

Então, já de pé novamente, voltou-se para a estante de livros, em especial para a seção de obras didáticas da faculdade e mestrado. Se queria combater o seu lânguido estado emocional, era imprescindível que usasse armamento pesado. Literatura, até mesmo filosofia ou qualquer outro tema, seria ineficaz para o momento, pois era leve em demasia. Sem falar em um ou outro autor que acabava por ir longe demais, transformando a escrita numa fonte inesgotável de langor e tédio. Em vez de melhorar o seu estado de espírito, muito provavelmente o agravaria.

Ao se aproximar da estante, deixou sua mão correr livre na escolha de qual tema estudaria. Passou o dedo indicador direito pela borda dos livros, os quais se mantinham postados em camadas, um sobre o outro. Embora estivesse olhando, não estava enxergando os títulos com os olhos, mas com os dedos. E realizava a busca aleatoriamente, sem se preocupar com o assunto. Como se estivesse procurando algo desconhecido no escuro. Quanto mais difícil, melhor, ele pensou consigo mesmo. Que o acaso fosse generoso e lhe indicasse Física Quântica, o professor desejou. Estava realmente precisando de uma loucura maior do que aquela na qual se encontrava imerso. Mergulhar na mente de Planck, Einstein, Heisenberg, Schrödinger e tantos outros, poderia ser uma boa opção.

Seu dedo parou sobre um livro espesso e ele não hesitou em retirá-lo da estante. Não, não era Física Quântica. Mas era algo muito pior. Deu a sorte, ou azar, de pegar uma obra sobre Eletromagnetismo, o terror dos iniciantes em Física. Correu as páginas e parou em um capítulo promissor: Equações de Maxwell. Não poderia ter um tema melhor para a presente situação. Leu os primeiros conceitos e pareceu gostar. Já fazia um longo tempo desde que estudara tal conteúdo no mestrado, e mais ainda na faculdade, embora, de vez em quando, sempre voltasse a revê-lo durante seus estudos em casa.

Apesar de ser um assunto um tanto complexo, as equações de Maxwell nunca deixavam de lhe fascinar. Desde que as vira pela primeira vez, ficara extasiado com o poder e elegância das mesmas. Elas pareciam tão sucintas e em tão pouca quantidade! Como era possível que somente quatro equações resumidas ao máximo, escritas quase em código alienígena, conseguiam descrever e explicar tudo que se sabe sobre Eletricidade e Magnetismo? Da simples atração entre dois ímãs até as ondas eletromagnéticas que saem e chegam em nosso celular. Do fantástico funcionamento de um neurônio até os sinais vindos dos confins do universo que alcançam nossos telescópios. Tudo se encontra escondido naquelas parcas quatro equações de Maxwell. É simplesmente o poder do pensamento humano unindo Matemática e Ciência. Ou talvez o modo mais sublime para o cálculo permitir a Física se expressar com elegância.

No entanto, quando o professor resolveu partir para uma visualização e análise da tabela que reunia todas as quatro equações, um surto de memória reprimida veio sufocar sua mente. Como uma lufada de gás venenoso inundando um ambiente ou uma bala veloz penetrando uma pele indefesa, uma sensação estranha e angustiante o fez sobressaltar de imediato. A lembrança do Noan se fez presente como se o mesmo estivesse ali, dentro do quarto, sentado em algum lugar ou de pé, o observando. O horário do entardecer era sempre mais doloroso para lembrar de tudo que acontecera há cerca de um ano atrás.

Então, as equações subitamente perderam todo o charme.

— Desculpe Maxwell, mas agora eu não consigo — o preceptor disse para si mesmo, a cabeça pesando como pedra e o pensamento rodopiando feito folha levada por um redemoinho violento. — Vamos deixar para outra hora, quando tudo parecer mais leve. Agora, a escuridão tomou conta do que resta de neurônio em meu cérebro.

Sua consciência não se abalou por abandonar o livro e colocá-lo de volta na estante. Até porque, o educador se perguntou mentalmente, qual professor de ensino básico se daria ao trabalho de ainda estudar Física do ensino superior? Talvez poucos. Principalmente um assunto pouco aprofundado na graduação pela maior parte dos estudantes de licenciatura. A formação acadêmica na área do ensino ainda tem certas ambiguidades que acabam por não direcionar com eficiência o licenciando para a sua futura profissão.

Assim, quando um professor entra numa sala de ensino médio descobre, estarrecido, que a faculdade não o preparou direito. Enquanto a graduação lhe cobra conteúdo, a sala de aula da educação básica lhe exigirá prática e flexibilidade no modo de lidar com situações que envolvem variáveis que não estão sob seu controle. No mundo acadêmico, o futuro docente não encontra as verdadeiras ferramentas para desenvolver uma boa didática. Somente o tempo em sala de aula iluminará os caminhos para uma melhor forma de ensinar. Um professor é formado ao longo de sua vivência escolar.

O preceptor desistiu das equações de Maxwell e de si mesmo naquele mesmo instante. O desânimo aumentou, a mente o obrigando enxergar o que não existia na sua frente, atrás ou nos lados. *Se eu não tivesse cancelado a caminhada...* Tal pensamento culposo se formou na sua cabeça e um entalo implodiu sua garganta. Se não mudasse rapidamente o foco de sua atenção, estaria fadado a desabar sob o peso de sua própria reminiscência. Precisava executar alguma atividade com urgência. Mas algo que o tirasse de dentro de casa, daquele quarto monótono. Sair para caminhar não era suficiente, pois a solidão e o pouco esforço físico necessário não poderiam lhe ajudar a relaxar o pensamento. A opção que lhe sobrou foi pedalar.

O professor não era muito animado para ciclismo. Nunca fora. A turma do Noan e Kália, contudo, havia conseguido lhe puxar para os passeios de bicicleta e, por um tempo, ele se afeiçoou por um pedal. Logo no início do primeiro ano letivo da Kália no ensino médio, ele adquirira uma bicicleta justamente para andar com os alunos. Com a morte do Noan, entretanto, tudo havia mudado. Como a Kália já tinha se reclamado, ele não mais participava de eventos científicos nem marcava caminhada ou ciclismo com os estudantes. Tinha perdido novamente o interesse e o hábito de pedalar.

Talvez a solução para amenizar o seu estado melancólico pudesse ser justamente sua velha bike com quadro de alumínio e uma estrada, o docente especulou. Valia a pena tentar. O Noan o indicaria esta alternativa, ele se pegou pensando. Então, sem esperar por nada, foi ao encontro da bicicleta, calibrou os pneus e saiu. Tomou o rumo que surgiu primeiro, pois não queria se agastar com a possibilidade de ficar se decidindo por onde andar. Era como se outra mente estivesse deliberando por ele. A distância que percorreria também não importava muito. Só queria esquecer tudo que estava lhe torturando a mente. Andaria durante certo intervalo de tempo e depois voltaria. Para quem já estava há meses sem pedalar, talvez quatro ou cinco quilômetros fosse suficiente para uma boa distração.

No início, o professor tentou acelerar o ritmo, como forma de tirar a atenção da lembrança reprimida que voltara agressivamente. Para uma dor maior, um remédio mais forte. Na volta, quando já estivesse cansado, daria uma atenuada no esforço. Como era de se esperar, não demorou para que as pernas dessem sinal de esgotamento e o suor começasse a descer da testa e pelo pescoço. O cansaço físico começava a se fazer presente. Que ele levasse embora a fadiga mental, o docente desejou. Percebendo que o corpo ainda suportaria um pouco mais, ele continuou em frente e no mesmo ritmo. Não sabia o quanto já tinha percorrido, mas estava certo de que ainda não era uma quilometragem suficiente.

Quando sentiu as pernas pesarem e a velocidade da bicicleta se reduzir consideravelmente, o preceptor percebeu que era o momento de parar e retornar. Pelo local onde estava, ele conseguiu deduzir que se aproximara dos dez quilômetros. Então, ele se pegou pensando, não era uma distância tão grande, mesmo pelo longo tempo que passara sem fazer ciclismo ou qualquer outra atividade física. Quanto ao pensamento degradante, este havia se abrandado, mas ainda estava a perturbar sua mente. Que a volta fosse mais eficaz para sua cura mental. E, por isso mesmo, ele se decidiu por manter o ritmo o mais intenso possível, mesmo que não conseguisse mais ser tão veloz como fora na vinda.

Era o momento de voltar para casa e averiguar se os fantasmas já haviam abandonado o seu quarto.

Tudo aconteceu numa sequência imprevisível de eventos rápidos o bastante para não permitir o uso do improviso. E como o professor não teve como prever nada, também não conseguiu ter o controle de qualquer que fosse o fenômeno que se sucederia ao anterior. Todos os elementos necessários à cena estavam presentes no momento certo e no lugar exato, como se tivessem combinado um encontro futuro. Não existe nada mais preciso do que um acidente. Por mais que se tente esquivar do seu desenrolar por um instante, nunca se escapa do resultado final. É como um script sendo colocado em ação. Tudo funciona perfeitamente para que se tenha um final catastrófico.

O preceptor já havia sentido uma sensação de moleza nas pernas alguns instantes atrás, quando ainda estava talvez na metade do caminho. Porém, lembrando de seu sedentarismo nos últimos meses, ele simplesmente achou que seria somente cansaço físico nos músculos. E por isso, não teve o cuidado de parar por alguns minutos para recompor as energias ou ver o que realmente estava sentindo. Só continuou a pedalar. Então, não demorou muito para que a impressão de fraqueza nas pernas se deslocasse para todo o corpo, convertendo-se em tontura. A cabeça pesou ainda mais, as vistas escureceram, uma vertigem cresceu como nuvem carregada e uma sensação de desmaio tomou conta de cada sítio do seu cérebro. E como se sua mente estivesse de alguma forma travada, ele ainda continuou sem nenhuma ação para parar a bicicleta.

Quando percebeu que estava enxergando de forma embaçada, o pneu dianteiro já começava a sair em direção ao meio-fio direito da rodovia. Como reação ao perigo para o qual se direcionava, o docente puxou a bike para a esquerda mais do que o necessário, não conseguindo evitar que a mesma ultrapasse a linha na qual vinha seguindo anteriormente. Quando se viu muito à esquerda da guia pela qual devia estar avançando, seus ouvidos sentiram o impacto do som de uma buzina. Um carro se aproximava em alta velocidade, às suas costas, já muito próximo ao seu pneu traseiro. O preceptor, alertado pelo barulho agressivo, moveu a bicicleta outra vez para a sua direita, ao mesmo tempo em que a sensação de desmaio e tontura se intensificava e não o queria abandonar. Onde estavam as moléculas de adrenalina neste momento, que não apareciam para levar embora a fraqueza do corpo e o fizesse se concentrar no mais importante, salvar a própria vida?

Finalmente, alguma voz soou na sua cabeça e o fez lembrar do freio. À essa altura, no entanto, ele já se acercava outra vez da linha direita extrema da pista. Quando voltou novamente para o outro lado, antes mesmo que os dedos encontrassem as maçanetas dos freios, não teve como se esquivar do toque de um retrovisor na extremidade esquerda do seu guidão. Um outro carro passava ainda mais veloz do que o anterior. O motorista do automóvel ainda tentou tirar para a esquerda, mas não conseguiu evitar que o seu retrovisor direito se chocasse contra o guidom da bicicleta. O toque não foi tão forte, mas teve um impacto suficiente para proporcionar o descontrole total da bike e seu ocupante. Maldita quantidade de movimento e impulso que transferem energia entre os corpos, o professor amaldiçoou em pensamento, antes de perder totalmente o equilíbrio.

Depois disso, tudo ficou à cargo da gravidade e da conservação do momento linear.

Imediatamente após o choque contra o retrovisor, a bicicleta se desviou ainda com maior velocidade para a direita, bambeando, dançando, vacilando na trajetória, sacudindo com violência quem estava sobre o selim. Um instante depois, o pneu dianteiro colidia-se contra o meio-fio, brecando instantaneamente e entrando em repouso por uma fração de segundo. Então, a inércia não perdoou. O ciclista foi lançado com ímpeto para a frente, caindo a certa distância, embora próximo à beira da pista. Seu corpo rolou uma ou duas vezes e depois parou, ficando deitado de costas, imóvel, como alguém desfalecido. E por um momento, tudo pareceu em repouso aos seus olhos e silencioso aos seus ouvidos.

A bicicleta desgovernada, após o choque contra o meio-fio, também sofreu alguns giros, mas logo estacionou do lado. Não sofreu danos mais sérios, além de uma roda empenada, uma maçaneta de freio torta e pequenas raladuras no quadro. Felizmente, não entrara em rota de colisão com o seu dono, algo que poderia ter causado um estrago ainda maior. Como era possível uma queda de bike ser tão desajeitada e violenta? Não há equação mais exata do que aquela que descreve um acidente. Não vale a pena se perguntar como tudo ocorreu. Simplesmente, cada passo acontece como se fosse uma sequência ajustada previamente, nada saindo do roteiro. Cada elemento da cena se encontra naquele ponto, com a devida precisão.

O preceptor, por outro lado, ainda não conseguia iniciar uma avaliação do resultado de seus rodopios e o baque desastroso sobre o solo. Não se permitia ver em que estado se encontrava, mas tinha quase certeza de que teria fraturado algum osso. Talvez um braço, uma clavícula ou até mesmo uma perna, ele estimou em pensamento. A possibilidade de quebrar um osso era o seu maior pavor, desde quando ainda era criança. Era como um medo primitivo, sufocando suas entranhas só em pensar. Por isso, preferiu ficar imóvel por alguns segundos a mais. Não estava em condições de mensurar as prováveis perdas sofridas pelo próprio corpo. Embora não estivesse sentindo nenhuma dor, talvez agora a adrenalina estivesse em ação, permanecer deitado por um momento era uma resposta à sua intuição. E ela lhe gritava na cabeça que teria sofrido algum estrago em algum de seus membros. Não se mover também serviria para aliviar a tensão acumulada nos nervos, durante e após o susto.

Alguém logo o viria observar e não hesitaria em lhe informar o tamanho e onde fora o dano.

Então, ele esperou, com paciência.

E foi exatamente o que aconteceu alguns instantes depois. A área de céu, já um pouco escuro, com poucas nuvens que seus olhos enxergavam, de repente foi preenchida por cabeças e olhares curiosos. As pessoas deviam estar querendo saber se ele ainda estava vivo. Eram rostos que, na situação em que se encontrava, perturbado pelo choque, não conseguia se concentrar o suficiente para ser capaz de os reconhecer. Entre eles, um em particular parecia mais preocupado do que os demais. Era o motorista do segundo automóvel, o do acidente, ele ficaria sabendo depois. O mesmo havia brecado o carro a alguns metros à frente e havia retornado ao local da batida para prestar os primeiros socorros, caso fosse necessário.

— Amigo? — o homem desconhecido chamou, apreensivo, aparentando realmente estar preocupado. — Você está acordado? Consegue me ouvir? Sente o corpo?

Eram muitas perguntas ao mesmo tempo, para as quais o docente não tinha nenhuma resposta imediata. Sim, ele estava acordado e conseguia ouvir. Somente estava muito desorientado para responder tal interrogatório com palavras. Portanto, esperou as indagações serem repetidas, para que pudesse emitir algum sinal de que se encontrava bem. Pelo menos em olhos e ouvidos. E nesse ínterim, mais rostos surgiram no alto, quase cobrindo por total o retalho de céu escuro com nuvens esparsas que suas vistas estavam a mirar.

— Amigo? — a voz do motorista voltou a chamar, ainda mais apreensiva, vacilante. — Você ouve o que estou falando?

O professor fez um movimento leve de afirmação com a cabeça e seu interlocutor entendeu de imediato. Quando este se preparou para repetir a outra pergunta, se ele sentia o corpo, o docente teve a sensação de que algo úmido molhava seu cabelo na parte posterior da cabeça, o lado em contato com o chão. Então, algo gritou dentro de sua cabeça, quando percebeu o que poderia ser.

— Sangue — o educador especulou para si mesmo. — Tem sangue atrás da minha cabeça? — era para ser uma afirmação, mas saiu como uma indagação. Que o homem entendesse como uma pergunta retórica, ele desejou.

O motorista entendeu perfeitamente a informação. Dirigiu o olhar para a parte posterior do cabelo do homem acidentado e percebeu realmente um vestígio de sangue. Não parecia ser muito, mas com certeza jorrara de algum corte no couro cabeludo. E isso significava problema. O motorista pareceu aumentar sua preocupação e não esperou nem mais um segundo para voltar a falar:

— Amigo, você deve ter chocado a cabeça contra algo mais duro, pois realmente tem um pouco de sangue no cabelo — o socorrista deu uma pausa para passar o dedo pelo local úmido do paciente, para se certificar do que dizia, e depois continuou: — Você precisa ir ao hospital. Vamos! Levo você. Uma ambulância pode demorar.

Você precisa ir ao hospital. Foi só o que o docente conseguiu ouvir. Uma vertigem cresceu nas vistas, uma sensação de moleza percorreu o corpo e algo parecido com suor frio pareceu congelar suas carnes. Se produzira alguma adrenalina após a queda, ela agora estaria a se esvair do seu corpo, o abandonando à própria sorte. Ou ao próprio azar. Permanecia sem sentir nenhuma dor, em qualquer que fosse o membro. Sem dúvida, poderia ser um sinal de que nenhum osso estaria fraturado, ele avaliou, como forma de consolação.

Mesmo com as vistas a se embaçarem inexoravelmente, o professor conseguiu perceber que o homem a lhe fazer o interrogatório saíra por um instante do seu campo de visão. Felizmente, o mesmo não demorou para voltar. No ínfimo tempo em que o motorista estivera ausente, um fiapo de atenção veio à mente do preceptor e o fez reconhecer alguns daqueles rostos que o encaravam acima de sua testa. Se não estava tão enganado, alguns de seus alunos estavam ali, ao seu redor, o observando com curiosidade. Alguma voz na sua cabeça lhe dizia que o acidente tinha ocorrido nas proximidades da escola. Por pouco não chegou em casa sem sofrer uma queda. Ele conseguiu reconhecer seus estudantes por um momento, mesmo de modo muito tênue. A Kália e seus colegas, a Briela, a Tália, o amigo do garoto da quarta cadeira da primeira fila da turma do segundo ano B, entre outros. Todos estavam em silêncio, porém aparentemente assustados. Se conversavam entre si, o docente não conseguia ouvir ou entender.

Quando o motorista retornava para o seu campo de visão, a vertigem se intensificou. Então tudo ficou mudo, parado, sem que nada parecesse mudar de posição. O suor frio congelou o seu corpo e uma sensação incontrolável de desmaio tomou conta do seu pensamento. Quando tentou mirar os rostos acima, não mais conseguiu. Era como se todos estivessem ali, mas borrados, irreconhecíveis. O homem desconhecido parecia lhe falar algo, porém ele não ouvia ou entendia mais uma única palavra. Seu socorrista, parecendo reconhecer que o desmaio estava próximo, também se apressou, acenando para que alguém por perto o ajudasse com algo.

Um ínfimo instante depois, o educador perdia a nitidez de quem estava a lhe observar. Dentre os diversos rostos, ele ainda tentou mirar em três, os quais ainda estavam um pouco visíveis às suas vistas. Primeiro, ele olhou para a Briela, a qual agora não sorria. Em seguida, ele mirou a Kália e seu semblante nervoso. Por último, o preceptor fixou seu olhar vacilante nos olhos da Tália, a qual parecia muito distante, devido à dificuldade dele em enxergar com clareza.

Foi seu último vislumbre de consciência. Seu derradeiro retalho mental.

Depois, tudo pareceu ficar escuro e o professor apagou.

O Distúrbio

O médico folheava com paciência as páginas do caderno de exame, atentando-se mais a umas do que a outras. Parecia mais a leitura de um relatório em busca de uma anomalia escondida por entre dados fora da escala considerada normal. Por alguns instantes, os olhos fixos no papel, o doutor não se permitiu direcionar o olhar, nem para ela nem para a sua mãe, sentada ao seu lado. E essa demora somente fazia crescer sua apreensão, deixando-a mais preocupada do que quando entrara no consultório alguns minutos atrás.

Era a terceira vez em um semestre que ela visitava o hospital, um lugar lúgubre e desagradável, onde as pessoas doentes são esquecidas aos próprios lamentos e as sadias são insensíveis à dor alheia. Logo no início do ano ela precisou se solidarizar com sua amiga Briela e acompanhá-la, juntamente com outros alunos, numa visita ao professor de Física. Este havia sofrido um acidente feio de bicicleta e teve que ser hospitalizado. Antes das férias do meio do ano se iniciarem, ela própria fora tomada por uma dor intensa no estômago e também não teve como escapar do aconchego de um leito hospitalar. Agora, no início do segundo semestre, ela retornava para mostrar seus exames ao médico, realizados durante o mês de folga, tempo que poderia ter aproveitado para estudar.

O segundo ano do ensino médio não estava sendo nada fácil. Tudo que ela havia planejado para as férias anteriores, em termos de estudo, tinha simplesmente esfriado, escorrido pelos dedos. Nas férias pós primeiro ano, o ano da calúnia descarada que a fizera sofrer em silêncio, aparecera, na verdade se intensificara, um desconforto na barriga. No início, uma Tália focada no estudo e em processo de esquecimento do incidente das injúrias que sofrera na escola, acreditou se tratar apenas de uma dor comum de estômago. Nada que pudesse lhe incomodar tanto. Passou semanas, meses, pedindo à mãe remédio para dor. Os analgésicos aliviavam a irritação muscular por alguns dias, porém não a eliminavam de vez. A dor era persistente e uma semana depois ela retornava, sempre um pouquinho mais forte do que da vez anterior.

Então, no final do primeiro semestre, tudo se complicou. A dor a tomou de assalto numa tarde pós prova bimestral. Passara o dia inteiro com um desconforto na barriga, tentando combatê-lo com o mesmo analgésico. Não teve êxito. A dor persistiu e se intensificou. Quando chegou em casa, já não estava mais suportando e simplesmente caiu sobre a cama, em busca de algum alívio. Também não o obteve. Era como se uma barra metálica pontiaguda penetrasse dentro do seu estômago, dilacerando suas entranhas, rasgando tudo que fosse músculo. Um instante depois, ela não conseguiu evitar que um choro copioso lhe roubasse o controle de suas energias. Ainda assim, tentou soluçar o mais silencioso possível, para que ninguém a escutasse. Era a Tália sendo a Tália outra vez, como sempre.

— O que está acontecendo, Tália? — sua mãe a interrogara quando a encontrou aos prantos, soluçando como criança, rolando sobre a cama, apertando a barriga contra o travesseiro. — Está sentindo alguma dor?

— Minha barriga... — ela havia balbuciado, quase a gemer devido ao mal-estar. — Estou com muita dor de estômago, mãe.

— Você comeu alguma comida diferente hoje? — sua mãe ainda não sabia a gravidade de seu problema. Sua filha só lhe deixaria a par de tudo quando já estivesse no hospital, na sala de emergência.

— Não, mãe. Não é esse tipo de dor. É na altura do estômago. Começou de manhã. Tomei o remédio que lhe pedir logo cedo, mas não resolveu o problema, só piorou.

— Mostre onde está dolorido.

A mãe pediu, aproximando a mão da barriga da filha. Esta, ainda chorando como se estivesse sendo torturada a chicote, pôs os dedos sobre a região dorida. Quando sua mãe apertou sobre o local indicado, o grito de lamentação foi ensurdecedor e o choro ficou mais intenso, ela não mais conseguindo esconder os gemidos e soluços. Uma hora depois, uma Tália quase a desmaiar estava deitada sobre um leito hospitalar, na sala de emergência, à espera de uma injeção para aliviar sua dor. Cinco minutos após ser examinada, ela estava desacordada pelo efeito colateral do analgésico aplicado. Por um momento, a dor provocada pela agulha pareceu mais dilacerante do que aquela que corroía sua barriga.

Daquela vez, ela tinha passado a noite inteira no hospital, na companhia de sua mãe. Era necessário passar por uma avaliação médica mais minuciosa, a enfermeira dissera. No dia seguinte, na hora da consulta, ela teve que descrever tudo sobre o seu problema, quando começou, a frequência em que se manifestava, o que ela tomava como medicamento e o pior, o que ela teria feito fora do comum antes que a dor aparecesse pela primeira vez. A Tália observadora tinha todas essas informações, principalmente a última, pois já suspeitava qual era a origem da sua dor de estômago.

— Eu comecei a sentir uma leve irritação na barriga a mais ou menos seis meses atrás — ela ainda lembrava dos primeiros dias em que começara a perceber o desconforto no estômago. No entanto, aquele dia em que chegara em casa, no final do primeiro ano letivo, o início das férias de fim de ano, ela tinha guardado na memória com mais clareza. Foi o dia em que sentiu a dor um pouco mais forte do que era comum se manifestar.

— Ela se reclama dessa dor desde muitos meses, doutor — sua mãe a interrompeu, com a pretensão de fornecer uma informação extra, olhando momentaneamente para a filha e depois retornando ao médico. — Nunca me contou a gravidade do que estava sentindo. Até ontem, após ter que vir ao hospital. Sempre me pedia algum analgésico, mas não esclarecia qual era realmente a dor que estava sentindo.

— Sua dor não é comum, Tália — o médico esperou a mãe terminar de falar e depois se voltou para a filha. — Nem passageira. A não ser que você consiga se lembrar do que possa ter feito ou esteja fazendo de anormal em sua alimentação, a dor irá continuar. Ainda que alivie por um tempo, a inflamação retornará depois. Pelos sintomas descritos, provavelmente se trata de um distúrbio alimentar. Ou seja, poderá ser uma infecção que esteja se tornando crônica devido a uma alimentação desregulada.

Alimentação desregulada. O médico havia acertado em cheio. Ela não pretendia chegar a este assunto logo no início da consulta, mas o doutor a deixara sem escapatória. Não tinha mais saída. Precisava descrever em detalhes o que havia acontecido há alguns meses atrás. Nem mesmo sua mãe sabia do que ela tinha feito, pois, como sempre, mantivera suas ações em silêncio o tempo todo. E imaginar que tudo tinha chegado a este ponto por algo que iniciara-se há anos, devido a eventos ocorridos muito antes de chegar ao ensino médio. Quando todos se achavam no direito de lhe chamar pelos nomes mais depreciativos que encontravam para se referir à sua magreza extrema.

— Doutor, tentei induzir um ganho de peso.

Por um momento, ela se sentiu como uma verdadeira criminosa, confessando um crime terrível diante de um tribunal. Porém, se teria que contar, que fosse direto ao ponto, sem mais enrolação. Ela só queria que tudo se resolvesse o mais depressa possível. Seu problema de saúde a afastara dos estudos em casa durante um semestre inteiro ou mais, restringindo-se apenas às aulas em sala com os professores. Quando estava em casa, não tinha disposição para se concentrar e estudar no ritmo ao qual era acostumada. Na escola, por outro lado, era imprescindível que fizesse um esforço para focar nas explicações e não deixar ninguém descobrir que ela estava passando por um problema sério de saúde. Nem mesmo a Briela, sua melhor amiga, tinha tal conhecimento. Durante todo esse período, seu rendimento acadêmico não caíra, mas também não evoluíra, mantendo-se no mesmo nível. E isso não era bom para o que ela pretendia conseguir mais na frente, realizar seu sonho de formação.

Portanto, ela se decidiu, era melhor contar tudo de uma vez, para que fosse medicada e pudesse voltar a usufruir de uma vida mais saudável. Somente assim poderia retornar à sua rotina de sempre, com dedicação e esforço. O semestre estava perdido para ela, mas ainda restavam outros três. Os três mais importantes, ela concluiu. Manter tudo aquilo para si lhe prejudicara drasticamente nos estudos e levara embora sua saúde. Era o momento de dar um basta no sofrimento, pelo seu próprio bem. E a melhor hora de equilibrar a balança com mais do *cuidar de si* e menos do *guardar para si.*

— Deixe-me adivinhar — o médico olhou primeiro para a mãe e depois para a filha, com uma paciência de tirar a paciência de qualquer pessoa. — Você estava se achando muito magra, provavelmente sofrendo com vigorexia, então imaginou que só precisaria ingerir toda comida que seu estômago suportasse que resolveria seu problema corporal.

— Que doença é essa, doutor? — a mãe indagou ao médico, assustada e surpresa ao mesmo tempo, tanto por não conhecer aquele termo como pela possibilidade de sua filha ter um problema sério de saúde.

— Não é uma doença, mas um distúrbio de como se se enxerga a própria imagem — o médico respondeu, mudando o olhar para a direção da mãe. — Pelo jeito, sua filha tem problema para ganhar peso e, além disso, sofre com o fato de se olhar no espelho e se achar magra ao extremo — o doutor voltou a encará-la, antes de se certificar: — Ou estou enganado, Tália, sobre como você pensa a respeito de sua autoimagem?

— Você está correto, doutor — ela respondeu de imediato, não querendo esconder mais nada. — Já sofri *bullying* por ser muito magra e me sinto mal a cada vez que me olho no espelho e vejo que todos que me chamavam de magrela, esquelética, tinham razão. Por isso, há alguns meses atrás resolvi comer tudo que via pela frente e pudesse conter caloria em abundância, numa tentativa desesperada para ganhar peso. Não demorou para que começasse a sentir as irritações no estômago, vomitar com frequência, o abdômen sempre alto, entre outras consequências, as quais acredito que sejam fruto da má alimentação que iniciei. E o pior, em pouco tempo comecei a perder o apetite.

— Mesmo assim você não parou com a comida exagerada — o doutor a interrompeu, como se soubesse cada palavra que ela diria em seguida.

— Sim. Passei a forçar cada porção de comida a descer pela garganta. Até o limite de enjoar ou não aguentar mais.

— E ainda assim, não conseguiu adquirir o peso que pretendia — o médico mais uma vez veio a completar seu pensamento. — E o pior, continuou mantendo tudo em segredo.

— Sim.

Ela sentiu um entalo na garganta e o *sim* saiu quase como um sussurro. Manter em silêncio tudo que passara não tinha sido fácil. E mais: aparentemente, ninguém notara nada de anormal. Lembrava de quando sua avó materna havia mencionado algo do tipo, alertando sua mãe sobre o que estava achando estranho em sua neta.

— A Tália está sem apetite — sua vó havia dito na ocasião.

Contudo, ficara somente nisso mesmo. Ninguém mais percebeu sua luta incansável e silenciosa, à medida que sua saúde se deteriorava. Já era até acostumada a não ser notada quando se tratava de quem ela era realmente, a verdadeira Tália. As pessoas tinham muita facilidade em enxergar uma Tália que não existia, a menina para frente, a exibida, a amiguinha de todo mundo. No entanto, a Tália autêntica, ninguém se dava ao trabalho de perceber. Um dia ficara fora da lista de netos que sua avó paterna construíra. Tinha sido esquecida pela própria vó, embora fosse sua primeira neta. E essas incoerências, ela não conseguia entender de forma alguma.

Àquela época do comentário de sua avó sobre seu apetite, sua vontade de comer realmente já não era a mesma. Somente água conseguia descer ao estômago, como se tivesse desenvolvido um nojo por qualquer tipo de alimento. Perder quatro quilos em um único mês não era nada normal, ela concluiu, assustada e deprimida. Em vez de ganhar massa, estava perdendo peso em um ritmo vertiginoso. Portanto, não ficara surpresa quando a debilidade física começou a mostrar seus sinais. A cada dia estava mais fraca, indisposta, sem ânimo para realizar qualquer atividade. Quando já não aguentava mais, nem esconder o problema nem conviver com ele, ela decidiu que devia contar tudo à mãe, com urgência. Foi quando a mesma a encontrou aos prantos sobre a cama, chorando com dor no estômago.

— Você terá que realizar alguns exames — o médico voltara a falar, tomando na mão a caneta que estava sobre a mesa e começando a escrever no receituário. — Esses exames precisam ser feitos o mais rápido possível. Enquanto você não volta para mostrá-los a mim, precisa ficar tomando alguns medicamentos para aliviar a dor, quando esta aparecer.

Ela passara as férias do meio do ano sedada, todos os dias ingerindo um analgésico para evitar que o estômago viesse a lhe tirar o sono, como fizera durante noites seguidas, quando virava de um lado para o outro da cama tentando esquecer sua barriga dolorida. Conseguira realizar os exames exigidos e agora estava de volta, juntamente com sua mãe, à mesa do médico. Este, após conferir cada folha de papel com cuidado e atenção, posicionou a caneta sobre o formulário e começou a escrever, ao mesmo tempo em que informava:

— Como eu havia previsto anteriormente, Tália, seu problema é duplo. Além de ter o biotipo característico de ectomorfo, o que é bem comum em algumas pessoas, você desenvolveu uma vigorexia bastante aguda.

— O que isso significa, doutor? — a mãe indagou, com curiosidade.

— Significa que sua filha perde caloria muito rapidamente e tem dificuldade para engordar. Além disso, vive o tempo todo se vendo como muito magra. O primeiro problema é orgânico e tem remédio para evitar que se agrave. Com o acompanhamento de um nutricionista é possível voltar a ter uma vida relativamente normal, bastando, para isso, manter uma alimentação balanceada. O segundo problema é um pouco mais complicado, pois é mental, um desajuste psicológico. Seu distúrbio de vigorexia se desenvolveu como consequência de se ver muito magra durante anos. Além do *bullying*, é claro — o médico deu uma pausa e depois concluiu, virando as vistas para a filha: — Portanto, vou lhe recomendar três pontos. Em primeiro lugar, os medicamentos para tratar o distúrbio alimentar. Em segundo, o acompanhamento de um nutricionista até que sua alimentação volte ao normal e se torne corriqueira. E terceiro, algumas sessões de psicoterapia. Isso poderá lhe ajudar com a má percepção que tem de sua autoimagem.

Mãe e filha saíram do consultório convictas de que tudo ficaria bem. Aquela passara a ter uma maior preocupação por sua primogênita a partir de então. Esta, agora mais leve, tinha motivos suficientes para se alegrar. Sua saúde retornaria ao normal e os estudos voltariam a ser prioridade. Só precisava correr contra o tempo para tentar recuperar o que fora perdido. Mas daria tudo certo. E para dar certo, ela ponderou, era imprescindível seguir as orientações do médico.

A primeira recomendação médica era a mais urgente e, portanto, fora a primeira a se agilizar. A medicação era pesada, mas compensava em termos de efeito sobre o corpo e trouxera seu apetite de volta. A segunda, embora fosse mais difícil de cumprir, seria a próxima a ser colocada em prática, por sua necessidade na regulação alimentar. A terceira, no entanto, mesmo não sendo tão complicada, nunca deixaria de ser só isso mesmo, uma recomendação médica. Não, ela não teria uma consulta com nenhum psicoterapeuta. Não porque não gostasse. Mas porque pensou ser possível conviver com sua vigorexia. Não era um distúrbio que viesse a lhe tirar o sono ou lhe atrapalhar muito em suas atividades corriqueiras. Era melhor encarar o espelho e aceitar seu corpo magricela, como sempre tinha sido. Não queria mais se estressar com isso. Falassem o que quisessem, ela não ligaria.

A Tália de tempos atrás estava de volta.

Sua principal preocupação agora, após ser medicada, era poder voltar novamente a se concentrar nos estudos, os quais estavam todos atrasados. Portanto, precisava correr mais rápido do que os demais estudantes. E era justamente o que pretendia. Não seria tão difícil, ela pensou.

Seria.

Um mês após o início das aulas, duas situações delicadas surgiram no horizonte sossegado que ela imaginara ter alcançado. O segundo semestre do segundo ano letivo já começava inflamado. Óbvio que nenhuma delas estava relacionada à sua vida pessoal, o que a deixava mais tranquila. No entanto, eram dois problemas sérios que envolviam sua turma e, indiretamente, ela mesma. Mesmo que seu grupo não fosse unido como o terceiro ano A, e não a apoiasse quando era preciso, ela não deixava nunca de se preocupar com todos.

Após ano e meio de convívio, a sala do segundo ano B não conseguira ser uma turma coesa, no que diz respeito à união entre os alunos. Por tudo que ocorrera, e diferentemente do que ela imaginara antes de chegar ao ensino médio, não fora possível criar um vínculo maior com seus companheiros de sala. Era como se a turma fosse uma simples reunião de estudantes desconhecidos. Portanto, uma Tália difamada só obteve mesmo uma aproximação com a Briela, os outros sendo apenas colegas da mesma turma.

A primeira situação era o agravamento da infrequência do seu consorte de intervalo, o estudante da quarta cadeira da primeira fila. Assim como ocorrera no final do ano anterior, e durante todo o primeiro semestre, ele continuava levando muitas faltas e só viera à aula um único dia após as férias do meio do ano. E quando veio, estava visivelmente mudado, taciturno, fora de órbita. Não havia nenhuma dúvida de que devia estar passando por algum problema sério em casa ou consigo mesmo. O amigo dele deveria saber algo e, portanto, ela se lembraria de o interrogar depois, quando tivesse uma oportunidade.

O segundo problema, e igualmente grave, era o professor de Física. Todos os estudantes pareciam ter se habituado ao isolamento que o mesmo havia decretado a si mesmo. Também não era de se admirar mais do desalento dentro do qual o preceptor estava sempre imerso. Suas aulas continuavam com todo o rigor científico de sempre, as anotações precisas, a organização altamente simétrica dos materiais sobre a mesa, a explicação detalhada e a abordagem completa do conteúdo. A interação com os alunos, no entanto, há séculos que não voltava à sua normalidade, aquela da época de quando seu aluno Noan ainda era vivo.

No início do ano, o professor sofrera uma queda de bicicleta, quando se envolveu em um acidente banal. O retrovisor de um carro se chocou contra o guidom de sua bike, o arremessando para fora da pista. O incidente ocorrera nas proximidades da escola, quando os últimos estudantes saíam para ir embora. Quando alguém gritou que houvera uma batida de carro a alguns metros de distância, muitos correram ao local, a maioria com vontade de ver a catástrofe, outros com visível apreensão. Ela não ficou parada. Sua curiosidade não permitiu. Correu com a Briela, acompanhada de outros alunos. Quando chegou ao ponto do acidente descobriu, consternada, que seu professor de Física era o acidentado.

Felizmente, o motorista do carro que batera na bicicleta não negou solidariedade e prestou socorro sem pestanejar. Ele mesmo levou o professor ao hospital, desacordado, e, provavelmente, sangrando em alguma parte da cabeça, pois havia sangue em seu cabelo. Como o docente havia desmaiado após a queda, era imprescindível que recebesse um atendimento médico imediatamente. Por isso, o motorista se mostrara muito preocupado e apreensivo. E alguns alunos também. Entre estes, a Kália e seus colegas do terceiro ano A.

A noite chegou e os estudantes não souberam mais nada sobre o ocorrido. Somente no dia seguinte eles receberiam notícia sobre o estado de saúde do preceptor. Estava acordado e bem. Recebera um curativo de quatro pontos na parte posterior da cabeça, mas não havia fraturado nenhum osso. O que era bom. Para ele e para os alunos. Não necessitaria se afastar das aulas. No entanto, por algum motivo, permanecia em um leito hospitalar. E fora assim no primeiro e segundo dias, como se se tratasse de algo mais sério. Na terceira manhã, no sábado, porém, ela já tinha perdido toda a paciência. Não estava entendendo uma internação tão demorada para um caso tão simples.

— Bom dia, professor — ela escrevera a mensagem no WhatsApp, após ter conseguido o número do docente com a Kália na noite anterior, a aluna mais querida do terceiro ano A. Por ser a primeira vez que falava com ele por celular, ela não esperava nem mesmo uma visualização de seu cumprimento, muito menos uma resposta tão rápida, quase instantânea.

— Quem é? — ele perguntou, como se não conhecesse de quem era aquela mensagem. Com certeza, a respondera sem ao menos salvar o novo contato. Se ele tivesse se dado ao trabalho de registrar o número na agenda telefônica, saberia quem era, pois apareceria o nome dela nos dados iniciais de registro.

— É a Tália, professor, da turma do segundo ano B — a última informação não era necessária, porém, ela não queria correr o risco de ele retornar com outra pergunta, caso não a reconhecesse.

— Oi, Tália! — o seu *oi* no celular não parecia em nada com o *oi* dos corredores ou aquele de sala de aula. Era como se ela estivesse conversando com outra pessoa, não com o professor de Física em isolamento e imerso em melancolia. Pelo menos, isso mostrava que ele devia estar consciente. — Algum problema? — a mensagem continuava. — Você estar precisando de alguma coisa? Não estou em casa no momento, mas posso pedir para alguém providenciar, caso você esteja necessitando de algo com urgência.

Não, aquele não poderia ser o seu professor de Física, o mesmo que não queria mais conversar com seus alunos, sofria com um desalento profundo e fora levado ao hospital sem consciência, três dias atrás. Não era possível que alguém preso em um leito hospitalar durante dias estivesse tão animado e disposto. Ela esperava pelo menos que ele a dissesse que se encontrava no tédio do hospital. Nem isso, porém, ele se dera ao trabalho de informar. Era impressionante como ele levava mesmo à sério o lema *guardar para si*. Ela pensou em gravar um áudio, mas lembrara da recomendação da Kália sobre o docente preferir mensagem escrita. A própria Kália descobrira isso recentemente.

— Não há nenhum problema, professor. Nem estou precisando de nada. Só queria saber se você estava bem. Só isso mesmo. Você estar?

— Sim! Claro que estou bem! Obrigado por perguntar. Apenas com vontade de ir para casa. Mas estou bem.

— E ainda vai demorar para receber alta?

— O médico disse que preciso fazer uns exames e ficar sob avaliação, devido ao desmaio. No entanto, talvez daqui a três ou quatro dias estarei de volta, para casa e para a escola. A pancada não foi grande e também não fraturei nenhum osso. Somente raladuras superficiais e um pequeno corte atrás da cabeça.

Três ou quatro dias. Ela não estava entendendo tal demora e aquilo tudo parecia muito estranho. Se fora um corte simples, por que tantos dias no hospital, ela se perguntou. Dependendo do acidente, uma avaliação poderia demorar um pouco mais. Contudo, não se tratava de algo mais sério, como o próprio preceptor acabara de informar. Portanto, sua curiosidade não a deixou calada, ou melhor, sem digitar:

— Por que são necessários tantos dias internado, professor, já que se trata de um corte leve?

— Eu também não entendi o que o médico quis dizer. Por mim, já estaria em sala de aula. No entanto, preciso esperar para receber alta.

Ela não tinha mais pergunta a fazer. O professor parecia bem e isso era o mais importante. Quando recebesse alta, voltaria imediatamente à sala de aula. Além disso, ele estava diferente. Algo havia acontecido, ela cogitou, que teria mudado o ânimo do docente. Ao mesmo tempo em que pensava dessa forma, no entanto, ela lembrou da recomendação da Kália novamente. Ele parecia outra pessoa quando falava com alguém no celular, distante fisicamente de seu interlocutor. Então, ela não se surpreendeu, relembrando dos diversos distúrbios de comportamento que o mesmo apresentava, principalmente em sala de aula. Por exemplo, organizar os materiais sobre o birô sempre da mesma forma. Sendo assim, tinha certeza de que ele voltaria para a sala de aula em muito bom estado.

No dia seguinte, o domingo, alguns alunos do terceiro ano A fariam uma visita ao professor. Eles haviam planejado a viagem logo que ficaram sabendo sobre a possibilidade de o docente passar mais de três dias no hospital. A visita fora organizada principalmente pela Kália e a mesma perguntara se alguém de outra turma teria interesse em viajar com eles. Mesmo de última hora, a Briela conseguira convencer uma Tália indecisa a também participar.

— Vamos ao hospital, visitar o professor? — a Briela havia perguntado, mais como uma afirmação do que como uma interrogação. — A Kália e a turma dela nos convidou.

— Não sei se vou poder ir, Briela — ela havia respondido, meio melancólica.

— Sua família não deixa você ir, não é?

— Não é isso, Briela. Só estou um pouco indisposta. Só isso.

— Se você não quer ir pelo professor, vá pelo menos por mim, para me fazer companhia.

Ela não queria fazer a visita por um motivo óbvio, embora tivesse de escondê-lo. Justamente naquele dia, sua crise de estômago, a qual já era uma realidade a incomodá-la, manifestara-se com maior intensidade. Mesmo assim, não resistiu à lábia da amiga e aceitou o convite. Por tudo que a Briela havia feito por ela no ano anterior, ficando ao seu lado quando todos eram contra, não era justo negar um pedido tão simples. Portanto, ela faria sim, a visita ao professor, mesmo que tivesse de passar o dia todo sofrendo com desconforto no estômago. Era a Tália sendo a Tália.

A tarde do domingo avançava quando os alunos, acompanhados de alguns pais, chegaram ao hospital. Como estavam em grande número e não era permitido um longo tempo de visita, eles foram orientados a entrar no quarto pelo menos em dupla ou em trio. A Briela entrou com o amigo do garoto da quarta cadeira da primeira fila. À Tália restou a Kália como parceira de dupla. Como a Kália estava organizando os alunos, elas duas foram as últimas a ter acesso ao quarto do paciente.

O médico examinava a ficha do educador quando as duas tiveram permissão para entrar. O mesmo acabara de chegar e parecia bem animado com a situação do paciente. Depois dos cumprimentos habituais entre as estudantes e o doutor, as duas alunas se acercaram do docente, o qual parecia muito diferente vestido com roupa hospitalar. A barba por fazer também dava um toque de estranheza ao mesmo, fazendo seu rosto parecer mais magro. Ou talvez fosse somente impressão.

— Tudo bem, professor? — a Kália perguntou, após cumprimentá-lo com um aperto de mão.

— Estou bem sim, Kália! — o docente desenhou um sorriso alegre no semblante, muito diferente do rosto sério que mantivera nos últimos meses. — Obrigado por perguntar e pela visita.

— Como você está, professor? — ela o cumprimentara logo que a Kália se afastara para o lado.

— Estou muito bem, Tália! — agora ele parecia mais com o professor que falava, ou melhor, escrevia no WhatsApp, alegre e bem disposto. Nada de rabugice. — Muitíssimo obrigado por perguntar e por ter vindo.

— Bom, professor, agora podemos conversar um pouco, aproveitando que suas alunas estão presentes — o médico se dirigiu ao paciente após ela voltar para perto da Kália.

— Ele está com algum problema muito sério, doutor? — a Kália se adiantou em indagar. Uma Tália perceptiva também ficara apreensiva com o comentário tecido pelo médico, mas permaneceu em silêncio, aguardando a informação que não demoraria.

— Eu não diria um problema sério, mas um descuido bobo — foi a resposta do profissional de saúde, ainda encarando o preceptor. — Vamos recapitular um pouco. Você sofreu um acidente de bicicleta no mesmo momento em que tinha uma vertigem, uma sensação de moleza e desmaio. Depois da batida do carro, você caiu fora da pista, impactando a cabeça contra algo, talvez até mesmo contra o chão. Então, instantes depois você desmaiou. Ainda consegue se lembrar disso tudo, professor?

— Sim, doutor, consigo — o docente respondeu, convicto de que o médico de descrevia exatamente o que ele relatara a três dias atrás, quando o médico de plantão viera fazer o primeiro atendimento em seu quarto, horas depois de ele ter acordado do desmaio. — Foi isso mesmo que aconteceu.

— Muito bem, então — o médico retornou às folhas que examinara anteriormente e voltou a falar: — O seu desequilíbrio antes da batida do automóvel foi devido à vertigem que inundou suas vistas. O desmaio também. Com choque ou sem choque do carro, você iria desmaiar de qualquer forma. Provavelmente, a pancada na cabeça não afetou nada em seu sistema nervoso, uma vez que o corte é de reduzida proporção e ocorreu numa área menos crítica. Esta é uma notícia muito boa. E como seu hemograma completo mostrou a verdadeira causa da vertigem, o exame neurológico foi automaticamente cancelado. No entanto, tenho também uma notícia ruim, infelizmente. Mas tenho uma outra ótima antes da ruim. Como tudo parece nas ordens, você receberá alta o mais rápido possível. Porém, só poderá deixar o hospital amanhã, após receber a visita de um nutricionista.

— Por que um nutricionista, doutor? — uma Tália apreensiva por ouvir aquela palavra profética, sobressaltou-se. Ela sabia que se fosse se consultar naquele exato momento, sem dúvida que o médico também lhe indicaria um nutricionista.

— Isso é exatamente a notícia ruim — o doutor respondeu de imediato, virando-se no rumo dela, como se quisesse enfatizar o que acabara de falar. Em seguida, prosseguiu, voltando a encarar o paciente: — O professor está desenvolvendo quase um distúrbio alimentar por não ingerir alimento suficiente para suas atividades corporais basilares.

— E o que tudo isso significa, doutor? — a Kália indagou, sem muita surpresa. Ambas as estudantes entendiam o que o médico estava a dizer. Com certeza, o educador não estava se alimentando direito.

— Significa inanição induzida — o médico virou o olhar para elas, para evitar que ficasse alguma dúvida em suas cabeças. — Isso levou à baixa glicose no sangue e à falta de nutrientes fundamentais ao organismo. Em resumo, o professor desenvolveu uma hipoglicemia por não ingerir alimento em quantidade suficiente às necessidades básicas do corpo. Além disso, pedalar por cerca de quinze ou vinte quilômetros após meses de sedentarismo e com uma alimentação escassa, é a melhor receita para uma vertigem e, em seguida, um desmaio.

Ela ouviu as palavras do médico, mas não se surpreendeu. E tinha certeza de que a Kália ao seu lado também não estava chocada. Ambas sabiam que isso era perfeitamente possível, pensando no que o professor já havia passado no ano precedente e como tinha se comportado nos últimos meses. Ela só não imaginava que o transtorno a lhe afetar poderia levá-lo tão longe, acabando por adoecer fisicamente devido aos problemas mentais. E por quanto tempo ele já não cuidava de si mesmo? Ela se fazia essa pergunta em pensamento quando ouviu a voz do médico novamente.

— Felizmente, o quadro ainda não é tão grave e pode ser revertido com algumas medidas simples — o médico mirou o paciente e o aplicou uma bronca: — Precisa se alimentar direito, professor. Senão um dia seus alunos poderão ficar sem sua aula.

Aquelas palavras duras do doutor pareceram ter soado algum alarme na mente do preceptor. Ela virou o olhar do médico para o paciente e este a encarou de imediato, e à Kália também, com um semblante pensativo e meio preocupado. Provavelmente, ele entendera a seriedade do aviso do médico e seguiria à risca as recomendações do nutricionista. Pelo que ela já conhecia sobre o mesmo, seguir rotina não era um problema para ele. Se aferrar a sequências rígidas de comportamento parecia ser uma habilidade nata do seu professor de Física.

Tudo ficaria bem, ela desejou.

Não ficaria.

Agora, tantos meses após o acidente e aquela visita ao hospital, a qual parecia no momento ser o fim de todo aquele processo, o professor voltara a dar sinais visíveis de que estaria outra vez com algum outro problema. Verdade que ele não parecia mais sofrer de hipoglicemia, significando que realmente tinha seguido uma dieta balanceada e corrigido sua alimentação. Ou melhor, voltado a comer. Todos os vestígios de magreza nas suas expressões faciais haviam desaparecido. E também parecia estar tentando encerrar seu oneroso isolamento social, reiniciando novamente um contato mais próximo com os estudantes.

No entanto, nem tudo era céu colorido ou com tanta bonança, como uma Tália esperançosa havia desejado que seria. O professor recomeçara uma interação com seus alunos, não aparentava mais estar imerso em nenhum estado de melancolia profunda e se mostrava com melhor aparência. Talvez voltara ao estágio do *cuidar de si*. Ainda assim, persistia uma sensação estranha sobre a forma como ele passara a conduzir suas aulas. Do mesmo modo que conseguira distinguir o educador antes e depois do incidente com o Noan, agora ela voltava a ter aquela mesma impressão, a qual denunciava que algo não estava bem.

A sequência de passos que o professor seguia em sala de aula não era mais a mesma e nem tinha mais uma ordem rígida. As notas escritas no quadro estavam cada vez mais reduzidas, a maior parte se resumindo em frases conceituais, sem equação ou definição mais precisas. A explicação do conteúdo, antes minuciosa e gradual, agora se constituía de falas esparsas, como se fossem formuladas a partir de uma mente relapsa e perturbada. A organização dos materiais sobre a mesa era outra situação suspeita, pois o docente se demorava um tempo maior para terminar de colocá-los em alinhamento simétrico, diferentemente de como fazia antes.

As questões e exercícios resolvidos no quadro diminuíram em quantidade e também em complexidade. Ele passou a se incumbir apenas daqueles problemas com resolução mais direta e superficial, os quais demandam menos raciocínio e cálculos menores. E logo que resolvia alguma questão, rapidamente indicava as demais para os alunos resolverem. Quando se fazia perguntas sobre como chegara até determinado passo ou resultado, o preceptor simplesmente desconversava, gerando mais dúvida do que esclarecendo o algoritmo de resolução do problema.

Nada disso parecia ser normal, ela especulou. Não para o professor de Física que ela conhecera há cerca de vinte meses atrás. Era como se ele estivesse desmotivado com seu trabalho ou desleixado com a profissão, realizando suas funções sem um mínimo de zelo. Não, com certeza não seria isso, ela disse para si mesma. O preceptor poderia até deixar de interagir com os estudantes, porém, não era o tipo de profissional que abandonaria o rigor e passasse a dar uma aula de qualquer jeito, sem nenhum compromisso.

Sem dúvida, o problema era de outra natureza.

Provavelmente, tudo isso não surgira de repente. Ela talvez não conseguira perceber tal estranheza durante o semestre anterior por uma simples razão, por estar preocupada e ocupada demais com a situação de sua própria saúde. Agora, no entanto, à medida em que o segundo semestre letivo avançava a todo vapor, estava tudo muito visível, perceptível a quem quisesse enxergar. E caso tal situação chegasse a se agravar, poderia se tornar um problema muito mais sério, a turma tendo que prosseguir com um professor sem o ritmo de aula rigoroso de antes.

Uma Tália altamente focada voltara aos estudos com muita sede ao pote. Após as semanas críticas do seu tratamento, ela retornara com uma rotina rígida de sentar e estudar até que seus olhos se irritassem e sua testa esquentasse. Logo, habituou-se a entrar pela noite, resolvendo questões até altas horas noturnas, até o momento em que suas pestanas começavam a pesar e era obrigada a dormir. Nos meses subsequentes, vezes sem conta, ela dormiria sobre o material de estudo, quando a exaustão chegava ao seu nível máximo.

Nessa rotina louca, ela aproveitava, inclusive, para recapitular conteúdos de Física, aqueles que exigiam mais atenção para serem compreendidos. O resultado? Começava, finalmente, a entender de verdade essa disciplina, o que fora seu maior obstáculo até então. Agora, quando o professor iniciava uma fala sobre algum tema, ela logo lembrava de uma fórmula ou definição que vira durante seus estudos em casa. E era uma sensação ótima, compreender o que o docente estava a apresentar no quadro. Era um sentimento de satisfação que fazia seu entusiasmo para o estudo aumentar ainda mais. Como em um círculo virtuoso.

Estudar é a melhor rotina para se tirar da cabeça os pensamentos tóxicos, degradantes, esquecer os problemas dos quais nunca deveria ter se ocupado. O estudo focado é a cura mais célere para as decepções, as quais estão sempre surgindo ao longo da vida. Ela estava simplesmente adorando o seu novo costume de aproveitar qualquer momento de folga para sentar em sua mesa e encarar os livros. A sua fase atual se resumia somente no seu crescimento intelectual. Era grata por ter se reencontrado outra vez, vencendo um problema de saúde que lhe roubara muitos dias de sossego e esquecido completamente as injúrias que sofrera antes. Agora, aquele incidente estava muito distante no passado e ela eliminara completamente de seu círculo de amizade aquelas pessoas mentirosas.

Seu foco era um só: estudar.

Até onde sabia, ela fora a primeira pessoa em sala a notar que o professor não estava tão bem. Como nas vezes anteriores, quando ele tentava esconder o que se passava consigo mesmo, agora parecia acontecer o mesmo. O intuito dele parecia ser camuflar alguém por trás do rosto, como se uma outra versão sua estivesse querendo invadir o cenário e ele não quisesse permitir. Porém, por mais que se esforçasse para aparentar estar bem, os sinais não o deixavam mentir. E se ele não conseguia camuflar o que estava se passando, devia tratar-se de um problema muito sério. Provavelmente, seria algo que fugia ao seu controle, por mais que ele tentasse lutar para não ser dominado por uma mudança inevitável. Parecia até uma paranoia, mas ela estava se incomodando outra vez com o modo do professor agir em sala, em plena aula.

Ela teve um vislumbre do que realmente estava acontecendo já na segunda aula, numa segunda-feira que, inicialmente, prometia ser de muitas discussões sobre diversos tópicos. A Termodinâmica é uma área muito interessante da Física e aborda temas bem práticos, o professor uma vez havia anunciado. É a parte da Ciência que possibilitou o avanço da Revolução Industrial, ele havia informado, com empolgação. Finalmente, havia chegado o momento de estudá-la. Nas semanas precedentes, havia sido abordado a relação entre calor e trabalho, a energia interna de um sistema e a Primeira Lei da Termodinâmica. Esta, mostrou-se como uma equação muito simples, mas extremamente poderosa em sua definição.

Toda a primeira aula se concentrara no conceito de máquina térmica e seu rendimento. Tal máquina recebe uma determinada quantidade de calor de uma fonte quente e converte parte dele em trabalho útil, eliminando o restante para uma fonte fria. O ponto mais frisado durante a discussão foi que nenhuma máquina térmica é capaz de converter o calor recebido da fonte quente integralmente em trabalho. Isso define o seu rendimento. No ano de 1824, o físico francês Sadi Carnot apresentou um modelo de máquina térmica com o máximo rendimento possível. Portanto, o funcionamento de toda máquina térmica, inclusive as atuais, tem como referência o modelo de Carnot.

Uma Tália agora em dia com os conteúdos de Física, pediu ao professor para que o mesmo esclarecesse para a turma a relação entre o rendimento de uma máquina térmica e a Primeira Lei da Termodinâmica. Pelo que fora apresentado, era possível enxergar tal relação, mas ela ainda não tinha certeza absoluta de que compreendera tudo. Sem dúvida que o docente conseguiria deixar tudo muito mais claro, pois nunca fora de negar uma segunda, ou até terceira, explicação a qualquer que fosse o aluno. Ela só não poderia imaginar que esse simples pedido se transformaria em um verdadeiro momento de agonia.

Parecendo bastante empolgado com o pedido de explicação, o professor voltou-se para o quadro para anotar a fórmula à qual ela se referia. Era costume o preceptor colocar uma equação no quadro e depois dissecá-la minuciosamente, explicando o significado de cada termo envolvido. Sempre fazia questão de detalhar o que cada letra representava e como as grandezas relacionadas se comportavam à medida que o fenômeno descrito se desenrolava. Uma equação nos fala tudo que o evento tem a nos dizer, ele gostava de lembrar.

— A Primeira Lei da Termodinâmica simplesmente resume o Princípio de Conservação da Energia — o professor esclareceu, ao mesmo tempo em que preparava o pincel para escrever. — Ela diz que a energia de um sistema termodinamicamente isolado se conserva. Essa é a parte da Física. Matematicamente falando, ela diz que a variação da energia interna de um sistema, delta u, é igual a...

O professor escreveu no quadro a letra grega delta, a qual indica variação de uma grandeza, a letra u maiúscula, para energia interna, e o sinal de igualdade. O início da fórmula se materializou sem nenhum problema, pois devia estar fixo na sua memória como uma letra gravada em um metal:

$$\Delta U =$$

Então, ele empacou.

O pincel pairou na posição de escrita, próximo ao quadro, mas não conseguiu ir adiante. Nada veio depois do símbolo de igualdade. Três ou quatro giros na ponta do pincel não foi suficiente para prosseguir com a equação. Como se estivesse com o corpo congelado, o professor não foi capaz de mover um músculo sequer. Estacionou na posição em que estava. Quando percebeu que não conseguia ir adiante, virou o rosto para o quadro, no sentido do ombro esquerdo e trouxe a mão direita, juntamente com o pincel, para apoiá-la próximo à testa. E ali permaneceu por longos instantes, como se tivesse esquecido do mundo e do grupo de alunos às suas costas.

— Você está com algum problema, professor? — uma Tália perceptiva e preocupada perguntou, constatando que a maioria dos colegas agora olhava para o docente como se ele fosse uma criatura estranha, um alienígena dentro de sala, imobilizado junto ao quadro.

Ele não respondeu de imediato. Simplesmente permaneceu como estava, o rosto colado ao quadro, as costas da mão esquerda servindo de apoio à testa e os nós do dedo indicador direito acariciando os olhos. Alguns segundos se passaram e o professor não se moveu, nem para retomar a escrita nem para olhar no livro sobre a mesa. Ainda sem saber o que realmente estava acontecendo, ela esperou mais um pouco para refazer a pergunta. Enquanto isso, todos os estudantes aguardavam pela reação do docente. Este, encostado ao quadro, continuava em silêncio, como se sua mente estivesse viajando por lugares longínquos.

— Eu não consigo continuar, Tália — ele finalmente conseguiu balbuciar, mesmo permanecendo como estava, imóvel, sem coragem para encarar a turma.

— Tudo bem, professor, pode prosseguir com a explicação — agora ela percebia que o problema que afetava o docente era muito mais sério do que poderia imaginar.

— Não, Tália, o que quero dizer é que não consigo lembrar da fórmula — ele deu uma pausa, mas logo voltou a falar: — É como se minha mente estivesse travada. Não consigo lembrar do que devo escrever depois da igualdade.

Não só uma Tália estarrecida, mas simplesmente todos os alunos estavam de boca aberta após a confissão do preceptor. Não era possível que ele estivesse falando sério, todos concordavam. Não parecia ser verdade, algo que ela nunca imaginaria, mas o professor estava tendo uma crise séria de memória, sendo traído por uma amnésia grave. Ele não estava conseguindo lembrar da Primeira Lei da Termodinâmica, uma equação simples e que já usara vezes sem conta. A variação da energia interna de um sistema termodinâmico é igual ao calor trocado menos o trabalho realizado. Simples assim. Ela visualizou a equação na mente:

$$\Delta U = Q - \tau$$

Ainda sem acreditar no que acontecia, ela repetiu a definição para o professor na esperança de ele retornar às anotações. Ele não quis ouvir. Ela poderia repetir quantas vezes quisesse, o docente não voltaria a escrever no quadro. Como se, de repente, estivesse atrasado para uma viagem, o preceptor virou-se para o birô, recolheu seus materiais e se preparou para sair. Mantendo a cabeça baixa, e antes de se dirigir à porta, ele ainda conseguiu se explicar:

— Pessoal, não estou em condições de finalizar a aula. Preciso sair. Depois a gente continua.

Então, o professor se retirou, apressado, deixando para trás uma turma inteira simplesmente estupefata. Uma Tália paralisada pelo que acabava de assistir, percebeu que os olhos do docente pareciam lacrimejar enquanto o mesmo recolhia o material e se afastava da mesa.

Ainda faltavam vinte minutos para o final da aula de Física.

O Olvido

Já devia ser a sua sexta vez no hospital no mesmo ano. Ou era a sétima? Talvez a oitava? Ele não sabia dizer ao certo, pois não se lembrara de contar. Se não conseguia lembrar de uma simples equação, a qual escrevera vezes sem conta num quadro branco por anos seguidos, também não iria se dar ao trabalho de contar quantas vezes precisava ir ao médico. Quando pensara estar livre de consultório, apenas começava suas visitas ao hospital.

Na primeira vez, quando sofreu o acidente mais impensável, tolo e inesperado de sua vida, chegou desacordado no pronto-socorro, com um diminuto corte na cabeça devido à queda de bicicleta, quando o guidom desta fora acertado pelo retrovisor de um carro. Corte esse que o médico dissera não ter afetado nada em seu sistema nervoso. Na ocasião, tanto o acidente quanto o desmaio foram atribuídos à sua *inanição induzida*, o doutor garantira, algo que nunca imaginara que existia. Segundo a avaliação do médico, sua alimentação precária e insuficiente causara uma vertigem, levando ao seu desequilíbrio sobre a bike e, em seguida, a perda de sentidos após ser arremessado para fora da pista.

Agora, quase um ano após o acidente com a bicicleta, ele estava de volta ao hospital, pronto para uma cirurgia no crânio. Segundo seus exames, muitos que realizara nas últimas semanas, era imprescindível que o docente passasse por uma craniotomia. Na verdade, dessa vez não se tratava de uma simples recomendação médica, a qual poderia ser ignorada e nunca realizada, a depender da sua vontade. Era simplesmente uma obrigação, uma necessidade, caso quisesse corrigir o funcionamento de sua mente. Não havia outra saída. Era isso ou ter que abandonar a carreira de professor. Aliás, se seu problema persistisse, não poderia assumir qualquer outra profissão sem que tivesse de passar vexame. Este era um dos motivos que o levara a passar por mais e mais consultas, exames e, finalmente, encarar a tal cirurgia.

As várias ressonâncias magnéticas e tomografias computadorizadas não deixavam dúvida sobre o seu sério problema de cabeça. Não havia escapatória. Querendo ou não, em pouco tempo estaria deitado sobre um leito de cirurgia, desacordado, com alguém pondo o dedo ou o bisturi nos seus neurônios. Removeriam seu retalho ósseo para acesso e reparo do seu cérebro. Era necessário provocar uma estimulação numa área cerebral específica, o médico explicara. Assim, esperava-se, sua mente poderia voltar a funcionar de maneira correta e então deixaria de ser apenas um amontoado de memórias esparsas, cada uma tão frágil quanto um farrapo envelhecido, um retalho mental.

Se alguém lhe perguntasse se estava nervoso, ele responderia com sinceridade, com um simples não. Ter o crânio violado não era algo que lhe deixaria nervoso, pois não estaria acordado para ver o procedimento. Estava mais preocupado com o que poderia vir depois, além da possível correção cerebral não ser bem-sucedida. Ao agendar a cirurgia, também ficara ciente das suas possíveis complicações. Qualquer operação tem seus riscos. No entanto, não há dúvida de que uma cirurgia cerebral é sempre mais sensível, vulnerável e sujeita a diversos contratempos. Um ínfimo deslize na área errada e uma fala pode simplesmente ser afetada. Um corte incorreto num tecido e uma paralisia pode limitar o movimento pelo resto da vida.

É a sensibilidade e poder do computador humano demonstrando sua sutileza.

— Quais são os riscos, doutor? — o docente havia indagado ao neurocirurgião, não por estar com medo, mas por precaução. Queria entrar em sono induzido cônscio do que poderia lhe ocorrer, durante ou posteriormente ao procedimento cirúrgico.

— Este tipo de cirurgia possui duas classes principais de complicações — o médico estava contente pelo paciente ter perguntado *quais eram* e não se *teriam* riscos. Saber que todo procedimento médico possui uma probabilidade de algo vir a dar errado ou que sempre há algum efeito colateral, já ajuda numa melhor condução do processo. — Primeiro, existe o risco característico do local específico da operação. Cada software do corpo, ou sentido, é controlado por uma determinada área cerebral. Qualquer intervenção naquela região pode deixar o sentido, dela dependente, vulnerável a sofrer mudança ou simplesmente a cessar o fluxo de informação. No seu caso, a área afetada é a responsável pela memória, atenção, sono, regulação da dor, aprendizado, entre tantas outras funções. É a parte cerebral conhecida como *zona incerta*, uma porção de massa cinzenta que se localiza entre o tálamo e o hipotálamo, uma membrana de neurônios na região central do cérebro. Como o próprio nome indica, é uma zona de estrutura complexa, pouco estudada e de difícil acesso, pelo simples motivo de estar situada no fundo do cérebro — o neurocirurgião deu uma pausa, mas logo prosseguiu, percebendo que o paciente estava entendendo sua fala: — Em segundo, como era de se esperar, existem as complicações mais gerais, as quais uma ou duas sempre se faz presente, antes ou depois do procedimento.

O médico estendeu ao docente uma prancheta contendo uma planilha. Nela estavam organizados alguns dados sobre a operação em particular, entre eles os possíveis riscos gerais. O professor verificou a lista com certa curiosidade. Infecção, sangramento, coágulo sanguíneo, pneumonia, pressão sanguínea instável, convulsões, fraqueza muscular, inchaço do cérebro, vazamento do líquido cefalorraquidiano, riscos da anestesia geral. Além, é claro, as complicações relacionadas ao estado de saúde específico do paciente. A maioria dos termos eram familiares ao preceptor. Outros, no entanto, pareciam mais era com códigos alienígenas ou lemas utilizados por uma sociedade secreta.

Não tendo como fugir à cirurgia, não valia a pena discutir o significado de tais nomes e sim, simplesmente aceitá-los. Com certeza, nenhum deles poderia ser pior do que viver com uma memória esparsa, uma vez ou outra passando vergonha na frente de uma turma de estudantes por não conseguir lembrar de uma equação com somente três grandezas relacionadas, uma igualdade e uma subtração. Por isso, ele não fez mais perguntas, apenas esperou as recomendações do médico de como deveria se preparar para o procedimento cirúrgico.

— Você tem algum tipo de alergia? — o doutor o perguntara durante a formulação das características do paciente. Após um *não* através de um balançar de cabeça, o médico seguiu às próximas perguntas: — É sensível ou alérgico a látex, fita adesiva, algum medicamento, anestésico local ou geral? Toma algum medicamento ou suplemento? Tem algum antecedente de distúrbio hemorrágico? Está tomando aspirina, anticoagulante ou outro medicamento que afeta a coagulação? Fuma?

Não, ele não tinha nenhuma das características apresentadas. Um único *não* foi suficiente para responder a todas as perguntas do doutor. Embora os riscos fossem muitos, o professor esperava que um ou outro deles pudesse se abrandar, ou não se manifestar, pelo simples fato de não ter nenhum vício ou ser dependente de qualquer medicamento. Era mais um motivo para não estar nervoso com o procedimento pelo qual estava prestes a passar.

Agora era só aguardar com paciência o momento da cirurgia.

À época da queda de bike, o professor não contestou o diagnóstico que recebeu do médico por três motivos evidentes. Primeiro, não entedia nada de medicina, seus termos sofisticados e exames que identificam uma doença com uma simples escala numérica de contagem de células e moléculas. Se lhe perguntasse o nome de um único remédio menos popular, talvez ele não soubesse mencionar, além daqueles que todo mundo usa com regularidade e sem a devida recomendação médica. Na era da internet livre, o número de pessoas que se automedica cresce cada vez mais. Entre os brasileiros, a taxa já chega a 90% das pessoas com mais de dezesseis anos. Um médico passa anos para dominar os efeitos de um medicamento, enquanto alguém, achando-se esperto o bastante, mergulha de cabeça na rede mundial de computadores e descobre o remédio para sua dor de cabeça em poucos minutos. Não é de se admirar que problemas de intoxicação e reações graves decorrentes dessa prática fácil também aumente a cada dia.

O docente não sabia nem dizer se era possível existir algo como uma *inanição induzida*. Durante sua vida, fora poucas vezes a um hospital para se tratar de algum ferimento corporal, físico. Até onde lembrava, somente quando ainda era criança, para se vacinar ou tratar alguma doença leve. Então, não se sentia em condições de contrariar qualquer que fosse o médico. O que o doutor falasse, principalmente se o fizesse através de termos complicados e indecifráveis, ele aceitaria sem questionamentos.

Uma segunda razão era o fato de ter passado meses seguidos se alimentando precariamente, às vezes chegando a não colocar comida nenhuma na boca durante dois ou três dias seguidos. Não era de se surpreender que poderia realmente ter desenvolvido algum tipo de fraqueza no corpo, uma hipoglicemia, como o médico havia dito, o que levaria a uma vertigem durante uma pedalada de dez ou mais quilômetros. Sobre essa parte do diagnóstico, ele não poderia negar, pois sabia que era verdade. Passara meses sem cuidar da própria alimentação.

No ano anterior, principalmente após a morte do Noan, o preceptor havia mergulhado em um estado sombrio de melancolia e desalento. E tudo piorou quando as férias de verão chegaram e ele se recolheu ao seu quarto de estudo. Foi quando o desânimo lhe pegou de vez e sua alimentação se reduziu a quase nada, comendo somente o necessário e em horários desregulados. Quando as aulas retornaram, ele não passava de uma carcaça humana, tanto por magreza quanto por uma mente debilitada. Inventara um isolamento dos estudantes com a pretensão de evitar outras perdas futuras. O resultado? A falta de convívio com os alunos o levara a pensamentos degradantes. Quando de seu acidente, sua mente já era um simples molambo rasgado. Vivia de parcos alimentos e de retalhos mentais. Portanto, não fora difícil ele se convencer de que sua má alimentação causara uma vertigem e a mesma o levara a desmaiar.

O terceiro motivo para o professor aceitar de imediato aquela avaliação médica foi a vontade de voltar para casa e, especialmente, retornar à sala de aula. Chegara numa quarta-feira ao hospital e a quinta e sexta foram uma verdadeira tortura. Havia ficado três dias sem lecionar e não conseguira se acostumar à quebra de rotina. Ficar sem ir à escola durante as férias é perfeitamente normal, pois o cérebro estar ciente de que ninguém estuda naquele período. Porém, saber que todo mundo continua em atividade escolar enquanto se estar deitado num leito hospitalar, não é nada satisfatório. A mente sabe que todos estão em dia com a rotina. Menos ele. Ficara muito contente pela mensagem que recebera da Tália no sábado de manhã, após três dias num quarto de hospital sem contato com ninguém conhecido. E sua alegria triplicou quando recebeu a visita de alguns alunos na tarde do domingo, entre eles, a Kália e seus colegas de sala, a Briela, o amigo do aluno da quarta cadeira da primeira fila e a própria Tália.

Felizmente, na tarde da segunda-feira seguinte, ele estava em casa. E na terça-feira pela manhã, na sala de aula. E tudo parecia tão normal quanto antes. O professor reiniciou uma aproximação com os alunos, pondo seu isolamento para um canto, pois o mesmo não melhorara sua situação, só piorara. Voltara a se alimentar direito, tentando seguir à risca as recomendações que recebera do nutricionista. Da nutricionista, melhor dizendo. O desalento ainda lhe perturbaria por algumas semanas, mas o preceptor o escondeu nas profundezas de sua mente. Não valia a pena se deixar esmorecer ao ponto de perder o controle sobre a própria vida.

Lembrara da conversa que tivera com sua aluna Kália e sabia que era chegado o momento de superar de vez a morte de seu estudante Noan. Nunca o esqueceria, pois isso não estava dentro da alçada de sua vontade nem o conseguiria eliminar de sua memória. No entanto, onde quer que seu aluno querido estivesse, com certeza o mesmo não queria que o professor vivesse o resto de sua vida se lamentando. Portanto, em vez de ser um obstáculo, ele converteria a lembrança do Noan em algo produtivo, um exemplo de disposição e vontade de viver. Isso era o mais importante.

A fase do *cuidar de si* parecia estar de volta à vida do preceptor.

Poucas semanas após o acidente e o diagnóstico, entretanto, o professor começou a perceber que não estava tudo bem. Algo extremamente anormal estava acontecendo com sua mente. No início, uma vez ou outra, seu pensamento parecia se interromper subitamente, como se fosse um disco de computador com algumas imperfeições na superfície. Era como se de repente esquecesse algo que estava fixado há muito tempo na sua cabeça. Não era uma perda de memória contínua nem geral. Tratava-se apenas de falhas mentais, um esquecimento agora, outro depois. Às vezes, quando se esquecia de algo, rapidamente voltava a se lembrar. Outras vezes, entretanto, demorava um período mais longo até que sua lembrança voltasse ao normal. Porém, não era raro só conseguir recordar um detalhe esquecido no dia seguinte.

A primeira vez que viera a perceber com mais clareza o tal distúrbio, estava em sala de aula, na então turma do primeiro ano A, discutindo as leis de Newton. Quando iniciou a resolução de uma questão nada complexa e teve que utilizar o Princípio Fundamental da Dinâmica, ou Segunda Lei de Newton, não conseguiu acessá-lo na memória. O tal princípio diz simplesmente que a força aplicada sobre um corpo é o produto de sua massa pela aceleração que o mesmo adquire. Uma equação muito simples e de aplicação direta, três grandezas, uma igualdade e um produto.

$$F = ma$$

No entanto, mesmo com toda a sua simplicidade e a usando durante anos, a dita cuja não se materializou em sua mente. E muito menos no quadro. Era como se tivesse sumido de vez da sua memória. Ele esperou por um, dois, três, quatro segundos, imobilizado, o pincel se agitando entre os dedos. Naquele momento, a sensação que sentia era muito estranha, como se não lembrasse de nada relacionado à tal equação. Tentou relembrar a definição de força, mas esbarrou em um vazio no pensamento, como se estivesse olhando para um papel em branco. Não continha nada registrado na mente. Seu cérebro simplesmente se apagara, como se ele dormisse de olhos abertos.

— Professor, veja se estou com o raciocínio correto — alguém na primeira cadeira da terceira fila de repente se manifestou, com uma vontade louca de participar da aula. — Se a questão fornece a massa e aceleração do corpo, então posso aplicar a Segunda Lei de Newton para encontrar a força, correto?

O estudante levantou o caderno e apontou sua escrita impecável para o docente. E lá estava a maldita equação, escrita na sua forma como sempre deveria ser, a força igual a massa vezes a aceleração. Não poderia haver fórmula mais simples. E ainda assim, ele a esquecera.

— Sim, Rayel! — o docente respondeu de imediato, quase gritando por dentro de tanto entusiasmo e alívio. Entusiasmo pelo raciocínio correto do aluno mais esforçado do atual primeiro ano. Alívio por voltar a se lembrar da Segunda Lei de Newton, como se, repentinamente, seus olhos se abrissem para o mundo após um longo tempo fechados. — É justamente essa equação, Rayel! Seu raciocínio está corretíssimo. Parabéns!

Na ocasião, aquele garoto tinha sido sua tábua de salvamento. Semanas atrás, quando conversara brevemente com o aluno, descobrira que o mesmo deveria ser chamado por Rael e não Rayel. Era o desejo de sua mãe. Quando foram realizar o registro no cartório, no entanto, alguém deu a louca de acrescentar um y depois do a. Como perceberam o erro somente alguns dias depois, e não querendo voltar para concertar, os pais aceitaram chamá-lo por Rayel mesmo, pois soava até mais elegante. O próprio Rayel preferia seu nome com y do que sem, agradecendo por ter ocorrido tal erro. Tanto escrita quanto pronúncia eram mais sofisticadas, o jovem costumava argumentar.

Talvez a mãe do estudante soubesse algo sobre a origem do nome que colocara no filho. Muito provavelmente, Rael seja um termo de origem egípcia, relativo à deusa Isis, esposa de Osíris, e ao deus e faraó Ra, deus do Sol, e com um significado muito nobre: *senhor da luz*. Mesmo com a mudança através do acréscimo do y, era exatamente o que o estudante fora para o docente naquele momento, a luz que iluminara sua mente, que lhe proporcionara a claridade suficiente para evitar um vexame mais demorado. Fora sua verdadeira salvação.

Daquela vez, o professor não se preocupou tanto com seu estranho distúrbio. Poderia ser apenas um pane no seu sistema de memória, ele pensou. Algo do tipo poderia acontecer com qualquer pessoa. Esquecer uma fórmula de vez em quando era extremamente comum. Verdade que, ultimamente, sua memória devia estar lhe pregando peça, pois quando voltava a estudar Física do ensino superior, já não conseguia se lembrar das equações mais complexas. Sempre precisava rever as fórmulas no livro antes de resolver um problema. E até as leis mais simples pareciam fugir da mente, esvaindo para fora do seu pensamento. Esquecer uma equação simples e curta como a Segunda Lei de Newton, no entanto, usada com bastante frequência, era de se surpreender. Mesmo assim, não deveria ser algo para se assustar e não voltaria a acontecer outra vez, ele tentou consolar a si mesmo.

Porém, veio a descobrir que voltaria sim a acontecer, e por muito mais vezes.

As falhas mentais aumentaram em frequência e duração. Ele passou a se esquecer de equações grandes e pequenas, simples e complexas. O professor ainda conseguia lecionar pelo fato de não se tratar de um esquecimento permanente. Pelo menos, ainda não. Embora a duração de suas paradas mentais se tornasse mais longa a cada dia, a maior parte voltava depois de algumas horas ou dias. Além disso, ele não compreendia o motivo de esquecer equações com facilidade, enquanto não ocorria o mesmo com outras lembranças. Era como se existisse um padrão seletivo em sua memória, atrelado à área específica do raciocínio lógico ou da linguagem simbólica.

Ainda assim, era um verdadeiro incômodo e colocava em risco sua capacidade de prosseguir como professor. Não era nada conveniente ter que, de vez em quando, parar uma aula simplesmente porque não se lembrava da equação a ser utilizada. Sem contar que os alunos não entenderiam sua situação e poderiam imaginar que ele pudesse estar enrolando aula. E mesmo que os estudantes não pensassem desse modo, com o tempo suas falhas mentais se tornariam um prejuízo para todas as turmas. Ele não achava que era justo os discentes se prejudicarem pelo simples fato de um professor não conseguir manter a mente intacta o suficiente para prosseguir com uma aula sem interrupções.

E tudo ficou ainda mais preocupante quando os lapsos de memória começaram a se intensificar, fugindo totalmente ao seu controle. Às vezes, quando preparava o pincel para escrever a fórmula no quadro, um branco cegante se estendia ao redor de sua mente, não o permitindo ter acesso às mais básicas informações sobre o tópico em estudo. Errar um cálculo ou deixar de escrever um passo do algoritmo de resolução de um problema era tão normal quanto frequente. Ele já cometera diversos erros desse tipo. Mas esquecer uma fórmula, como se nunca a tivesse visto antes, era fora do comum. Além de ser uma sensação muito estranha. Quando ocorria o lapso, o docente se sentia como alguém dominado pela rudeza, tão estúpido quanto uma pessoa que nunca chegou a estudar nada sobre determinada lei física. E com o sentimento de ser a criatura mais rude do mundo durante certo tempo, o pânico também vinha lhe estrangular momentaneamente. E tudo ficava ainda pior quando ele se encontrava diante de uma turma de alunos.

Então, à medida em que suas falhas de memória se intensificavam, ele começou a se inquietar. Não conseguia se imaginar estacando no meio de uma equação sem saber para onde correr e na frente de uma turma inteira a lhe observar, intrigada, ciente de que o professor não poderia falhar em momento algum. Não querendo mencionar seu problema para ninguém, como sempre, o docente tentou encontrar estratégias que o possibilitasse se esquivar de uma situação mais constrangedora. Ponderou que a melhor opção seria resolver menos questões no quadro, resumir ao extremo suas notas escritas e, por fim, colocar os próprios alunos para responderem a maior parte dos exercícios propostos pelo livro didático. Assim, ele poderia evitar um constrangimento em plena sala de aula.

Sua estratégia não teria como dar certo sempre, como o professor, lamentavelmente, descobriria meses depois. A perda de memória continuou sem dar trégua, o atormentando em casa e na escola, quando estava sozinho em sua mesa de estudo ou na companhia dos estudantes numa sala de aula. Não havia lugar nem momento definido para que sua mente se apagasse. Acontecia subitamente, sem aviso prévio, como se, de modo repentino, um interruptor fosse acionado, desligando todo o sistema. E quando apagava, era como se todo o conteúdo de seu pensamento fosse deletado. Portanto, era inútil uma busca no seu HD interno e a tentativa de relembrar algo se tornava uma luta em vão.

Então, foi quando um lapso de memória o traiu novamente numa segunda-feira, quando lecionava na turma do segundo ano B, a sala da Tália e Briela. Após explanar sobre o conceito de máquina térmica e seu rendimento, uma Tália estudiosa pediu para o docente esclarecer a relação de tais termos com o Princípio de Conservação da Energia. Ambos os conceitos estão intimamente relacionados e a máquina térmica é um exemplo claro de que a energia se conserva. Seu funcionamento deixa evidente a impossibilidade de se construir um moto-perpétuo, uma máquina que funcionaria eternamente, utilizando a energia do seu próprio movimento. Em resumo, não é possível se criar energia a partir do nada.

Empolgado com o pedido de sua mais que dedicada aluna, e esquecendo de seu distúrbio por um instante, o professor se voltou para o quadro com o intuito de elucidar a tão fundamental relação termodinâmica. Ele deu início à escrita da equação para a Primeira Lei da Termodinâmica, mas não conseguiu completá-la. Estacou no meio do caminho, no símbolo de igualdade, não conseguindo prosseguir por mais nenhum único passo sequer. Tudo se apagou de repente, seu pensamento se convertendo em um branco indistinto, como se cada símbolo ou fórmula conhecida tivesse sido deletado de sua memória. E naquele momento, como ele desejou que lhe sobrasse pelo menos um retalho mental! Porém, por mais intenso que fosse seu desejo, nada ficou, tudo se esvaiu, como se nunca tivesse fixado uma única fórmula no cérebro.

Diferentemente do que acontecia antes, quando esquecia um ou dois termos de um modelo matemático, dessa vez a equação desapareceu quase por completo da sua mente, como água sendo sugada por uma esponja ou sumindo em meio à areia seca. E quando olhou para o que já havia escrito, somente a variação de uma grandeza e uma igualdade, não conseguiu reconhecer o seu significado. O preceptor deu uma pausa e tentou se lembrar da fórmula, enquanto se apoiava no quadro. Porém, nada apareceu no pensamento para que ele pudesse salvar-se a si mesmo. A mente travou e o branco cresceu e se espalhou em sua cabeça como gás venenoso, levando embora tudo que se relacionava com o Princípio de Conservação da Energia. Os segundos correram com rapidez impressionante, aumentando a tensão em seus músculos, os nervos querendo ceder. O pânico começou a estremecer seu corpo, uma insegurança tomando conta de cada um de seus membros. O constrangimento cresceu e o sacudiu como uma folha seca ao vento.

Ao contrário do que ocorrera na turma do primeiro ano tempos atrás, ninguém veio em sua salvação. Nenhum estudante teve a ousadia ou ingenuidade de um Rayel. E o docente não os culpava por isso, pois os mesmos não tinham tal obrigação. Talvez estivessem tão incapazes de reagir quanto ele. Simplesmente o olhavam boquiabertos, sem terem uma noção clara do que estava acontecendo. Era a primeira vez que um lapso mental mais demorado se manifestava numa aula do segundo ano. Nas outras diversas vezes que passara por isso na turma da Tália, a falta de memória fora mais branda e sumira em questão de poucos segundos, permitindo que o professor colocasse em prática uma de suas estratégias.

Dessa vez, no entanto, o baque fora maior. E por ser a primeira vez em que sua memória falhava de modo tão perceptível, o pânico lhe veio tirar o sossego tão logo a mente apagara. Um suor frio brotou da testa e os olhos vacilaram, querendo ceder à insinuação de duas lágrimas mais apressadas. Felizmente, após um formidável esforço, o preceptor conseguiu evitar que elas saíssem por completo. O pouco que escapou em cada olho, ele o enxugou com o nó do dedo indicador direito. Entretanto, os sinais de que as lágrimas pretendiam iniciar um choro ficaram marcados na base dos olhos. E isso o deixou ainda mais inseguro e constrangido. Não podendo mais segurar o medo de um vexame, o professor desabou, entregou as rédeas, simplesmente desistiu de esperar a memória voltar. Pois ela não retornaria enquanto ele estivesse ali pregado ao quadro.

Pela quantidade de vezes em que sofrera com tais falhas mentais, e pelo tempo que isso lhe tirava o sossego, o professor sabia que era inútil lutar contra seu distúrbio. E a sua situação não melhoraria se se virasse para o birô e procurasse pela equação no livro didático, tendo que voltar muitas páginas atrás. Também não queria admitir para a turma que havia esquecido completamente a fórmula da Primeira Lei da Termodinâmica. Equação essa que o preceptor reclamara com muitos alunos por não empreenderem um esforço maior para memorizá-la. Não vinha ao pensamento nenhuma estratégia para ser usada e que pudesse lhe tirar daquele sufoco. Não podia, nem conseguia, iniciar qualquer ação neste sentido. Não desta vez.

Finalmente, o pincel cansou de esperar o movimento da mão. Nada mais seria escrito no quadro até o final da aula. Era mais simples admitir a derrota e procurar a melhor forma de se esquivar para fora da sala, se fosse ou não possível encontrar uma justificativa. Ponderando sobre suas opções, não sobrou outra alternativa ao professor a não ser interromper a explicação do conteúdo e abandonar a turma, vinte minutos antes de finalizar a aula de Física. A Tália ainda chegou a perguntar se o docente estava com algum problema e que poderia deixar aquela explicação específica para depois. A resposta saiu como uma confissão de que ele não conseguia se lembrar daquela fórmula, por mais simples que fosse:

— Pessoal, não estou em condições de finalizar a aula. Preciso sair. Depois a gente continua.

Foi somente o que ele conseguiu dizer à turma, antes de abandoná-la.

Então, ao sair às pressas da sala de aula, o docente foi direto à diretoria, com o intuito de contar tudo que estava acontecendo e pedir um afastamento de suas atividades escolares ou requerer uma remoção. Se conseguisse os dois benefícios simultaneamente seria ainda melhor. O que não poderia, nem devia, era continuar fingindo que nada estava acontecendo e, além disso, permanecer na mesma instituição, tendo que ser salvo por um aluno de primeiro ano ou correndo da sala por não conseguir lembrar de uma simples equação. Ele não poderia permitir mais nada do tipo.

No momento, o diretor não se encontrava em seu gabinete. Então, o preceptor teve que se contentar com a sala dos professores, a qual, felizmente, encontrava-se vazia. Logo que entrou, organizou os materiais no armário, sentou-se numa cadeira ao canto da sala e aguardou, pensativo, abatido emocionalmente. Os nervos ainda se mantinham agitados pelo vexame que passara em frente à turma, em frente à Tália, Briela e todos os outros estudantes. Neste momento, ele pensou, melancólico, os alunos deviam estar ponderando sobre o quanto o professor de Física era despreparado. E este pensamento o fez baixar a cabeça, como um derrotado.

Não demorou para que alguém batesse à porta.

O professor não o conhecia antes dele chegar ao ensino médio, quase dois anos atrás. Nem de mau nem de bom. Simplesmente, nunca havia ouvido falar sobre aquele aluno. E se alguma vez escutara algo, esquecera de imediato, não guardando em sua memória nada sobre o tal jovem. Agora, porém, após vários meses de convívio e depois de muitas aulas, já era possível se saber um pouco sobre o estudante da quarta cadeira da primeira fila, colega de sala, e de intervalo, da Tália e Briela. E, a esta altura do andar da carruagem, o amigo que sentava atrás também não era mais uma incógnita. Os dois sempre haviam estudado juntos, desde o infantil, o que explicava a forte amizade entre eles.

E pelo que o jovem da quarta cadeira se mostrara ser, desde a sua primeira aula de Física na turma, não era possível que o docente ainda não o conhecesse pela boca dos outros. Os mesmos lábios que espalham veneno no ouvido das pessoas, não conseguem cintilar verdades que são óbvias. A verdade era que, na época, ninguém lhe havia avisado que um aluno de raciocínio rápido e pensamento sofisticado estava naquela sala. Ainda assim, logo no primeiro encontro, o preceptor conseguiu ter um vislumbre do potencial que era aquele estudante. As perguntas que o mesmo formulara e as respostas que fornecera para a primeira tarefa deixava claro o nível de conhecimento do mesmo.

O professor não deixou de notar o talento que lhe aparecera. Era evidente o quanto o aluno absorvia uma explicação com a rapidez de alguém que já estaria estudando tópicos mais avançados de Física. No início, o docente percebeu o quanto o estudante parecia tímido e calado durante as aulas. No entanto, sempre que estava sozinho com o amigo, pelos corredores ou dentro da sala durante o intervalo, o garoto da quarta cadeira era muito conversador e alegre. Portanto, não havia dúvida de que o mesmo estava sempre atento à explicação, como se quisesse absorver cada detalhe do conteúdo abordado. Seu silêncio não devia ser nada além disso mesmo, atenção, o preceptor conjecturara na época.

— Você pode vir aqui, professor? — uma vez o aluno havia pedido ao docente, durante a realização de uma olimpíada educacional, quando ainda estudava o segundo semestre do primeiro ano.

— Algum problema, Lian? — o docente indagara, aproximando-se da cadeira do estudante. Embora gostasse, algumas vezes, de se referir ao aluno como o garoto da quarta cadeira da primeira fila, o preceptor sempre o chamava pelo seu nome verdadeiro. Era um nome que fazia jus à pessoa. Lian, *repleto de juventude*.

— Acho que essa questão está errada — o garoto apontara para o caderno de perguntas, com sua calma característica.

O preceptor lera o enunciado da questão, conferira os dados fornecidos, analisara a figura e percebera que realmente a pergunta era inconsistente. Aparentemente, era a questão mais difícil e sofisticada da prova. No entanto, estava errada. O que parecia ser um teste para avaliar o conhecimento de um aluno mais avançado, acabara por se mostrar sem utilidade. Não havia como respondê-la com os dados e figura disponíveis. E um aluno de primeiro ano, com apenas um semestre de ensino médio encontrara o erro.

— Realmente, a questão está errada e, sem dúvida, será anulada — o professor garantira ao estudante.

Quando o gabarito oficial saíra, estava lá, a dita questão havia sido anulada. Aquele fora apenas um episódio fora do comum que demonstrara como o jovem tinha um nível de conhecimento além da média e um futuro promissor. Seu raciocínio não se comparava com o de qualquer estudante do ensino médio. Por isso, quando o docente conhecera o Rayel, agora o garoto da primeira cadeira da terceira fila, logo veio à mente a lembrança do Lian. Os dois eram semelhantes quanto a rapidez em absorver determinado conteúdo. Até mesmo os mais complexos.

Alguns meses após aquela prova, no entanto, percebeu-se um aumento na infrequência de um Lian que aparecia cada vez menos na escola. E suas faltas se tornaram ainda mais frequentes durante a realização das provas bimestrais finais, no final do primeiro ano. Quando as aulas voltaram no ano seguinte, ele ainda continuou faltando, embora apenas um ou dois dias por semana. O motivo? Um problema que enfrentava já há algum tempo e não queria compartilhar com ninguém da escola, exceto com seu próprio amigo.

Agora o Lian estava ali, ao redor do professor, juntamente com seu amigo, a Tália e a Briela. Gostariam de conversar com ele a respeito do que acabara de acontecer em sala de aula que o fizera estacar no meio de uma equação e sair muito apressado em seguida. Ainda não sabiam que a sua decisão era pedir um afastamento ou remoção. Decisão que tomara no caminho entre a sala de aula e o gabinete do diretor. Só não contava com a possibilidade de os alunos virem interromper sua mente perturbada no intervalo de espera pelo gestor. Ao ouvir a batida e o giro da maçaneta, levantou o olhar de imediato para ver quem era. Que fosse o diretor, ele desejou. Não era. Quando viu o rosto familiar da Briela aparecer na porta semiaberta, o docente se ergueu da cadeira e se encaminhou para atender seus alunos fora da sala.

— O que vocês desejam? — ele indagou, logo que chegaram numa parte mais isolada do corredor, sem se dirigir a nenhum dos quatro em específico. Apesar da fisionomia bastante abatida, falou com os estudantes como se nada demais tivesse acontecido momentos antes.

— Professor, estamos querendo saber o que realmente ocorreu na sala de aula e que o fez se retirar sem nos explicar direito qual era o seu problema — o amigo do Lian pediu, tendo a Tália ao seu lado direito e a Briela perto desta. O próprio Lian estava à esquerda do colega, um pouco mais afastado, embora muito atento ao que era dito.

— Você estacou no meio de uma anotação e ficou muito perturbado, como se algo tivesse lhe ocorrido de repente — a Tália complementou a fala do companheiro de sala, parecendo realmente preocupada.

— Depois da Segunda Lei de Newton, provavelmente a Primeira Lei da Termodinâmica seja a equação mais fácil do ensino médio, pois o que contém de mais complexo é uma subtração.

Ele começou a explicar, encarando os quatro alunos à sua frente, embora sua atenção estivesse mais concentrada no Lian. Este parecia impaciente ou agitado com algo, como se mais alguém estivesse próximo a ele e que lhe ficasse chamando o tempo todo. Enquanto um Lian prestava atenção à conversa real, uma outra versão dele parecia fazer parte de outro diálogo com alguma pessoa invisível ao seu lado. Era como se o Lian estivesse em duas dimensões, em dois mundos paralelos e vizinhos. E, aparentemente, o outro mundo não lhe era confortável. À medida em que se atentava à conversa, também tentava reprimir uma pessoa inexistente nas suas proximidades, alguém que devia estar apenas em sua mente. Porém, parecia-lhe tão real que o mesmo não conseguia se controlar, embora se esforçasse bastante para não demonstrar que conversava através de resmungos com uma pessoa do seu lado esquerdo. Para os colegas, aquela cena parecia normal, mas ao professor era uma prova de que seu aluno ainda não se recuperara de vez do problema que enfrentava há muitos meses.

— Eu esqueci uma fórmula que qualquer aluno consegue lembrar com facilidade — o docente voltou a falar, tirando os olhos do Lian por um momento e mirando os outros três estudantes.

— Qualquer pessoa pode esquecer uma equação de vez em quando e a qualquer momento, professor — uma Briela o interrompeu, sem colocar nenhum sorriso no rosto.

— Não, Briela, não é verdade — ele percebeu que os estudantes ainda não haviam entendido a gravidade da sua delicada situação. — Qualquer pessoa pode esquecer uma fórmula uma vez ou outra, mas volta a lembrá--la poucos segundos depois. E não a esquece por completo e tudo o mais relacionado à mesma. Eu, por outro lado, estou esquecendo uma ou outra fórmula a todo momento, desde o início do ano. Começou de modo gradual, mas se intensificou com o tempo e agora está cada vez mais sério. Esqueci a Segunda Lei de Newton na turma do primeiro ano A e só não passei o mesmo vexame de hoje porque o Rayel me salvou, na pressa dele de responder uma pergunta. Tudo relacionado a raciocínio lógico, cálculos, equações e definições mais precisas, tudo memorizado desde muito tempo, agora, do nada se apaga da minha mente, sem aviso prévio. De modo repentino, aparece um branco indistinto em meu pensamento e tudo some de vez, como se tal conhecimento nunca tivesse se fixado em minha memória.

— Tem a ver com a pancada que levou na cabeça, professor, quando foi atropelado pelo carro naquela época? — uma Tália perceptiva voltou a se manifestar, como se realmente soubesse do que estava falando.

Até então, ele não tinha se atentado para esse detalhe. E agora que ela havia lembrado sobre seu acidente, aquilo parecia mesmo fazer sentido. No entanto, era algo óbvio demais para ser verdade. Na época que fora parar no hospital, o médico que lhe dera alta havia descartado qualquer problema no sistema nervoso que pudesse ser consequência da pancada na cabeça. Tudo, inclusive o impacto do carro sobre a bike, foi atribuído à sua… Como fora mesmo que o doutor denominara? *Inanição induzida*. Até mesmo os exames de cabeça que deveria ter feito, por exigência médica, haviam sido todos cancelados, pois seu acidente era muito simples para que pudesse ter causado qualquer transtorno, por menor que fosse. O que a Tália acabava de mencionar fazia muito sentido, mas ele não poderia tirar nenhuma conclusão de modo precipitado. Na verdade, ainda estava perturbado demais para pensar sobre qualquer ponto de seu distúrbio, de cada retalho mental que ainda lhe restava.

— Não sei dizer, Tália — ele respondeu, pensativo, o olhar buscando o chão de vez em quando. Como era difícil encarar os olhos das pessoas em uma conversa! Era como se uma voz interior ficasse repetindo uma ordem o tempo todo: *desviar o olhar para manter o diálogo, desviar o olhar para manter o diálogo, desviar o olhar...* — O que posso dizer é que preciso pedir um afastamento do meu trabalho e talvez uma remoção da escola. Imediatamente.

— Não! — um Lian calmo, porém decidido, exclamou de repente, como se acordasse em sobressalto de um sonho. Os outros três concordaram com um balanço de cabeça. — Você não pode, professor. Não antes de terminarmos o ensino médio.

— É verdade, professor, você não pode pedir remoção nem afastamento — uma Briela ainda séria reforçou as palavras do colega de sala.

— Eles têm razão, professor — uma Tália apaziguadora completou, procurando a todo custo o seu olhar que insistia em descer ao chão. — Ainda temos o resto deste semestre e todo o terceiro ano para prepararmos o caminho para a faculdade. Uma troca de professor e a demora no processo de contratação de outro pode nos prejudicar nos conteúdos de Física.

— Você gostaria de conversar comigo, professor? — alguém atrás dos estudantes indagou. O diretor acabava de chegar e se dirigia ao seu gabinete.

— Vocês poderiam me dar um instante? — ele não queria mandar os alunos de volta para a sala sem concluir a conversa que estavam tendo, porém precisava realmente de um diálogo com o gestor. — Tenho que tratar de um assunto urgente com o diretor.

Então, ao mesmo tempo em que ele se dirigia à sala da diretoria, os quatro alunos caminhavam de volta para a sala de aula. Pareciam desanimados ao se afastarem, mas não insistiram na conversa. Conheciam o preceptor o suficiente para entenderem que cada decisão sua era sempre muito cautelosa. E se o mesmo dizia que precisava tomar uma atitude com urgência, eles não poderiam impedi-lo ou lhe pedir para fazer o contrário. Não tinham esse direito. Só precisavam aceitar aquilo pelo qual ele se decidisse, pois seu problema parecia realmente grave. Provavelmente, nem eles nem ele, talvez ninguém, poderia fazer nada para evitar o que estaria por vir. Tudo dependeria do bom senso.

Quando ele já abria a porta da diretoria, após o diretor lhe permitir a entrada, alguém no corredor o chamou a atenção com um *ei!* Era a Tália, que ficara um pouco para trás, propositalmente, deixando os colegas se irem sem ela. O semblante da aluna estava sério, mas afetuoso. A Tália resiliente, compreensiva, que sabia superar os percalços de uma vida mais do que atribulada; que conseguia encarar os mais diversos problemas e ainda guardar tudo para si. A Tália com uma maturidade do tamanho do mundo. Para os colegas poderia estar tudo bem, mas para ela ainda faltava algum detalhe para o fim daquela conversa. O docente não teve dúvida de que ela queria falar ou pedir algo. Então, ele estacou e se virou para ouvi-la.

— Eu sei o quanto está envergonhado, professor — ela disse, o forçando a manter um contato visual mais demorado. Ela sempre gostara de estudar o peso psicológico de uma postura corporal e, portanto, sabia o quanto significava olhar nos olhos de uma pessoa durante um diálogo. — E entendo perfeitamente sua preocupação em tomar uma decisão com urgência, pois acha que passou o maior vexame lá na sala — ela deu uma pausa quando o viu baixar as vistas. Um instante depois, quando ele voltou a encará-la, ela prosseguiu: — No entanto, não precisa se preocupar com isso. Nós entendemos sua situação e a turma inteira sabe que você estar passando por um problema sério. Além do mais, seu esquecimento não diz nada sobre o quanto você é preparado. Então, não precisa se afastar do seu cargo nem ir embora da escola. Ainda precisamos muito de você. Vá a um médico, faça uns exames, trate de seu problema. Mas fique com a gente. Tenho certeza de que tudo vai ficar bem. Pode fazer isso por nós, professor? Ou sua vergonha é grande o bastante para lhe deixar cego ao ponto de simplesmente nos abandonar?

— Alguém um dia lhe fez uma pergunta parecida com esta última — ele afirmou, desenhando nos lábios um sorriso alegre e sutil, a mão ainda na maçaneta da porta.

— É, fez sim — ela respondeu com outro sorriso delicado, a covinha se pronunciando na face. — Foi você.

— É, fui eu — ele mirou a maçaneta por um instante, pensativo, antes de voltar a falar: — Vou pensar na sua proposta.

— Obrigada, professor — ela agradeceu, o sorriso de contentamento permanecendo e se aprofundando. — Pense com carinho.

— Pode deixar.

Ele não sabia como, mas essa breve conversa lhe aliviou a tensão nos nervos.

— Obrigado, Tália — ele conseguiu agradecer, antes dela se retirar.

— Por nada, professor. Vai dar tudo certo!

— Vai dar certo sim!

Ela se encaminhou para reencontrar os colegas. Enquanto ele, precisava ter uma conversa séria com o diretor.

Era chegado o momento de colocar todas as cartas sobre a mesa.

O Transtorno

Ela estava participando da festa de formatura da turma da Kália como enviada especial. Tinha uma missão muito importante a cumprir: transmitir a mensagem do professor de Física aos concludentes, uma vez que o mesmo não estava em condições de se fazer presente ao evento. No exato momento, o docente estava a quilômetros de distância, dentro de um quarto de hospital, sedado sobre uma mesa de cirurgia, enfrentando o bisturi a retalhar seu crânio e a dissecar seu cérebro. Se não fosse por isso, agora ele estaria olhando para todos os formandos e talvez se lembrando de um em especial. Ela sabia o quanto o professor se afeiçoara à turma do Noan, bem como o quanto a morte deste deixara uma cicatriz indelével na mente daquele.

Agora ela estava ali, sentada na mesa dos docentes, ocupando a cadeira que seria do professor de Física. A mensagem estava impressa, descansando sobre o tecido branco decorativo, só esperando o momento de ser lida. Uma Tália acostumada a apresentar trabalhos em sala de aula, não sabia como reagiria à frente dos estudantes, familiares e autoridades presentes. Não seria difícil, ela pensou, uma vez que faria a leitura como estava escrita, sem nenhuma improvisação, sem tirar nem pôr, seguindo exatamente o texto que o preceptor a enviara em PDF pelo WhatsApp. E por ser uma mensagem, não havia lido previamente, pois queria que o conteúdo fosse uma surpresa para todos, incluindo para ela mesma. Portanto, a leria sem encarar ninguém nos olhos, simplesmente olhando para o papel.

Pelo protocolo da cerimônia, ela falaria por último, após o discurso das autoridades e do orador da turma. Ou melhor, da oradora. A sala do terceiro ano A propôs que a Kália deveria ser a oradora. Durante a seleção, os alunos a escolheram por unanimidade. Ninguém foi contra sua indicação, assim como sempre ocorreu em sala, quando era escolhida incontestavelmente para ser a líder da turma. Todos reconheciam a sua popularidade diante dos colegas e, portanto, seria a pessoa ideal. A sala inteira também sabia o quanto isso significava para a própria Kália, uma vez que estaria discursando com a lembrança do seu melhor amigo. Este, se estivesse vivo, estaria sentado junto aos demais estudantes, conservando na mente um sonho de se tornar um grande profissional. Na organização dos lugares dos formandos, uma cadeira extra foi colocada, a pedido da turma, para representar o concludente que não conseguiu chegar até o final do percurso. A mesma se manteria vazia até o fim da cerimônia.

Após o discurso técnico do núcleo gestor, a Kália foi chamada ao púlpito para fazer seu discurso como oradora, em meio ao som dos aplausos. Enquanto esta preparava sua fala, a Tália lembrou de algo engraçado. Se o professor estivesse presente, estaria lhe sussurrando ao ouvido sobre a sequência correta da cerimônia de término de curso.

— A entrega de certificado é para ser antes da fala do orador da turma — ele diria, com um pouco de sarcasmo e criticidade refinada. — O orador deve fazer o discurso como alguém diplomado. Portanto, deveria fazer sua fala após receber a honraria do certificado.

— Boa noite a todos — em meio a pensamentos, ela ouviu a voz da Kália soar no autofalante, recebendo a atenção de cada pessoa presente no evento. — Gostaria de cumprimentar as autoridades, o núcleo gestor, o corpo docente, os pais, familiares e amigos, e finalmente os concludentes. Esta noite é muito importante para todos nós. E em especial, para nós alunos, pois estamos encerrando mais um ciclo de nossas vidas e iniciando outro.

Uma Kália visivelmente firme prosseguiu com sua fala, destacando os pontos mais relevantes da vida durante o ensino médio, agradecendo aos professores pelo apoio e aprendizado. Citou os pais e familiares pelo sacrifício em casa enquanto os filhos estudavam. Lembrou o quanto o Noan fizera falta na turma e como o mesmo conseguia ser amigo de todo mundo, pertencesse à sua sala ou não. Em seguida, prosseguiu com um agradecimento especial ao professor de Física, que desde o primeiro ano tinha mantido uma relação amigável com todos os alunos e, ainda que se tratando de um problema mental sério, não abandonara a turma. Nesses dois momentos, quando se referiu ao Noan e ao docente, uma Kália emocionada teve que resistir à subida de um nó pela garganta. Mesmo assim, após duas breves pausas para se recompor, finalizou seu discurso agradecendo pela atenção.

Imediatamente após a fala da oradora, o barulho de palmas correu por todo o espaço, vindo principalmente da ala dos estudantes. Fora um discurso breve, mas objetivo e emocionante, repassando exatamente o pensamento da turma. Uma Kália contente e certa de que cumprira sua missão voltou para receber o cumprimento dos colegas. Muitos destes não puderam resistir a vinda de uma ou duas lágrimas quando a abraçaram. A própria Kália não foi dura o bastante para evitar que sua maquiagem viesse a borrar.

Quando os aplausos se abrandaram, o mestre de cerimônias tomou a palavra para dar prosseguimento ao protocolo do evento. Sabendo que seria a próxima a falar, ela recolheu o texto da mesa e aguardou seu nome ser chamado ao microfone. Um sentimento quase de preocupação correu pela sua espinha quando a lembrança do professor lhe veio à mente. Não estava nervosa para a leitura, mas talvez apreensiva com o destino do docente. *Vai dar certo!* Ela exclamou, mentalmente. O mantra que sempre lhe trazia paz, calma e a garantia de que tudo ficaria bem.

— Agora vamos passar a palavra à estudante Tália, do segundo ano — ela ouviu o mestre de cerimônias anunciar seu nome. — A Tália tem uma mensagem enviada pelo professor de Física aos concludentes, uma vez que não foi possível o mesmo estar presente nesta colação de grau.

Ela aproveitou o som das palmas de acolhida para levantar da mesa e se dirigir à tribuna. Caminhou com postura ereta e altiva, mantendo passos cadenciados, um pé sempre à frente do outro; o vestido preto longo proporcionando uma elegância majestosa; o salto fornecendo um realce extra e imponente ao caminhar; o mantra *vai dar certo* se repetindo no pensamento. Ninguém deixou de notar sua presença e elegância, como se a própria Tália fosse uma concludente. Se tinha algo que ela conservava como hobby e ninguém sabia era estudar postura corporal e estilo de roupa. Era uma de suas paixões, quase um vício. Durante os seminários de Física, ela sempre estava atenta às orientações do professor sobre a importância e poder do modo de como se portar diante de uma plateia.

— Uma boa postura diante das pessoas faz o espectador fixar o olhar em você e compreender o que está sendo exposto numa apresentação — o preceptor dissera uma vez. Ou mais de uma, embora ela tenha aprendido logo na primeira vez. — O primeiro argumento, e o mais convincente, é aquele que se expressa através do corpo.

Quando chegou à tribuna, ela descansou o texto sobre o púlpito e retirou o clipe que prendia as folhas de papel. Além do conteúdo propriamente dito, digitado e impresso em tamanho grande para facilitar a leitura, a mensagem continha uma página inicial com o título: *mensagem do professor de Física aos concludentes*. Mais abaixo na folha, o nome do docente. Uma Tália metódica retirou a primeira folha com a mão esquerda e a pôs do lado, expondo a primeira página de texto. Então, com a mão direita, ajustou o microfone à altura dos lábios e deu início ao discurso.

— Boa noite a todos — sua voz se fez soar no autofalante, com dicção impecável, quando leu os cumprimentos do professor. — Quero agradecer a presença dos concludentes, dos familiares e amigos, dos professores e das autoridades. Aos primeiros, acrescento um pedido de desculpa por não poder estar presente ao momento mais importante da vida estudantil de vocês. Provavelmente, neste exato instante o neurocirurgião está revirando os meus neurônios com um bisturi.

O primeiro entalo estrangulou sua garganta e as primeiras lágrimas vieram aos olhos da Kália e de outros colegas de sala. O último semestre do terceiro ano fora particularmente difícil. A turma teve que interromper as aulas de Física por diversas vezes porque o professor estacava no meio de uma equação, não conseguindo prosseguir com a explicação. Assim como também ocorrera na sala da Tália e em todas as que ele lecionava. Para a turma da Kália, no entanto, fora mais complicado por conta da necessária preparação para o vestibular e a pressão da secretaria de educação para se obter bons resultados a todo custo. Se não fosse a iniciativa dos estudantes em ajudar o professor, o mesmo teria sido exonerado por justa causa.

— Queria agradecer à turma por ter me proporcionado diversos momentos de descontração e aprendizado — ela voltou a ler, após alguns segundos de pausa. — Vocês me fizeram compreender ainda mais que a relação entre professor e aluno não é somente de ensino e aprendizagem, mas também de convívio saudável e construção de amizade verdadeira. Hoje, não me arrependo de ter recebido o afeto de todos vocês, inclusive de quem não teve como chegar até aqui.

A leitura prosseguiu com outros tantos agradecimentos do docente à turma da qual ele sempre esteve mais próximo. Também não faltou outros pedidos de desculpa, incluindo aquele relacionado às aulas precárias dos últimos meses. O texto citou o nome de cada estudante, individualmente, mencionando uma característica específica de cada um. Até mesmo os mais indisciplinados tiveram a oportunidade de ouvirem um elogio sobre uma boa qualidade que nem sabiam possuir. E todos, ao ouvirem a menção de seus nomes, não conseguiram evitar um instante de emoção.

— Nunca tinha lecionado alguém tão esforçado e com tanta vontade de aprender quanto a Kália — a voz do preceptor se fez ouvir através dos lábios de uma Tália agora outra vez firme na leitura. — Você me fez sempre estudar um pouco mais para responder suas perguntas mais do que interessantes. Por isso peço desculpa pelos muitos questionamentos que ficaram sem resposta nas últimas aulas. Se não os respondi foi porque minha memória não me permitiu. Também quero lhe agradecer pelo apoio emocional em um dos piores momentos que tivemos de partilhar um com o outro e pelos valiosos conselhos que me proporcionou. Muito obrigado, Kália.

Uma Kália emocionada tentava, sem sucesso, limpar as lágrimas que não se intimidavam e insistiam em descer pelo rosto, borrando a maquiagem por completo. Porém, a parte mais dolorida do discurso ainda estava por vir. A Tália respirou fundo antes de iniciar a leitura do parágrafo sobre o Noan. A Kália fez o mesmo, embora soubesse que não iria se aguentar sem soluçar. E se esta olhasse para trás, poderia enxergar cada um de seus colegas desabando emocionalmente quando o nome do amigo foi mencionado.

— Sua partida ocorreu cedo demais — uma Tália com um nó na garganta conseguiu ler. O texto se referia à morte prematura do Noan. — E hoje, quase dois anos depois, ainda não fui capaz de entender ou esquecer o que aconteceu. E talvez nunca venha a compreender direito. Meu distúrbio mental me deixou incapacitado para lembrar de fórmulas e cálculos, mas não tirou de minha memória a imagem do Noan. Isso mostra que a lembrança de alguém é mais indelével e duradoura do que qualquer equação. No entanto, embora nos tenha deixado saudade, o Noan também nos legou uma lição: é muito bom viver. E viver como se nos restasse somente um dia. Ele soube fazer isso, pois estava sempre pronto para o que a vida lhe mostrava a cada dia. E se ele estivesse aqui, diria que todos vocês são vencedores.

Um clima de comoção tomou conta da ala dos concludentes. Não era fácil lembrar da pessoa mais engajada e gente boa da sala, sem a ter por perto, e não lacrimejar. Uma Kália a soluçar estava visivelmente desestruturada. Seus colegas não estavam em melhores condições, embora alguns tentassem esconder o choro abaixando a cabeça. No espaço reservado aos familiares, uma mesa em particular estava toda em prantos. Os pais do Noan, e a irmã, não suportaram ouvir o nome do filho sem derramar fartas lágrimas. Assim como uma cadeira extra fora disponibilizada perto dos concludentes, a família do aluno querido também fora especialmente convidada para se fazer presente à cerimônia.

Finalmente, ela concluiu a leitura da mensagem. Quando o professor a encarregara de tal tarefa, ela não imaginava que terminaria tão emocionada. Embora não tenha tido a oportunidade de se aproximar do Noan e se tratasse apenas da leitura de um texto, comover-se com a lembrança do aluno mais querido da escola era algo inevitável. Até mesmo alguns professores sentiram um baque com a homenagem ao Noan. Estes, percebendo que os formandos estavam todos tomados pela emoção, iniciaram os aplausos de agradecimento à mensagem lida. Então, como uma onda, as palmas se propagaram e se intensificaram através de todas as mesas. Uma Tália com a mesma postura altiva retornou à sua cadeira, ciente de que sua missão em entregar a mensagem do docente estrava cumprida.

Restava saber se o neurocirurgião, e sua equipe, também havia cumprido a dele com o próprio professor. Porém, sobre isso, ela só ficaria sabendo depois, quando todas as lágrimas da festa de formatura já estivessem sido devidamente enxugadas.

Realizar o lanche dentro da sala de aula durante o intervalo acabou por virar um costume. Desde a época das calúnias e injúrias, quando a amiga Briela começou a lhe trazer o lanche na sua mesa, ela não mais voltou a lanchar no refeitório. Mesmo que tudo aquilo já tivesse sido superado e seus caluniadores esquecidos. No período em que sofria com seu distúrbio alimentar, continuou sem sair durante o intervalo, a não ser para ir ao bebedouro, banheiro ou resolver algo na biblioteca ou coordenação. Além disso, fazia um esforço gigantesco para a comida descer ao estômago e a Briela ou mais alguém não perceber que ela não estava bem. A sala de aula, desde então, era seu abrigo contra tudo e todos lá fora. A própria escola era seu refúgio, pois em casa estava ficando cada vez mais difícil de se esconder. Até mesmo seu próprio quarto já não lhe oferecia a proteção desejada.

E todos os dias, juntamente com a Briela, ela tinha a companhia do Lian e seu amigo. Os dois já realizavam o lanche dentro da sala desde sempre. Portanto, não demorou para que a Briela a convidasse para se aproximarem dos colegas. Estes, muito educados, não resistiram às companhias e aceitaram de boa a presença de ambas. Os quatro passaram a conversar bastante e em pouco tempo já haviam se tornado mais do que meramente quatro colegas de turma. Era o *quarteto do intervalo*. Embora o Lian se mostrasse mais tímido, seu amigo era mais extrovertido e brincalhão, o que acabou por facilitar a amizade entre eles.

Então, quando o Lian começou a faltar às aulas, no final do primeiro ano, as duas amigas se sentiram no dever, e curiosidade, de descobrir o que estava acontecendo com o colega. No entanto, quando interrogado sobre o que se passava, o amigo não tinha como esclarecer tudo em detalhes. A pedido do próprio Lian, o colega havia sido orientado a não mencionar sobre o problema que ele estava enfrentando. Pelo menos por um tempo. No início, só o que o amigo podia informar era que o Lian lutava com um problema de saúde e que precisava ficar em casa por alguns dias. Tinha que ir ao médico constantemente e ainda ficava totalmente limitado quando uma crise mais séria lhe tomava o controle.

— E como fica o estudo dele, perdendo tantas aulas? — a Briela havia indagado à época, com preocupação.

— O Lian é muito inteligente — o amigo tinha informado, mesmo sabendo que a situação não era nada fácil. — Se ele passar duas horas concentrado nos estudos é capaz de absorver todo o conteúdo que passamos dias para aprender. A dificuldade maior é quando tem uma crise mais séria. Nesses momentos, ele fica incapacitado para realizar a mais simples tarefa que seja.

— Então, o problema dele não é físico, mas mental? — uma Tália com faro para ler nas entrelinhas, indagou, com a pretensão de descobrir algo a mais sem comprometer a promessa firmada pelo colega de sala e intervalo.

— Sim — o amigo concordou, ciente de que não estava falando demais. — Mas é muito mais complicado porque o mental compromete o físico. E como falei, durante uma crise mais grave, ele não consegue nem mesmo se alimentar sozinho.

O mesmo que contava à Tália e à Briela, o amigo não deixava de esclarecer ao professor de Física. Este, durante sua aula, enquanto os alunos se ocupavam em resolver uma questão proposta, ele se acercava da cadeira do aluno e perguntava sobre o estado do Lian. O estudante lhe dizia tudo que estava autorizado a dizer: que o Lian tinha ido ao médico e estava tentando levar a vida da forma mais normal possível. Com certeza, a Tália observadora conjecturou, o amigo contava ao preceptor muito mais detalhes sobre o caso do Lian em momentos e lugares mais propícios, onde não estava sob os olhares e ouvidos de mais gente. Da forma como agia, o docente deveria saber o que acontecia com o jovem da quarta cadeira da primeira fila. Pelo menos em parte.

Ela só veio a ter conhecimento da real gravidade do que o Lian passara, quando o mesmo voltou a controlar suas faltas, no início do segundo semestre do segundo ano. No mesmo período em que se recuperava do distúrbio alimentar e o professor intensificava sua falha de memória. O colega de intervalo passou dias sem aparecer à aula. Quando retornou, parecia mudado, como se fosse outra pessoa. Se era tímido, agora parecia muito mais taciturno. Se conversava pouco, dessa vez permaneceu quase toda a aula em silêncio. Apenas respondeu à chamada e, de vez em quando, trocava algumas poucas palavras com o amigo ou respondia uma pergunta do professor. E como se não bastasse, uma vez ou outra, olhava para o lado, como se escutasse ou conversasse com alguém invisível.

Dias depois, um outro Lian retornou às aulas, com um aspecto melhor, uma fisionomia menos abatida. Parecia mais animado, com mais vida, embora ainda conversasse com uma pessoa invisível que parecia estar sempre do lado, perturbando, puxando assunto. Ele tentava ignorar, mas o seu fantasma era insistente. Os colegas de sala perceberam tal comportamento, porém se mantiveram em silêncio. Provavelmente a maioria soubesse o que se passava, ela especulou, pois deviam ouvir conversas e boatos de rua. Ainda assim, não comentavam nada, talvez por respeito ou por falta de vontade mesmo.

— A gente pode se sentar com vocês? — a Briela perguntou, quando ambas se aproximaram dos dois estudantes, logo que a campainha tocou e os demais alunos se retiraram da sala.

— Sim — um Lian parecendo divagar, mas ainda assim alerta, concordou imediatamente, pondo um sorriso receptivo no rosto. Já se passara alguns dias desde a sua última visita à escola.

— Fiquem à vontade — o amigo completou, também mostrando um sorriso alegre, como se tudo estivesse bem. E realmente parecia estar. Pelo menos melhor do que antes.

— E aí, Lian, como você está? — ela se antecipou em perguntar, contente por poder conversar novamente com o colega após dias sem vê-lo.

— Estou bem — ele ainda parecia abatido e um tanto magro, embora não deixasse transparecer com facilidade. — Obrigado por perguntar — ele deu uma pausa, olhou discretamente para o lado, depois voltou a encará-la: — E você, como está indo? Tem estudado bastante?

— Eu estou ótima! — ela garantiu, sem precisar disfarçar um bem-estar, pois realmente estava muito melhor do que semanas atrás. Estava superando seu distúrbio alimentar e sim, voltara a estudar bastante. — Quanto aos estudos, estou tentando recuperar alguns conteúdos que acabei por não entender direito.

Na última parte havia um pouco de eufemismo, pois a verdadeira Tália não suportaria admitir que passara por uma situação extrema de saúde e que perdera muito conteúdo durante meses. Foram momentos difíceis nos quais ela pensou, sinceramente, que não haveria uma outra saída e que realmente chegaria a morrer. Entretanto, não era necessário partilhar seu sofrimento com ninguém. Muito menos com uma pessoa que estava imersa em dificuldades e enfrentava os próprios problemas. Não, ela não precisava falar de si mesma. Não era de seu feitio. O que realmente pretendia era saber em detalhes o que um Lian faltoso tinha para lhe contar.

— Você já pode compartilhar seu problema comigo e com a Tália — a Briela pediu, direta e sem rodeio, como era característico de seu comportamento, do seu modo de ser.

— Tenho certeza de que vocês já sabem de tudo — um Lian sorridente exclamou, com tranquilidade, embora de vez em quando tivesse de reprimir a pessoa invisível do lado.

— O que sabemos é que você enfrenta um problema de saúde e que precisa faltar às aulas por diversas vezes — a Tália esclareceu, antes da Briela voltar a falar.

— Vai lá, Lian, conta para elas! — o amigo o incentivou a relatar seu pesadelo, sua vida perturbada, sua mente em devaneios, sua insanidade, seus retalhos mentais.

Então, sem esconder mais nada, o Lian lhes contou tudo que havia acontecido. Desde o começo. O transtorno mental pelo qual fora acometido, as crises que o impediam de realizar até mesmo atividades simples, como se alimentar sozinho ou se concentrar nos estudos, as muitas consultas pelas quais teve que passar e, finalmente, o diagnóstico e início do tratamento. O distúrbio? TOC, Transtorno Obsessivo-Compulsivo. Em alto grau, incapacitante, beirando à loucura, corroendo a mente como uma criatura insana e devoradora de neurônios.

— Não consigo lembrar de quando tudo começou — um Lian calmo e paciente tentou explicar. — Porém, parece que o tal transtorno me acomete desde criança, embora na época não soubesse do que se tratava. Até porque ninguém da minha família conseguiu perceber nada de anormal em meu comportamento e, por isso mesmo, não soube procurar o médico. Tudo se iniciou com simples divagações. Pelo menos até onde consigo lembrar. Como se minha mente estivesse a funcionar em looping. Antes de dormir, não tinha certeza se todas as portas já estavam fechadas ou se havia vedado a válvula do fogão. Esses pensamentos me ocorriam embora fosse eu mesmo que fechara cada porta e janela e não tivesse usado o fogão a gás. Após realizar uma primeira verificação, a minha mente mandava retornar e se certificar de que tudo estava em ordem, uma, duas, três vezes.

Percebendo que tinha a atenção total das duas colegas, ele prosseguiu com o relato de seu distúrbio, omitindo alguns detalhes para que a história não se prolongasse em demasia. À medida em que o tempo passava, as crises de pensamento intrusivo começaram a se intensificar, embora de modo gradual. Chegou ao ponto de desviar completamente a sua atenção de qualquer assunto mais relevante e corriqueiro para se concentrar em verdadeiras paranoias. Começou a imaginar que machucava as pessoas só com o pensamento ou que matava o próprio pai durante o sono. Os pensamentos degradantes se tornaram cada vez mais frequentes e dominantes.

— No fim do ano passado, tudo começou a desandar de vez — o Lian prosseguiu, baixando a cabeça por um instante, reprimindo a pessoa invisível que lhe parecia chamar a todo momento. — Quando as divagações se intensificaram até atingir um limite insuportável, durante o período das provas bimestrais finais, não teve mais como não se notar o problema. Nem como escondê-lo. Na verdade, eu tinha perdido totalmente o controle de minha mente. Já não sabia mais o que estava fazendo ou como deveria proceder. Tudo se convertera em pura fantasia.

O jovem promissor ficou limitado aos seus sentimentos mais internos, como se nada de fora fosse capaz de lhe fazer mudar o pensamento. Como se uma voz interior ditasse tudo que ele deveria realizar. Começou a imaginar coisas terríveis, ver monstro em tudo que estava à sua frente, pensar sobre ações violentas e fantasiar um mundo que não existia, paralelo ao mundo real. E nesse mundo inexistente, ilusório, também tinha pessoas invisíveis que insistiam em conversar com ele, resmungando porcaria de todo tipo ao seu ouvido. A todo momento, ele pressentia alguém do lado, clamando por uma atitude mais altiva, enchendo sua mente com os assuntos mais pessimistas que se podia imaginar.

— Até parece que estou inventando toda esta história, mas os meus pensamentos intrusivos se tornaram cada vez mais insistentes, intensos e conflituosos — ele olhou para o amigo, depois se voltou para as colegas de sala. Estas tinham a atenção toda para ele, como se não quisessem perder uma única palavra do relato. — Nos momentos mais dramáticos, eu tentava negar aqueles pensamentos ruins balançando a cabeça para a esquerda e para a direita, como um louco, chegando mesmo a batê-la contra a parede ou a esmurrá-la com ambos os punhos, um de cada lado. Como eu conseguia pensar em ações tão ruins? Eu me perguntava, em silêncio. Então, o sentimento de culpa aumentava e era tudo muito angustiante. O único sossego que tinha era quando adormecia, mesmo com dificuldade para conseguir dormir. Porém, ao despertar, a perturbação se reiniciava e os pensamentos intrusivos e obsessivos retornavam. E até a mais simples tarefa se tornava conflituosa: escovar os dentes, comer, vestir-se, tomar banho, beber água. Tentava interromper ou desfazer o que havia feito. Chegava a se livrar de uma roupa que tinha acabado de vestir; cuspia comida mastigada, pronta para engolir; derramava água do copo, o enchia outra vez e voltava a derramar. Era um looping mental atrás do outro, como se as engrenagens do meu pensamento estivessem com defeito ou fora de sincronia.

Após ter seu problema erroneamente relacionado a diversas crendices, a ajuda da medicina legal veio lhe oferecer um pouco de conforto. No início, ele foi levado ao psicólogo, porém este não o ajudou em nada. Aquelas perguntas muito diretas não deixaram o Lian à vontade para revelar sua versão mais profunda, pois o mesmo a via como vergonhosa e sombria. A terapia de grupo não teve melhor resultado. Se o Lian não queria confidenciar seus pensamentos para um único psicólogo, contar o que tinha na mente para mais pessoas estava fora de questão. Equivocadamente, a diagnose do psicólogo o declarou como um paciente depressivo. No entanto, como era de se esperar, o tratamento com antidepressivo não resolveu o problema. Era como se tivesse ingerido placebo.

Quando foi levado ao psiquiatra, o diagnóstico se mostrou mais correto. Foi quando o Lian descobriu que, desde pequeno, portava um distúrbio mental agressivo, o Transtorno Obsessivo-Compulsivo. Ou TOC. Então, tudo ficou mais claro. Além da abordagem diferenciada conduzida pelo psiquiatra, o qual o incentivava a enfrentar os pensamentos intrusivos e conflituosos, os remédios prescritos começaram a surtir efeito logo nos primeiros dias de tratamento. Os medicamentos passaram a manter uma concentração adequada de serotonina, enquanto as sessões com o psiquiatra o ajudavam a manter o controle mental. Mesmo assim, pelo tratamento ser de longo prazo, o mundo paralelo, fantasioso, imaginário, ainda o acompanharia por um bom tempo.

— Para vocês terem uma ideia do quanto tudo era muito grave, uma vez cheguei a tirar o Lian da rede contra sua vontade, chorando feito criança pequena e gritando *não, não, não!* — o amigo disse, proporcionando um instante de descanso a um Lian que lutava bravamente para reprimir alguém invisível ao seu lado. — Era quando os pensamentos intrusivos se intensificavam ao ponto de parecerem tão reais que ele precisava negá-los em voz alta.

— É verdade — um Lian sorridente encarou o amigo, como sinal de agradecimento, pois sabia o quanto o mesmo fora solidário e companheiro nos instantes mais sombrios de sua vida. — Não consigo lembrar do que fazia nesses momentos de crise mais intensa, mas depois minha mãe me contava tudo que se passava comigo. O que ele acaba de lhes dizer é a pura verdade. Um dia ele teve que me vestir a roupa e em outro momento chegou a colocar comida na minha boca.

Ela estava estarrecida com toda aquela história. Ao tirar os olhos do Lian por um segundo e olhar para a Briela, percebeu que a colega se mantinha em silêncio, boquiaberta, admirada, pasma. Não era possível que alguém fosse tão resiliente ao ponto de passar por todos esses problemas mentais e ainda continuar estudando. Pessoas desistem dos estudos por muito menos. Às vezes, simplesmente abandonam a escola por causa de um tédio injustificável, um caso bobo de *bullying*, por não conseguir entender determinado conteúdo ou por não gostar de um professor. Agora ela compreendia perfeitamente o que seu professor de Física lhe dissera uma vez, durante suas primeiras conversas:

— Tália, é preciso transformar cada dificuldade numa mola propulsora para superar as próprias adversidades. Ou se faz isso, ou se sucumbe diante dos obstáculos. Se não for capaz de converter um tropeço em caminhada, fica difícil ter o controle de uma vida que sempre terá empecilhos.

Ela estava simplesmente fascinada. Que relato encantador acabara de ouvir! Tinha certeza que aprenderia muito com o caso do Lian, uma vez que o mesmo parecia converter seu problema em propulsão pessoal. Era uma lição para o resto da vida. Um jovem com raciocínio acima da média acometido por um distúrbio mental impiedoso, degradante, agressivo ao extremo. E ainda assim, manter-se sereno, lutando com bravura contra a própria mente. A Tália que também precisou superar sérios problemas, pegou-se lembrando dos próprios momentos de dificuldade. É bom cuidar das próprias adversidades, pois os outros já as tem em quantidade suficiente.

— E como ficou os estudos perante tudo isso? — ela indagou, curiosa.

— Quando não estava sendo sufocado pelas crises, tentava me concentrar o máximo que conseguia para compensar o que perdera — ele esclareceu, lembrando dos vários dias que não compareceu às aulas por não ter condições de controlar o próprio ato de salivar. E como ele salivava! Muitas vezes tinha que cuspir no pé da parede da sala de aula, ao lado da própria cadeira.

— O tratamento é suficiente para você viver uma vida normal daqui para frente? — uma Briela ainda um pouco perplexa se permitiu perguntar.

— O processo será muito demorado — um Lian conformado explicou, convicto do quanto ainda teria de batalhar para voltar a ser alguém com um mínimo de normalidade comportamental. — O medicamento alivia a mente, mas não cura o distúrbio. Terei de conviver com isso para o resto de minha vida. Felizmente, se seguir o tratamento regularmente, poderei controlar os pensamentos intrusivos e as divagações, evitando recaídas, livrando a mente de cada looping angustiante. Por outro lado, vou ter que lutar contra meu mundo de fantasia ainda por um longo tempo, tendo que reprimir constantemente alguém invisível que parece falar ao meu ouvido, como vocês devem ter notado desde muito cedo.

As duas alunas confirmaram com um balançar de cabeça. Sim, elas haviam notado aquele comportamento anormal do Lian, a todo momento reprimindo um chamado que só ele mesmo conseguia ouvir. Entretanto, eram compreensivas o bastante para não se incomodarem com os resmungos do colega. Estavam mais preocupadas em conversar com ele e vê-lo retornar à aula devidamente recuperado. Os demais estudantes também pareciam não se importar com o tal modo de agir do Lian, uma vez que o tinham apenas como colega de sala. A maioria, simplesmente o ignorava, o que já facilitava em muito todo aquele processo.

— O professor de Física sabe de tudo isso? — ela não se permitiu guardar essa dúvida, pois sabia o quanto o Lian era querido pelo preceptor, desde a sua primeira aula. — Quero dizer: ele sabe pelo quanto de problemas você tem passado?

— A pedido do Lian, eu o mantinha informado, assim como aos demais docentes e à direção da escola — o amigo se deixou responder, percebendo que os outros alunos já retornavam à sala. A campainha estava prestes a tocar novamente.

— Alguns professores estavam muito preocupados com o meu problema, principalmente pela quantidade de faltas — o próprio Lian completou a fala do amigo. — Porém, nenhum deles podia fazer nada a respeito. Quanto ao professor de Física, como vocês bem sabem, luta contra seu próprio distúrbio mental.

— Então, vocês também perceberam que o professor não anda nada bem nas aulas? — uma Briela com semblante de surpresa indagou, dirigindo o olhar para ambos os colegas.

— Que em alguns momentos ele parece esquecer as devidas equações durante a resolução de um problema? — o amigo do Lian perguntou, retoricamente. — Sim, não pudemos deixar de notar. E pelo jeito se trata de um problema muito sério. Ele não fala nada sobre isso, mas deve estar se agravando mais a cada dia que passa.

— Não seria bom a gente tentar conversar com ele a respeito de tudo que estar passando? — o Lian sugeriu, antes que as duas colegas se levantassem para retornar às suas devidas cadeiras, pois a campainha acabava de soar o alarme, indicando o fim do intervalo.

As duas estudantes concordaram com a ideia, mas não puderam falar mais nada no momento, uma vez que a aula já estava para recomeçar. E não voltaram a discutir o assunto nos dias seguintes. Até que o incidente com a Primeira Lei da Termodinâmica explodiu em sala e os quatro colegas não hesitaram em conversar com o professor. Este, muito envergonhado no momento, e apreensivo para contar seu caso ao diretor, não conseguiu escutá-los o suficiente para abandonar a ideia de pedir afastamento ou requerer uma remoção para outra escola.

Então, coube à Tália, numa última tentativa desesperada, fazer um pedido especial ao preceptor. Felizmente, ele a ouviu com atenção e acabou por lhe prometer que pensaria na proposta que ela o lançara.

O professor, como era de sua personalidade ser rigoroso no que prometia a alguém, realmente pensou com carinho na proposta que ela o fizera, como havia ficado combinado. Durante a conversa que teve com o diretor, deixou tudo muito claro sobre o que estava ocorrendo e que o distúrbio que enfrentava estava se intensificando. Porém, não pediu afastamento nem remoção. Havia desistido da ideia no momento em que transpusera a porta da diretoria, logo que se despedira de sua aluna. Simplesmente pediu para que a escola tivesse um pouco de paciência e compreensão com o mesmo. Que a gestão entendesse os dias de atestado que ele pediria nas semanas seguintes, pois precisava ir ao médico com urgência e, provavelmente, por diversas vezes.

— Olá, professor — ela escreveu no WhatsApp, semanas após o docente iniciar sua longa lista de exames médicos. Estava cada vez mais difícil conversar pessoalmente com o preceptor. — Bom dia. Como você está?

— Cansado de psicólogo e psiquiatra — a resposta sarcástica indicava que ele estava bem, embora entediado com tantos consultórios e visitas ao hospital. Em seguida, apareceram vários *emojis* de gargalhada e outra mensagem de texto: — Na verdade, estou cansado de todo tipo de médico. Nunca fui tanto ao hospital. E tudo por uma simples queda de bicicleta. Tirando essa parte, estou bem. E você? Como estão os estudos?

— Estou bem, professor — ela voltou a escrever, tentando dizer pouco sobre ela mesma para que o docente falasse mais sobre como ele realmente estava. — Os estudos estão indo bem, embora com defasagem na disciplina de Física. Como sempre.

— É verdade. Nossas aulas estão mesmo muito irregulares, o que tem prejudicado bastante o aprendizado de todos vocês.

— Não estou me referindo às suas aulas, professor, mas à minha própria dificuldade em acompanhar o conteúdo de Física. Como você deve saber desde as suas primeiras aulas na minha sala, não tenho muita afinidade para com essa disciplina.

— Mas você já avançou bastante, Tália. E quando a gente retornar com regularidade à sala, vamos tentar recuperar o tempo perdido.

— Não precisa se preocupar com o retorno às aulas. Basta se cuidar direito. Como estão as consultas e os exames?

— Foi complicado e maçante no início, mas agora tenho um diagnóstico final e definitivo. Como sempre, o psicólogo me diagnosticou com depressão, convicto de que toda conduta estranha se resume a comportamento depressivo. O psiquiatra foi mais honesto e me encaminhou ao neurologista, reconhecendo que não tinha capacidade de formular uma diagnose para o meu caso. Falou que meu problema certamente surgiu com a pancada na cabeça, no dia do incidente com a bicicleta. Os exames nevrológicos, os quais deviam ter sido realizados na época e que foram cancelados pelo médico que me deu alta, confirmaram exatamente isso. O choque, embora pequeno, afetou a chamada *zona incerta*, região cerebral responsável, em parte, pela memória.

A Kália tinha razão, ela pensou. O professor realmente tinha problema com áudio no celular, pois preferia escrever um livro a ter que gravar uma mensagem no microfone. Felizmente, ele estava sendo muito objetivo, repassando em poucas frases tudo que acontecera no espaço de algumas semanas. Como não apareceu nenhuma outra mensagem na tela do celular, ela deduziu que ele concluíra sua fala. Então, curiosa em saber o que viria pela frente, ela resolveu perguntar:

— E o que acontece agora, professor?

— Craniotomia e estimulação da região cerebral afetada. E não se trata de uma simples recomendação médica, mas uma necessidade. É isso ou ter que perder a memória de vez. E como não pretendo ficar demente antes do tempo...

Ela não ficou chocada com a necessidade da cirurgia, embora soubesse que a realização de uma craniotomia significava remover parte da caixa craniana do paciente. Estava era perplexa por ter acertado em cheio sobre a causa do distúrbio do preceptor, no dia do incidente na sala de aula, quando o questionara se seu problema era devido à queda de bicicleta. Na ocasião, ele não soubera responder com segurança, pois estava se sentindo deprimido demais pelo ocorrido e mais preocupado em contar sobre sua situação ao diretor.

— Você poderia me fazer um favor, Tália — uma mensagem do preceptor surgiu de repente na tela do celular.

— Se estiver ao meu alcance, professor, pode ter certeza que farei.

— Minha cirurgia está marcada exatamente para o dia da formatura do terceiro ano. Portanto, não poderei estar presente ao evento. Por outro lado, devo muito àquela turma e, especialmente, à Kália. Ela conversou comigo em um dos momentos mais sombrios que já vivi, quando o Noan faleceu. Então, queria saber se você leria uma mensagem minha aos concludentes.

— Sem problema, professor. Seria uma honra.

— Já conversei sobre isso com o grupo gestor e a proposta foi aceita. Só pediram para que eu indicasse quem faria a leitura. E a pessoa ideal para tal missão é você.

— Pode ter certeza de que estou à sua disposição.

— Irei enviar o texto alguns dias antes da cerimônia para que você possa imprimi-lo e, caso queira, treinar a leitura.

— Não lerei antes, professor. Somente no dia. Para que a mensagem seja uma surpresa para mim também.

— Tudo bem. Assim, fica ainda melhor.

— Fico no aguardo, então.

O professor a agradeceu com um *muitíssimo obrigado* e um *emoji* de *legal*. Uma semana antes da festa de formatura, ela recebeu o PDF contendo a mensagem. Ela fez a impressão, mas não a leu, como havia prometido. Queria ouvir as palavras do docente se fazerem soar através dos próprios lábios e sentir a mesma emoção que as demais pessoas sentiriam no dia. E como havia previsto, no momento da leitura se emocionou tanto quanto os próprios concludentes.

Agora, duas semanas após aquela mensagem fazer as lágrimas molharem os olhos da turma de concludentes e outros presentes à cerimônia, ela estava apreensiva em seu quarto, esperando alguma notícia sobre o estado do professor. As férias de verão já estavam praticamente se encaminhando para a segunda metade e ela ainda não tinha feito nem um meio do que havia planejado. Logo as aulas retornariam e o terceiro ano do ensino médio iria lhe exigir muito esforço e dedicação. No entanto, ela estava muito curiosa em saber se a cirurgia do professor teria sido bem sucedida, uma vez que ninguém a informara nada após o fim das aulas.

Durante as férias, ela ficava isolada de todo mundo. Até mesmo a Briela sumia e as duas não mantinham nenhum contato. Em casa, a situação estava ficando pesada e ela previa que logo teria alguns problemas para resolver. Por enquanto, porém, não queria pensar em nada disso. Só esperava ser forte o bastante quando tudo começasse a virar de cabeça para baixo. Era só esperar, ela se convenceu, pois as catástrofes tardam, mas não faltam em sua vida. E pior, nunca avisam previamente. A tempestade sempre chega silenciosa. Por isso, ela estava convicta de que devia esperar com paciência e pronta para quando a bomba explodisse, mantendo seu mantra *vai dar certo* vivo na mente.

Então, a tela do celular se iluminou e apareceu uma mensagem do professor:

— Boa tarde, Tália. Passando só para dizer que estou me recuperando bem da cirurgia. Porém, se foi ou não bem-sucedida, ainda não é possível saber.

Era o bastante, por enquanto.

Ela mandou uma *boa tarde* de volta e um *que bom, professor*.

Que o terceiro ano fosse piedoso, ela desejou.

LIÇÃO IV

"Se uma fórmula é horrenda o suficiente para lhe colocar medo, então não pode ter esperança diante de uma vida repleta de equações não solucionáveis."

Estudar é um ato de rebeldia.

Aprender algo é se rebelar contra o sistema vigente, opressor, imutável. É o modo mais eficaz de lutar contra o status quo e gritar por mudança na estrutura social cristalizada. Por isso, a classe privilegiada batalha incansavelmente para que sua oponente se mantenha no nível mais baixo de intelectualidade, que não tenha acesso aos meios adequados de estudo. E se falta o conhecimento, também ficam ausentes a vontade e a organização de um movimento a favor da escalada social dos menos favorecidos.

A classe opressora usa de todos os meios à sua disposição para que a classe oprimida se convença de que não necessita de estudo ou que estudar é uma perda de tempo. Há muito que a luta dentro da pirâmide social deixou de usar a violência física para recorrer à capacidade que o cérebro tem de poder manipular outra mente. O método infalível de convencimento é mostrar receitas fáceis de como se conseguir muita riqueza sem nenhum esforço. São formas incoerentes, mas que acabam por conquistar justamente aqueles que não tiveram como se vacinar contra a mentira dos charlatães contemporâneos.

Portanto, as massas não podem, de forma alguma, cair na lábia de quem tenta vender a ideia de que o conhecimento é inútil e que pode ser desprezado. Assim como uma raposa não pode ser uma boa guardiã de galinhas, uma empresa privada não pode ser admitida como a cabeça pensante do processo de ensino-aprendizagem. Por isso, deve-se evitar cair no discurso barato do setor privado que almeja somente o lucro, tanto dentro do sistema educacional como na condução da própria filosofia de ensino do professor. Quando o setor econômico decide investir na educação, só tem dois objetivos: lucrar e solapar o conhecimento.

Então, um estudante é uma verdadeira ameaça àqueles que detém o poder, pois caminha na direção do topo, podendo galgar a hierarquia social sem ter que se humilhar aos ditos donos do sistema. E quando isso acontece, ele é visto como um perigo, o infiltrado que apavora os descendentes da classe que sempre esteve no patamar mais elevado. Por isso, um governo que representa a minoria privilegiada evita de qualquer forma construir qualquer mecanismo que possa facilitar a vida do estudante. Além, claro, de lutar para destruir todos os benefícios existentes. Assim, impõe restrições à liberdade de pensamento do corpo docente, fragiliza e minimiza a grade curricular, distorce a função da escola, joga a sociedade e o corpo discente contra o professor. No final, como arremate, faz um professor oprimir o próprio colega por meio de um cargo na gestão escolar.

E que fique bem claro: embora estudar não traga riqueza, por outro lado, pode conferir estabilidade no modo de pensar. Portanto, ser estudante é descobrir que o sistema não lhe aceita como representante de sua classe. Ser estudante é se tornar a mola propulsora de seu povo que sempre esteve no térreo ou subterrâneo social. É fazer a escalada na estrutura de poder sem precisar se envergonhar nem dever favor. Ser estudante é descobrir o conhecimento e usá-lo contra quem sempre tenta lhe manter no nível mais baixo da pirâmide social.

Ser estudante é se insurgir contra o sistema e mudar a ordem vigente.

TRANSMUTAÇÃO

A Mnemônica

Pelo semblante, a Tália parecia muito surpresa ou decepcionada com algo. Era como se não estivesse vendo o que esperava ver. Embora a porta do quarto de estudo do professor se encontrasse aberta, ela só percebeu a cadeira de rodas quando se aproximou da escrivaninha. Quem o observasse de longe, podia garantir que o mesmo estava sentado numa cadeira comum de escritório. Quando o viu de perto, ela sentiu o impacto da surpresa. Há duas semanas que o preceptor tinha que passar mais tempo na cadeira de rodas do que em qualquer outro assento. E agora, percebendo a estranheza no rosto de sua aluna, ele lembrou que não mencionara este detalhe na mensagem de texto que a enviara na tarde do dia anterior. A mesma mensagem que enviara para todos os seus alunos mais próximos.

— É isso que você chama de *se recuperando bem*, professor? — ela perguntou, desapontada, usando somente o olhar para apontar na direção da cadeira de rodas. Parecia zangada por não ter sido informada com minúcia.

— Pois é — ele não esperava que a Tália reagisse dessa forma quando o visse em seu real estado. Mesmo assim, o docente colocou um sorriso amistoso no rosto e a cumprimentou como se não estivesse acontecendo nada. — Esqueci de mencionar este pormenor na mensagem de ontem. Porém, quando disse que estava me recuperando bem, estava apenas usando os termos do médico. Queria dizer que os efeitos colaterais da medicação eram brandos e que não surgiu nenhum tipo de infecção ou rejeição aos medicamentos ou à cirurgia. Em se tratando do que tinha que ser feito pela equipe médica, tudo correu bem. Ontem tive o retorno para a retirada do curativo.

— Então, ficar preso a uma cadeira de rodas após uma cirurgia de cabeça não é mais considerado um efeito colateral nem algo para se preocupar?

— Não estou paralítico, Tália. Se é isso que você está pensando. A cadeira de rodas é uma recomendação médica. O doutor disse que eu sentiria minhas pernas dormentes e sem firmeza por semanas. Além disso, teria vertigens e tonturas de vez em quando, devido aos medicamentos e também ao pouco tempo desde a cirurgia. Logo estarei conseguindo andar de forma normal, mas preciso me manter na cadeira de rodas para prevenir uma queda a qualquer momento. As vertigens e tonturas podem acontecer de repente. Por isso a importância de ter alguém por perto ou passar a maior parte do tempo em uma cadeira de rodas.

— Isso significa que a operação foi um sucesso? — ela perguntou, parecendo mais calma e menos brava.

— O procedimento cirúrgico em si ocorreu de modo muito tranquilo. Tudo ficou dentro do protocolo operatório, sem nenhuma surpresa ou imprevisto. Se surtiu o efeito desejado ou não no problema para o qual deveria ser a cura, não é possível saber de imediato, segundo o médico. Ainda estou esquecendo algumas fórmulas e cálculos, mas o doutor disse que é normal não se voltar ao estado anterior à perda de memória em um tempo tão curto — o docente deu uma pausa para observar o semblante da estudante sempre atenta e depois tentou mudar de assunto: — Mas fique à vontade e me conte as novidades destas últimas semanas. Como estão as férias?

Ele fez um gesto com a mão direita para que ela se sentasse na cadeira vazia à sua frente. A mão esquerda, o preceptor usava para fechar o livro que estava lendo e colocá-lo do lado esquerdo da escrivaninha. Era o mesmo exemplar que consultara no dia do seu incidente com a bicicleta, sobre Eletromagnetismo. Ao seu lado direito, uma folha repleta de borrões indecifráveis e deselegantes dizia que ele estivera tentando escrever algumas equações, testando se voltara ao estado de quando conseguia resolver qualquer fórmula matemática. Os rabiscos deixavam claro que não.

— Você não acha que está indo rápido demais, professor? — ela o indagou, ao mesmo tempo em que se sentava e olhava para o manuscrito enigmático sobre a mesa do docente. — Quero dizer: ainda não é cedo demais para você está se aventurando em Física do ensino superior? Não devia estar se recuperando fisicamente para só depois intentar um esforço mental?

Ela não sabia se aquele livro era realmente do ensino superior, mas deduziu que fosse pela extensão e complexidade das equações. Eram fórmulas compridas e com símbolos que uma Tália que sempre teve dificuldade na disciplina de Física nunca tinha visto antes. E no momento, ela se lembrou, involuntariamente, da Primeira Lei da Termodinâmica. O preceptor não conseguira escrever aquela simples fórmula no quadro, quando de sua crise de perda de memória, meses atrás. Agora, encontrava-se diante de um livro com longas e estranhas equações, parecendo símbolos alienígenas. Isso, em menos de vinte e quatro horas após retirar o curativo da cabeça.

— Se uma fórmula é horrenda o suficiente para lhe colocar medo, então não pode ter esperança diante de uma vida repleta de equações não solucionáveis — o professor respondeu, com um leve sorriso no rosto.

— Se a cirurgia não lhe fez voltar a memória, o transmutou em um filósofo — uma Tália sorridente o interrompeu, mostrando o furinho na face, o sinal claro de que estava tudo bem. Quanto ao professor, não conseguiu evitar que uma gargalhada viesse à tona. Então, ela também sorriu com maior descontração.

— Não estou estudando, Tália. Apenas verificando se esse livro será ideal para testar o resultado da cirurgia daqui há alguns dias ou semanas. Se eu consegui dominar as fórmulas do ensino superior, as equações do ensino médio não serão um problema. Além do mais, não estou afastado do trabalho, apenas com uma licença que se finalizará em poucos dias. Portanto, logo terei que retornar às minhas atividades ou colocar um substituto.

— E os rabiscos no papel? — ela indagou, desconfiada, virando o olhar por um instante para a folha completamente riscada.

— Ah! — o professor teve um pequeno sobressalto, como se estivesse lembrando de algo. Ele pegou as folhas sobre o birô e as repassou à estudante. — Estou treinando minha caligrafia novamente. O médico disse que no início perderia um pouco a coordenação motora e que deveria rabiscar o máximo que pudesse. Então, aproveitei para treinar com as próprias equações. Preciso me alfabetizar outra vez.

Ela folheou as páginas manuscritas, passando a de cima para baixo e depois a seguinte. Conforme repassava para as folhas mais de baixo, a caligrafia piorava, mostrando que as mais recentes estavam com um melhor resultado, como se o treino estivesse realmente dando certo. O que ele dizia parecia fazer sentido, pois os traços eram deveras parecidos com as fórmulas do livro que o docente acabara de fechar. Só estavam um pouco disformes e tremidas, como se alguém com Mal de Parkinson tivesse realizado a escrita. Talvez o professor estivesse verdadeiramente bem, ela pensou. Ele não mentiria para ela, uma Tália confiante garantiu para si mesma. Além do mais, ainda se passara pouco tempo após a cirurgia, não sendo possível se esperar uma recuperação tão breve.

Ela devolveu os papéis e encarou o professor, como se exigisse uma explicação extra. Estava convencida, mas não satisfeita. Não iria embora sem ter certeza de que o docente ficaria bem e logo estivesse pronto para retornar à sala de aula. As férias terminariam em breve e o terceiro ano seria uma loucura de cobrança e provação para toda a sua turma. Ela mesma já não sabia dizer com certeza se suportaria tamanha pressão, fosse em casa, fosse na escola. Tudo parecia indicar que o último ano do ensino médio seria muito mais turbulento do que os dois primeiros. Ela esperava pelo menos não ter que trocar de professor na disciplina de Física.

O preceptor recebeu as folhas e as guardou embaixo do livro. Havia começado a rabiscar desde cedo, muito antes de sua aluna chegar para a visita. As equações do ensino superior eram melhores para treinar, ele havia se decidido, pois continham mais termos e maior diversidade de símbolos. Embora estivesse há horas tentando escrever aquelas fórmulas, a última página ainda não parecia conter letras e números humanos. Os traços retos saíam tortos e os circulares surgiam como retos. Ele não estava escondendo nada da Tália. Não conseguia se imaginar mentindo para ela. No entanto, estava convicto de que sua aluna dedicada e esforçada, esperava mais do que informações breves. Portanto, quando ele retornou o olhar para a estudante sentada à sua frente, não foi difícil entender que ainda tinha muito o que explicar.

— E o que acontece agora, professor? — ela perguntou, séria, esperançosa que ele lhe desse boas notícias. — Quanto tempo levará para você readquirir a estabilidade de sua memória e estar de volta às aulas?

— Isso é algo muito imprevisível, Tália. Pode ser que estarei recuperado já nos próximos dias, mas também poderá demorar semanas ou até meses. Tudo vai depender de como será minha atividade mental. Segundo a avaliação médica, eu tenho que treinar minha memória o máximo que puder. Talvez encontrar e usar algum tipo de mnemônica para recordar e fixar as fórmulas na mente outra vez. A *zona incerta*, a região afetada pela pancada na cabeça, é uma parte muito complexa do cérebro e de difícil acesso, pois tem uma localização central e profunda. Por isso, para acessá-la e estimulá-la, é necessário um procedimento muito mais invasivo do que nos demais locais. Além, é claro, de ser pouco conhecida, não sendo possível saber exatamente como funciona.

— E como você pretende proceder? Qual técnica planeja utilizar?

— Esse é exatamente o problema — o professor não queria admitir, mas estava preocupado com a possibilidade de existir algo estranho com sua mente, como se estivesse demorando muito tempo para recomeçar a lembrar de todas as equações que um dia fixara na cabeça. O médico havia garantido que tudo voltaria ao normal aos poucos, mas também exigira que o docente não esquecesse de treinar bastante a atividade mental através de técnicas mnemônicas. — Eu nunca utilizei tal ferramenta e não sei qual a mais eficaz. Normalmente, algumas pessoas usam aquilo que lembram com facilidade para servir de âncora para relembrar algo mais difícil. No meu caso, porém, isso se torna muito impraticável, uma vez que ainda tenho lembrança de poucas equações. Não posso usar algo que não consigo lembrar para acessar minha memória. Se eu tivesse as fórmulas do ensino médio memorizadas permanentemente, elas poderiam servir como âncora para as equações do ensino superior ou vice-versa. No entanto, como minha perda de memória é muito peculiar, surgindo de repente, não posso garantir a que momento ela surgirá nem o que desaparecerá da mente.

Ele finalizou sua fala e baixou a cabeça, tomando na mão direita uma caneta que se encontrava sobre a mesa. Pensou em rabiscar uma folha, mas de repente pareceu um pouco desanimado. Então, percebeu que estava novamente evitando olhar nos olhos de sua estudante. Perdia a lembrança de equações e números abruptamente e em grande quantidade, mas não perdia o hábito inconveniente de mudar o olhar quando falava com alguém. A mesma situação se repetia com a organização de objetos. Antes de guardar as folhas rabiscadas, ele as organizou com total perfeição e as alinhou simetricamente debaixo do livro.

O médico também não soubera lhe explicar direito o motivo de sua perda de memória ser totalmente seletiva e, ainda assim, esporádica, surgindo abruptamente, como um mal contato em um circuito elétrico. Seu caso não se parecia com um esquecimento comum ou com uma autêntica perda de memória, mas sim como um pane no sistema cerebral. Por que esquecia de equações, cálculos e números, mas não esquecia de pessoas, fatos, vivências? E por que tudo relacionado a padrões matemáticos desaparecia subitamente da sua cabeça e depois, mesmo após minutos, horas ou dias, voltava tudo outra vez, como se nunca houvesse sumido da sua mente? Nem ele nem o médico sabia dizer. A cirurgia foi realizada não porque seria uma garantia de que resolveria o problema, mas por ser o procedimento mais utilizado em casos de perda normal de memória, principalmente em pacientes com Mal de Alzheimer. A *zona incerta*, como o próprio nome deixa a entender, é desconhecida o bastante para não se ter nenhuma certeza sobre a eficácia de uma craniotomia para correção de memória.

— E por que você não tenta o processo inverso ao que todo mundo faz, passando a focar naquilo que ainda não sabe? — ele a ouviu perguntando, como se fosse um chamado para que levantasse a cabeça. O docente não sabia dizer se a Tália percebera sua queda abrupta de ânimo. Provavelmente, sim.

— Como assim? — o preceptor perguntou, surpreso, levantando o olhar para ela, esforçando-se ao máximo para não demonstrar o desalento que parecia querer tomar conta de sua mente. — Não estou entendendo.

— Todo mundo usa uma técnica mnemônica tentando lembrar daquilo que já conhecia antes de perder a memória. Por que você não parte justamente do que não tinha conhecimento antes de tudo vir a baixo? — ela deu uma pausa por um segundo, como se estivesse procurando uma melhor forma de explicar o que queria dizer. Depois, prosseguiu: — Estou me referindo à possibilidade de se concentrar no que você ainda não sabe ou não sabia antes do acidente. O que ainda não tem fixado na mente. Ou seja, você poderia analisar algo que nunca chegou a estudar, alguma nova equação ou princípio, por exemplo. Assim, ao mesmo tempo em que voltava a se lembrar das fórmulas que um dia fixou na cabeça, também passaria a renovar sua memória com lembranças inéditas, alimentando o cérebro com novos conhecimentos.

— Tipo tentar encontrar um conceito que eu ainda não conheço?

— Isso mesmo! Quem sabe até explicar algo numa equação que nunca ninguém tenha percebido.

— Parece realmente uma opção e uma ótima técnica — ele concordou, pousando a caneta sobre a mesa, mas sem ser abandonado pelo desalento. Se sentir inseguro lhe deixava sem o comando do pensamento, sem controle sobre o seu modo peculiar de pensar. Odiava quando isso acontecia. Estava recebendo conselho de uma aluna. Não poderia haver algo que lhe deixasse mais inseguro do que isso.

— Ainda estamos aqui, professor? — ela chamou outra vez, quando ele virou o rosto novamente para o lado, evitando encará-la nos olhos. — Você parece distante, como se não tivesse gostado do meu comentário sobre o modo de estudar.

— Sim, Tália, ainda estamos aqui! — o docente garantiu, desenhando um sorriso amistoso no rosto. — O que você propôs é, sem dúvida, muito interessante e viável. Talvez seja a melhor ou única alternativa que me resta — ele deu uma pausa para tentar fixar o olhar na aluna e depois continuou: — No entanto, acho que não tenho mais controle sobre mim mesmo, sobre meu pensamento. É como se tudo tivesse desandado, descarrilhado, perdido o rumo. Tudo que resta na minha cabeça são lapsos desorganizados, quando se trata de fórmulas, princípios, equações, cálculos. Nestes termos, minha mente aparenta estar rasgada em muitas fatias, um emaranhado caótico de retalhos mentais. E cada retalho mental parece frágil o bastante para se partir a qualquer momento.

— Talvez isso seja apenas preocupação com a possibilidade de não conseguir voltar a ser o que era antes, quando conseguia se lembrar de uma equação num pestanejar. Não devia pensar dessa forma, professor. Se o médico garantiu que tudo voltará ao normal, mesmo de forma lenta e gradual, não há com o que você se preocupar.

— Tália, não consigo nem mesmo me olhar de fora para dizer a mim mesmo alguma palavra de consolo e incentivo para seguir adiante. É como se meu cérebro não respondesse mais ao meu comando, como se eu tivesse sido abandonado por meu próprio pensamento.

— Por que você é tão bom em ajudar e confortar os outros com palavras, mas não consegue agir assim consigo mesmo? — ela não poderia deixar de fazer essa pergunta. Não para o professor que sempre se mostrara firme no modo de pensar, mas que agora parecia tomado por um esgotamento mental. Talvez o simples fato de se encontrar preso a uma cadeira de rodas, ela pensou, fosse suficiente para sugar o que ainda lhe restava de razão.

— Talvez seja da mesma forma que um médico não consegue curar a si mesmo — o docente tentou explicar, ainda sorrindo, como sinal de que estava tudo bem. — Porém, independentemente do que eu consiga realizar daqui para frente, você pode ter certeza de que sua dica de estudo será minha prioridade. Vou me concentrar justamente nisso, analisar o que eu nunca estudei. No final, se não conseguir voltar ao que era antes, terei pelo menos tentado. O único problema, se isso acontecer, é que você terá perdido o seu tempo comigo, um caso evidente de fracasso após uma queda de bicicleta. Você pode imaginar algo mais humilhante?

— O tempo é infinito, professor, como você mesmo me falou uma vez! — ela disse, sorrindo de volta para o docente, como garantia de que estava brincando, mas também falando sério. — Temos instantes suficientes para se perder à vontade, pois o tempo pode ser gasto abundantemente hoje e amanhã ele estará novinho de novo. Vamos, levante a cabeça, professor! Deixe sua mente enxergar aquilo que nunca teve que esquecer.

— Pois é o que preciso fazer e exatamente o que farei, Tália — o docente respondeu, animado, empolgado com a ideia de sua mais dedicada estudante, agora que a Kália havia concluído o ensino médio. As duas eram iguais em esforço, dedicação e vontade de crescer cada vez mais através do estudo. — E já sei justamente o que vou estudar.

— Sério, professor?! — ela se pegou indagando, surpresa e contente por perceber o ânimo retornando ao semblante do preceptor.

— Sim — ele olhou de lado, na direção do livro sobre as folhas rabiscadas, o livro sobre Eletromagnetismo que estava a consultar quando da chegada da Tália. Esta, percebendo o olhar do docente sobre o grande volume a repousar sobre a mesa, entendeu que o professor não desistiria tão facilmente.

— Você tem certeza de que pretende começar por um assunto de Física de nível mais avançado? — ela só queria ter certeza de que o professor estava realmente determinado e convicto do que tinha em mente.

— Tenho sim! Já há algum tempo que olho para as equações de Maxwell e tenho notado algo peculiar e que nunca cheguei a encontrar nada relacionado a isso em qualquer outro livro. Pode ser só um engano meu, mas vale a pena averiguar com mais atenção.

— Não tenho dúvida de que você irá conseguir, professor — ela se levantou e o encarou, como se quisesse imprimir algo nos olhos do docente. —Foi muito bom conversar com você, mas agora eu preciso ir. Minha mãe já deve estar inquieta e minha irmã Lyara já deve ter pedido mil vezes para ir embora. Mas saiba que, mesmo não podendo fazer nada em relação ao seu caso, vou ficar torcendo por você.

— Você já estar fazendo muito por mim, Tália. Também agradeço pela visita e pelos conselhos. Não tenha dúvida de que vou saber usá-los. E se no final não obter o que eu espero, ainda assim terá valido a tentativa.

— Então vai ficar tudo bem? — ela perguntou, séria, antes de sair em direção à sala de fora.

— Pode apostar que sim — ele respondeu, desenhando um sorriso leve no rosto. — Vai dar certo.

— Vai dar certo — uma Tália sorridente repetiu, alegre por seu mantra, como sempre, ser o selo de uma conversa com o preceptor.

— Se cuide, Tália.

— Pode deixar, professor.

Enquanto ela se juntava à mãe e à irmã para ir embora, ele voltava toda a sua mente para o grosso volume à sua esquerda. O livro estava lá, em repouso, parecendo convocar o pensamento do preceptor para ler suas páginas, como um atrator sugando toda a vontade do docente para analisar aquelas quatro fórmulas. A ideia da Tália era ótima, o professor disse em silêncio para si mesmo. Era a oportunidade de verificar se já se sabia tudo sobre as equações de Maxwell, o ferramental matemático mais completo sobre ondas e campos eletromagnéticos.

Era chegado o momento de averiguar se sua memória se encontrava mesmo danificada ou se só estava adormecida. Se a Tália havia sugerido uma mnemônica às aversas, que Mnemósine iluminasse seu caminho no rumo da restauração de suas lembranças. Precisava aplicar uma dosagem extra de fórmulas e equações à sua mente, tentar emendar seus esparsos retalhos mentais.

Sem mais nada para preencher o seu tempo livre, o professor realmente passou a concentrar toda a sua atenção na análise daquelas quatro fórmulas. Todos os livros que já consultara até então, desde quando fazia faculdade, durante o mestrado e até se tornar professor, consideravam as equações de Maxwell como completas, sem mais nada para acrescentar ou retirar de suas estruturas. Para o docente, entretanto, existia algo nelas que o incomodava, como se faltasse algum complemento, algum conceito que ninguém ainda conseguira definir. Porém, pela correria das outras épocas, ele nunca parou para analisar com mais detalhe se sua suspeita possuía algum sentido ou se era somente engano mesmo.

O professor iniciou seu estudo desde o dia em que a Tália o visitara. Sempre que abria o livro, ele seguia direto para a página que continha as quatro equações, reunidas e organizadas numa tabela. Não poderia existir algo mais sintético do que as equações de Maxwell para se tratar de uma ampla variedade de conceitos e termos familiares a todo mundo, mesmo àquelas pessoas que não tiveram a oportunidade de estudar Física. Para um leigo, elas parecem escritas em runa antiga ou em código alienígena. Para um físico, no entanto, elas explicam tudo sobre motor elétrico, ímã, carga elétrica, raio, campo elétrico, campo magnético, dínamo, gerador elétrico, luz visível, raios-x, raios gama e outras ondas eletromagnéticas. Embora pareçam símbolos indecifráveis, as equações de Maxwell são repletas de charme e elegância, como quatro maestros regendo toda a sinfonia do Eletromagnetismo.

$$\vec{\nabla} \cdot \vec{E} = \frac{\rho}{\epsilon_0}$$
$$\vec{\nabla} \cdot \vec{B} = 0$$
$$\vec{\nabla} \times \vec{E} = -\frac{\partial \vec{B}}{\partial t}$$
$$\vec{\nabla} \times \vec{B} = \mu_0 \vec{J} + \mu_0 \epsilon_0 \frac{\partial \vec{E}}{\partial t}$$

Apesar de parecerem enigmáticas, essas quatro fórmulas descrevem fenômenos elétricos e magnéticos bastante corriqueiros. Além disso, a mensagem que elas transmitem é familiar a qualquer pessoa, mesmo sem o conhecimento da matemática envolvida. A primeira, a Lei de Gauss para o Campo Elétrico, diz que pode existir monopolos elétricos, uma partícula de carga elétrica isolada, positiva ou negativa. A segunda, pelo contrário, a Lei de Gauss para o Campo Magnético, garante que não existe monopolo magnético na natureza. Em outras palavras, um ímã não pode ser separado em seus polos individuais, norte e sul. Quando se quebra um ímã em várias partes, cada pedaço será um novo ímã.

As equações de Maxwell enxergam os campos elétrico e magnético como se fossem fluidos. E como todo fluido, cada um dos dois campos é visto como sendo composto por um fluxo, como se fosse um líquido fluindo por um canal. Portanto, a terceira equação, ou Lei de Indução de Faraday, afirma que a variação do fluxo magnético induz um campo elétrico. É o que, por exemplo, uma central hidroelétrica utiliza para produzir a energia que se consume todos os dias. E por simetria, a quarta equação, a Lei de Ampère-Maxwell, descreve o processo inverso, a indução de um campo magnético a partir da variação do fluxo elétrico. É o princípio de funcionamento de uma bobina, quando se produz um ímã a partir de uma corrente elétrica. Exemplo disso são os eletroímãs utilizados em um HD de computador, alto-falante e carregador sem fio para celular.

A Lei de Ampère-Maxwell também é responsável pela permanência da vida na Terra, uma vez que o núcleo interno terrestre, um metal em movimento, transforma o planeta em um grande ímã. Esse campo magnético protege a biosfera contra partículas altamente energéticas vindas do espaço, evitando que o código genético dos seres vivos sofra mutações constantemente, o que poderia mitigar o fenômeno da vida como é conhecido.

Quem poderia imaginar que esses quatro códigos enigmáticos poderiam explicar tantos fenômenos familiares a qualquer pessoa dependente da tecnologia contemporânea? É a Matemática e a Física unidas mais uma vez, proporcionando beleza equacional e bem-estar à humanidade. O conhecimento científico é o que há de melhor na mente humana.

Uma outra informação tirada das equações de Maxwell é o fato de que os campos elétrico e magnético são duas partes de algo maior e mais coeso, o campo eletromagnético. É como se o campo magnético estivesse acoplado ao campo elétrico e vice-versa, a oscilação de um gerando o outro, também oscilatório. E tal oscilação se propaga pelo espaço com a velocidade da luz. Este é o conceito de onda eletromagnética, que possui um espectro dividido em ondas de rádio, TV, luz visível, raios-x, raios gama entre outras. O princípio de funcionamento das telecomunicações sem as quais não se vive no mundo atual.

Porém, o professor estava a se lembrar, o fascínio pelas equações de Maxwell não tem limite. Em termos de estrutura matemática, o campo elétrico é muito parecido com o campo gravitacional, o campo devido à presença de uma massa. O campo gravitacional terrestre é o responsável por prender os corpos à Terra, bem como o que ocorre nos outros astros. Tanto o campo elétrico como o gravitacional são dependentes do inverso do quadrado da distância. Significa que são muito intensos em pequenas distâncias, mas enfraquecem consideravelmente à medida que se tem um afastamento, decaindo a quase zero quando a distância se torna infinita.

Então, para facilitar sua análise, o docente escreveu no papel o equivalente da Lei de Gauss da eletricidade para o caso da gravitação:

$$\vec{\nabla} \cdot \vec{g} = -\frac{m}{\gamma_0}$$

A estrutura não deixa passar despercebida a semelhança com o caso elétrico, com exceção do sinal de menos. Este, significa apenas que uma massa sempre atrai outra massa, nunca a repele, como pode ocorrer entre dois prótons, entre dois elétrons ou entre quaisquer duas cargas elétricas de sinais iguais. O professor já havia escrito essa equação diversas vezes, tanto quando tivera aulas no ensino superior como quando estudava em casa.

No entanto, olhando agora para o caso gravitacional, o docente percebia algo que nunca notara e também nunca havia visto em qualquer outro livro.

Empolgado, ele tentou fixar no pensamento o que acabava de enxergar. No entanto, para não correr o risco de perder a informação, caso sua memória falhasse a qualquer momento, escreveu apressadamente no papel em forma de pergunta: e se existir um campo desconhecido acoplado ao campo gravitacional, assim como o campo magnético é conectado ao campo elétrico? Um campo hipotético tão furtivo e sutil que ainda não foi capaz de ser detectado pela Ciência?

Ainda embriagado pelo entusiasmo da pergunta que formulara, o preceptor ousou escrever uma fórmula hipotética equivalente para cada uma das outras três equações de Maxwell, dispondo-as abaixo da primeira:

$$\vec{\nabla} \cdot \vec{g} = -\frac{m}{\gamma_0}$$
$$\vec{\nabla} \cdot \vec{h} = 0$$
$$\vec{\nabla} \times \vec{g} = -\frac{\partial \vec{h}}{\partial t}$$
$$\vec{\nabla} \times \vec{h} = \eta_0 \vec{u} + \eta_0 \gamma_0 \frac{\partial \vec{g}}{\partial t}$$

Sua mente só poderia estar em um péssimo estado, o professor debochou de si mesmo, rindo da própria capacidade de pensar e escrever algo tão insano, bizarro, uma verdadeira loucura. Ainda assim, embora convicto de que estava enganado, ele não deixou se abater com a possibilidade real de estar pensando bobagem. Observou demoradamente a terceira e quarta equações, como se elas escondessem algo em suas estruturas, algum conceito nunca definido antes. Quando sua mente se acalmou um pouco, o docente não perdeu tempo e escreveu uma hipótese, por mais louca que parecesse: *existe um campo gravitacional que não é devido à massa, mas simplesmente à variação do fluxo de um campo hipotético, acoplado ao primeiro.* Da mesma forma que uma carga elétrica sofre uma força magnética quando se desloca dentro de um campo magnético, uma massa deve sofrer uma força hipotética quando se desloca dentro de um campo hipotético.

Só pode ser uma loucura total ou um engano, o professor disse para si mesmo. Um erro de cálculo ou uma ideia impossível de se materializar na natureza. Se algo do tipo existir, uma massa poderia sofrer uma atração, não pelo campo gravitacional em si, mas por se encontrar numa região com um campo hipotético oscilante. Um satélite poderia seguir um planeta sem a necessidade da força gravitacional entre ambos, mas por causa de outro tipo de força. O que uma queda de bicicleta e uma craniotomia não são capazes de provocar, além de um pensamento enviesado, enganoso, insano?

Embora soubesse que sua hipótese era um mal-entendido ou meramente um equívoco seu, o professor não pretendia simplesmente empurrá-la para a lixeira. Precisava escrever aquilo com mais detalhes. Mesmo que fosse engano ou erro matemático, poderia escrever um pequeno artigo e publicá-lo em uma seção de especulação filosófica. Uma vez que poderia se fazer a seguinte pergunta: se os campos elétrico e gravitacional são quase idênticos em estrutura matemática, por que existe um outro campo acoplado ao elétrico e não existe um similar vinculado ao gravitacional? Era um questionamento válido e suficiente para convencer o corpo editorial de qualquer revista a aceitar sua especulação.

Portanto, não custava nada escrever um artigo e submetê-lo a um periódico. O pior que poderia acontecer era não ser aceito para publicação. Neste caso, ele teria certeza de que estava com um problema mental sério e irreversível. Por outro lado, se o corpo editorial enxergasse algo de produtivo no seu artigo e o aceitasse para publicação, confirmaria que a ideia da Tália fora certeira e que ele estava sob a proteção de Mnemósine. Então, era hora de começar a escrever, o docente sussurrou para si mesmo, quase como uma ordem, para que não fosse vencido pela inércia costumeira de permanecer sem ação.

Quando tudo terminasse, só teriam duas possibilidades para o final. Ou ter um artigo publicado depois de anos sem escrever nada sobre Física, ou então, o que era mais provável, ser chamado de louco. No segundo caso, não seria uma novidade, pois louco ele já estava desde aquele fatídico dia em que resolvera pedalar para aliviar um desalento. Determinado, o professor pousou a caneta sobre as folhas rabiscadas e abriu o editor de texto. Quando o cursor piscou no alto da página em branco, o docente escreveu um título provisório: *Sobre a Analogia entre o Campo Gravitacional e o Campo Elétrico.*

Então, pôs o teclado para trabalhar e iniciou a escrita de sua própria insanidade.

Toda a vida do professor fora uma curva composta por altos e baixos. Os baixos sendo em maior quantidade e a magnitude dos vales sempre superando a dos picos. O momento presente significava um desnível profundo, desde a morte de seu aluno Noan. Felizmente, havia uma possibilidade, mesmo que remota, de poder se elevar em breve, caso sua loucura se transformasse em um artigo publicado e sua memória voltasse ao que era antes de tudo vir a baixo. Caso contrário, o vale somente se aprofundaria cada vez mais, levando o docente para o fundo do poço.

O professor estava vivendo com os pais, ambos já com a idade na casa dos sessenta, por um motivo simples: teve que retornar ao berço materno por ter vivenciado um momento de desalento profundo. Sobreviveu a um verdadeiro vale na curva de sua vida de sobe e desce. Lecionara tempos atrás em uma escola de ensino médio localizada distante dos pais, na mesma cidade em que cursara a faculdade e o mestrado. Quando tudo parecia estar bem, fora obrigado a pedir remoção da instituição em que trabalhava. Entre permanecer na mesma cidade e voltar para casa, decidiu-se pela segunda opção.

No início de seu período escolar, o preceptor não passava de um menino retraído e fechado para qualquer assunto relacionado a estudo. As operações e algoritmos matemáticos lhe pareciam estranhos demais e difíceis de aprender. Demorou muito mais tempo do que seus colegas de sala para aprender a ler. Nenhum professor conseguia chegar até ele, pois o mesmo permanecia calado durante toda a aula, como se fizesse parte de uma outra dimensão, de outro mundo. Não conseguia compreender o mais simples dos conteúdos discutido no quadro nem realizar qualquer exercício, por mais básico que fosse. No intervalo, passava o tempo todo isolado do resto da meninada, não interagia com ninguém e sofria com os mais diversos tipos de *bullying*.

Era o *menino mudo*, os colegas da escola o chamavam, com o olhar ausente, nunca se deixando mirar nos olhos das outras pessoas. Todo mundo implicava com seu modo anormal de ser, mas ele nunca reagia, chegando mesmo a ser empurrado e ameaçado nos corredores, por diversas vezes. No dia em que sofria com mais casos de *bullying*, quando era chamado de rude, néscio, tolo e tantos outros nomes para ignorante, voltava para casa ainda mais triste e convicto de que não retornaria à escola no outro dia. No entanto, como não vivia segundo sua vontade, era obrigado a encarar os insultos outra vez na manhã seguinte, as chacotas de todo dia. Talvez por causa de seu comportamento anômalo, ele nunca conseguiu construir nenhuma amizade durante sua vida escolar.

O pai, homem simples e dedicado integralmente ao trabalho pesado, não sabia nada sobre escola, além de conseguir ler e escrever o próprio nome. Assim como não obrigava o filho a ir à aula, também não o acompanhava em sua vida estudantil. O pai agira da mesma forma com todos os outros cinco filhos, os deixando à vontade sobre se estudavam ou não. Os mais velhos escolheram a segunda alternativa, mais pelas dificuldades de estudar do que por vontade própria. A mãe, que nunca estudara além das séries iniciais, era quem se responsabilizava pela educação do filho e por se fazer presente nas reuniões de pais e mestres. Em outras ocasiões, porém, ela fora chamada diversas vezes à escola para ser informada sobre o que acontecia com o seu menino. E sempre ouvia as mesmas reclamações dos professores e coordenação:

— Seu filho tem um comportamento muito diferenciado e não consegue aprender nada do que tentamos lhe ensinar. Ele não interage com ninguém, não faz amigo e nem mesmo responde quando lhe perguntamos algo, nem durante a explicação do conteúdo nem depois. Além disso, nas raras vezes em que conversa com a gente, nada o faz nos encarar nos olhos. É como se tivesse medo ou repulsa por nosso olhar.

— Ele sempre foi assim mesmo, estranho, diferente de todos os irmãos — a mãe justificava, sem a mínima capacidade de esclarecer qual era o problema do filho. — Em casa, ele é sempre muito calado e tem poucos amigos. Além disso, sempre evita ambientes com muito barulho ou com muita gente. Fica nervoso quando tem que conversar com alguém que não é de nosso círculo familiar e já o flagrei por diversas vezes ensaiando falas futuras, como se estivesse se preparando mentalmente para falar com alguém. Quando perguntamos o que ele sente, simplesmente nos ignora e não conta nada do que o aflige.

Quando finalmente aprendeu a ler, ele teve um avanço significativo na aprendizagem, estudando mais do que lhe era cobrado na escola. Era um dos primeiros altos em sua vida. Entretanto, ao se tornar um pouco melhor no desempenho, passando a obter notas acima da média, outra onda de *bullying* veio lhe torturar. A turma inteira, e também os alunos de outras salas, passou a lhe isolar ainda mais, pois não permitia que alguém que há pouco tempo não sabia nem ler, passara a saber mais do que todo mundo. E mais uma vez sua vida sofreu uma queda, a curva descendo aceleradamente, direto para o fundo do vale. Foi quando teve que esconder novamente o que compreendia, o que conseguia aprender sozinho e com bastante esforço.

Durante o ensino médio, ele não continuou na mesma turma do fundamental, tendo que estudar com alunos de outras localidades. Isso foi mais benéfico do que maléfico para a sua aprendizagem. Como não conhecia ninguém, não sofreu com casos de *bullying*, embora continuasse sem fazer amigos. A curva da vida subia a um patamar mais elevado, compensando em parte os muitos baixos anteriores. Foi por essa época que conseguiu se soltar um pouco e apresentou um trabalho na frente de toda a turma, pela primeira vez, mesmo escondendo o olhar durante alguns instantes da sua fala. E quando terminou, ao ouvir os aplausos dos colegas de sala, ele se sentiu lisonjeado e sem jeito ao mesmo tempo.

Ao concluir o ensino médio, a curva da vida, oscilante, impiedosa, desceu novamente. Quando ele foi aprovado no vestibular, teve que se afastar dos pais, ir embora para outra cidade, desligar-se do seu aconchego, da sua casa, onde se escondia do mundo e das pessoas. Foi o momento mais dramático, no qual teve que se habituar com um mundo muito diferente daquele que era acostumado a enxergar. As aulas da faculdade eram todas enigmáticas, diferentes do que imaginava ser a Física, muito distante daquela disciplina do ensino médio. No entanto, ao mesmo tempo em que parecia mais difícil, também explicava praticamente tudo sobre o universo. Então, ele meteu a cara nos livros e se decidiu por aprofundar seu conhecimento na área. Quando finalizou a licenciatura em Física, ingressou no mestrado de ensino de Ciências. Ao concluir o mestrado, conseguiu ser aprovado como professor do ensino médio.

A vida voltava a ascender mais uma vez com sua curva oscilatória, rumo a um ápice.

— Foi então que aconteceu o que eu nunca esperava que pudesse acontecer comigo, com tão pouco tempo de profissão — o professor contou, mirando o rosto da Kália por um intervalo de tempo mais longo, pois a lembrança do Noan lhe apertou a mente por um instante.

A Kália estava sentada à sua frente, atenta e admirada ao ouvir o relato do preceptor. Ele nunca havia compartilhado sua história privada com os alunos ou qualquer outra pessoa da escola. O que todo mundo sabia era somente o resultado de conversas esparsas e sem muitos detalhes. Ao lado direito da Kália, um Lian que já conseguia controlar os pensamentos intrusivos e evitar as divagações, também ouvia tudo com muita atenção. Pelo menos, ficava evidente que o mesmo não sentia a presença de mais ninguém invisível a lhe perturbar a mente. Ao lado direito do Lian, sentava-se o amigo dele. À esquerda da Kália, estava a Briela, aparentemente triste e preocupada. Pelo que o semblante deixava transparecer, entretanto, tratava-se de uma preocupação com algo muito distante. Talvez algum parente ou alguém da família.

Os quatro estudantes vieram visitar o professor e o objetivo era pegá-lo de surpresa, sem o avisar previamente. Nenhum deles o visitara durante o tempo em que estivera a se recuperar da craniotomia. Não o fizeram por falta de vontade, mas por descuido ou outros motivos. Já fazia meses que tivera a conversa com a Tália, sendo ela a única aluna que chegara a ver o professor numa cadeira de rodas. Agora, com o primeiro semestre se aproximando do final, o docente já estava recuperado, tanto do desequilíbrio físico quanto da instabilidade mental. A cada dia, sua memória dava sinais claros de que se reconstituía e se cristalizava. A técnica mnemônica indicada pela Tália havia funcionado muito bem e seu resultado tinha sido esplêndido. No início do ano, quando as aulas retornaram, o professor também não demorou mais do que duas semanas para se fazer presente na escola, pronto para lecionar, como se nada tivesse acontecido.

A ideia de fazer uma visita ao docente, meses após sua cirurgia, partira da própria Kália. Como já não estava mais mantendo contato com sua turma, ela pedira a companhia dos colegas da Tália para conversarem um pouco com o preceptor. Embora a própria Tália não tivesse aceitado o convite, seus três colegas não hesitaram em acompanhar a Kália. A última conversa que o professor tivera com a Tália, ocorrera quando a mesma viera lhe visitar. Na escola, ela se tornara mais calada do que o normal e passara a faltar a algumas aulas, o que era de causar preocupação, pois sua infrequência sempre fora nula. Até mesmo as conversas por celular haviam sido interrompidas, pois ela visualizara a mensagem do docente falando sobre a sua especulação acerca dos campos elétrico e gravitacional, mas não a respondera.

O professor ficou surpreso quando a Kália, agora sua ex-aluna e já cursando a faculdade de Medicina, pediu para que ele lhes contasse um pouco de sua vida particular. Realmente, ele não esperava por isso, achando até que ela estivesse brincando. Não estava. E quando os outros três colegas afirmaram que também estavam interessados em saber sobre sua história pessoal, ele não teve outra saída a não ser relatar alguns pontos na curva sinuosa de sua existência. Embora escondendo a maior parte dos detalhes, o preceptor construiu uma breve explanação do que vivera ao longo de sua vida, desde a infância sofrendo *bullying* até se tornar professor concursado do ensino médio.

— E o que aconteceu, professor? — o Lian indagou, com curiosidade. Ele já conversava como alguém normal, como se não fosse atormentado por nenhum distúrbio psicológico, embora estivesse o tempo todo lutando para não externar seus pensamentos mais sombrios.

— Como assim, Lian? — o docente tentou desconversar, com a pretensão de terminar a conversa sobre sua vida sem mencionar o ponto principal.

— O Lian está se referindo ao que aconteceu com você logo que começou a lecionar, professor — a Briela esclareceu a pergunta do colega, desenhando um sorriso nos lábios, por um momento deixando de pensar sobre o que lhe preocupava. — O que você acabou de mencionar, mas não finalizou.

— Ah, sim! — o preceptor se deixou convencer que devia concluir sua narrativa. Ele mirou o chão por um momento e, então, voltou-se para os alunos: — A primeira turma na qual lecionei na minha escola anterior, ajudou-me a colocar em prática o que eu pensava sobre como deveria ser a relação entre professor e alunos. Enquanto os demais professores preferiam se afastar dos estudantes, eu tinha um pensamento diferente. Pelo contrário, meu objetivo era construir uma amizade saudável com os discentes, chegando mesmo a conhecer a vida deles fora da escola, saber como era o ambiente no qual viviam e as pessoas que lhe eram próximas. A turma foi totalmente receptiva a tal metodologia, construindo uma relação de muita afetividade para comigo. No entanto, o primeiro ano ainda não tinha finalizado quando a aluna mais dedicada e disposta da sala, Nélia, ficou me devendo um ponto na média e nunca mais teve a oportunidade de me pagar.

O professor ficou em silêncio por um breve instante, como se não estivesse lembrando do que devia falar em seguida ou como se algo impedisse sua fala. Seus quatro ouvintes, boquiabertos e estupefatos, entreolharam-se e pareceram não entender nada do que ouviam ou, pelo contrário, entender mais do que deviam. Sem compreender claramente o que acabara de escutar, a Kália não se intimidou e pediu:

— Nos explique melhor essa história, professor.

— Entre todos na turma, a Nélia era a mais dedicada, mais esforçada, mais atenciosa nas aulas, embora seu desempenho fosse um tanto abaixo do restante dos colegas. Desde o primeiro dia de aula, sempre tive muita admiração pelo jeito que ela encarava suas dificuldades, tanto na escola como em casa. Seu ambiente familiar era bastante complicado, pois seu pai era um alcoólatra contumaz e vivia colocando o terror dentro de casa. Quase todos os dias chegava embriagado, esbravejando, ameaçando a esposa, pondo medo e traumatizando seus quatro filhos pequenos, todos menores do que a Nélia. Mas todos os dias ela estava na aula, com a cabeça erguida, mesmo após uma noite inteira ouvindo gritos e ameaças, deitada com os quatro irmãos em um mesmo colchão sujo e deteriorado. Mesmo não convivendo todos os dias ao seu lado, sempre que podia, ela compartilhava um pouco de sua vida comigo, relatando sua situação e confessando suas tristezas. Ao mesmo tempo, pedia conselhos sobre como se comportar ou como se portar no mundo, o que devia estudar ou como se preparar para o futuro. A convivência familiar foi dura o bastante para que ela não pudesse aprender nem mesmo o mais básico no ensino fundamental. Porém, determinada como era, começava a fazer a diferença logo no primeiro ano do ensino médio. Era uma menina com um futuro brilhante.

O professor deu uma pausa, quando pressentiu que um entalo se insinuava de garganta acima. Um número muito reduzido de pessoas, fora ou dentro do seu círculo familiar, sabia de tal história. Não era fácil contá-la. Nunca fora. Sempre se recusava a relatar o que ocorrera. Porém, seus quatro ouvintes significavam muito para ele. Então, o docente se permitiu compartilhar a parte mais sombria de sua vida com o quarteto de estudantes sentados à sua frente. Estes, presos ao relato, permaneciam em silêncio, pois não queriam interromper o preceptor.

— Quem olhasse para uma Nélia dentro de sala, nunca poderia imaginar o que ela era obrigada a suportar dentro de casa — o professor prosseguiu, o olhar de vez em quando mirando o chão e evitando a todo custo os olhos de seus alunos. — No primeiro dia de aula de Física, ela estava muito animada, os olhos brilharam quando iniciei uma breve conversa sobre a disciplina, relacionando-a com Astronomia, Química e Biologia. Naquele mesmo dia, apliquei a tarefa de se formular perguntas sobre o que se sabe que acontece, mas não se sabe a causa. Ela escreveu cinco perguntas sobre Física e uma última sobre a vida: o que determina o tempo que vamos viver? *Professor, agora você vai responder essas perguntas para nós!* Ela havia pedido, quase implorando, com um sorriso no rosto. *Não se preocupe, no decorrer de nossas aulas vamos discutir sobre as perguntas que vocês formularam*. Eu garanti. *Você não pode comentar nem mesmo sobre a última que escrevi?* A Nélia curiosa perguntou, como se aquela pergunta fosse muito importante para ela.

Quando você estiver no segundo ano, estudaremos o conceito de entropia e iremos comentar sobre sua pergunta. Eu prometi e ela se conformou.

O professor voltou a interromper seu relato. Precisava tomar fôlego. Lembrar de toda aquela história era como mergulhar em águas turvas. Mesmo assim, ele não queria parar. Uma vez que começara, precisava terminar. Seus quatro estudantes continuavam calados, esperando pelo resto da narrativa. O preceptor encheu os pulmões e prosseguiu:

— No final do terceiro período letivo, a Nélia ficou com a maioria das notas abaixo da média, incluindo Física. A causa? Seu pai intensificara ainda mais a bebedeira, chegando a ameaçar de morte sua esposa e filhos. A barra tinha sido pesada para ela nas semanas que antecederam as provas. *Professor, o que eu posso fazer para melhorar essa nota?* Ela indagou, melancólica. Dentre todos na escola, somente eu tinha conhecimento do que ocorria em sua vida privada, pois naquele período, todos os dias ela me contava um pouco do que tinha passado em casa. *Vamos fazer o seguinte: vou lhe adiantar um ponto agora para você me pagar no próximo bimestre.* Eu sugeri, ciente da sua dificuldade e convicto de que ela realmente melhoraria a nota no período seguinte. *Feito, professor!* Uma Nélia contente exclamou, parecendo muito satisfeita. No dia seguinte, porém, uma terça-feira, ela foi levada ao hospital aos gritos, lastimando-se com uma dor intensa na cabeça. Dois dias depois, sua mãe me informou que sua filha estava na UTI. Os dias de internação na Unidade de Terapia Intensiva correram sem que ela desse sinal de melhora. Os exames realizados mostraram um tumor no seu cérebro, imenso, assustador. E o pior, o câncer entrara em metástase em ritmo acelerado e já havia se espalhado por grande parte do corpo. Treze dias depois de ser hospitalizada, ela deu seu último suspiro. Nunca mais saíra com vida da UTI. E eu nunca mais tive o prazer de conversar com ela outra vez após aquele dia em que lhe adiantei um ponto na média. Ela também nunca mais teve a oportunidade de ouvir meu comentário sobre sua sexta pergunta. O câncer a respondeu por mim.

O professor voltou a ficar em silêncio, mudando a direção do olhar quando percebeu o entalo obstruir sua garganta e os olhos se umedecerem. Não era fácil lembrar de sua aluna querida sem que uma lágrima brotasse de cada olho. Contar a história era algo que lhe perfurava o peito e lhe trazia à memória os momentos de extrema melancolia que tivera de viver nos dias que se seguiram à morte da Nélia.

— Isso esclarece muitas dúvidas, professor — uma Kália um tanto emocionada se pegou dizendo, lembrando do dia em que falara asperamente com o preceptor, quando disse que ele não deveria se afastar dos alunos somente por causa de uma perda.

— Espero que sim, Kália — ele levantou a cabeça e encarou sua ex-aluna. — Após a morte da Nélia, decidi desapegar dos estudantes, manter uma relação distanciada, como forma de mitigar meu desalento e evitar perdas futuras. Os outros professores não se preocupavam com seus alunos e em situações como aquela não se abalavam de forma alguma. Naquela época, fiz uma promessa para nunca mais se aproximar de qualquer que fosse a turma. Promessa essa que fora quebrada em muitos pedaços com sua turma, Kália. No entanto, não interagir afetivamente com os estudantes não era suficiente. Quando a melancolia se intensificou até um nível insuportável, tomei a ousada decisão de mudar de instituição, pois tudo dentro daquela escola me fazia lembrar a Nélia. Então, voltei para a casa de meus pais e aqui estamos, testemunhando a repetição de minha vida. Embora tenha sempre fugido, o meu passado nunca cansa de voltar a me atormentar. Por isso, parei de fugir. E apesar de tudo o que houve, guardo uma lembrança boa da Nélia, principalmente a capacidade de se viver bem consigo mesmo. Depois descobri que seu nome tem origem grega, vindo da palavra *hélios*, a qual significa *sol*. *Nélia*, a *que brilha*, a *reluzente*, a *cativante* e *cheia de energia*. A Nélia era tudo isso, embora a vida não tenha sido nada solidária para com ela e um câncer severo e inclemente logo apagara toda a sua luz.

Era tudo o que o professor tinha para contar. Então, ele silenciou. Os quatro estudantes à sua frente não tinham o que falar. Todos eles estavam pasmos, petrificados com o relato que acabavam de ouvir. Agora conseguiam compreender tudo que se passara com o docente após a morte do Noan. Embora tivessem algumas outras perguntas para o preceptor, sentiam que não eram mais necessárias. Estava tudo muito claro. Quando levantaram para ir embora, agradeceram imensamente ao docente pela disponibilidade em compartilhar um pouco de sua vida. Principalmente a Kália, a qual agora compreendia todas as decisões do professor em se afastar de sua turma quando do incidente com o Noan.

— Você sabe se estar acontecendo algum problema com a Tália, Briela? — o docente indagou, quando sua aluna se despedia. — Ela começou a faltar bastante às aulas e não responde às minhas mensagens no celular. Quando vem à escola, nunca consigo falar com ela.

— Sem dúvida que ela está com um grande problema, professor — uma Briela contente por ouvir a pergunta, informou, como se esperasse exatamente por aquela indagação. — Ela não me conta nada, mas já conversei um pouco com a mãe dela. Esta, muito preocupada, disse que gostaria muito que a turma ou você tentasse conversar com a Tália. Mas não na escola, pois ela está cada vez menos presente nas aulas. Em casa.

— E se trata de algo muito sério, Briela?

— A Tália está com depressão, professor.

O Poço

O que há de mais chocante quando se mergulha na melancolia profunda é a inércia de permanecer no ponto mais baixo do abismo mental e não saber como ou quando se chegou a tal estado de desalento severo. Quando se dar conta, já se atingiu o fundo do poço e não se encontra empenho para voltar a subir. A estagnação mental não permite qualquer que seja a reação, como se tudo, de repente, perdesse a relevância. É como olhar para as paredes maciças e frias do poço e não enxergar nenhuma porta, pois a única que existe estar no alto, sendo necessário levantar a cabeça para vislumbrá-la. Porém, quem se encontra à beira do precipício costuma olhar somente para baixo.

Era exatamente o que havia acontecido com ela em um curto intervalo de uma ou duas semanas. Talvez até mesmo de apenas alguns dias. Quando percebeu, nada mais parecia fazer nenhum sentido e já não tinha mais vontade de fazer qualquer atividade, simples ou complexa. Quando olhou em volta, notou que não se interessava mais em conversar com as pessoas, nem com os colegas de sala, com os professores ou mesmo com sua amiga Briela. Não tinha mais o ânimo de antes para andar e, o pior, muito menos para estudar. Nada mais parecia ser capaz de lhe trazer de volta o entusiasmo vívido, tão característico em si em tempos atrás. Tudo passou a parecer tão tedioso quanto desinteressante. Era como se a Tália de antes tivesse desaparecido, virado fumaça, se convertido numa carcaça humana inerte, e uma outra versão sua aparecesse para tomar o seu lugar.

Há muito que o lema *cuidar de si* estava rasgado em muitos pedaços.

Agora, o único lugar onde ela sentia vontade de ficar era no seu quarto, pela possibilidade de se isolar de tudo que a cercava. Era onde passava a maior parte do tempo, em silêncio, solitária, triste, sem perspectiva nem vontade de viver. Muitas vezes, chorando por não entender o que estava acontecendo com sua mente nem saber onde encontrar força suficiente para sair daquele estado melancólico. Sair para a escola, o que antes era sempre um prazer, tornou-se uma tortura. Só em imaginar que seria obrigada a assistir aulas e ficar no meio das pessoas, já lhe deixava triste, com uma angústia dilacerante e uma irritabilidade inexplicável. Por isso, passara a inventar uma dor de cabeça ou mal-estar de vez em quando, como pretexto para não ir à escola.

No estado em que se encontrava, o que mais a intrigava era o fato de saber que estava com um problema e mesmo assim não ter ação para se libertar daquela prisão psicológica. A Tália que vencera um distúrbio alimentar, que aprendera a conviver com injúrias e difamações descaradas, que tomara uma decisão de regrar sua vida muito antes de chegar à fase da adolescência. A Tália que mudou o seu modo de vida após sofrer todo tipo de *bullying* na escola, quando era chamada de magrela, de regrada, de certinha, de desengonçada. A Tália que um dia fora elogiada pelo professor de Física por ter uma maturidade sem igual, por sempre estudar com afinco em busca do sonho de uma formação acadêmica, por ser obstinada e nunca fazer nada sem que para isso tivesse que dar o seu melhor. A Tália que encarava os obstáculos com a cabeça erguida e com o mantra *vai dar certo* falando mais alto na mente.

Infelizmente, essa Tália de tempos passados não mais existia. Aquela sua versão havia morrido em algum momento, meses atrás. Um protótipo estranho e emburrado havia tomado o seu lugar. E nada, simplesmente nada, parecia ser suficiente para lhe tirar do fundo do poço, evitar sua queda ao precipício de uma melancolia tenebrosa. Até mesmo o sonho de cursar uma faculdade perdera todo o sentido, ela meramente assistindo sua própria derrocada, rumo ao desconhecido, ao mundo sombrio do qual não sabia simplesmente nada. Perdera o comando de tudo ao seu redor. E como a Tália de antes odiava quando perdia o controle da própria vida!

Agora, no entanto, até sentir ódio se tornava algo enfadonho.

Ela começara a se isolar no seu quarto ainda no período das férias de verão, poucos dias após visitar o seu professor de Física. No início, não havia notado a mudança em seu ânimo, uma vez que tudo parecia ser só a monotonia característica das férias. Nem mesmo os pais perceberam o que havia de errado no comportamento da filha. E se não saía para conversar com alguém, a comunicação pelo celular também se tornou vazia. De repente, ela começou a perder o interesse em dialogar virtualmente, passando a visualizar as mensagens que recebia, mas nunca as respondendo. Nem mesmo com um único *oi*. Foi justamente o que ocorrera quando o professor lhe enviara uma mensagem contando sobre o resultado da aplicação da técnica mnemônica que ela mesma o havia sugerido.

— Oi, Tália — o docente escrevera, parecendo animado, uma vez que enviara também um *emoji* com carinha alegre. — A sua dica de estudo deu super certo. Apliquei com as equações de Maxwell e acho que consegui produzir um artigo com potencial para ser publicado. Finalizei-o há pouco e já o enviei para a revista. Agora é esperar pela resposta do conselho editorial. Eles podem aceitá-lo, exigirem ressalvas ou simplesmente devolvê-lo, rejeitando tudo que escrevi. Neste último caso, com um acréscimo: dirão que eu não passo de um louco sem noção ou alguém que não sabe nada de Física ou Matemática.

A mensagem finalizava com dois erres intercalados por dois esses, uma sequência de quatro cá e vários *emojis* com carinha de gargalhada. Não havia dúvida de que o professor estava realmente bem, ela ouvira uma voz interior lhe garantir. E lá no fundo, uma parte dela ficara feliz, embora seu outro lado, o sombrio e desconhecido, não a permitisse manifestar qualquer animação. Era como se quisesse voltar ao que fora antes, mas uma força invisível a puxasse de volta ao mundo tenebroso e pleno de consternação.

Ela lera toda a mensagem do docente, palavra por palavra. Porém, como se tivesse olhado para o nada, não a respondeu de forma alguma, nem mesmo com um simples e desinteressante *que bom*. A pior parte era que, no seu íntimo, ela se sentia contente pelo texto do professor, mas não conseguia externar seu contentamento. Era como se existissem duas Tálias no mesmo corpo. Uma era consciente do mundo ao seu redor, mas estava presa às profundezas da mente. A outra, sem ânimo e inerte, existia sem enxergar nada do que lhe cercava. A primeira era a verdadeira Tália. Ou pelo menos a sombra mental dela, o que sobrara do que já fora um dia. A segunda, pelo contrário, era uma versão inventada pela mente. Talvez algo semelhante às pessoas invisíveis que perturbavam o Lian no auge de sua crise de TOC. Infelizmente, a versão forjada mentalmente parecia ter o domínio completo de todo o pensamento que a outra conseguia formular.

— Olá, Tália — dois meses depois a tela do celular brilhara novamente com outro texto do professor de Física. Ele não sabia em que estado de ânimo ela se encontrava, talvez imaginando que não o respondia por estar muito ocupada nos estudos. — Tenho uma notícia que considero razoável e gostaria de compartilhar com você. Meu artigo não foi aceito para publicação, mas também não foi recusado. O conselho editorial pediu mais um tempo para análise e fez algumas ressalvas. São somente alguns pontos ambíguos na escrita e a necessidade de se corrigir alguns equívocos cometidos nos cálculos. No entanto, o mais importante é não ter sido recusado. Isso demonstra que contém algo que pode ter algum proveito. Estou muito satisfeito e quero lhe agradecer por tudo. Minha memória está retornando de modo gradual, porém já consigo lembrar de equações que nem sabia tê-las fixado um dia na mente. E, à medida que lembro de algumas fórmulas, é como se nunca as houvesse esquecido. Portanto, muito obrigado! De verdade. Espero que você esteja bem. Como estão indo os estudos?

Não estavam indo, ela confessou para si mesma, mentalmente, quando lera a mensagem. A quantidade de faltas havia se esticado sem precedentes. Nunca uma Tália havia faltado tanto à escola. E quando estava em casa, não pegava nem olhava mais para livro ou caderno. Quando chegava do colégio, simplesmente abandonava os materiais escolares sobre sua pequena mesa de estudo e só voltava a pegá-los no dia seguinte. As aulas em sala estavam sendo empurradas com a barriga, como diz a expressão popular, pois não mais participava ativamente de qualquer que fosse a discussão ou conteúdo abordado. Quando um professor propunha um exercício, ela baixava a cabeça sobre a mesa e enrolava o tempo, como se um sono infinito lhe estivesse fazendo pesar as pestanas.

— Você quer tentar fazer as questões comigo, Tália? — a Briela perguntava, sabendo que a colega estava com um problema sério e que se afundava em dúvida no conteúdo.

— Obrigado, Briela, mas vou deixar para tentar somente em casa — era o pretexto que passara a usar todas as vezes que a amiga lhe convidava para estudar.

A Briela não insistia, para não piorar a situação, embora estivesse bastante incomodada pela recusa da colega não se abrir com ela. Além disso, tinha plena certeza de que a Tália não mais estudaria em casa, pois seu estado de desalento não a permitia e, conforme a mãe confessara escondida da filha, o quadro desta se tornava mais crítico a cada dia. E à medida que as semanas se passavam, as duas se afastavam cada vez mais na sala. A Briela sempre procurava o Lian e o amigo para debaterem as questões propostas. A Tália, por outro lado, ficava na sua cadeira, a cabeça repousando sobre a mesa, os livros servindo de almofada, dormindo ou pensando de olhos fechados, até que a aula recomeçava. Dormir era o modo mais fácil de não precisar falar com ninguém.

Seu corpo estava presente na sala, mas seu pensamento navegava por mares sombrios inventados por sua mente em desequilíbrio.

A Tália mesma não sabia dizer exatamente o que a levara a perder o controle de sua mente, acabando por mergulhar na languidez extrema. Sua mãe, por outro lado, tinha uma explicação plausível. Seu marido sempre tivera um problema sério de personalidade. Pelo menos ela acreditava que era somente o gênio do esposo que era difícil de lidar. Desde muitos anos atrás, quando a Tália ainda era pequena e a única filha do casal, ele começara a apresentar um comportamento anormalmente agressivo dentro de casa, irritando-se de repente e por eventos irrelevantes. Uma irritabilidade desproporcionalmente maior do que a situação que a desencadeava. Às vezes, o simples fato de não encontrar um objeto o fazia explodir de raiva, ficar perturbado e fora de si, xingar todos à sua volta, independentemente de quem fosse.

Quando algo do tipo acontecia, mãe e filha simplesmente permaneciam caladas, pois não compreendiam como ele mudava seu estado de espírito tão de repente, como se se transmutasse repentinamente em outra pessoa ou criatura desconhecida. Os xingamentos se direcionavam mais à esposa, embora, com o tempo, começassem a atingir também a filha. Outras vezes, ele não esbravejava, mas gritava e caía em choro copioso, como se estivesse sentindo um ódio profundo de algo inexistente. Nessas ocasiões, sentava no pé de uma parede, descrevia gestos estranhos com as mãos e depois as levava ao rosto, para enxugar as lágrimas que insistiam em descer pela face.

Os ataques de fúria surgiam sem premeditação e duravam poucos minutos. No início, aconteciam esporadicamente e separados por longos intervalos de tempo. Isso o fazia parecer somente uma pessoa de pavio curto. Depois, entretanto, quando a Tália já estudava os últimos anos do ensino fundamental, a frequência aumentou, passando a se manifestar pelo menos duas vezes por semana. Ultimamente, porém, desde o ano anterior, já era possível a mãe e as duas filhas serem obrigadas a conviver constantemente com aqueles ataques furiosos. Às vezes, até três surtos de ameaça e xingamento no espaço de apenas oito dias. Embora a mãe da Tália optasse por não contrariar o marido nesses momentos, para não levar a algo mais sério, a filha mais velha passara a não se controlar perante os agravos vindos do pai. Foi quando a situação se tornou insustentável dentro de casa.

Embora considerar o marido como alguém de pavio curto justificasse parte do que acontecia, não explicava todo o problema. Após cada crise, ele era tomado por um sentimento intenso de culpa, ficava triste, confessava que tinha sido muito grosso, que estava arrependido e, o mais impactante, passava um dia inteiro isolado por se sentir extremamente envergonhado. Tornava-se depressivo e angustiado pelo que acabava de fazer dentro de casa, afrontando a esposa e as filhas, uma delas ainda pequena e totalmente indefesa. E isso era realmente estranho, pois as pessoas com pavio curto não costumam se arrepender do que fazem ou sentir vergonha por ofender os outros com palavras agressivas e ameaças desproporcionais.

— Ela ficou mais isolada e melancólica depois que começou a responder aos xingamentos do pai, nos momentos em que ele explode dentro de casa e grita com todo mundo — a Tália ouviu a mãe descrevendo sua situação para as duas visitas. Ela estava deitada na cama, olhando para o teto, mirando o nada. Desde muito tempo que não se importava em deixar a porta do quarto aberta. Seu isolamento era mental, não espacial. Portanto, via e ouvia tudo, embora não respondesse a nenhum estímulo. Seus detectores sensoriais permaneciam intactos, sua mente era que não permitia expressar resposta ao que sentia.

— Eu admito que tenho ataques de fúria de vez em quando, professor, mas não consigo me controlar — agora o pai se manifestava, tentando se justificar pelo que fazia dentro de casa. — Além disso, sempre tive esse troço comigo, explodindo de raiva repentinamente, sem controle. É como se algo dentro de mim se libertasse e controlasse minha mente por dois ou três minutos. Sinto muito por minha filha se encontrar em um estado tão deprimente, mas, sinceramente, não sei como agir para tentar melhorar a situação. Já tentei me esforçar para ter o comando de meu pensamento quando me torno agressivo, mas tem sido difícil e inútil. No entanto, se for para o bem dela, estou disposto a continuar tentando, mesmo que para isso eu tenha que tomar medidas drásticas.

— E a qual tipo de medida drástica você se refere?

A Tália ouviu o seu professor de Física indagar ao pai, como se tivesse alguma ideia em mente. Como tudo estava transformado, ela pensou. Que transmutação ela havia sofrido! Antes, a voz do professor lhe trazia conforto e energia, incentivando-a a ser sempre mais forte, ser humilde para corrigir os próprios erros, tornar-se melhor em tudo que realizava. Uma voz que há dois anos atrás lhe ensinara a controlar os impulsos, mesmo nos piores momentos que passara. Agora, no entanto, era indiferente ao que o docente falava, como se não estivesse ouvindo ninguém.

— Não sei direito, professor — o pai admitiu, parecendo envergonhado e preocupado ao mesmo tempo. — Tipo: eu poderia procurar algum médico de cabeça para me aconselhar algo que pudesse pelo menos mitigar meu problema. Para que eu conseguisse controlar minha fúria nos momentos de crise. É muito difícil ver minha filha isolada de tudo e de todos e saber que o motivo sou eu — o pai calou-se, percebendo que os olhos insinuavam se umedecerem.

Ambos os pais estavam sentados de frente para o professor e sua aluna Briela, na sala de fora. As duas visitas estavam ali a pedido da mãe da Tália, pois era o último recurso que encontrara para ver se conseguia enxergar uma saída para aquela situação extremamente delicada. Quando contara à Briela sobre o que estava acontecendo com a Tália, chegara a implorar para que ela convencesse o professor de Física e os colegas a virem fazer uma visita à filha. Estava cada vez mais angustiada ver uma menina tão madura e resistente decair a tal estágio de estagnação mental. Ao mesmo tempo, entendia o lado da Tália, pela quantidade de percalços que já tivera de passar, desde quando ainda nem tinha idade para suportar tantos contratempos.

Na verdade, a mãe se admirava pelo fato de sua filha não ter enlouquecido há muito tempo atrás, perdido a cabeça e desistido de tudo muito antes de chegar ao ensino médio. Pelo contrário, a Tália resistira a tudo que surgiu no seu caminho, mesmo tendo que ver e ouvir o que era inadequado a uma criança. Porém, contra todas as expectativas, a filha mantivera a cabeça erguida e suportou tudo em silêncio, aprendendo a nunca ter que chorar para demonstrar fraqueza. Agora, a sua Tália se encontrava naquele estado, sem ânimo para nada, nem mesmo para os estudos, algo que até meses atrás era o que mais lhe deixava animada.

A mãe estava a se lembrar da crise de agressividade que o marido tivera recentemente, quando mal chegara em casa e encontrara sua velha caixa de ferramentas no meio da sala. A filha mais nova, Lyara, estava a procurar uma fita adesiva para uma atividade da escola. Ele simplesmente ficou transtornado, como uma fera selvagem encurralada. Correu à caixa de ferramentas e a arremessou pela porta afora, espalhando objeto para todo lado. No instante seguinte, já arremetia palavras exageradamente ásperas contra a esposa e as duas filhas. Chegou mesmo a esmurrar a mesa, como se um ódio percorresse cada veia de seu corpo, tensionando cada músculo.

— Mas que besteira, pai! — a Tália gritara com ele, impaciente, cansada de presenciar aquele tipo de cena toda semana, às vezes, a cada três dias. Nunca ela havia sido tão dura com o pai, talvez por respeito ou somente para salvaguardar a mãe e a irmã em segurança. Porém, a filha não conseguira segurar os nervos e simplesmente deixou seus impulsos à solta, livres para descarregar sobre quem estivesse no seu caminho. E naquele momento fatídico era seu pai que estava no caminho de suas ásperas palavras. — A Lyara estava apenas procurando uma fita adesiva para um trabalho de artes da escola. Você precisa ser mais compreensivo com todo mundo aqui em casa! Já estamos cansadas de suportar sua gritaria e palavras rudes por motivos insignificantes. Respeite a mãe e a nós duas, suas únicas filhas...

A Tália pretendia continuar gritando e descarregando tudo que tinha acumulado durante um longo tempo, mas foi surpreendida por uma tigela de vidro que voava célere em sua direção. Seu reflexo só foi suficiente e na medida certa para se esquivar do objeto voador, o qual passou somente a alguns centímetros de sua orelha e se despedaçou quando encontrou a parede às suas costas. Seu pai arremessou o primeiro projétil que encontrou ao alcance da mão sobre a mesa. Ele parecia cego demais para perceber que estava atirando algo contra a própria filha. No entanto, quando ouviu o ruído de vidro se quebrando e os pedaços da vasilha caírem no chão, algum alarme soou na sua mente e ele perdeu todo o vigor agressivo de instantes atrás. Ao constatar que quase causara um desastre contra sua filha primogênita, seu corpo sacolejou com tremores, a raiva sumiu da cabeça e os olhos desmoronaram.

— Perdão, minha filha! — ele implorou, em desespero, chorando como criança desmamada, correndo para o quintal, como se estivesse sendo perseguido por um demônio. — Perdoe seu pai, minha filha, perdoe seu pai — ele gritava enquanto corria.

Quando os músculos relaxaram até permitirem que as pernas se movessem, a Tália também saiu correndo para seu quarto. Mal deitou na cama, também se desmanchou em choro, arrependida pelo que havia dito ao pai. Não sabia como tinha se deixado se descontrolar daquele jeito. Não parecia ser ela mesma, como se algo dentro de sua mente estivesse controlando cada uma de suas ações, colocando palavras ásperas em sua língua. Por pouco não se ferira seriamente por sua tamanha ousadia. E quando lembrou do pai correndo pelo quintal afora, chorando de arrependimento e pedindo perdão, ela não suportou segurar o próprio soluço, uma dor intensa apertando o peito, dilacerando suas entranhas.

E por um momento, foi sua vez de se envergonhar pelo que havia provocado. Era como se estivesse diante de um espelho e não enxergasse a própria imagem, mas o reflexo do próprio pai. Estaria desenvolvendo as mesmas crises de agressividade dele? Teria se transmutado na pessoa a quem estava criticando e querendo dar lição de moral? Não era algo impossível de acontecer. Na verdade, sua cogitação fazia sentido e era bastante plausível. A fúria poderia ser uma questão de genética. E esse pensamento a fez sucumbir, despencar à beira do desfiladeiro da languidez, cair em direção ao fundo do poço. Não demorou para que o cansaço e o desgaste mental lhe trouxessem o sono. Então, ela adormeceu com o peito abarrotado de pesar.

Como era de costume ocorrer durante as crises de fúria do marido, a mãe havia corrido para a cozinha, buscando um esconderijo e soluçando como uma criança. A filha mais nova, Lyara, escondia-se debaixo da cama do casal. Não chorava como os outros três adultos, mas o rosto estava tenso, os olhos arregalados, o corpo sacolejando a cada vez que ouvia um grito. Ela começava a sentir os mesmos traumas que a Tália tivera de sentir durante toda a sua infância e adolescência, só que agora mais intensos. Restava saber se seria tão forte e resiliente quanto à irmã mais velha. Embora seu gênio não fosse fácil de lidar, ainda era uma criança pequena, inocente e indefesa. Não merecia passar por tais provações. Ainda que brigassem de vez em quando, a própria Tália não gostaria que a Lyara tivesse que sofrer o quanto ela sofrera.

Naquele dia, o pai só voltara para casa à noite, quando as três já estavam todas acomodadas para dormir. Ele se dirigiu ao quarto da Tália com o intuito de pedir perdão outra vez e se desculpar com a filha. Entretanto, hesitou ao se acercar da porta do quarto e perceber que ela já dormia. Ou pelo menos fingia muito bem, o pai calculou. Estava envergonhado e arrependido pelo que fizera. Não havia nenhuma justificativa para ter arremessado aquela tigela na Tália, ele admitiu, angustiado. Nos seus momentos de agressividade, sempre jogava na parede o que encontrava pela frente. Era o modo mais fácil e rápido de descarregar sua raiva. No entanto, até onde conseguia se recordar, nunca lançara qualquer objeto em direção às pessoas. Como se uma voz interior lhe lembrasse desse cuidado, enquanto o resto da mente estava cego de cólera. Por isso, a cada instante se assustava consigo mesmo ao notar a dura verdade: suas crises de raiva momentânea estavam se encaminhando para níveis aterradores de seriedade. Como poderia ter chegado ao ponto de quase ferir sua própria filha?

Então, o pai retornou na direção do seu quarto, lamentando por ter que ir dormir com a consciência pesada, sem saber se a filha o perdoaria por sua tão covarde atitude e desproporcional violência. Ao se aproximar de sua cama, notou que a esposa ainda lutava para engolir um resto de choro, enxugando algumas lágrimas excedentes. E como sua mulher era forte! Ele admitiu, em pensamento. Ter que suportá-lo durante anos, com seus acessos de fúria descomedida e descontrolada, não era para qualquer pessoa. Sua filha Tália tinha a quem puxar. A resistência da mãe e a valentia do pai. Então, por um momento, ele sentiu orgulho de sua primogênita.

— Pai! — alguém falou às suas costas. Quando ele se virou, avistou a Lyara de pé, abraçando e quase estrangulando uma pelúcia contra o peito. — Não consigo dormir, pai. Estou com medo.

O pai sabia exatamente a razão de ela estar amedrontada. Ele era o motivo! E isso lhe doeu ainda mais. Doeu como se uma navalha estivesse a repartir seu coração em infinitos pedaços. As entranhas se agitaram, um nó subiu pela garganta e uma ânsia louca de choro estremeceu cada parte do seu corpo. Por um instante, ele achou que iria desmoronar novamente. Porém, com muito esforço, conseguiu se controlar, reprimindo as lágrimas que se insinuavam de olho afora. Pela primeira vez, ele sentiu que tinha um problema muito sério e que precisava de ajuda com urgência. Necessitava de um tratamento. Era isso ou ter que perder a própria família. Sua esposa suportara seus surtos de irritabilidade durante anos. Suas filhas, principalmente a Tália, poderiam não ter a paciência suficiente para tanto.

— Espere que vou ficar um pouco com você — o pai conseguiu falar, engolindo o nó que lhe apertava a garganta.

— Você promete que não vai gritar comigo, pai? Nem jogar nenhum objeto para me ferir?

O nó na garganta, até que o pai conseguiu engolir. Porém, a lágrima que brotou em cada olho, dolorida, afiada, dilacerante, ele não teve como evitar. Quantas vezes ele gritara com a esposa, por anos, e com a Tália? Nem se lembrava de quando começara a ter acessos de raiva. O que sabia era que eles estavam aumentando, tanto em intensidade quanto em frequência. Sempre fora chamado de pavio curto por explodir com facilidade e sem motivo aparente. Porém, sinceramente, ele não conseguia aceitar que fosse só isso mesmo. Pavio curto não leva um pai a lançar uma tigela de vidro contra a própria filha. Não, devia haver algo além disso. O quê, ele não sabia dizer. Nem ele nem mais ninguém.

— Não, Lyara — o pai disse, limpando os olhos discretamente com a mão direita e se encaminhando para junto da filha pequena. — Eu não vou gritar com você nem jogar nenhum objeto para lhe ferir. Pode ficar tranquila. E nunca mais farei isso, nem com a Tália nem com mais ninguém. Eu prometo — o pai deu uma pausa para enlaçar a filha junto ao corpo e depois prosseguiu: — Vamos, vou lhe fazer companhia até que o sono venha lhe trazer um pouco de sossego.

— Obrigada, pai — uma Lyara aparentando estar mais calma, agradeceu, seguindo em direção ao seu quarto, a pelúcia agora mais aliviada entre seus braços. — Eu não sei explicar direito, mas não acho que você queira nos ferir quando está com raiva. É como se algo lhe controlasse, uma criatura invisível lhe dizendo o que deve fazer, como gritar e como jogar objetos para todo lado. Não acredito que você queria realmente ferir a Tália. Eu também não queria isso. No fundo, nunca quero que ela sofra. Nós duas brigamos muito, mas não quero que ela se machuque de verdade, pai.

— Obrigado por compreender tudo isso, Lyara.

O pai não sabia como alguém com tão pouca idade tinha o discernimento para tratar de um assunto tão complicado. Talvez o sofrimento que ele a causara durante suas explosões de irritabilidade a tivessem ensinado um pouco sobre a vida nada sossegada que ele lhe proporcionava. A Tália também havia crescido mentalmente antes da idade biológica, ele admitiu para si mesmo. Sempre se mostrara muito independente, tanto em pensamento quanto em se virar para realizar o que devia ser feito. E como ele se orgulhava da maturidade de sua filha mais velha!

— Fique sabendo que o que acaba de me falar significa muito para mim — o pai confessou, emocionado. Ele se convencia cada vez mais de que era preciso se livrar dos seus acessos de raiva e deixar de transformar sua casa em um verdadeiro inferno sempre que se irritava por qualquer motivo insignificante. — E não se preocupe, pois daqui em diante vou fazer de tudo para que esses momentos não venham mais ocorrer. E pode ter certeza de que a Tália não irá se machucar. Dou-lhe minha palavra.

O pai a deitou na cama e depois sentou-se ao seu lado. Ela se acomodou com sua pelúcia e ele esperou até que o sono viesse visitar os olhos da filha. Quando ela adormeceu, o pai voltou para o próprio quarto. Necessitava ter um resto de noite com um pouco de paz, ainda que soubesse que não pregaria os olhos até que a manhã retornasse. A consciência pesada lhe corroía o peito e ele tinha certeza de que ela não o abandonaria tão cedo. O que lhe sobrara da noite, ele gastaria com pensamentos vagos e torturantes. Era urgente que encontrasse uma solução para o seu sério problema, o pai se convenceu. E se dependesse de sua vontade, ele estava disposto a procurar ajuda, onde quer que ela pudesse estar. Seu modo doentio de explodir em fúria estava levando ao desmoronamento de sua família e de sua própria vida.

Era preciso dar uma pausa, colocar um freio na própria mente, crescer o pavio ou eliminá-lo de vez. Faria isso por sua esposa, pela Lyara, pela Tália e, lá no fundo, por ele mesmo.

Ela continuava deitada de costas na cama quando a amiga Briela entrou no quarto. O livro *Cria*, de um autor amador e sem nenhum renome, repousava do seu lado direito. Parecia ser uma companhia razoável para aquela leitora em decadência mental, uma vez que continha uma história sobre um deus que domina o pensamento das criaturas. Talvez a sua mente estivesse sendo controlada por um deus malicioso, perverso, frio e sem piedade. Um deus que sentia prazer em ver o sofrimento alheio. Ao lado esquerdo, o celular, vivo para receber mensagens, porém morto para enviar até mesmo um único *emoji*.

— Oi!

A amiga em visita falou, no momento em que surgiu no vão da porta. O professor havia pedido para a Briela falar com a Tália primeiro, enquanto ele concluía uma conversa com os pais desta. Como a porta do quarto se encontrava aberta, a colega não hesitou em entrar, uma vez que uma Tália desligada do mundo à sua volta permanecia mirando o teto. Esta, embora continuasse deitada, virou o rosto e encarou a visitante. Há tempos que ela não conversava mais demoradamente com aquela que fora sua companheira desde o início do ensino médio. Dois anos e meio já haviam se passado desde que se conheceram. Parecia uma eternidade. Agora, até pareciam duas estranhas, tão distantes quanto duas desconhecidas. E, no fundo, a Tália se culpava por tal distanciamento. Recebê-la em seu quarto em plenas férias de inverno era uma surpresa boa e, quem sabe, revigorante.

— Oi — ela tentou disfarçar, mas a indiferença estava estampada no semblante. Era como se não conhecesse a pessoa que acabara de entrar pela porta e lhe cumprimentasse com um *oi* amistoso. No seu íntimo, porém, uma outra Tália explodia de alegria por rever sua amiga, agora no seu quarto, seu abrigo contra o mundo, seu refúgio contra as pessoas.

— Como você está, Tália? — a Briela indagou, por hábito, como se não quisesse avançar tão depressa na fala, porém, ao mesmo tempo, com a pretensão de ir direto ao ponto da conversa que viera ter com sua amiga.

— Estou bem — ela disse, com um sorriso artificial e assimétrico no rosto. Era como se estivesse feliz e incomodada ao mesmo tempo por ter a Briela ali com ela. Queria conversar, mas algo dentro de si gerava uma barreira impenetrável contra qualquer que fosse o diálogo.

— O que seu *estou bem* significa, Tália?

— Não sei onde você quer chegar.

— Você estar desistindo de tudo, Tália.

Durante todos os momentos de convívio, a Briela havia sido franca com ela, nunca a escondendo sua opinião sincera, revelando o que achava sobre algo e deixando claro sobre o que concordava ou discordava. A Tália, por seu lado, também sempre fora recíproca com sua única amiga, da mesma forma que era com todo mundo. Provavelmente, tal reciprocidade fizera a diferença na relação entre as duas, uma podendo confiar na outra sem medo de se decepcionar ou se magoar. E na conversa que estavam tentando levar adiante não poderia ser diferente. Pelo menos esse era o desejo da Briela e da verdadeira Tália, aquela que se escondia atrás da versão inventada por uma mente perturbada.

— Você está desistindo da escola, da sua família, dos seus amigos, do seu sonho e, principalmente, de você mesma — a amiga voltou a falar, tentando incitá-la a se abrir, a revelar pelo menos parte do que estava sentindo. — Os professores estão falando que você se apagou na escola; o Lian e o amigo dele todos os dias se amarguram por saberem que você se encontra nesse estado decadente; seu pai continua com a consciência pesada pelo que fez; sua mãe não sabe se consegue mais suportar essa situação por muito tempo; o professor de Física não consegue aceitar que você tenha chegado a tal ponto.

— Minha vida virou pelo avesso, Briela.

Ela conseguiu falar, sentando-se na cama, abraçando os próprios joelhos unidos, mirando o nada à sua frente. A amiga não a reconhecia de forma alguma. Não poderia estar conversando com aquela Tália que sempre se mostrara alegre e sorridente; que resistira a mentiras e calúnias de todo tipo; que tinha um sonho de se formar numa universidade e se tornar uma grande profissional; que escondia seus problemas de todo mundo e insistia em resolvê-los sozinha; que compreendia todas as pessoas, mas não era compreendida por ninguém; que chorava por dentro, mas nunca por fora. Alguém sumira com aquela Tália e colocara uma outra em seu lugar, a amiga concluiu.

— Estou sem rumo e minha mente me sufoca, como uma morsa esmagando uma noz — ela continuou, imersa em pensamento vago. — Não tenho mais controle sobre nada e perdi todo o entusiasmo por qualquer tipo de atividade. Sinto vergonha de ter me isolado de você e de meus amigos. Não consigo nem mesmo responder alguém pelo celular. Cheguei ao ponto de gritar alto com meu pai há poucos dias atrás. Com meu próprio pai, Briela!

— Seu pai estar arrependido por tudo que tem acontecido e admitiu que estar decidido a procurar por ajuda médica. A Kália conhece um médico na faculdade que se prontificou a tratar sobre o caso dele, realizar uma consulta e alguns exames.

— E se o problema não estiver nele, Briela, mas em mim? Se tudo que ele tiver feito de ruim, cada grito, cada objeto despedaçado, cada lágrima molhando o rosto de minha mãe, cada medo entranhado na mente de minha irmã Lyara, for por minha culpa? Se tudo que aconteceu for exatamente por eu ter nascido?

— Então é isso que você acha que é, a culpada por tudo de ruim que acontece? Pois eu digo que não é. Nunca foi — a amiga deu uma pausa, depois prosseguiu: — Tália, você sabe que pode confiar em mim, não sabe? O que está lhe deixando tão inerte, sem ânimo para continuar vivendo? O que lhe perturba a mente? Pode me contar o que você realmente sente?

— Eu não sinto nada, Briela! — ela explodiu, sem controle, os olhos começando a lacrimejarem. — Este é o problema! Eu não sinto nada! Nem raiva nem alegria; nem ódio nem amor; nem medo nem coragem. Somente um vazio sem fundo, um poço infinito e escuro, um penhasco persuasivo à queda. Perdi todo o interesse por tudo ao meu redor. O que ouço, o que vejo, o que cheiro, o que toco, nada mais parece ter sentido. É como se tivessem cavado um buraco profundo em minha mente, extraído todos os meus pensamentos mais lúcidos e os vagos também. Só se vive quando se enxerga algum sentido na vida. Eu perdi toda a lucidez e não vejo mais tal sentido. Portanto, para mim, é mais fácil se isolar, dormir, esquecer as pessoas, afastar-se do mundo, ignorar um professor, perder o gosto pelo estudo, deixar de sonhar, evitar uma amiga...

Ela queria continuar com sua lista deprimente, mas os olhos sucumbiram e os soluços se iniciaram, primeiro, débeis, depois, incontroláveis. Então, não teve alternativa a não ser silenciar, pousando o rosto sobre os joelhos para abafar o choro. Estava exausta, como se tivesse acabado de participar de uma longa corrida ou levantado um peso descomunal. Agora, tudo lhe deixava esgotada, sem um mínimo de energia sequer, nem para realizar a mais simples tarefa. Por isso, não levantava, não estudava e não queria fazer nada que não fosse permanecer deitada em sua cama, remoendo seus pensamentos, presa ao lado mais corrosivo da sua própria mente.

A Briela não suportou vê-la naquele estado deprimente sem que também lhe brotasse lágrimas dos olhos. A amiga estava visivelmente em decadência, culpando-se por tudo, sendo retalhada pelas garras afiadas da depressão, sendo engolida viva pelas mandíbulas inclementes do langor extremo. Não era possível que tudo pudesse ter chegado a tal ponto. Poucos meses atrás, a vida de sua colega parecia sob controle, cada detalhe se encaixando como combinado. Agora, simplesmente a via dentro de um turbilhão de dúvidas e afogada em melancolia profunda. Não conseguia compreender como algo aparentemente estável havia se desestruturado tão rápido e desastrosamente.

— Por favor, Briela, preciso ficar um pouco só — a amiga foi repreendida, quando deu um passo para se aproximar da cama. — Agradeço pela visita e por sua preocupação comigo, porém sinto que você não pode fazer muito por mim, mesmo querendo. Ninguém pode.

Enquanto ela continuava a soluçar, com a testa apoiada sobre os joelhos, a Briela enxugava as próprias lágrimas e se esforçava para caminhar para fora do quarto. Queria ficar e oferecer um pouco de consolo à outra, mas estava com medo de piorar o estado de languidez e agitação da amiga. Por isso, não insistiu, preferindo dar um tempo. Se permanecesse ali, precisaria falar algo mais duro, de modo sincero, e a Tália poderia se sentir ainda mais ameaçada. Portanto, faria o que lhe fora pedido, a deixaria só. Teria outros momentos disponíveis para conversar com sua colega de sala e outras maneiras de ajudá-la. Ainda não era o fim. Pelo menos esperava que não fosse.

Quando ela levantou a cabeça, os olhos ainda lamuriantes, a Briela já havia sumido de vista. A esta altura já estaria fazendo companhia aos demais na sala, tratando do caso perdido que se tornara a Tália, ela pensou, deprimida. Como se deixara decair tanto? Sua versão interior se perguntou. Nunca tinha se sentido tão impotente quanto agora, ao ponto de evitar prosseguir uma conversa com a melhor amiga só por medo de ouvir verdades ásperas sobre como sua vida chegou a se estagnar. Nunca, até onde se lembrava, permitira-se abater de tal modo, alcançando um estágio aparentemente irreversível, um ponto sem retorno na curva de sua existência.

Ela conseguiu amenizar os soluços e enxugar parcialmente as lágrimas. Soltou os braços e voltou a se deitar na cama. Não mais na posição em que se encontrava quando a Briela chegara, mas de bruços, pois pretendia esconder sua tristeza, se fosse possível. Sua vida um dia havia se deteriorado ao ponto de ela ter que se decidir por uma saída ou sucumbir aos obstáculos, os quais sempre estiveram presentes na sua existência. Fora então que se decidira por se tornar alguém que viveria sob um conjunto de regras. E tudo passou a ter o momento certo para ser realizado, o horário de acordar, comer, estudar e cuidar de si. A partir de então, passou a ser a Tália que chegara ao ensino médio, a mesma que fora elogiada pelo professor de Física como tendo uma maturidade inigualável. E como sentia saudade daquela sua versão!

— Vai embora, Lyara! — ela ordenou, quando sentiu a irmã se sentando furtivamente na beira da cama. — Quero ficar sozinha e não estou com cabeça para discutir com você.

— Não quero discutir, Tália.

— Então, o que você quer?

— Só ficar um pouco com você.

Apesar do gênio difícil e das brigas constantes, mais pela teimosia da Lyara do que por qualquer outra desavença, a Tália sentia muito carinho pela irmã. No fundo, ela sabia que tudo era apenas implicância de criança, nada que necessitasse ser repreendido asperamente. Portanto, embora a irmã a deixasse sem paciência em alguns momentos, ela gostava da companhia da Lyara e não suportaria vê-la sofrendo tanto quanto ela mesma sofrera. Não tinha dúvida de que faria qualquer coisa para proteger sua irmã, mesmo que agora não mais pudesse garantir nada. Ao estranhar a maneira da Lyara falar, muito amistosa, ela voltou a se sentar na cama, enxugou o resto das lágrimas com as costas das mãos e encarou a irmã.

— Eu quero você de volta, Tália — a irmã confessou, aproximando-se para lhe abraçar. — Por favor, estou com saudade da Tália que gritava comigo e me proibia de mexer nos pertences dela. Não quero que você continue assim, sem conviver com a gente, com a mãe, com o pai. Ele está muito arrependido, Tália. Sabia?

A Lyara falava enquanto a abraçava da forma mais apertada que conseguia. Então, uma Tália emocionada não teve como evitar que o choro retornasse. No entanto, fez um esforço e não permitiu que os soluços a dominassem nem o rosto permanecesse molhado por muito tempo. A irmã a soltou e correu para a porta, como se estivesse fugindo ou muito apressada para realizar algo fora do quarto. Quando já estava de saída, parou por um instante, virou-se para a Tália e exclamou:

— Tália, eu tenho certeza de que vai dar certo.

Dessa vez, ela não conseguiu evitar um sorriso, quando ouviu seu mantra pronunciado pelos lábios inocentes de sua irmã pequena. Era o primeiro sorriso verdadeiro que ela expressava depois de muitas semanas ou até meses.

A covinha no rosto indicava que a Lyara conseguira arrancar-lhe um pouco de alegria. Era impressionante como tudo estava mudado, diferente. Antes, quando estava com seu juízo intacto, a Lyara lhe deixava irritada, impaciente, às vezes até magoada. Agora, no entanto, fazia exatamente o contrário.

— Obrigada, Lyara — ela conseguiu agradecer, antes que a irmã se fosse de vez.

— Gosto muito de você, Tália — a irmã confessou outra vez e se foi.

Enquanto isso, ela se embriagava com uma mistura boa de choro emocionado e lágrimas alegres, cada sentimento eclodindo facilmente das entranhas de seu peito. E o mais incrível: tudo devido à inocência de sua irmã. Ou seria maturidade? Não sabia dizer com certeza o que realmente era. Porém, sentia que era bom, muito bom!

Agora ela percebia o quanto significava para sua irmã Lyara.

O Diagnóstico

Ele se acercou da porta do quarto com certa apreensão, uma vez que não sabia como estava realmente o estado emocional da Tália. A mãe dela estava com ele, para fazer as devidas apresentações e para ele não se sentir um simples intruso. A Briela havia voltado com um semblante soturno, bastante desanimada, após sua breve conversa com a colega de sala. Não tinha mais lágrimas úmidas nos olhos, mas não havia dúvida de que estivera a chorar com a amiga. Também não tinha sido difícil escutar a voz alterada da aluna quando dissera para a Briela o quanto estava em decadência, o quanto sua vida chegara à beira de um precipício profundo.

— Tália! — a filha parecia um tanto calma quando a mãe a chamou da porta. Estava outra vez deitada de costas na cama, o joelho esquerdo dobrado em um vê invertido, o celular apoiado sobre a coxa esquerda, provavelmente recebendo mensagens, mas não enviando nenhuma. Quando ouviu a voz da mãe, ela se levantou e ficou sentada, as costas apoiadas na cabeceira da cama, pousando o celular ao seu lado esquerdo. O livro continuava no mesmo lugar. — O professor lhe veio fazer uma visita.

— Olá, Tália — ele disse, como por hábito, quando seu olhar encontrou o dela. Nos olhos da estudante, ainda se via sinais visíveis de lágrimas recentes.

— Oi, professor — ela respondeu ao cumprimento, também por costume. A aluna sabia que ele a visitaria após a Briela. Porém, não conseguia imaginar como seria sua própria reação quando o visse em seu quarto. Se tivesse arriscado dizer que ficaria com certa vergonha, teria acertado de cheio. Sempre gostara de conversar com o preceptor, mas não naquele estado, não com a mente perturbada, vivendo de retalhos mentais.

— Fique à vontade, professor — a mãe disse, sabendo que a filha não se oporia à presença do docente. — Caso precise de algo, estarei na sala.

— Você estar aqui para me ajudar, professor? — a estudante indagou, após sua mãe se ir e o preceptor sentar-se numa cadeira próxima à porta. Ela tinha o olhar sempre à frente, como se mirasse algo na parede frontal à cama. Era impressionante como havia deixado de encarar as pessoas, perdido o contato visual, o que dizia muito sobre sua insegurança atual. Sempre tentara corrigir sua postura quando do trato com as pessoas e o contato visual era o principal elemento do processo. Não era mais.

— Não, Tália.

Foi a resposta imediata do docente. Ele a observava com certa dúvida, pois tinha certeza de que não estava na frente da Tália que conhecera há cerca de dois anos e meio. O semblante era diferente, o olhar distante, os lábios se recusando a sorrir. A covinha escondida, como se não quisesse aparecer de forma alguma. Era difícil de acreditar que sua estudante tão dedicada, esforçada, plena de sonhos, simpática, estava presa a uma cama, sem perspectiva para seguir com sua vida adiante. Até parecia um ponto fora da curva. Porém, como ele mesmo havia dito uma vez para ela, não há ponto fora da curva nem curva sem ponto. Não, a verdadeira Tália não havia sumido de vez. Só devia estar escondida por trás de uma versão ilusória. A outra Tália devia estar em algum sítio mais reservado da mente de sua aluna, o docente especulou. Portanto, ele devia fazer algo para encontrá-la em meio ao oceano de pensamento sombrio. Como faria isso, ele não sabia dizer.

— Que pena — ela disse, melancólica, porém com um tanto de sarcasmo. A conversa que tivera com a Briela havia sido tensa, mas as palavras que ouvira de sua irmã Lyara, há pouco, servira para aliviar os nervos. Estava contente por receber a visita do docente, mas não esperava nada além de uma simples visita, como ocorrera com a Briela. Nem ao menos havia respondido as mensagens de agradecimento que o mesmo enviara pelo celular. A Tália reconhecia que estava em dívida com o preceptor e, portanto, sentia-se realmente um pouco envergonhada. Isso fez aumentar o nível de seu desalento.

— Estou aqui para dizer que você pode ajudar a si mesma. Sempre pôde. E agora não é diferente.

— Não tenha tanta certeza, professor. A única convicção que tenho é de que, se tem alguém que já não pode fazer mais nada por mim, esse alguém sou eu mesma. Ninguém pode. Já gritei com meu pai e há pouco pedi para a minha melhor amiga sair e me deixar sozinha. Essa é a minha única certeza, a de que sou um caso perdido, uma curva decrescente e sem ponto de retorno.

— Então podemos falar sobre essa sua certeza? — o professor questionou à aluna, esperançoso, convicto de que o diálogo prosseguiria com facilidade. Não poderia estar mais enganado.

— Não, professor — a estudante mudou bruscamente o semblante, como se algo a tivesse ferido o pensamento, cortado um fio de conexão no sistema elétrico de sua mente. Os olhos se umedeceram e se tornaram mais sombrios do que já estavam.

— E sobre o que você quer conversar, Tália?

— Que tal não conversar sobre nada?

O professor não esperava por essa resposta. Nem em mil anos de existência. A Tália que ele conhecera um dia não se recusava a ter um diálogo com alguém. Não era da sua índole evitar conversar com as pessoas. Sempre gostava de aprender com o que ouvia e o que se tinha para lhe dizer. Escutar fazia parte do seu sonho de formação. Agora, no entanto, ele ouvia da boca de sua estudante que não gostaria de conversar, sobre nada. O poço era mais fundo do que o docente poderia imaginar. Não era para menos que os pais estavam realmente preocupados e a Briela voltara com cara de choro. Olhar para a Tália naquele estado já gerava um sentimento de pena, de angústia, de melancolia. Onde estaria escondida a verdadeira Tália? Ele se perguntou, enquanto a encarava, pasmo.

— Tudo bem, Tália — o preceptor respondeu, tentando caminhar com cautela sobre o campo minado no qual acabara de entrar. — A gente pode simplesmente não conversar, sobre nada, como você deseja. No entanto, preciso lhe dizer algo. Porém, não precisa falar, se não quiser. Só escute. Se só eu falar, não estaremos conversando. Certo?

A aluna permaneceu calada, mirando algum ponto na parede oposta à cama, a mente distante e impenetrável. Ele continuou apreensivo, sem saber por onde começar. Se é que devia começar algo. Sempre fora fácil dialogar com a Tália de antes. Ela era compreensiva, atenta, gostava de perguntar quando estava imersa em dúvidas e parecia guardar tudo que ouvia. O professor não conseguia aceitar vê-la em tão decadente estado de espírito, totalmente contrário ao que fora tempos atrás. Porém, ele tinha uma dívida com sua estudante e viera ali para retribuí-la. Embora isso pudesse custar a amizade que construíra desde o primeiro dia de aula na sala na qual ela estudava.

— Não tenho a mínima noção do que possa ter lhe acontecido, Tália, nestes últimos meses — ele iniciou, tentando ser prudente e paciente com as palavras, como se estivesse pisando sobre espinhos afiados. Não queria ser pedido para se retirar do quarto. — Também confesso que não tenho a mais débil ideia de como sua mente se encontra neste momento. O que sei é que você é muito mais forte do que qualquer pensamento sombrio que possa estar lhe incomodando. Sempre foi. Lembro daquele dia que entrei na sala e você estava possessa, a Briela com dificuldade na tentativa de lhe convencer a se acalmar, a não fazer o que estava pensando em fazer. Pelo que observei, você estava cega de fúria, como me confessou depois, decidida a sair para o corredor. Queria tomar satisfação com as pessoas que lhe haviam insultado, levantado aquelas calúnias contra você, difamando a sua imagem.

Ela prosseguiu em silêncio absoluto, sem nem mesmo mudar a direção do olhar. Lembrar daquele incidente lhe fazia sentir raiva de muita gente e de si mesma. Fora um momento de muita angústia e provação. Naquele dia, se não tivesse ouvido e seguido as palavras do professor, o que poderia ter se sucedido? Ela não sabia. Talvez tivesse silenciado alguém e descarregado toda a sua raiva momentânea, posto todas as mentiras à limpo. Mas a qual custo? Teria arranjado problema para si e criado a fama de *menina explosiva* ou *pavio curto*, como todo mundo gostava de chamar seu pai. Isso não acontecera por um motivo: respeitava demais seu professor de Física ao ponto de engolir toda a sua cólera, embora sofresse depois. E como sofrera!

— Se você conseguiu se segurar naquele momento, isso mostra o quanto você é forte e capaz de dominar os próprios impulsos, controlar seu próprio pensamento — ele voltou a falar, convicto de que a Tália o ouvia com atenção.

— Não queria lembrar desse momento de humilhação, professor — ela o alertou, como se estivesse incomodada com algo, sentindo uma ferida inflamada ser tocada e remexida. — Sempre fui mal vista pelo simples fato de ser eu mesma. A estudante sem preconceito e amiga de todo mundo, como se isso fosse um defeito imperdoável; que gostava de seguir regras como forma de manter a vida sob controle, como se tal comportamento fosse inaceitável; que sofria com *bullying*, porém nunca revidava; a garota metida que falava com meninas e meninos, mas que todos sentiam prazer em caluniar, difamar, distorcer a imagem; a adolescente durona que não chorava porque passou a vida inteira sendo lembrada de que chorar significava fraqueza; a criança que fora obrigada a ser independente desde pequena porque sempre esteve diante de situações que a colocavam em provação; a menina que fora obrigada a adquirir maturidade de gente grande desde tenra idade, pois sempre vivera sob pressão, tendo que suportar cada desafio e enfrentar cada obstáculo simplesmente calada, sem poder reclamar de nada; a aluna que tivera um sonho de formação acadêmica, mas que o deixou esvair por entre os dedos da mão por não conseguir controlar os próprios pensamentos delirantes; a filha que grita com o próprio pai, como se ele fosse um…

Ela não suportou continuar. Simplesmente desabou em soluços, voltando a encolher os joelhos e os abraçá-los com força, o queixo apoiado sobre os mesmos. O professor o forçara a lembrar de assuntos que ela sempre tentava guardar para si, mágoas que não se atrevia a compartilhar com mais ninguém, nem mesmo com sua mãe ou sua amiga Briela. Então, por um instante, ela o odiou como se odeia um inimigo mortal. Sabia que ele não tinha culpa por nada que a sufocava, porém era quem estava à sua frente no momento, para a má sorte do docente. A verdadeira Tália estava longe, presa às profundezas de sua própria mente, distante o bastante para não poder vir em defesa do preceptor. A outra versão da Tália, aquela que o seu cérebro construíra nos últimos meses, era visivelmente explosiva e inconsequente. Parecia não se importar em jogar toda a culpa nas costas do seu professor de Física. O mesmo professor que, ao longo de dois anos e meio, sempre estivera a incentivá-la para seguir adiante com a cabeça erguida. O mesmo professor que a encorajava a estudar como ninguém nunca tivesse estudado antes. O mesmo professor que não a deixava desanimar na busca pelo seu sonho, embora tal sonho parecesse longínquo e inalcançável.

— E ainda assim, mesmo com todas essas dificuldades, você conseguiu seguir em frente — o docente argumentou, após a aluna amenizar um pouco as lágrimas. — Tália, você superou contratempos gigantescos. E o mais importante: encarou cada obstáculo de cabeça erguida. A fase pela qual estar passando é só mais um desafio a ser enfrentado. Se controlou sua fúria contra difamadores irresponsáveis e insensíveis, também pode trazer de volta a Tália que um dia me aconselhou sobre minha perda de memória.

— Você sabe o quanto tive que me segurar para controlar meus impulsos só porque me disse que devia fazer isso?! — ela explodiu, tomando o livro à mão e o arremessando contra a parede à sua frente. Foi o objeto mais próximo que ela conseguiu encontrar ao alcance da mão direita. — Sabe o quanto me senti fraca por segui sua baboseira sobre controlar os nervos? Sabe o quanto riram de mim e não pude fazer nada só para poder dominar minha fúria e a vontade louca de silenciar cada pessoa que teve a coragem de mentir sobre minha vida e minha pessoa? Você sabe o quanto isso me doeu por dentro, professor? O quanto isso dilacerou minhas entranhas, o quanto corroeu minha mente e quantas vezes tive que engolir o choro só para que ninguém enxergasse minha fraqueza? Não, você não sabe! Ninguém sabe!

Ela silenciou e levou as mãos ao rosto, tentando, inutilmente, abafar os soluços e interromper as lágrimas. Agora estava envergonhada. Por um instante, tudo que desejara era gritar com alguém, soltar palavras ásperas ao vento, deixar que cada dor de sua mente fosse expelida do cérebro. Necessitara de uma válvula de escape. No entanto, explodir dessa forma parecia ser desproporcional e desnecessário. Por isso, imediatamente foi sufocada por um sentimento intenso de culpa e vergonha. Então, ela se viu como a verdadeira culpada pelo que estava passando e envergonhada por ter gritado com o docente. Algo estava terrivelmente errado, um resquício da outra Tália lhe avisou de algum canto de sua mente.

O professor se levantou sem dizer palavra alguma, como se não tivesse ouvido ou visto nada. Não podia falar neste momento delicado. Não até que ela colocasse toda a cólera que estava sentindo para fora. Já vira muitos alunos explodirem de raiva em sala de aula. Alunos que trazem para a escola o estresse acumulado dentro de casa, seja por um convívio familiar tenso ou desestruturado, incompreensão entre pais ou entre irmãos, vítimas de um ambiente desgastante ou sem perspectiva. Poucos são capazes de resistir ilesos a esse tipo de convivência. E os poucos que resistem, carregam sequelas para o resto da vida. Muitos, no entanto, simplesmente têm a escola como um refúgio, como uma válvula de escape. Uma vez ou outra, porém, a tensão alcança um nível extremo de estresse e acaba por levar a uma explosão em plena aula, quando a situação fica insuportável.

Por isso, o docente sabia exatamente o que devia fazer quando algo do tipo ocorria: não fazer nada, simplesmente permanecer calado e permitir que a fúria momentânea ganhe vazão e escorra até a última gota em forma de gritos e palavras imprudentes. Era o que estava acontecendo neste momento, embora não fosse numa sala de aula. Sua aluna estava tentando descarregar toda a tensão acumulada durante meses ou até mesmo ao longo de muitos anos. Portanto, o preceptor sabia, era o momento de ouvir mais e falar menos. Não interromperia sua estudante até ela expelir toda a raiva que estava aflorando do peito, emergindo como torrente, até que viesse à tona cada mágoa que a desgastava por dentro. Ele havia aberto a válvula de escape e agora deveria esperar que escoasse tudo de uma vez.

A mãe apareceu no vão da porta, aflita, os olhos lacrimejantes. Antes que ela perguntasse algo, o professor lhe fez um gesto com a palma da mão esquerda, assegurando-a de que estava tudo bem. Então, ela voltou sem fazer nenhuma interrupção. O docente, tentando manter a maior calma possível, caminhou em silêncio até o pé da parede e recolheu o livro. Atirar para longe uma história sobre deuses e criaturas poderosas é um excelente mecanismo para se aliviar a tensão de uma raiva reprimida, ele ironizou mentalmente. Quem nunca teve vontade de arremessar um objeto contra a parede quando a mente sufoca? Esse tipo de projétil costuma evitar outros atos de violência. É o modo mais fácil e seguro de não se ferir alguém.

Depois que colocou o livro de volta sobre a cama, agora fora do alcance das mãos da aluna, ele retornou ao seu assento.

— Controlar os próprios impulsos não significa fraqueza, Tália — o professor voltou a falar, quando percebeu que a estudante dera uma pausa no seu vociferar. Ainda assim, ele mirou o chão para não encarar o rosto lacrimante da aluna. — Quando lhe pedi para controlar os seus nervos, não o fiz só porque queria que você mantivesse sob controle seu próprio ímpeto. Fiz porque, naquele momento, eu mesmo precisava controlar os meus próprios impulsos. Naquele dia, se você não tivesse se acalmado, eu também não sei até que ponto meus nervos teriam suportado. Provavelmente, teria lhe aplicado uma advertência e suspensão das quais ainda hoje estaria arrependido.

Os soluços amenizaram, mas não se extinguiram por completo. Ela prosseguiu enxugando o rosto com as mãos, porém as lágrimas pareciam sair de uma fonte infinita. Felizmente, pelo que era possível perceber, não se teria mais gritos nem objetos se chocando contra a parede. O livro estava longe e ela não chegaria ao ponto de quebrar o próprio celular. Ele sabia que a pausa prolongada significava uma janela na crise de agressividade da estudante. Portanto, o docente concluiu, era chegado o momento de poder voltar a falar.

— Há alguns meses atrás você foi até minha casa e me encontrou numa cadeira de rodas, a cabeça recém livre de um curativo e a mente imersa em dúvida sobre a possibilidade ou não de voltar a lembrar de equações e cálculos matemáticos — o professor seria grato à Tália pelo resto de sua vida. Ela não só tinha lhe visitado após a craniotomia, mas lhe direcionado a mente para o que seria a recuperação de sua memória numérica e simbólica. Além disso, a conversa que tivera com ela o deixara com mais ânimo e vontade de seguir em frente. Agora, tudo estava mudado. Ele a encarou por um instante, sentindo falta da Tália de antes. Como a aluna permaneceu silente, o preceptor prosseguiu: — Naquele dia você me pediu para levantar a cabeça e deixar minha mente enxergar o que eu nunca tive que esquecer. Eu a escutei e...

— Deixe sua aluna sucumbir, professor — ela o interrompeu por um momento, parecendo enfurecida, porém mantendo o controle sobre os nervos. A voz saíra em baixo tom, mas parecia reprimida, como se principiasse uma explosão de fúria para em seguida virem os gritos.

— Estou aqui para...

— Por favor, professor — ela o implorou, como se não suportasse ouvi-lo. As lágrimas pareciam não acabar nunca, aumentando em volume e frequência. Um esbravejo poderia ser iminente. — Eu não consigo... Não tenho força...

— Estou aqui para retribuir o que fez por mim, Tália.

O professor concluiu e baixou a cabeça, esperando a detonação dos brados, gritos ou algum objeto inesperado voando na sua direção. Porém, eles não vieram. Nem grito nem esbravejo. E nada se espatifou contra a parede. O que se fez notar foram apenas mais soluços contidos e lágrimas insistentes. Era como se ele tivesse posto o dedo na ferida inflamada da aluna, como se tivesse acessado a fonte de todo o seu desalento, toda a sua melancolia acumulada. Lembrar de como era sua versão de meses atrás a deixava angustiada, magoada consigo mesma. O docente teve um leve vislumbre de como aquilo parecia ser uma ferida que insistia em não sarar, um ferimento mental ardente e dolorido.

— Nos deixe lhe ajudar com algo, Tália — o preceptor a pediu, aproveitando o momento de calmaria. — Eu, a Briela, seus amigos, seus pais, a Lyara. Você mesma. Todos nós gostamos mais da Tália de antes e queremos fazer algo para lhe socorrer, trazê-la de volta.

— Eu não posso ser socorrida, professor — ela agora chorava copiosamente, como se algo a estraçalhasse por dentro e a forçasse molhar cada vez mais seu rosto juvenil. — Estou no fundo poço, professor, como você mesmo pode ver.

— O fundo do poço é o ponto mais baixo no qual se pode descer, Tália — ele exclamou, encarando a estudante, parecendo animado e cheio de expectativa. — Então é chegado o momento de subir, retornar para a superfície de onde nunca deveria ter descido.

O professor deu uma pausa e, por um momento, olhou fixamente para o rosto aflito da estudante. Ainda que gradualmente, os soluços começaram a se abrandar. A Tália agora lhe fazia lembrar das vezes em que conversava com uma Nélia amargurada, quando a mesma chegava abatida e em estado sofrível na escola. Mesmo após passar uma noite inteira sem dormir e ouvindo o quebra-quebra dentro de casa, proporcionado por seu pai embriagado, uma Nélia esforçada e de cabeça erguida se fazia presente na aula. Ela sempre se mostrara uma garota forte e resiliente. Portanto, quando o preceptor conhecera a Tália, vira à sua frente a imagem da própria Nélia. E como as duas se pareciam! Tanto no modo como sofriam como na maneira de resolver os próprios problemas, encarar os diversos obstáculos. Uma havia sido levada por um câncer impiedoso. A outra se consumia em depressão. Se não pudera fazer nada pela primeira, poderia fazer muito pela segunda.

Deixar de conhecer os próprios alunos é não saber o que eles trazem atrás do rosto alegre, ou triste, com o qual chegam à escola. É enxergar apenas a cena à frente da cortina, perdendo a oportunidade de ver o que ocorreu nos bastidores. E as quedas mais dolorosas ocorrem atrás do palco. Não se ver os arranhões porque são encobertos pela maquiagem e pelo sorriso de encenação. E como ele lamentava não ter ajudado a Nélia com nada quando ela mais precisou! Ela o havia confiado todas as suas dores e sonhos, como se lhe pedisse ajuda e o revelasse o que pretendia para o futuro. No entanto, o docente não a socorrera, não lhe dera uma mão amiga. Nem mesmo a visitara no hospital, quando da sua breve internação. Um dia estava ouvindo uma Nélia tristonha contando sobre o que havia passado em casa durante à noite. Na semana seguinte recebia uma mensagem pelo celular o informando que a estudante falecera. Ela se fora e ele não pudera nem mesmo se despedir.

— Você já sabe que a técnica mnemônica que me sugeriu teve um resultado excelente — ele disse, não querendo perder a oportunidade de falar e ser ouvido. — Também estou aqui para lhe contar pessoalmente que o artigo do qual lhe falei por celular acabou de ser aceito para publicação. Corrigi os erros de cálculo e eliminei os equívocos conceituais. E apesar do conselho editorial garantir que não é uma descoberta fantástica, o dispondo na seção sobre especulação filosófica, só o fato de ser publicado já valeu o esforço. Por isso, quero lhe agradecer por tudo que fez por mim, Tália. Se não tivesse tido aquela conversa com você, não teria seguido em frente. Simplesmente teria desmoronado, talvez até deixado de lecionar. Muito provavelmente, não teria nem recuperado minha memória.

Embora permanecesse calada, quem a enxergasse através do pensamento, poderia perceber que a estudante se alegrara com o que acabara de ouvir. Até mesmo um ínfimo e leve sorriso se desenhou nos seus lábios, como se a Tália de antigamente estivesse se manifestando, aflorando de dentro da mente, sobrepondo-se à sua versão inventada dos últimos meses. Saber que o professor conseguira publicar seu artigo a deixou menos tristonha, como se uma luz se acendesse na sua cabeça, trazendo de volta sua capacidade de se admirar com boas notícias. E como se uma fonte estivesse minguando, suas lágrimas também diminuíram, tanto em intensidade quanto em ritmo. Os soluços também sofreram um baque e cessaram até ela ter que se preocupar somente com um enxugar de rosto.

— Se você não nos deixar lhe ajudar, corro direto para casa e rasgo em pedacinhos todas as equações que escrevi nestes últimos meses — o docente ousou fazer uma brincadeira, sorrindo amistosamente, quando sentiu que era seguro, pois observava uma leve recuperação no ânimo da aluna. Pelo menos o choro parecia se extinguir. Esta, ainda passando as mãos pelos olhos, conseguiu sorrir com mais vontade, a covinha na face sinalizando que a mente se tranquilizava, mesmo aos poucos. Ainda encarando a aluna, o professor prosseguiu: — E para completar a confusão, coloco fogo em tudo que já consegui escrever e ainda danço ao redor da fogueira. Será um espetáculo e tanto.

— Somente um tolo faria algo do tipo — ele a ouviu falando, numa mistura caótica de sorriso alegre, soluço reprimido e serenidade característica da verdadeira Tália.

— Então vamos evitar que eu me torne um tolo? — o docente pediu, em tom de brincadeira, porém com seriedade e esperança.

— Vamos — ela demorou alguns instantes para responder, mas pareceu plenamente convicta na sua resposta.

— Significa que estar tudo pronto para ficar bem? — o professor insistiu, como se quisesse ter certeza de que encontrara realmente a Tália autêntica, a verdadeira.

— Vai estar — a estudante garantiu, agora sem mais lágrimas a descerem pelo rosto abatido e sem mais sinais de soluço. — Vai ficar — ela repetiu, como se quisesse enfatizar uma promessa.

— Vai sim! — o professor exclamou, levantando-se e se encaminhando para a porta. — Era exatamente isso o que eu queria ouvir, Tália. Significa que estamos no caminho correto. Vai dar certo!

O professor entonou seu mantra com convicção, o qual também era dela, e se acercou da porta, acenando com a mão para a mãe. Esta, não demorou para se aproximar, tendo o marido e a filha menor próximos de si. O preceptor os recebeu e cumprimentou os três com um aceno de cabeça. Em seguida, ele os convidou para entrar, querendo deixar claro que sua visita havia terminado, pelo menos por enquanto. Os pais e a irmã adentraram o quarto e o docente se retirou, sem se despedir, como se não fosse necessária uma despedida. Antes de transpassar pelo vão da porta, a estudante o indagou, parecendo preocupada:

— Você não vai me ajudar, professor?

— Não tenha dúvida de que irei — ele respondeu, surpreso com a pergunta e sorrindo por dentro. A verdadeira Tália parecia estar realmente voltando, mesmo que só um pouco de cada vez, em migalhas.

— E por que estar indo embora? — o docente se alegrou ainda mais com o que ouviu. O sorriso interior se manifestou delicadamente nos lábios, forçando-o a parar por um breve instante para ter certeza de que estava realmente escutando tal pergunta. Como era bom saber que a Tália que conhecera há dois anos e meio não havia sucumbido por completo!

— Porque você já ajudou a si mesma a maior parte somente com esta breve conversa que tivemos, Tália. Isso mostra o quanto você é forte e resiliente, nobres características, entre outras tantas, das quais nunca tive dúvida de que você as possuía. Porém, neste momento você não precisa de mim — o professor apontou para os pais e para a irmã com um gesto de cabeça. — Precisa mesmo é dessas três pessoas, as quais sempre lhe darão o maior apoio que você pode ter. Tem que voltar a ser a filha e irmã delas novamente, o orgulho que sempre foi para elas três — o professor deu uma pausa para encarar a aluna e depois prosseguiu: — Aceite o abraço confortador que elas têm para lhe oferecer, tome um banho bem demorado, ouça uma boa música, faça uma refeição bem equilibrada, converse bastante com sua amiga Briela e fique o resto do dia ao lado de sua família. Como nunca esteve nos últimos meses. Tudo isso lhe fará se sentir melhor. A partir de amanhã teremos muito com o que se preocupar.

— Pode deixar, professor — ela disse, contente e agradecida. — Muito obrigada por ter vindo e por não ter desistido no meio da conversa.

— Eu nunca desisto de estudante nenhum, Tália — agora, além da Nélia, o preceptor também estava a se lembrar do Noan, do Lian, da Kália, do Rayel. O esforço de todos eles eram motivo para ele continuar acreditando que seu trabalho tinha sentido. — Quando um vem a sucumbir, ou partir de vez, é porque não posso fazer nada, quando a situação foge totalmente do meu controle e fica fora do alcance de minha muito limitada força. E não poderia ser diferente com você.

— Desculpe pelos brados enraivecidos e pelo livro voando próximo à sua cabeça.

— Não foi nada. Um livro é o que se tem de melhor para se descarregar uma raiva acumulada.

O docente disse, girando sobre os calcanhares para sair, deixando que pai, mãe e a irmã se acercassem da estudante. Esta os recebeu com um abraço apertado, agora permitindo que os soluços e as lágrimas de contentamento lhe inundassem os olhos. Era como se tivesse estado muito longe da família e agora a reencontrasse de repente. Nos últimos meses, uma Tália melancólica estivera cada vez mais isolada em seu quarto e distante dos pais e da irmã. O relacionamento entre os quatro havia se deteriorado ao extremo e estavam convivendo como verdadeiros estranhos debaixo do mesmo teto.

— Peço desculpas por tudo isso pai, mãe, Lyara — ela conseguiu falar, engolfada pelo choro emocionado.

— Não precisa se desculpar, minha filha — a mãe a respondeu, chorando como criança pequena. O pai não conseguia se expressar em palavras, os soluços não o admitiam. — Vai ficar tudo bem.

Alguns minutos depois, a Briela estava de volta ao quarto, agora a pedido da própria Tália. Esta, retornando ao seu velho estado compreensivo, estava ciente de que devia um pedido de desculpa àquela. A primeira, uma autêntica amiga, tinha plena consciência do quanto realmente a segunda estava necessitando de sua ajuda. E a Briela não a negaria tal amparo. Pelo contrário, até se jogaria no poço, se fosse preciso, para socorrer sua colega. As duas precisavam conversar sobre muitos assuntos, inclusive sobre o próprio estado deprimente no qual a amiga se encontrava imersa. Não seria fácil trazer de volta por completa a verdadeira Tália. No entanto, como o professor e a Lyara haviam dito, todos eles gostavam mais da Tália de antes. E, portanto, não havia dúvida de que estavam dispostos a lutarem por seu retorno.

Depois do desmoronamento tem que se converter a ruína em alicerce.

Pois após a tempestade é preciso organizar os destroços.

O professor passeava pelo corredor quando o sinal tocou para o intervalo. Não estava em sala e, portanto, decidira caminhar pela escola para conversar com algum aluno. Quando se aproximou da sala do terceiro ano B, não demorou para ver a Tália à sua frente. Ela também logo o avistou. Estava acompanhada da Briela, do Lian e do amigo dele, o garoto da quinta cadeira da primeira fila. O *quarteto do intervalo* agora saía para lanchar fora da sala. A própria Tália pedira que fosse assim, pois queria treinar sua capacidade de ser surda ao que as más línguas cuspiam. Claro que era uma brincadeira sua, pois não precisava mais se preocupar com as difamações e calúnias de tempos atrás. Até o Lian gostara da ideia, uma vez que também continuava no processo de controle de seu transtorno.

Embora estivesse toda semana na sala da Tália, o professor não tivera tempo ou oportunidade para conversar mais demoradamente com sua aluna, desde o dia em que fora visitá-la em sua casa, dois meses atrás. Quando o avistou, ela diminuiu o passo para ficar para trás, deixando que os amigos seguissem na frente. Parecia necessitar de uma conversa com o docente, mesmo que fosse breve. As últimas oito semanas haviam sido intensas e repletas de acontecimentos, alguns bons, outros um tanto preocupantes. Aos poucos, ela conseguira voltar com regularidade à rotina da escola, ao mesmo tempo em que tentava resolver os problemas em casa. Estivera conversando bastante com a Briela e seus outros dois colegas. O Lian, junto com seu amigo, fizera-lhe uma visita dias após o preceptor e aproveitara a oportunidade para compartilhar como era conviver com pensamentos incontroláveis e insistentes.

— Oi, professor — ela o cumprimentou, satisfeita por vê-lo, mas contida, mantendo um semblante sério.

— Oi, Tália — o docente a saudou de volta, também sério, como se já soubesse que ela queria conversar sobre algo mais importante. — Tudo bem?

— Mais ou menos, professor — ela respondeu, o acompanhando em direção ao refeitório.

— Aconteceu algo muito sério que está lhe magoando ou lhe incomodando? — ele a indagou, retoricamente, pois sabia que sua aluna ainda estava em processo de recuperação de seu estado melancólico.

— Estou preocupada e com medo ao mesmo tempo — ela confessou, sentando de frente para o professor numa mesa próxima aos três colegas, os quais estavam entretidos numa conversa animada. — Estou preocupada com o diagnóstico do meu pai e com medo de não conseguir uma vaga na universidade depois de tanto esforço.

— Comece pela parte do diagnóstico — o docente pediu, de vez em quando acenando para algum aluno que passava e o cumprimentava. — As consultas e exames não deram tudo certo?

— O que você sabe sobre TEI, Transtorno Explosivo Intermitente?

— A *síndrome de Hulk*? — o preceptor indagou, desenhando um leve sorriso no rosto, como se tivesse ouvido algo engraçado. — A condição psiquiátrica na qual um indivíduo tem explosões de raiva e agressividade desproporcionais à situação?

— Isso mesmo — ela continuava séria, como se estivesse realmente preocupada. — O médico diagnosticou meu pai com esse transtorno.

— Fiquei sabendo — o preceptor não queria assumir que já tinha conhecimento da diagnose do pai da Tália através de outra pessoa, mas queria ser franco com ela. — Sua mãe me contou por telefone.

— Então... Você sabe algo sobre isso? — ela o encarou, embora não encontrasse o olhar do docente.

— Só o suficiente para lhe tranquilizar de que, apesar de não haver cura, uma pessoa com TEI pode viver normalmente, caso consiga conter os próprios impulsos, unindo uma mente alerta e controlada à ação dos diversos medicamentos.

— Foi o que o médico disse — uma Tália um tanto tristonha completou, mas deu uma pausa, olhando para o tampo da mesa, mirando as próprias mãos. Em seguida, levantou a cabeça e continuou: — Porém, não estou preocupada somente com essa parte. E talvez minha mãe não o tenha contado toda a história, professor.

— Como assim, Tália? — agora era a vez de o docente se mostrar preocupado.

— Tive que realizar todas as consultas e exames pelos quais meu pai teve que passar. Assim como minha irmã Lyara. E muito provavelmente eu também seja acometida por TEI. Ou seja, é possível que eu tenha herdado o transtorno de meu pai.

A estudante informou e em seguida seu olhar se anuviou. Para o professor, no entanto, aquilo não era bem uma surpresa, uma vez que tinha presenciado a explosão da Tália, quando a visitara, muitas semanas atrás. A mãe realmente omitira essa parte, talvez querendo preservar a imagem da filha. Como tal transtorno carrega uma parcela considerável de fatores genéticos, o médico amigo da Kália havia recomendado que as duas filhas também passassem pelos mesmos procedimentos psiquiátricos que o pai. E era realmente uma pena se a Tália viesse a desenvolver tal transtorno, uma condição psiquiátrica difícil de lidar e muito desgastante para as relações pessoais.

— Mesmo que exista a possibilidade de você desenvolver TEI, como o médico disse, não é algo que venha a surgir subitamente e muito menos uma garantia — o docente tentou ser o mais leve possível, evitando deixar a aluna preocupada além do que já estava.

— Professor, eu gritei asperamente com meu próprio pai e atirei um livro contra a parede na sua presença — ela disse, o encarando com seriedade. — Não existem sintomas mais evidentes do que esses dois, gritar e arremessar objetos. Era exatamente isso que meu pai sempre fazia quando estava em crise de TEI, além de chorar como criança algumas vezes.

— Mas veja por outro lado, Tália: você já mostrou que é capaz de controlar os próprios nervos, quando assim deseja. Significa que se realizar os acompanhamentos médicos direitinho não será acometida pelas crises do transtorno. Seu pai sofreu por muito tempo porque ninguém fazia ideia de que era uma condição psiquiátrica e não teve o tratamento adequado logo no início. Sei que você é forte o bastante para resistir aos seus impulsos e evitar os momentos de crise. Além disso, pelo fato de ser rígida na condução de uma rotina, não será muito difícil para você seguir com um tratamento preventivo. Portanto, você não precisa ficar preocupada com isso no momento — ele deu uma pausa para ver a reação da aluna. Ela ainda tinha o semblante um pouco sombrio, porém estava menos apreensiva. Então, para tirá-la do estado pensativo no qual parecia imersa, ele prosseguiu: — E como está indo o tratamento de seu pai?

— Ele está seguindo as orientações médicas com compromisso e tomando a medicação com total regularidade — a estudante explicou, satisfeita pela atitude do docente em mudar o foco da conversa. — O médico o encaminhou para terapia, para que o psicólogo o ajude a identificar o que pode provocar um acesso de fúria, como evitá-lo ou controlar a intensidade de uma crise. Também receitou um verdadeiro coquetel de medicamentos: antidepressivos, ansiolíticos, antiepiléticos, estabilizadores de humor, antipsicóticos e betabloqueadores.

— Realmente, só em conseguir lembrar de tomar isso tudo, já é um verdadeiro tratamento — o professor brincou, sorrindo de leve, o que fez a Tália também sorrir.

— Meu pai prometeu que se esforçaria ao máximo para que tudo venha a se resolver — ela voltou a falar, com seriedade. — Prometeu a mim. A nós. Até mesmo a você, por não ter desistido da gente. Por não ter desistido de mim quando minha mente parecia se encaminhar para um mundo sombrio e desconhecido.

— Vai dar certo — o docente afirmou, com convicção.

— Assim espero, professor — uma Tália mais conformada desejou.

— E por qual motivo você está com medo de não conseguir entrar na universidade? — o preceptor indagou, retoricamente. Ele era ciente do quanto a Tália cobrava a si mesma e quanto conteúdo ela havia deixado de assimilar por causa da condição lastimável na qual se encontrava até dois meses atrás.

— Sei lá, professor... — ela voltou a mirar as próprias mãos, como se não conseguisse manter a cabeça erguida. — Passei muito tempo sem foco, tanto em casa quanto aqui na escola. Durante meses, não estudei nem o mínimo que deveria ter estudado. Apesar de agora estar conseguindo acompanhar o conteúdo, fiquei com uma enorme defasagem em tudo que foi visto no semestre passado. Além disso, falta pouco tempo para o vestibular, não sendo possível analisar o conteúdo que falta estudar nem revisar o que já estudei.

— No entanto, o exame do vestibular não se concentrará somente no conteúdo analisado durante o tempo em que você ficou sem estudar — o professor a consolou, embora compreendesse que cada aula perdida faria diferença na realização de uma prova. — Se você organizar direitinho o seu cronograma de estudo, poderá se sair muito bem. Além disso, lembre-se de que muitos não chegaram a estudar nem metade do que você já estudou até aqui.

— O pessoal da minha turma está muito mais avançado do que eu — ela lamentou, levantando a cabeça por um instante para mirar os colegas ao lado. — Perdi muito tempo brincando de menina depressiva, professor.

— Lutar contra a decadência da própria mente não é brincadeira, Tália — ele afirmou, percebendo certa recaída no psicológico da aluna. Nas últimas semanas, o docente pensou só consigo, quantas vezes ela tinha sido acometida pelo desalento insistente querendo se reinstalar no seu pensamento? Com certeza, muitas vezes e durante todos os dias. Provavelmente, não havia sido uma batalha fácil de encarar até chegar à Tália que agora se encontrava à sua frente, conversando como se nunca tivesse passado por um estágio de depressão. — Você não tem ideia de quantas pessoas sucumbem à melancolia só por não suportar os momentos de languidez e por não ser capaz de conter os próprios impulsos ou repelir os pensamentos deteriorantes.

— Mas se eu não conseguir entrar na faculdade, todo mundo ao meu redor ficará me olhando com decepção, se perguntando para que serviu cada dia de estudo que eu tive — ela tentou desabafar, com certo aperto na garganta. — E o pior: essas pessoas terão razão em pensar dessa forma.

— Então você está mais preocupada com o que irão pensar sobre a Tália que é sempre esforçada e estudiosa? — ele mais afirmou do que perguntou. — Na maior parte das vezes é preciso ser surdo ao que as pessoas pensam sobre nós. Todo mundo só ver uma pequena parte do que somos, do que fazemos, pelo que passamos, o que tivemos de suportar, as decisões difíceis que tivemos de tomar, das decepções com as quais fomos obrigados a conviver, dos falsos amigos que nos deixaram para trás, dos momentos que quase explodimos de medo e desilusão com a vida. Todo o restante do oceano de nossa vida, somente nós mesmos sabemos com que sacrifício o atravessamos — o professor deu uma pausa, mas prosseguiu em seguida: — Não passar no vestibular da primeira vez não significa fracasso, mas um aprendizado para a próxima tentativa. E independentemente do resultado, você não precisa dar satisfação a ninguém. Quem conhece a Tália de verdade, não deixará de aplaudi-la e apoiá-la. O mais importante é você dar sempre o seu melhor, como sempre tem feito com tudo que já fez até aqui.

— Eu também queria muito pensar por esse lado, professor — ela voltou a levantar a cabeça, desenhando um leve sorriso nos lábios, como se estivesse contente pelo que acabava de ouvir. — Porém, é muito difícil pensar e agir dessa forma, sabendo que tem gente de olho em nosso fracasso.

— Pois se existe alguém esperando uma oportunidade para vê-la cair, melhor ainda para decepcioná-lo — o professor a incentivou, pois tinha plena convicção de que sua aluna conseguiria realizar o sonho que alimentava desde quando chegara ao ensino médio. — Mostre que você às vezes cai, mas sempre levanta de cabeça erguida.

— Acho que é isso mesmo, professor — uma Tália menos preocupada concordou, sorrindo alegremente, permitindo que a covinha se destacasse na fase. — Se já superei tantos contratempos até aqui, não será uma prova de vestibular que irá me fazer sucumbir.

— É isso aí! — o professor exclamou, animado. — Então... Vai ficar tudo bem?

— Vai sim! — ela garantiu, parecendo segura na resposta.

Ela sempre gostara de conversar com o seu professor de Física, desde quando o conhecera, há quase três anos atrás. Ele tinha um modo diferente de enxergar o mundo e se relacionar com as pessoas. Quando conversava com os estudantes, o docente sempre mantinha um pensamento positivo, mostrando-lhes a realidade, mas também os incentivando a seguir adiante. Talvez não teria ficado tanto tempo depressiva se tivesse mantido um diálogo constante com o professor, ela se pegou pensando. Há pouco estava tensa e apreensiva, porém agora estava melhor, bem mais descontraída. Muitos a criticavam ou mentiam sobre sua vida. O preceptor era uma das poucas pessoas que a enxergava como ela realmente era, esforçada, verdadeira e sobrevivente de episódios os mais debilitantes que se podia imaginar. Por isso, seria sempre grata ao docente. E antes que ele mudasse de assunto ou encerrasse a conversa, uma Tália curiosa resolveu confirmar o que vinha guardando na mente desde muitos dias atrás:

— O que a Briela me contou sobre seu passado é verdade?

— Sobre qual parte do passado? — ele se fez de desentendido, como se tivesse sido pego de surpresa com a pergunta.

— Sobre sua aluna Nélia — ela foi direto ao ponto, sem rodeios, como se não pretendesse perder a presente oportunidade. No entanto, quando viu o semblante do professor mudar repentinamente, não foi difícil perceber que havia tocado numa ferida eternamente inflamada, que não sarava nunca.

— Sim, é verdade — ele respondeu, sério, porém sem perder a postura. Não queria mostrar o quanto era fraco nesse ponto na frente de sua estudante. A Nélia era uma lembrança boa, mas ao mesmo tempo dolorida. Então, ele se pegou imaginando que grande profissional ela seria hoje se não tivesse sido levada prematuramente por um câncer impiedoso. E pedir para a Tália estudar sem parar era um sonho de vê-la se tornar alguém que a Nélia nunca tivera a oportunidade de ser.

— Então, você já pode me contar o resto, professor — ela afirmou, o encarando fixamente, quando percebeu que ele não iria continuar falando sobre o dito assunto.

— Não entendi essa última parte, Tália — o docente disse, surpreso, como se tivesse sido flagrado praticando um crime.

— Eu sei que você não contou tudo aos meus colegas — ela o explicou com mais clareza, como se realmente estivesse esperando algo a mais. — Ainda temos uns minutinhos até a campainha tocar. Portanto, você pode confiar em mim, professor, e me dizer aquilo que esconde de todo mundo.

A Tália não sabia exatamente do que estava falando. Mesmo assim, jogou com a situação, esperando ser recompensada com algo. Estava treinando sua tão sonhada futura formação acadêmica. O professor, por seu lado, sabia que ela estava jogando verde para colher maduro, como diz o ditado popular. Porém, ele não queria desanimá-la na sua tentativa de descobrir algo além do que já sabia. Além do mais, ele confiava piamente nela e tinha certeza de que poderia compartilhar com a mesma o resto da sua história, a parte que ninguém mais da escola tinha conhecimento. Não sabia explicar o motivo, mas tinha uma sensação de que devia contar à Tália o que não contara aos outros quatro alunos.

— Sou feito de muitas camadas, Tália, e poucos conhecem além da externa — ele disse, pensativo, moldando um semblante enigmático no rosto.

— Não entendi, professor — ela confessou, realmente confusa.

— Quando eu era criança, fui diagnosticado com Transtorno do Espectro Autista, TEA. Depois com TEI, o transtorno de seu pai. E quando já adolescente, um médico me deu como diagnose o status de psicótico.

Ele falou tudo de uma vez, como se não quisesse se prolongar no assunto. Em seguida, levantou da cadeira em sincronia com o som da sineta indicando o fim do intervalo. Na cadeira oposta, uma Tália perplexa o observou se afastar, caminhando em direção à sala dos professores.

A ferida tinha sido aberta e ela era a culpada.

O Sonho

Ela olhava para o quadro, mas mirava o vazio. Sua mente não estava na sala, mas sim pensando em tudo que vivenciara nos últimos três anos. Na sua primeira aula de Física, o professor havia alertado à turma que se deveria aproveitar cada momento no ensino médio porque o tempo passaria muito rápido. Na época, uma Tália querendo fazer de tudo um pouco, não se atentara para esse detalhe. E apesar de cada contratempo e momento de provação com os quais tivera de conviver, agora ela estava com a sensação de que os três anos pareciam ter passado num piscar de olho.

— Pois bem, pessoal — o professor exclamou, encarando a turma —, aqui estamos, na nossa última aula de Física. Até parece que foi ontem que estive com vocês pela primeira vez, em nosso primeiro encontro em sala.

O professor tinha combinado na semana anterior que sua última aula seria algo mais leve, sem a pressão da costumeira cobrança ou exigência de conteúdo. Não havia mais a necessidade de se discutir qualquer tema, uma vez que todas as provas já haviam sido realizadas, inclusive o exame do vestibular. O último encontro seria mais uma conversa do que uma aula propriamente dita. Os alunos haviam aplaudido a ideia, como se o preceptor os tivesse anunciado uma premiação. Apesar de alguns não terem conseguido criar um vínculo afetivo com o docente, não havia dúvida de que todos estavam com certa tristeza ou com aquele sentimento de que sentiriam saudade.

Agora ele estava ali, os observando, sentado atrás do birô. Não era possível saber com certeza seu estado mental, o que estava a pensar acerca do último encontro que teria com toda a turma do terceiro ano B. Não parecia nem triste nem alegre, apenas o professor de Física. Aos olhos de muitos estudantes, ele continuava sendo a mesma pessoa de sempre. Com o mesmo rigor na condução das aulas; a organização altamente simétrica dos materiais sobre a mesa; a mesma voz firme na hora de advertir um aluno menos atento; e a mesma segurança emocional para falar sobre o mundo e sobre as pessoas.

Aos olhos da Tália, no entanto, o docente era realmente feito de camadas, como ele mesmo lhe havia confessado meses atrás, quando conversavam sobre o diagnóstico do pai, durante o horário do intervalo. Muitas e diversas camadas, para ser mais preciso. E as mais internas eram sempre mais ignotas e tenebrosas do que as externas. Realmente, poucos conheciam além da primeira camada, aquela que estava exposta ao mundo e às pessoas. Nunca, nem se vivesse por uma eternidade, ela poderia imaginar que o passado do professor pudesse ser tão sombrio, com uma curva tão sinuosa. Como era mesmo que ele lhe havia dito uma vez? — *Tália, na vida não existe ponto fora da curva nem curva sem ponto.* Agora ela entendia aquela frase perfeitamente. A curva da existência possui ascensão e queda simplesmente para poder abranger todos os pontos da vida, os altos, os intermediários e também os baixos. Para que nenhum dos pontos fique fora da sua referida curva e sem os quais não existe curva nenhuma.

O professor, que sempre se relacionava com seus alunos como se nada de mais sério estivesse acontecendo ou acontecido, havia passado por muitos pontos baixos na curva de sua existência. Entre tais pontos, haviam alguns que eram verdadeiros precipícios, poços profundos como a noite, de dentro dos quais sempre foi difícil se enxergar a superfície iluminada. Poços sem parede áspera o suficiente para alguém subir de volta para o mundo do bom senso e da normalidade mental. *Bullying*, dificuldade para ler e escrever, ausência de amigo, falta de interação na escola, perda de estudantes queridos, Transtorno do Espectro Autista, Transtorno Explosivo Intermitente, distúrbio psicótico. Até parecia mentira ou algo fantasiado pela mente fértil de um escritor famoso. Entretanto, era tudo verdade, embora poucas pessoas soubessem de tal passado. E o mais incrível: o docente havia superado tudo e vivia como se nada o perturbasse.

— Tália, aí vão as provas do que lhe falei ontem — a tela do celular havia se iluminado com uma mensagem do professor, no dia seguinte à conversa na qual ele tinha confessado sobre os seus próprios diagnósticos. Em anexo, estava alguns arquivos em PDF, escaneados a partir de documentos já um pouco envelhecidos pelo tempo. Tratava-se de exames médicos realizados há alguns anos atrás. — Desculpe por tê-la assustado e ter lhe revelado minhas paranoias. Só lhe contei porque tenho plena confiança em você. Porém, existe um círculo muito reduzido de pessoas que conhecem este meu lado e gostaria muito que você guardasse tal informação somente para si mesma.

— Tudo bem, professor — ela respondera de volta, antes mesmo de conferir com mais atenção os arquivos que acabava de receber. — Você tem a minha palavra. E não se preocupe, não fiquei assustada, mas fascinada. E agradeço por ter compartilhado uma parte de sua vida comigo. Significa muito para mim.

Ele havia enviado a cópia de todos os três exames. Quando ela percorreu a vista pela página do primeiro, não conseguiu evitar um pequeno sobressalto. Era estranho ver o nome do professor como sendo um paciente, acompanhado por um psiquiatra. Ao verificar o segundo e depois o terceiro, foi tomada por uma sensação intensa de perplexidade. O médico psiquiatra responsável tinha escrito uma observação no canto inferior direito de uma das folhas: *paciente com tendência psicótica em alto grau, podendo vir a desenvolver crise elevada de agressividade*. O mundo era mesmo muito pequeno, uma Tália pasma pensou por um instante. Embora não tivesse conhecido o preceptor antes do ensino médio, ela logo lembrou do próprio pai, os instantes a esbravejar e os objetos voando para todo lado. Será se o professor havia passado por momentos tão devastadores como esses, ela se perguntou? Se passara e os superara, uma Tália esperançosa queria acreditar que isso poderia ser um bom sinal para o caso de seu pai e o dela mesma. Era como se fosse uma tábua salva-vidas no meio do oceano tempestuoso.

— Seu médico escreveu essa observação no terceiro exame com convicção ou era apenas uma suspeita? — ela indagou ao docente, não conseguindo esconder a curiosidade. — Quero dizer: ele chegou a presenciar uma crise de TEI desenvolvida por você ou somente deduziu tudo a partir dos procedimentos médicos, como fez o psiquiatra de meu pai?

— Em uma de minhas diversas consultas, o psiquiatra me fez relatar todos aqueles momentos mais dramáticos que tivera ou estava tendo na escola — ele respondeu, enviando um *emoji* com piscar de olho, como se achasse tudo aquilo muito engraçado. — Então lembrei da prática de *bullying*; da falta de amizade e ausência de interação, mesmo nos intervalos de aula; das muitas vezes que chorava por minha incapacidade de aprender a ler ou escrever; dos instantes nos quais por pouco não explodia de ódio por ter que ouvir insultos e não poder revidar; e do dia em que não consegui me controlar e gritei alto com um menino que insistia em me chamar de rude. E sim, o psiquiatra presenciou uma crise de irritabilidade que tive, pois eu realmente explodi de raiva quando me veio à lembrança todos aqueles episódios de humilhação. Inexplicavelmente, num instante eu estava relatando ao doutor o que havia se passado comigo, soluçando e derramando lágrimas em abundância. No segundo seguinte, eu arremessava o porta-canetas do médico contra a parede, como se algo dentro da minha cabeça tivesse pedido para fazer aquilo, gritando de raiva, esbravejando feito um louco. Era como se aquele homem de jaleco branco à minha frente fosse o culpado por tudo que estava a sofrer na escola. E tudo se passou como se tivesse aberto uma válvula de escape, pois se mostrou a forma mais fácil de descarregar toda a minha cólera reprimida de uma única vez.

— Então, não foi por outro motivo que você conseguiu ter aquela conversa comigo, sujeitando-se a esperar por minha reação, se continuaria calma ou se se agitaria ao extremo?

— Não, não foi. E fique sabendo que o médico de seu pai é tão talentoso quanto o meu. E por isso mesmo, você não precisa se preocupar com o seu próprio caso. Se realizar o acompanhamento direitinho, provavelmente nem chegue a desenvolver o transtorno que herdou.

— Não estou mais preocupada, professor, mas confiante — ela retornou com duas carinhas sorrindo alegremente. — Se o seu psiquiatra conseguiu fazer um excelente trabalho com você, tenho certeza de que o amigo da Kália terá o mesmo resultado com a gente.

— Não tenha dúvida disso. Não foi um trabalho fácil, mas ele realmente fez um verdadeiro milagre comigo. E entre as muitas terapias, numa ele me ensinou como perceber o ambiente e saber o momento certo em que uma crise de TEI pode ter se iniciado. Óbvio que nunca sabemos quando ela vai realmente se iniciar. No entanto, uma vez iniciada, é possível reagir a tempo de se retirar do ambiente no qual a crise principiou. É como repor o gatilho de uma bomba antes mesmo que ocorra a explosão. No dia em que me esqueci da Primeira Lei da Termodinâmica na sua turma, se continuasse por mais alguns instantes em sala, teria entrado no modus agressivo. Por isso, retirei-me às pressas, pois não conseguir lembrar uma simples fórmula matemática, para minha mente significava um bom motivo para se enfurecer. Como eu disse, o processo não é fácil. Porém, se treinar o procedimento, pode-se vir a controlar a mente nos momentos de crise. E você tem talento para o controle dos seus próprios impulsos, assim como seu pai também tem.

— Então é por isso que meu pai evoluiu tão rapidamente no tratamento?

— Muito provavelmente, Tália. Você herdou de seu pai não só um transtorno mental, mas também sua mente plena de resiliência.

Era confortador ouvir isso do professor, pois lhe proporcionava paz ao pensamento.

Embora parecesse fácil, com a visão míope de meses depois, o tratamento de seu pai não havia sido tão simples. Fora preciso um número considerável de consultas e exames de todo tipo. O médico exigira que as duas filhas passassem pelos mesmos procedimentos psiquiátricos que o pai. No início, ela não tinha compreendido a razão de tal exigência, pois não sabia exatamente do que se tratava. E muitas semanas depois, quando voltara ao consultório para receber o resultado final dos exames, ela ficara pasma com o que o médico tinha para lhes dizer.

— O senhor tem Transtorno Explosivo Intermitente — o doutor havia dito, encarando o pai. E depois de esclarecer o que tudo aquilo significava, os sintomas, as características e as opções de tratamento, o psiquiatra virou-se para ela e afirmou com frieza: — Quanto a você, Tália, tem certa chance de também vir a desenvolver tal transtorno, embora isso não seja uma certeza.

Aquela informação tinha sido como derramar um balde de água fria sobre sua cabeça. Ou seria um balde de lava vulcânica? Em primeiro lugar, seu pai sempre fora criticado por seus acessos de raiva, sendo chamado de pavio curto durante toda a vida. Até mesmo ela chegara ao ponto de repreendê-lo sem saber que estava sendo injusta com ele. Em segundo lugar, não era nada fácil ouvir que tinha grande probabilidade de desenvolver um transtorno tão agressivo e danoso às relações pessoais. E por isso mesmo, uma Tália ciente do problema que se configurava à sua frente não resistiu a qualquer recomendação médica. Simplesmente as aceitou e entendeu que realmente herdara o lado genético mais sombrio de seu pai. Portanto, sempre que estava disponível, ela o acompanhava durante as sessões de terapia e o ajudava na administração dos medicamentos.

Da mesma forma, ela ainda levara dias para se recuperar do seu estado de melancolia, após ter a conversa, em seu quarto, com o professor. Naquele dia, quando a amiga Briela voltou à beira de sua cama, uma Tália emocionada e envergonhada não conseguira segurar as lágrimas, talvez pela milésima vez em um só dia. Era como se tivesse percebido o quanto havia sido injusta com a colega, aquela menina legal que se mantivera com ela nos momentos em que ninguém mais conseguira ficar ao seu lado. Era preciso pedir perdão, ela pensou consigo mesma.

— Queria que você me desculpasse, Briela, pela grosseria com a qual lhe tratei há pouco — uma Tália a soluçar havia falado, enxugando o rosto com a palma das mãos. — Não sei o que eu tinha na cabeça.

— Você sabe que não precisa se desculpar, Tália — uma Briela compreensiva e ciente do problema sério pelo qual a amiga estava passando respondera, também sentindo uma lágrima se insinuando em cada olho. — Eu sei o quanto este momento de languidez é difícil para você. No entanto, quero que saiba o quanto estou disposta a ficar do seu lado, como sempre fiquei, até mesmo no instante mais sombrio de sua vida no ensino médio. E não faço isso porque tenho que fazer, mas por conhecer quem você é realmente.

— Há pouco eu gritei com o professor, Briela — ela havia confessado à colega, como se, de alguma maneira, ao desabafar, aquilo pudesse aliviar a vergonha que estava sentindo.

— É, deu para perceber — a Briela disse, desenhando um sorriso nos lábios, o que fez a amiga sorrir de volta.

— E agora estou tão envergonhada quanto cônscia de que tenho um problema sério para resolver — ela conseguiu falar, limpando as últimas lágrimas e voltando a ficar séria.

— É muito bom saber que a verdadeira Tália, aquela que conheci no primeiro dia de aula no ensino médio, esteja de volta.

— Apesar de quase ter acertado o professor com um livro, estou muito agradecida por ele não ter desistido de mim. Nem você, nem a Lyara, nem meus pais. Serei grata pelo resto de minha vida.

— Fico feliz por isso, Tália — uma Briela companheira a enlaçou com os braços, plena de afeto. Depois, encarando a colega, acrescentou: — Eu tenho algo para lhe contar. Na época em que você estava trancafiada neste quarto, sofrendo em seu estado de melancolia profunda, eu, a Kália, o Lian e o amigo dele fomos fazer uma visita ao professor. E ele foi muito gente boa em se dispor a nos contar um pouco da história pessoal dele, um passado sombrio e inacreditável. Não tenha dúvida de que ele já passou por diversos momentos de provação ao longo da vida.

Então, a Briela lhe relatara o que o docente havia confessado sobre sua própria vida.

Agora ela mirava o professor, pensando como era possível alguém ter um controle tão profundo sobre a própria mente. E se conseguira sair do fundo de um poço, fora porque aprendera bastante com o caso do Lian e, mais ainda, pelo que a vida do preceptor tinha para lhe oferecer como aprendizado. Nos últimos meses, na sua vida tão corrida, ela não perdera nenhuma oportunidade de conversar com o docente, fosse em sala de aula, nos corredores da escola ou por celular. Queria absorver tudo que ele tinha para lhe proporcionar como lição, pois logo estaria longe de suas aulas. O seu ensino médio chegava ao fim, porém, agora ela sabia muito mais sobre o mundo, sobre as pessoas e sobre ela mesma. E isso era o mais importante, ter conhecimento e controle sobre o seu modo de pensar e agir.

— Tália! — ela ouviu o professor chamar, talvez pela segunda ou terceira vez. Por um instante, ficara tão imersa em pensamento que não percebera ele entregar uma folha de papel a cada um dos alunos. — Você ainda estar com a gente aqui no planeta Terra? — ele perguntou, sorrindo amistosamente, em tom de brincadeira. — Ou está em órbita, viajando para fora do Sistema Solar?

— Sim, professor! — ela respondeu com um sobressalto, soltando uma gargalhada por ter sido pega em pensamento profundo. A covinha quase saltou para fora da bochecha, um sinal evidente de que estava tudo bem. — Quero dizer: sim, estou aqui! — ela continuou rindo alegremente.

— Já devolvi a de todo mundo — o docente disse, entregando-lhe uma folha de papel. — Só falta a sua.

Ela reconheceu o papel de imediato, logo que o recebeu. Era uma folha do seu primeiro caderno, aquele que havia escolhido para iniciar o ensino médio. Era a primeira tarefa que o docente havia aplicado. Quando leu o cabeçalho, uma sensação de saudade percorreu todo o seu corpo. Sua caligrafia já não era a mesma de três anos atrás, mas não havia dúvida de que aquele texto fora escrito por ela. O nome da escola, a disciplina, o nome do professor, a data e a turma. Em seguida, o seu próprio nome. Mais abaixo, duas anotações, escritas a pedido do preceptor:

1. Formule uma pergunta sobre algo que você sabe que acontece, mas não sabe porque acontece.

2. Diga o que você acha ou espera estar fazendo daqui há quatro anos.

Ela olhou para a Briela, sentada ao lado, querendo saber o que a colega havia escrito. Na época daquela tarefa, cada uma havia escrito algo que pensava ser importante. No entanto, após três anos, e sem saber se o professor lhes devolveria a atividade, elas acabaram por esquecer o que tinham anotado nas suas respectivas folhas de caderno. Além disso, por considerarem um simples exercício de primeira aula, não se preocuparam em guardar na memória o que estavam a registrar, embora tivessem respondido a tarefa com seriedade, deixando como registro o que realmente pensavam na época. Agora recebiam de volta algo pensado a tanto tempo, após tantos eventos vividos, uns bons, outros nem tanto. Era como uma cápsula do tempo, desenterrada para lhes fazer lembrar o quanto haviam mudado e o quanto permanecia delas mesmas depois de três anos.

— Como é possível saber com certeza se alguém com limitações cognitivas extremas aprendeu algo? — ela leu a primeira resposta na folha da Briela. Era

uma pergunta muito interessante, mesmo sendo muito difícil para alguém responder com clareza. Se é que existia resposta. Em seguida, ela leu o desejo da amiga, o qual era coerente com a pergunta que formulara: — *Quero estar cursando faculdade de Educação Especial, pois tenho um sonho de trabalhar com crianças que apresentam certas restrições cognitivas.*

Ela sorriu para a Briela, consciente de que a colega tinha realmente acertado no momento de prestar o vestibular. Sempre achara a Briela muito equilibrada, tanto emocionalmente quanto no que sonhava para o futuro. E não havia nenhuma dúvida de que a amiga tinha a paciência e o perfil necessário para trabalhar com criança. Por isso, ela desejou muito sucesso àquela garota tão especial na sua vida e que havia sido o seu porto seguro durante todo o ensino médio. Era grata por cada momento que pudera conviver com uma Briela sorridente e sempre disposta a conversar e lhe ajudar a superar os instantes de provação pelos quais tivera de passar.

— O que você escreveu, Tália? — a Briela indagou, mirando o papel na mão da colega.

— Somente umas bobagens sobre minha própria família — ela conseguiu responder, com certo entalo na garganta.

— *Por que uma pessoa tão boa, do nada começa a esbravejar com alguém da própria família por problemas insignificantes e, ao mesmo tempo, arremessa objetos para todo lado, gritando cegamente, como se fosse um louco ou um monstro?* — a amiga leu, tomando nas mãos o papel que a outra segurava. Em seguida, após encarar uma Tália emocionada, prosseguiu lendo o desejo: — *Pretendo estar cursando a faculdade de Relações Internacionais, que minha irmã Lyara esteja menos teimosa e meu pai com menos acessos de fúria dentro de casa.*

Até parecia algo combinado. Assim como ela, a Briela também estava perplexa com o que acabara de ler. Na época em que iniciara o ensino médio, ela parecia uma menina sem nenhum problema dentro de casa, sempre alegre e sorridente, disposta a fazer amigos e estudar com dedicação. No entanto, naquele tempo ela já sofria por ter que ver o pai se transmutar de alguém muito bondoso numa fera que gritava, esbravejava e quebrava contra a parede qualquer objeto que encontrava ao alcance da mão. Ainda que tenha sido forte o suficiente para esquecer os casos de *bullying* que sofrera durante o ensino fundamental, não conseguira êxito na tentativa de evitar que o pai se transformasse num monstro em questão de segundos. Pois isso estava muito além do seu controle e poder.

Por um instante, ela olhou no rumo do professor e recebeu um leve sorriso de volta. Ele tinha sido leal com ela. Embora não tivesse mencionado na tarefa que a pessoa com crise de irritabilidade era seu pai, muito provavelmente o docente teria deduzido a quem ela se referia. Mesmo assim, ele guardou segredo, evitando que mais gente soubesse das contrariedades que ela era obrigada a enfrentar dentro de casa. Não sabia como agradecê-lo e agora se sentia ainda mais injusta para com seu professor de Física. Devia ter conversado mais com ele durante o tempo em que passou confinada no poço da languidez. Se tivesse respondido suas mensagens, provavelmente não teria nem sucumbido àquele estágio depressivo. Ele não teria deixado. Ou pelo menos teria insistido para que ela saísse do fundo do poço melancólico.

— Você é demais, Tália! — ela ouviu a amiga falar ao seu lado, obrigando-lhe a acordar do torpor pensativo no qual estivera imersa por um instante. — Naquela época, você já passava por muitos problemas pessoais em casa, mas mesmo assim fazia de tudo para não demonstrar o que estava sentindo.

— Eu não podia, Briela — ela confessou, séria. — Não era justo compartilhar com mais pessoas um problema que era só meu e de minha família. Nem mesmo com você. Além do mais, eu queria focar na minha formação e me esforçar ao máximo para poder realizar meu sonho de cursar uma faculdade. Falar sobre meus problemas particulares só me deixaria mais vulnerável à tentação constante da desistência.

— Mas você poderia ter contado com a minha ajuda e o apoio do professor — a amiga disse, embora conhecesse a personalidade forte da Tália o suficiente para saber o quanto esta não gostava de incomodar as pessoas nem pedir ajuda.

— Não teria sido fácil — ela voltou a falar, tentando explicar o que já era conhecido pela colega. — Além do mais, agora meu pai está se tratando e a Lyara se tornou uma grande amiga e minha aliada. E minha mãe agora tem um pouco mais de paz. A situação estar bem melhor e sou grata a vocês, pois sempre estiveram dispostos a me ajudarem — ela deu uma pausa para encarar a colega de sala e depois prosseguiu: — Quanto à faculdade, não tenho certeza de que será um sonho a ser realizado. Não fui bem na prova e, provavelmente, não conseguirei conquistar a minha vaga desta vez.

— É claro que vai, Tália! — a Briela exclamou, notando certo desânimo nas palavras de sua amiga.

— Eu preciso ser realista neste ponto, Briela — ela disse, passeando o olhar pela turma. — Além disso, caso viesse a passar, teria que morar longe da minha família. E não sei como ficaria meu pai enquanto eu não estivesse por perto. E também a Lyara e minha mãe. Não sei se consigo viver longe de todos eles.

— Mas isso sempre foi o seu sonho, Tália, desde que entrou no ensino médio — a amiga era testemunha do quanto ela sonhava em cursar Relações Internacionais, o quanto se esforçava para atingir seu objetivo e o quanto desejava intensamente alcançar êxito na sua formação. — Então, amiga, relaxe e vamos curtir nosso último dia de aula com nossa sala, mesmo que não tenha sido uma turma tão solidária para com você. Não tenho dúvida de que você dará um jeito para poder cursar a faculdade com a qual sempre sonhou. E como o professor sempre diz: vai dar certo!

— Vai sim.

Ela completou, sorrindo de volta para a Briela. A amiga tinha um jeito mágico de lhe deixar mais animada. Então, sem mais demora, cada uma guardou como lembrança a primeira atividade realizada na aula do professor de Física. Este, contente por toda a turma do terceiro ano B se encontrar presente na sua última aula, aproveitou o momento para agradecer a cada um dos estudantes e lhes desejar muito sucesso em suas novas caminhadas. O ensino médio se encerrava, mas a vida continuava, cheia de desafios e oportunidades. E, segundo o docente, era preciso aproveitar estas e enfrentar com coragem aqueles.

Sem dúvida, ela seguiria tanto esta como as outras lições que aprendera com o professor durante os últimos três anos.

— Boa noite a todos.

Ela ouviu a voz do professor amplificada pelo autofalante se propagar por todo o espaço aberto. Há um ano atrás, ela estivera neste mesmo local para cumprir uma missão: ler um discurso do professor para a turma da Kália. Na ocasião, ele enfrentava o bisturi a quilômetros de distância, passando por uma craniotomia para curar um esquecimento adquirido numa queda de bicicleta. Desta vez, ela se fez presente com outro objetivo: receber seu certificado, pois sua turma finalizava a longa etapa da educação básica. Era chegado o momento de se encerrar um ciclo e iniciar outro. Ela não tinha certeza se estava preparada, porém sabia que permanecia determinada a seguir adiante com a cabeça erguida. Os últimos três anos haviam sido, ao mesmo tempo, provação e superação. Abriram muitas feridas, mas também curaram muitas chagas. No final, o saldo fora positivo.

No momento de receber o certificado, ela não resistiu às lágrimas. Simplesmente as deixou descer pelo rosto, pois eram de alegria e emoção. Estava acompanhada de sua base, sua família, os pilares que a sustentavam até mesmo nos piores momentos, aqueles instantes nos quais ela sentia a ruína se insinuar debaixo dos próprios pés. A própria Lyara a abraçou com muito afeto e com bastante emoção. Aquela menina, antes teimosa e implicante, transmutava-se numa amiga leal e disposta a ampará-la em qualquer situação. Às vezes, o tempo é solidário. Portanto, é preciso esperar o momento certo. Ele sempre chega, mesmo que demore.

Após receber o carinho de sua família, ela prosseguiu com mais lágrimas sob o abraço apertado da Briela. Esta, sempre sorridente, a encaminhou para a companhia dos demais colegas, o Lian, o amigo dele e todos os outros concludentes. Então, sem que ela esperasse, todos os estudantes a abraçaram e pediram desculpas pela falta de apoio no momento que ela mais precisou. Uma Tália com a maturidade do tamanho do mundo aceitou todas as desculpas, porém não se emocionou, pois tudo aquilo já era passado, uma ferida cicatrizada. Ainda assim, ficara feliz por estar na companhia de todos os seus colegas e não guardava mágoa de ninguém. Isso nunca fora do seu feitio, da sua índole.

Após a entrega dos certificados, todos voltaram aos seus devidos lugares. A mesa dos concludentes estava posta à direita da tribuna e, no lado oposto, a dos professores. Em frente ao palco, após o espaço aberto do tapete vermelho, os familiares, amigos e convidados. As autoridades sentavam atrás do púlpito. Após o discurso do núcleo gestor, a oradora da turma fora convocada a subir ao palco. Uma Tália emocionada viu a Briela subir à tribuna e ficou feliz pela amiga. Semanas atrás, quando da escolha de quem faria o discurso de formatura, os estudantes, por unanimidade, votaram no nome da Tália. No entanto, ela não aceitou. Agradeceu à turma pelo voto de confiança, porém passou a missão à sua amiga Briela. Estava ciente de que não suportaria discursar sem que os soluços a dominassem e as lágrimas brotassem como torrente.

Quanto à Briela, após tentar, em vão, convencer a amiga de que deveria aceitar a escolha feita pela turma, só concordou em ser oradora com uma condição: que a própria Tália escrevesse o discurso. Esta, por seu lado, dispôs-se a escrever o texto somente se a própria Briela estivesse presente. Assim, o discurso que todos ouviram, emocionante e carinhoso, era resultado do modo como as duas amigas pensavam e o sentimento geral de toda a turma. Quando terminou de ler, a Briela trocou seu sorriso característico por lágrimas emocionadas. Na mesa dos concludentes, quem não molhou o rosto teve que sofrer com um entalo na garganta.

Agora, todos estavam em silêncio para ouvir as palavras do professor.

— Esta noite não é especial porque vocês estão concluindo o ensino médio, mas porque mostraram que é possível chegar até aqui — o docente disse, pausando a leitura por um instante para encarar todo o grupo de concludentes. Ela estava atenta a cada palavra que ele articulava. — Só em alcançarem este evento, vocês já podem ser chamados de heróis, pois alguns não tiveram tanto sucesso, precisaram abandonar a caminhada e ficar para trás. Por isso, eu os admiro por estarem aqui hoje, para o ato final da educação básica, embora deva alertá-los de que a verdadeira cena, a vida de cada um de vocês, só esteja principiando.

O discurso prosseguiu. O professor agradeceu e parabenizou os pais e amigos pelo apoio aos filhos; destacou o importante papel dos demais professores ao longo de todo o processo de formação dos concludentes; mencionou a escola como uma instituição de respeito e palco para o progresso do conhecimento; e, por fim, parabenizou e exaltou todos os estudantes pela conquista e os desejou força para continuarem adiante. Não parecia, mas ela sabia que ele também estava emocionado com as próprias palavras que escrevera, assim como todos os seus alunos. Então, sua mente se acendeu com um questionamento: será se mais alguém ali presente, além dela, saberia que aquele professor, que discursava com calma e emoção, já fora acometido por distúrbios mentais severos? Que já tivera preso sob as amarras do Transtorno Explosivo Intermitente? Que fora marcado como paciente passível de se tornar um indivíduo psicótico? Que passara grande parte de sua vida lutando contra uma mente fatiada e perturbada? Que já vivera momentos nos quais seu pensamento não passava de um simples retalho mental? Com certeza que não, ela concluiu.

E esta era a maior lição que ela poderia guardar do professor, a capacidade de controlar a mente a serviço do próprio corpo. Mente sob controle, corpo intacto. Era o seu velho lema, e do docente também: *cuidar de si*. Embora o tivesse esquecido por um tempo, ela jamais esqueceria isso novamente. *Guardar para si. Cuidar de si*. Era realmente um lema digno de nota.

— Por último, sou grato especialmente a essas quatro pessoas simplesmente admiráveis — ela ouviu o professor mencionar o *quarteto fantástico do intervalo*, após agradecer cada concludente, começando pelo Lian e finalizando com ela mesma. — Vocês me proporcionaram uma grande lição: o trabalho de um professor nunca será integralmente em vão. Ainda que não consiga atingir todos com suas palavras, uma vez ou outra, ele pode alcançar a mente de alguém sedento por conhecimento. E embora não tenha lhes proporcionado tudo que mereceram, pude cumprir parte da missão a qual me comprometi, a de acompanhá-los até o último ano do ensino médio. A escola não é um espaço para brincadeira ou ambiente para aula de lazer. É um lugar onde deve prevalecer o ensino científico rigoroso e autêntico. E vocês mostraram que isso é verdade quando também se comprometeram a levar a sério um estudo focado numa posterior formação acadêmica. Portanto, não tenho dúvida de que conseguirão realizar o sonho com o qual chegaram aqui no ensino médio. Por último, desejo a todos vocês uma caminhada tranquila na longa e sinuosa curva da vida. Comemorem os poucos pontos altos e sejam fortes quando estiverem passando pelos diversos pontos baixos. São estes últimos que nos fazem crescer e nos tornam mais resistentes. A vida tem cumes e precipícios, mas é o melhor que temos. Sejam gratos por isso, pois muitos não têm o que podemos usufruir.

O professor agradeceu pela atenção e encerrou seu discurso, dando espaço ao barulho produzido pelas palmas.

Naquele mesmo instante, a muitos quilômetros de distância, um computador processava a lista de classificados no vestibular. Alguns nomes da turma do terceiro ano B estavam presentes. Entre eles, o nome do Lian aparecia como o primeiro lugar em Engenharia Espacial e o da Briela em quinto em Educação Especial. Quando o computador emitiu a lista de Relações Internacionais, um nome se destacou na décima quinta posição: Tália.

Ela ainda não sabia, mas seu mantra *vai dar certo* continuava firme, cumprindo sua missão.

EPÍLOGO

O professor estava sentado numa mesa do refeitório quando o Rayel surgiu no seu campo de visão. Estava sozinho, como era de seu costume. Tinha um caderno na mão esquerda e uma caneta na direita. Como o tempo passava rápido, o docente pensou consigo mesmo. Há pouco o Rayel chegara ao ensino médio, com sua sede de conhecimento científico, especialmente de Astronomia, e agora já era estudante do terceiro ano. Há meses que o preceptor tinha se despedido da Tália, Briela, Lian… Todos eles agora estavam cursando suas respectivas faculdades, alguns mais distantes, outros mais próximos.

— Oi, professor — ele ouviu a voz de seu aluno prodígio. — Você tinha uma proposta para mim?

— E aí, Rayel! — ele o cumprimentou de volta. — Tenho sim. Sente-se um pouco.

O professor sorriu por dentro quando observou um Rayel organizar o caderno e a caneta sobre a mesa, ambos os objetos perfeitamente alinhados. O perfeccionismo do estudante ficava a cada dia mais evidente e perceptível. O seu diagnóstico, emitido meses atrás, tinha sido claro: o paciente tem tendência a desenvolver o Transtorno do Espectro Autista. *O psiquiatra havia escrito tal observação na folha final do exame.*

— Estou iniciando uma pesquisa e gostaria de saber se você tem interesse em participar — o professor disse, logo que o aluno se mostrou pronto para ouvir.

— Tenho sim, professor! — um Rayel empolgado respondeu, com os olhos brilhando de contentamento. — Sobre o que será?

— Eu sei o quanto você gosta de Astronomia — o docente queria ir direto ao ponto, sem rodeios. — Há tempo que estou incomodado com as equações básicas da relatividade de Einstein. No entanto, só agora que tive a disposição para revê-las sob um outro ponto de vista.

— E onde eu entro nisso, professor?

— Preciso de alguém para realizar um pouco de álgebra elementar — o preceptor deu uma pausa para encarar o aluno. Como o semblante deste se mostrou totalmente receptivo, o docente prosseguiu: — Então, pensei que você pudesse me ajudar.

— Óbvio que eu posso, professor! Basta me dizer o que eu tenho que fazer.

O professor já sabia qual seria a resposta do aluno. Só não sabia o quanto ele ficaria animado com a proposta. Então, sem perder tempo, ele apresentou uma folha de papel na qual havia rabiscado algumas equações. Entre elas, ele destacara uma:

$$m = \frac{m_0}{\sqrt{1 - \left(\frac{v}{c}\right)^2}}$$

— Essa é a equação da massa relativística, professor — um Rayel atento exclamou, para deleite do docente.

— E você sabe o que ela diz?

— Diz que a inércia de um corpo aumenta com a velocidade.

— Exatamente! — o professor não conseguiu evitar uma empolgação com a resposta correta do aluno. — Mas veja o mais interessante: a análise é feita sempre considerando a velocidade v *como sendo menor ou igual à velocidade da luz* c *— ele deu outra pausa para ver se o estudante estava acompanhando seu raciocínio. Ao ver que sim, o professor prosseguiu: — Então, gostaria de analisar essa equação com uma velocidade* v *maior do que a velocidade da luz* c*. E ir um pouco além disso, pois quero levar em conta uma velocidade* v *como sendo um número complexo, da forma:*

$$v = a + bi$$

— Pode deixar, professor — o aluno prodígio afirmou, tomando a folha nas mãos e depois a guardando dentro do caderno.

— E quando você pode começar?

— Agora mesmo, professor — um Rayel animado garantiu, com convicção e aproveitando para se levantar da cadeira.

— Mas você só tem mais cinco minutos de intervalo, Rayel.

— É um tempo suficiente para começar.

O aluno afirmou e saiu em direção ao corredor. O professor o observou se retirar e teve certeza de que não havia limite para a mente brilhante de seu mais dedicado estudante.

Então, ele sorriu para si mesmo. Era hora de voltar para mais uma aula de Física. Não teria mais em sala o Lian, a Briela ou a Tália, mas tinha o Rayel. Não era suficiente para matar a saudade dos seus antigos alunos, porém era o bastante para continuar sendo professor.

O docente se levantou e se encaminhou para a sala. Instantes depois, a sineta tocou, indicando o início do segundo tempo.